KB079350

제의의 언어들

송 기 한

지식과교양

책머리에

2020년초부터 전 세계를 긴장과, 공포, 초조로 몰아넣은 코로나 팬더 믹이 서서히 물러나고 있는 것처럼 보인다. 우리 뿐만 아니라 지구촌 곳곳에서 코로나 사태가 서서히 끝나가고 있음을 알리고 있는 까닭이다. 이른바 코로나 엔더믹의 선언이다.

코비드 현상은 우리 삶에서 많은 것들을 바꾸어 놓았다. 서로의 만남을 자제하고 가급적 접촉하지 않는 것이 미덕인 문화를 만들어낸 것이다. 그래서 인터넷으로 물건을 사거나 주문하는등 비대면 현상들이 활성화되었다. 마치 2000년대 초반에 융성했던 인터넷 문화가 다시 한번 그 영광을 찾는 것처럼 비춰진 것이다.

이런 환경의 변화들은 비단 일상의 현실에서만 이루어진 것은 아니다. 문화계도 그에 준하는 변화들이 있어 왔는데, 그 가운데 하나가 이른바 전자 출판 현상이다. 물론 이는 종이 문화가 갖는 단점 중의 하나인 낭비 현상을 줄이자는 취지와 분리하기 어려운 것이긴 하다. 그렇지만 그것은 그저 한 이유에 불과할 뿐이다. 어떻든 전자 출판이 유행하면서 2000년대 전후 문화계에 확산되기 시작한 하이퍼문화들이 다시금 복원

되는 듯한 착각이 들 정도로 일반화되었다.

코로나 팬더믹이 가져다 준 이러한 변화는, 사회와 문학, 특히 사회와 서정시가 갖는 관계 속에서도 이루어졌다. 잘 알려진 것처럼, 이 불온한 코로나 현상은 근대의 제반 문제와도 분리하기 어려운 것인데, 근대란 이원론적 사고 체계 위에서 성립된 것이고, 그 체계의 핵심이 자연과 인간의 관계라 할 수 있다. 자연의 일부였던 인간이 그로부터 벗어나는 거리만큼 인간에게는 불행의 씨앗이 되었다. 그 불행을 극복하기 위해서는 이 간극을 어떻게든 좁혀야만 했다. 이른바 인간의 자연화, 곧 인간의 자연되기였다. 하지만 이 극복의 몸짓만으로 위기의 단계가 해소되는 것은 아니다. 거기에는 사유만이 아니라 실천이 뒤따라야 그 온전한 해법이 될 수 있기 때문이다.

오늘날 서정시의 주요 흐름은 자아와 세계 사이에 놓인 간극의 좁힘 현상에서 찾을 수 있다. 동일성을 향한 열망이 그러한데, 이런 정서들이 아주 강렬하게 현재 진행형으로 다가오는 것은 이런 위기의 담론에 그 원인이 있을 것이다. 서정적 자아는 자연과 동일화하기를 통해서 그 스스로의 존재성내지 고유성을 감추려했고, 자연과 분리되는 타자성들은 되도록 은폐하려 했다. 이른바 서정적 자아의 비자율성 현상이다. 대상으로부터 분리된 고립된 자아라든가 그 영향으로부터 벗어나고자 하는 자율적 자아들은 이런 위기의 순간에는 더 이상 유효한 것이 아니었기 때문이다.

자아와 대상이 하나로 굳건히 결합하는 것, 그것이 지금 여기 우리의 시단이 요구하는 근본 임무 가운데 하나일 것이다. 물론 그 반대의 경우가 전혀 부재하는 것은 아니다. 그럼에도 지금 이 시대의 서정시의 임무는 대상과 하나되는 동일성에의 열망이다. 현재의 위기를 대신할 문명사적 제의가 새롭게 요구되는 것이다. 제의의 언어들이 서정시의 전면에 등장해야 하는 것은 이런 이유 때문이다. 그 언어가 바로 건강한 사회, 미래를 향한 희망의 메세지들이다. 서정 시인들이 이에 주목하고 자신의 시적 작업을 수행한 것, 그것이 이 시대 서정시의 주요 화두가 된 것이다. 이러한 시를 읽는 것은 시대의 요구에 동참하는 것이어서 그 의미가 있는 것이라 할 수 있다. 필자는 그들의 시에 내포된 이런 함의를 포착하고 언어로 언표하고자 했다. 그것이 이 책이 갖는 의의라 할 수 있다.

2023년 초여름에

| 차례 |

1부

경계와 구분을 넘는,
통합의 지대를 향한 서정시의 임무

1. 에덴 신화의 붕괴

지금 우리 사회는 '갈라치기'라는 말 속에 서로 갈등하고 분열하는 현실에 놓여 있다. '너'와 '나'만이 있고, '저편'과 '이편'만이 있을 뿐 저 너머의 '그'가 없고, 또 그 중간의 지대도 없다. 게다가 더 심각한 것은 이런 현실을 통합하고자 하는 의지가 전연 없다는 데 있다. 가령, '우리'라든가 '하나'라는 공동의 감각들은 설 자리가 없는 것이다. 물론 겉으로는 이에 대한 문제의식이 전혀 없는 것은 아니었다. 분열의 책임, 갈등을 유발하는 윤리적 죄로부터 회피하고자 하는 자정의 노력은 분명 있어온 까닭이다. 하지만 이는 어디까지나 표면적인 현상일 뿐이고, 오히려 그 근저에는 이런 분열을 조장하고 또 즐기고 있다는 생각가지 드는 것이 지금의 분명한 현실이다.

우리는 이런 갈등과 분열의 현장을 지난 몇 년 동안 똑똑히 보아 왔다. 어느 하나의 집단이 이로부터 앞서나가는, 그리고 선도하는 그 아수라장 같은 사회를 보아온 것이다. 어쩌면 이런 현실은 인간이 존재하는 한 불가피한 것인지도 모르겠다. 인간이라는 존재가 바로 이 갈등이라는 요소를 태생적으로 갖고 있기 때문이다.

그렇다면, 도대체 인간이란 존재는 왜 본질적으로 이런 혐의로부터 자유롭지 못한 것일까. 우리가 이런 의문 앞에 섰을 때, 늘상 상기하는 것 가운데 하나가 인간의 기원에 대한 문제일 것이다. 실제로 우리 근대 시사에서 이런 문제들은 단편적으로, 그리고 지속적으로 제기되어 온 바 있다. 그 하나가 서정주의 「화사」이다. 서정주는 여기서 인간이란 근원적으로 욕망하는 존재임을, 그리하여 자의식의 분열을 필연적으로 겪을 수밖에 없는 존재임을 표명하였다. 그 신화적 근거가 에덴 동산의 신화였거니와 인간은 이 유토피아를 상실함으로써 욕망하는 존재, 갈등하는 존재, 분열을 겪는 존재가 되었다는 것이다. 이런 사실에서 알 수 있는 것처럼, 인간의 기원과 그 본질, 그리고 실존의 근거가 정확히 무엇인가를 알 수 없는 현실에서 에덴의 신화만큼 그 타당한 근거를 제시해주는 것도 없을 것이다.

어떻든 인간은 에덴 동산에서 추방됨으로써 유기체적 동일성이라든가 자아와 세계의 완벽한 합일이랄까 조화의 감각같은 것을 상실한 것은 분명해보인다. 그리고 그러한 상실이 곧 인간에게 갈등과 분열의 정서를 가져오게 한 근거가 되었고, 그 시련의 역사는 거듭 적층되면서 내려온 것이었다고 하겠다.

그런데, 갈등과 분열이 필연적으로 수반될 수밖에 없었던 인간의 삶은 근대 사회로 진입하면서 더욱 심화되는 아픔을 겪게 된다. 잘 알려진 대로 근대는 이분법적인 사회를 지향하게끔 만들어 왔다. 근대 이전까지의 인간들은 에덴의 추방이라는 충격적인 경험을 겪었다고 하더라도 어떻든 자연이라는 거대한 아우라 속에서 포획된 채 그 나름의 생존을 이어온 터였다. 곧 인간은 자연의 일부라는, 그 전일적 가치 속에서 자신의 실존을 구축해왔던 것이다.

하지만 근대는 자연과 인간 사이에 놓인 전일적 관계를 붕괴시켰다. 이제 인간은 더 이상 자연의 일부가 될 수 없었던 것이다. 자연과 인간은 하나가 아니라 둘의 관계이며, 궁극에는 자연이 인간의 일부가 되는 전도된 현실을 맞이하게 된 것이다. 이것이 곧 자연의 기술적 지배이다. 이 논리에 의하면, 자연은 그저 인간이 추구하는 욕망의 대상일 뿐이다.

성취된 욕망은 또 다른 성취의 욕망을 낳기 마련이다. 더 이상 충족이라든가 만족의 정서는 설 자리가 없어지기 시작한다. 욕망은 그저 팽창할 뿐이고 이를 제어할 수 있는 마땅한 수단을 찾기도 어려워지게 된다. 채워지지 않는 욕망의 빈 지대를 메우기 위한 기계적 장치만이 가동될 뿐이다.

욕망이 작동하는 이런 분열의 역사는 우리 사회도 결코 피해가지 못했다. 아니 그러했다기 보다는 오히려 이를 적극적으로 이용한 것이 아닐까 할 정도로 더욱 심화된 것처럼 보이기도 했다. 우리 사회는 20세기가 그러한 것처럼, 온갖 갈등의 역사, 분열의 역사를 온몸으로 체험했다. 이데올로기의 투기장, 지역 대결의 싸움터가 된 지 오래되었던 것이다. 이런 갈등의 골이 어디서 생겨났는지 그 기원을 추적해들어가는 것이 그리 어려운 일도 아닐 터이다. 우선 인간의 굴레가 되어버린 욕망으로부터 벗어나지 못한 것이 첫 번째 원인이 될 것이다.

실상 인간 사회가 존재하는 한, 갈등과 분열의 정서는 피하기 어려워 보인다. 에덴 동산으로부터 추방된 이후, 그 수많은 노력에도 불구하고 인간의 유토피아는 결코 실현되지 못했기 때문이다. 하지만 지금 우리 사회에서 전개되는 대립이라든가 갈등은 에덴의 신화가 사라진 이후 여타의 사회에서 펼쳐졌던 정서들과는 확연한 차이를 느끼게 된다. 보다 심화된 채 나타난 것이었는데, 우리 사회가 갖고 있는 심각성이란 바로 여기에 있다고 할 것이다. 이 글은 우리 사회가 겪고 있는 갈등과 그 역사적 문맥을 짚어보고 이를 통해 대긍정의 사회로 나아가는 시적 사유가 무엇인지 탐색해보고자 하는 데 목적이 있다.

2. 갈등, 대립, 분열의 서정적 이해

우리 사회에서 갈등이랄까 대립이 가장 뚜렷하게 드러난 것은 아마도 조선 시대가 아니었나 생각된다. 성립학의 이념과 그 해석을 둘러싸고 벌어진 당쟁의 역사를 우리는 똑똑히 알고 있기 때문이다. 물론 이런 대립이 꼭 부정적인 것이었다고만은 할 수 없을 것이다. 학문이란 대립, 갈등, 분열 속에서 더 나은 사유의 심화를 가져올 수 있기 때문이다. 실제로 조선시대에 펼쳐진 이런 학문적 투쟁은 성리학의 발생지였던 중국의 것을 능가하는 일면을 보여주기도 했다. 하지만 성리학의 발전과 심화라는 긍정성에도 불구하고 이 대립은 전혀 다른 부정적 결과를 가져왔다. 그 긍정의 대립이 지역이라든가 일부 소수 집단의 이해관계와 결부됨으로써 사회적 대립과 국가적 분열이라는 심대한 폐해를 가져왔기 때문이다.

이런 대립과 분열은 국가의 위기를 초래하게 된다. 이는 곧 주변 국가들에게는 좋은 먹잇감이 되기 때문이다. 분열은 국가의 쇠락을 가져왔고 궁극에는 멸망의 길로 인도했던 것이 우리 역사가 보여준 진면목들이었다. 그런데 이런 흑역사들은 국가 상실이라는 일제강점기에도 전연 개선되지 않았다는 데에 문제의 심각성이 놓여 있었다. 일찍이 어떤 사람이 당대의 지도적인 독립운동가에게 이런 질문을 던진 적이 있었다. "어떻게 하면 국가가 독립할 수 있는 가장 빠른 길이 될 수 있겠습니까" 라고 말이다. 그런데 그가 던진 해법의 담론은 모두의 예상을 빗나간 것이었는데, 독립을 이루기 위해서는 "첫째도 단결이고, 둘째도 단결이며, 셋째도 단결입니다"라고 했기 때문이다. 이는 다른 말로 하면 국가적 위기의 순간에도 우리 사회는 분열의 덫으로부터 벗어나지 못했다는 사실을 이야기해주는 것이라 할 수 있다.

한 독립운동가의 처절한 절규였던 단결의 담론은 일제 강점기를 거쳐 해방이 되어서도 전혀 그 사정이 나아지지 않았다. 어쩌면 더 심화되었다고 하는 것이 옳을 정도로 우리 사회는 이리저리 갈라지고 있었던 것이다. 다음의 시는 그러한 사정을 잘 말해주고 있는 시라는 점에서 주목을 요하는 작품이다.

보수냐 진보냐 외쳐대다 보면 눈이 먼다
인권의 사각지대마저 애꾸눈은 한눈을 판다
백 아니면 흑이라는 이분법의 한 우물에
검정 같은 회색 하양 같은 회색은 볼 수 없다
원과 네모만이 아니라 세모도 있고
나와 너, 너머에 그도 있다

훈구파와 사림파의 조선을 보라 여기까지는 좋았으나
사림들의 편식과 과체중이 사색 붕당을 낳고

나락으로 떨어진 썩은 물이 실학파로 배설되지 못하고
박이 터져 세도정치와 삼정의 문란을 부르더니…

우리 근. 현대사는 외침에 수구냐 개화냐에 불붙어
남은 것 하나 없이 태워 먹고, 일제강점기엔
잠재적 민족운동과 사회주의 운동이 대척하더니
광복 후엔, 우와 좌로 한국사의 뿌리를 흔들었다
산업파와 민주파로 독선과 오만, 서로 네 탓…
네 개의 망치가 지친 듯 자신을 때리고 있다
 - 박무성, 「조선 시대 이후 보수와 진보」 전문

    제목이 '조선 시대 이후 보수와 진보'로 되어 있지만, 군이 시기라든가 주제를 이 담론이 지칭하는 영역에 가둘 필요는 없어 보인다. '보수'와 '진보'란 이념이라기보다는 대립과 갈등의 상징으로 이해하면 되기 때문이다. 이 작품은 조선 시대 이후 우리 사회에서 진행된 갈등의 역사를 시기적으로 표명한 소중한 시이다. 갈등이란 어느 시기에도 있는 것이지만, 이 역사가 조선시대부터 시작되고 또 정립되었다는 점에서 그 시사하는 바가 매우 큰 까닭이다.

    작품에 나와 있는 것처럼, 시인은 조선 시대에 펼쳐진 철학적 논쟁을 일단 긍정적인 것으로 응시한다. 그것이 가져온 사유의 깊이를 부정하지 않고 있기 때문이다. 하지만 그것은 '여기까지였다'라는 단정적 언급에서 알 수 있는 것처럼, '그 너머'의 세계에 대해서는 보지도 못했고, 긍정도 못하는 현실에 마주하게 된다. 이를 상징하는 것이 바로 '애꾸눈'의 감각이다. 눈이 두 개인 것은 조화의 정서와 관련되지만, 이런 물리적인 현실은 욕망이 지배하는 현실에서는 전혀 쓸모없는 것으로 전화하게 된다. 그리고 이 '애꾸눈'과 더불어 또 하나 주목해야 할 것이 '회색'의 지대이다. 우리는 흔히 무언가 분명치 못한 사람, 뚜렷한 사유를 갖지 못한 사람을 지칭해서 '회색인'이라고 부른다. 이 담론에 부정의 정서가 담겨 있음은 물론이거니와 어느 개인이 이 부류로 분류된다는 것은 특정 집단으로부터 배제된다는 뜻이 담겨져 있는 것이기도 하다. 실존을 위해서는 한 집단 속에 굳건히 소속되어야 하는 우리의 현실에서 이런 회색인이 된다는 것은 곧 자신의 실존, 삶의 현장에서 비껴간다는 의미가 된다. 그러니 누가 회색인이 되는 것을 즐겨 받아들일 수 있는 것일까.

하나가 있으면 둘이 있고, 원이 있으면 네모도 있을 것이다. 하지만 하나와 둘 사이의 숫자를 인정하지 않거나 세모도 있을 수 있다는 사실에 대해서는 애써 눈감으려 한다는 것이 시인의 판단이다. 그 어정쩡한 중간지대야말로 '회색인'이라는 부정적 시선을 피할 수 없는 까닭이라고 보는 것이다. 그래서 사람들은 상호 넘나들 수 없는 경계를 만들어낸다. 아니 그저 만드는 것이 아니라 필연적, 혹은 당위적으로 그렇게 해야 한다고 믿는 것이다.

김씨네 집
마당 가운데로
경계선이 지나간다
안채는 경북 고령 덕곡면
바깥화장실은 경남 합천 야로면
김씨는 용변 보러
경북에서 경남으로 왔다가
곧 경북으로 돌아간다

하루에도 몇 번이나
이 짓을 한다
바로 이웃
경남 야로 부인네들이
경북의 김씨네 집으로 마실 왔다가
저물 무렵
경남 본가로 돌아간다
덕곡 할머니들은
야로 노인정에서 놀다가
경북으로 돌아간다
이곳에서는 파리도 두더지도
바람도 구름도 풍뎅이도
경남북을 마구 제멋대로 오고 간다
아, 인간의 삶에서
경계니 구분이니 차별이니 하는 따위가
대체 무슨 소용이란 말인가
– 이동순, 「경계선」 전문

　이 작품은 우선, '회색인'이 결코 존재할 수 없는 것임을 우호적으로 비판한 시이다. 인간의삶에서 하나의 선이 만들어지는 것은 결코 물리적인 영역이 아니다. 그것은 어디까지나 관념이 만들어낸 것이고, 경우에 따라선 인간의 욕망이, 혹은 집단이라는 이기주의가 만들어낸 것이기도 하다. 시인이 말하고자 하는 것도 이 부분과 밀접한 관련이 있는데, 작품 속의 김씨네는 소위 경계선에서 살고 있다. 물리적으로 볼 때, 집은 하나이지만, 추상적으로 볼 때는 집은 둘이 되기도 한다. 안채는 '경북'

이지만, 화장실은 '경남'인 까닭이다. 그래서 김씨는 용변을 보기 위해 하루에도 몇 번씩 경북과 경남을 오고간다. 하지만 이런 행위들은 김씨 혼자만이 겪는 일은 아니다. 이웃들의 삶도 그러한데, 가령 '경남의 부인들'은 '경북의 김씨네'로 마실 왔다가 다시 돌아가고, '덕곡의 마을 할머니'들도 서로의 지역을 넘나들면서 매일 동일한 일을 반복하는 것이다. 뿐만 아니라 "파리도 두더지도/바람도 구름도 풍뎅이도" 사람과 똑같은 행위를 하게 된다. 이런 현실을 목도하면서 시적 자아는 "아, 인간의 삶에서/경계니 구분이니 차별이니 하는 따위가/대체 무슨 소용이란 말인가" 하고 스스로에게 탄식의 질문을 던지고 있다.

'경남'이나 '경북'이란 행정 편의주의가 만들어낸 인위적인 선에 불과할 뿐이다. 그래서 경계선의 의미가 여기에 그친다면 크게 문제될 것은 없어 보인다. 하지만 시인이 말하고자 했던 것은 여기서 그치지 않는다. 그 함유된 선의 의미가 결코 행정적 의미로 한정되지 않는다는 의미이다. 거기에 내포된 이데올로기의 선, 욕망의 선, 집단의 선에 시인의 시선이 놓여 있기 때문이다. 가령, 우리의 의지와 무관하게 그려진, 3,8선을 이에 비유할 수 있을 것이다. 그 선이 만든 비극의 역사. 불온한 현실을 상기해보면 이는 금방 이해될 수 있는 일이 아닌가 한다. 이후 그 선의 파장은 결코 만만한 것이 아니었다. 이를 토대로 우리 사회는 진보와 보수의 선이 만들어졌고, 또 지역을 가르는 선도 형성되었기 때문이다. 그리고 그것이 확대 발전되어 남녀 간의 차별적 선도 만들어졌을 뿐만 아니라 빈부 격차라는 경제의 선도 만들어졌고, 세대간의 선도 만들어졌다.

선에 대한 문제의식은 누구나 쉽게 공감할 수 있는 것이다. 하지만 공감이 곧바로 어떤 뚜렷한 해법의 제시로 이어지는 것은 아니었다는 데 문제의 심각성이 놓여 있다. 선을 만들고 이를 공고함으로써 이득을 보는 집단은 시공을 초월하여 존재해 왔다. 그러한 사유들이 우리 사회에서 '회색인'의 설자리를 잃게 하고 '원'과 '네모' 사이에 있을 수 있는 '세모'의 존재라든가 '나'와 '너'를 초월하는 '우리'를 부정하게끔 만들어버리는 것이다.

3. 긍정과 통합의 시적 사유로

　현재의 인간적 실존을 만든 것이 욕망이라는 기제였고, 그 기원은 에덴 동산의 신화에서 비롯된 것이라 했다. 에덴의 신화 이후 인간의 유토피아라든가 혹은 존재론적 완성을 향한 열망이 비로소 시작되었고, 그 도정은 종결되지 않고 지금 현재진행형으로 우리 앞에 놓여 있다. 이에 덧붙여 우리 사회는 이런 보편의 정서와 더불어 통합과 긍정이라는 새로운 시대정신 또한 강요받고 있다. 실상 이러한 강요는 어제 오늘의 문제가 아니었다고 할 수 있다. 일찍이 근대를 체험하고, 이를 삶의 기본적 욕구로 수용하고자 했던 서정의 열기들이 계속 있어온 까닭도 이와 밀접한 관련을 맺고 있다. 그 하나의 사례로 들 수 있는 것이 정지용의 대표시 [백록담]이다.

　　1
　　절정(絶頂)에 가까울수록 뻑국채꽃 키가 점점 소모(消耗)된다. 한마루
　오르면 허리가 슬어지고 다시 한마루 우에서 목아지가 없고 나중에는 얼
　골만 갸옷 내다본다.

화문(花紋)처럼 판(版) 박힌다. 바람이 차기도 함경도 끝과 맞서는 데서 뻑국채 키는 아조 없어지고도 팔월 한 철엔 흩어진 성진(星辰)처럼 난만(爛漫)하다. 산 그림자 어둑어둑하면 그러지 않어도 뻑국채 꽃밭에서 별들이 켜든다. 제자리에서 별이 옮긴다. 나는 여긔서 기진했다.

2

암고란(巖古蘭), 환약(丸藥) 같이 어여쁜 열매로 목을
축이고 살어 일어섰다.

3

백화(白樺) 옆에서 백화가 촉루가 되기까지 산다. 내가 죽어 백화처럼 흴것이 숭없지 않다.

4

귀신(鬼神)도 쓸쓸하여 살지 않는 한모롱이, 도체비꽃이 낮에도 혼자 무서워 파랗게 질린다.

5

바야흐로 해발 육천척 우에서 마소가 사람을 대수롭게 아니녀기고 산다. 말이 말끼리 소가 소끼리, 망아지가 어미소를 송아지가 어미말을 따르다가 이내 헤여진다.

6

첫새끼를 낳노라고 암소가 몹시 혼이 났다. 얼결에 산길 백리(百里)를 돌아 서귀포(西歸浦)로 달어났다. 물도 마르기 전에 어미를 여흰 송아지는 움매-움매-울었다. 말을 보고도 등산객을 보고도 마구 매여달렸다.

우리 새끼들도 모색(毛色)이 다른 어미한틔 맡길 것을 나는 울었다.

7

풍란(風蘭)이 풍기는 향기, 꾀꼬리 서로 부르는 소리, 제주 회파람새 회파람 부는 소리, 돌에 물이 따로 굴으는 소리, 먼 데서 바다가 구길 때 쏴-쏴-솔소리, 물푸레 동백 떡갈나무속에서 나는 길을 잘못 들었다가 다시 측넌출 긔여간 흰돌바기 고부랑길로 나섰다. 문득 마조친 아롱점말이 피하지 않는다.

8

고비 고사리 더덕순 도라지꽃 취 삭갓나물 대풀 석용(石茸) 별과 같은 방울을 달은 고산식물(高山植物)을 색이며 취(醉)하며 자며 한다. 백록담 조찰한 물을 그리여 산맥우에서 짓는 행렬이 구름보다 장엄(壯嚴)하다. 소나기 놋낫 맞으며 무지개에 말리우며 궁둥이에 꽃물 익여 붙인채로 살이 붓는다.

9

가재도 긔지 않는 백록담(白鹿潭) 푸른 물에 하눌이 돈다. 불구(不具)에 가깝도록 고단한 나의 다리를 돌아 소가 갔다. 좇겨온 실구름 일말(一抹)에도 백록담(白鹿潭은) 흐리운다. 나의 얼골에 한나잘 포긴 백록담(白鹿潭은) 쓸쓸하다. 나는 깨다 졸다 기도(祈禱)조차 잊었더니라.
  - 정지용, 「백록담」 전문

정지용이 '백록담'의 세계에 이르게 된 것은 근대로부터 파생된 위기의식이 크나큰 계기로 작용했다. 앞서 언급대로 근대란 이분법적 사유라는 부정성을 강요했다. 자연과 인간의 대립이라는 이원화야말로 근대가 파생시킨 가장 큰 부정성이었기 때문이다. 그런데 이런 이항대립은 인간과 자연이라는 거대 담론뿐만 아니라 인간 내부의 자의식 또한 분열시켜 왔다. 그 대표적인 것이 의식과 무의식의 대립이라든가 전일적 의식의 파탄이라는 유기체들의 분열상이다. 그리하여 정지용은 인식의 완결성을 향한 사유의 여행을 떠났고, 그 최후의 여정에 이른 것이 이 「백록담」의 세계였던 것이다. 그렇다면 그가 이 작품에서 말하고자 했던 근대의 이중성이라든가 혹은 인식의 파편성이란 무엇이었을까. 정지용은 우선 박무성 시인의 「조선 시대 이후 보수와 진보」라든가 이동순 시인의 「경계선」이 인식했던 것처럼, '경계'라든가 '구분'의 사유에 주목했던 것처럼 보인다.

「백록담」을 주제론적 관점에서 이해하게 되면, '자연'과 '인간'이란 결국 하나의 대상이란 사유에 이르게 된다. 이런 인식이야말로 근대의 어두움에 대한 안티테제일 뿐만 아니라 근대가 파생시킨 이항대립적인 사유를 그 근저에서부터 부인하는 기제가 될 것이다. 그렇게 되면, 정지용의 사유는 근대 이전의 지대, 어떤 시원의 공간과 맞닿게 된다. 이때 그는 어떤 방식을 통해서 이런 지점에 이르게 되었을까하는 의문에 이르게 된다. 이에 대한 답이야말로 정지용이 추구했던 모더니즘의 본질과 그의 정신이 보여준 구경적 의미가 무엇인지를 알게 해주는 시금석이 된다고 하겠다.

「백록담」을 읽어보면 알 수 있는 것처럼, 분열에 대한 형이상학적 통합은 이른바 경계나 구분의 무화에서 탐색되고 있다. 여기서 이런 층위는 크게 두 가지 단계를 거쳐 이루어지는데, 하나는 자연과 인간의 관계 속에서, 다른 하나는 자연 그 자체의 유기적 통합 작용을 통해서이다. 먼저 전자의 경우를 보면, 이 작품에서 시적 자아는 '한라산'의 등반 과정 속에서 점차 자신의 정체성을 잃어가게 된다. 다시 말하면 자연과 인간의 거리는 서서히 좁혀지고 결국 자연이라는 거대 단일체 속에 편입되어 가는 자아를 발견하게 된다. 이런 사유야말로 근대 이전의 것, 곧 원시적 야만의 상태일 것이다. 이것이 통합의 원형적 모습임은 지극히 당연할 것이다.

두 번째는 자연 그 자체 내의 유기적 통일성이다. 이 작품은 한라산의 등반과정에서 시적 자아의 눈에 들어온 풍경을 통해 전개되는데, 시적 자아라는 인간적 사실이 자연에 묻혀 그것과 하나되는 동일자가 탄생하는 것처럼, 자연 또한 그러한 모습을 스스로 생산하고 있었던 것이다. 가령, 5연에서 "망아지가 어미 소를 송아지가 어미 말을 따르다가 이내 헤여진다"라는 부분이 그러하다. 새끼와 어미의 관계는 구분을 만들어낼 수 있는 가장 중요한 기초 단위가 된다는 사유의 핵심이 놓여 있는 경우이다. 그런데 한라산에서는 그러한 원초적 구분의 세계마저 철저하게 거부된다. 새끼와 어미는 전연 구분되지 않고 하나의 유기체로 거듭 태어나기 때문이다. 이런 통합의 세계들은 6연에 이르면 더욱 극대화되어 표현되는데, 가령, "물도 마르기 전에 어미를 여읜 송아지는 음메 음메 울면서 말을 보고도 등산객을 보고도 마구 매여 달리는" 현상이 그러하다. 이 경지에 이르게 되면, 새끼와 어미, 인간과 동물의 경계랄까 구분은 전연 무의미한 것이 된다. 이곳 한라산에는 계통으로 발전하기 이전의 모습, 곧 원시적인 개체들의 모습들이 뿔뿔이 흩어져서 균질한 개체들의 수평적 모습만을 우리에게 재현시켜주고 있다.

농가 마당에
우두커니 앉아서

종일 구름바라기하는 고인돌
아득한 옛날
이 들판에 처음 놓이던
그날의 장엄한 광경을 잊지 못하네
땅속에 묻힌 씨족장
그 죽음을 애도하던 흐느낌 소리
바람에 귀 기울이면
지금도 귀또리 울음처럼
가느다랗게 들리네
아아 세월은 몇 겹이나 흘러갔나
경계와 담장이 생기고
사람들 마음에 울타리 놓이면서
고인돌은 남의 집
마당귀에 갇힌 몸 되었네
아낙네는 고추를 널고
남정네는 여기 누워서 별을 보네
이젠 무언가를 덮지도
고이지도 못하고
추모와 신성함조차 잃어버린 고인돌은
그저 뒷방 늙은이처럼
밤이면 혼자 일어나 웅얼거리네
아무도 그걸 모르네
　　　－ 이동순, 「고인돌」 전문

　이 작품 역시 「백록담」의 연장선에 놓여 있다. 시인은 여기서 고인돌
의 역사를 먼저 말한다. 아득한 옛날 고인돌이 생겨날 때, 이 고인돌은

그날의 의미있는 풍광, 장엄한 현장에 대해 잊지 못한다. 삶과 죽음이 하나였고, 자연과 인간의 삶 또한 이와 마찬가지의 것이었다. 말하자면 인간과 자연이 하나였던 세계가 고인돌이라는 상징으로 표명되었던 것이다.

하지만 오랜 세월을 거치면서 이 통합의 상징이었던 고인돌의 의미는 사라지게 된다. "경계와 담장이 생기고/사람들 마음에 울타리 놓이면서" "고인돌은 남의 집/마당귀에 갇힌 몸"이 되었기 때문이다. 말하자면 고인돌은 자신의 원천적 고향, 선험적인 고향을 잃어버리고 고립된 지대에 홀로 남게 된 것이다. 하지만 고인돌은 자신이 처음 만들어졌던 그 잃어버린 고향에 대한 그리움의 정서를 결코 포기하지 못한다. 그리하여 "밤이면 혼자 일어나 웅얼거리면서" 선험적 고향을 그리워하게 된다. 하지만 인간은 고인돌의 그 간절한 목소리를 들을 수 없을뿐더러, 그 소리가 의미하는 것이 무엇인지도 모른다. 어쩌면 그 무지에 대한 한탄이 이 음성 속에 또한 담겨있었던 것은 아닐까.

4. 대립을 뛰어넘는 치유와 긍정

서정시는 자아와 세계의 거리로부터 탄생한 장르이기에 통합에 대한 정서를 필연적으로 추구할 수밖에 없는 운명을 갖고 있다. 그러한 요구가 서정시에 부과된 근본 임무이기에 서정시는 언제나 이 감수성을 제시해 온 것이다. 이런 면에서 서정시는 오늘날 우리 사회가 요구하는, 통합이라는 시대정신을 다른 어떤 장르보다 훌륭하게 수행해 왔다고 할 수 있다.

지금 우리 사회는 심각한 분열상을 노정하고 있고, 그 원인에 대해서는 다양한 면들이 지적되고 있다. 근대란 이항대립적인 분열을 필연적으로 수반하는 것이긴 하지만, 우리는 그런 한계보다 더 심각한 대립과 분열, 갈등을 겪기도 한다. 이런 것들은 모두 인간이 갖고 있는 어쩔 수 없는 한계, 곧 욕망의 지배로부터 자유롭지 않은 데 그 일차적인 원인이 있다. 뿐만 아니라 우리에게는 그러한 요소에다가 역사적, 이념적 요소까지 덧붙여짐으로서 갈등의 투기장으로 명명되어도 무방할 정도로 심각한 대결상을 노정하고 있는 것이다.

　분열이란 조화와 통합의 반대편에 놓인 정서이다. 그렇기에 이는 결코 긍정하거나 지지받을 수 없는 사유라는 것도 익히 알고 있다. 그럼에도 초월이라든가 승화와 같은 치유의 담론들이 끼어들 여지는 상당히 제한되어 있는 것이 현실이다. 이분법적인 대립이란 늘상 존재할 수밖에 없는 것이고, 한쪽의 지지만 받으면 자신이 의도했던 담론들은 어느 정도 성공을 보장받게끔 그렇게 사회 구조가 만들어져 있는 까닭이다.

　지금까지 현대 시사에서 서정시인들, 그리고 서정시들은 이런 분열과 갈등이 무엇이고 그 변증적 통일의 세계가 무엇인지에 대해서 어느 정도 이해하고 있었다. 그 의지들이 모여서 서정시에 경계와 구분에 대한 미학적, 철학적 이해들이 있어 왔고, 또 지속적으로 탐색해 온 추동력이 되어 왔기 때문이다. 이들이 내린 서정적 진단은 대개 이러한 것들이었다. 가령, 지구상에 존재하는 생명체 가운데 구분을 만들고 경계의 지표를 세우는 것은 오직 인간들 뿐이라고 본 것이다. 그리고 이렇게 경계가 만들어지면 인간들은 자연스럽게 이 속에 포함되는 것이라고도 했다. 만약 그렇지 않으면, 그는 집단으로부터, 사회로부터 회색인으로 분류되어 그 소속감을 잃어버릴 수 있음도 환기시켰다. 인간의 사회나 혹

은 동물의 집단에서 보듯 무리로부터 제외된다는 것은 생존권의 보장
과 직결되는 문제와도 같은 것이었다.

  서정시는 이런 현실로부터 눈을 돌리지 않았고, 또 앞으로도 그러해
야 할 것이다. 구분이 없는 세계, 경계가 없는 세계에 대한 가열찬 천착
은 계속 진행되어야 한다. 그래서 더 많은 회색인을 만들어내야 하고, 중
간 지대를 발굴해내야 한다. '원'과 '네모'만이 있는 것이 아니고 '세모'
가 있음도 알아야 하고, '나'와 '너'만 있는 것이 아니라 저 너머에 '그'도
있고, 또 '우리'가 있음도 알아야 한다. 계통보다는 개체들의 수평적 세
계만이 하나의 전일적 세계를 완성할 수 있음 또한 알아야 한다. 그러한
지대를, 사유를 발견하고 이를 시대의 맥락 속에 의미화하는 일, 그리하
여 사회적 대통합을 이루어내야 하는 일 그러한 것들이 요즘 우리 시대
가 서정시에 요구하는 근본 임무라 할 수 있을 것이다.

(2022년 만해축전 발표)

21세기의 시정신
- 『시와 정신』 창간 20주년을 기념하여

2002년 "새로운 시정신은 무엇인가"를 목표로 계간 『시와 정신』이 창간되었다. 이때는 월드컵 4강이라는 위대한 업적을 이루었던 시대이기에 전 국민적으로 축구에 대한 열기가 매우 뜨거웠다. 가히 대중의 전성시대를 연 것이다. 뿐만 아니라 '금강산 관광'이 시작된 후 4년이 경과한 시점이기에 그 행사가 본 궤도에 오른 시기이기도 했다. 그러니까 이 시기는 뭔가 집단이 형성하고 이를 토대로 새로운 펼쳐지는 어떤 가능성을 보여주었던 때였다고 하겠다. 『시와 정신』은 이런 열기와 집단의 담론을 바탕으로 이 시대가 요구하는 시정신이 무엇인가를 고민하고 시인, 비평가, 수필가 등의 글들을 차례로 전제하면서 시작되었다.

"10년이면 강산도 변한다"는 우리의 속담이 있다. 이는 그만큼 10년이라는 시간이 무척 길다는 뜻일 것이다. 10년에 견고한 어떤 것들이 변하는데, 그렇지 못한 것들이야 더욱 그러하지 않았겠는가. 『시와 정신』이 창간된 이후 우리는 지난 20여년의 시간 동안 실로 많은 변화를 목도하면서 현재에 이르고 있다. 그것은 정치적으로도 그러했고, 사회적으로도 그러했으며 이에 조응하는 시정신도 마찬가지였다.

　그동안 진보적인 정권이 두 번에 걸쳐 있었고, 보수적인 정권이 또한 마찬가지였다. 이 도중에 우리 헌정상 대통령이 탄핵되는 전무후무한 일도 겪은 바 있다. 이런 격변이 대내적인 것이었다면, 대외적인 것 역시 커다란 변화가 있었다. 북한의 핵실험이 있었는가 하면, 리먼 브러더스로 상징되는 대규모 금융 시장의 붕괴도 겪었다. 이런 분기점들이 요동칠 때마다 이에 응전하는 서정시들은 언제나 생산되었고, 이 도정에서 시대를 선도하는 서정 담론 또한 만들어졌다.

　역사는 늘 중심을 지향하는 것과 그러지 않으려는 것과의 끝없는 싸움이라 할 수 있을 것이다. 그리고 새로운 것과 전통적인 것과의 지속적인 길항 관계 역시 계속 진행되는 것이라 할 수 있다. 이것이 변화와 지속의 관계에서 설명할 수 있는 것이라면, 서정시 또한 그에 걸맞은 과정을 거쳐 왔다고 할 수 있다.

　그러한 과정 가운데 가장 먼저 주목의 대상이 되는 것이 시의 형식 문제이다. 과거도 그러했거니와 현재 우리 시단을 이끌어가는 커다란 양식은 대개 두 가지 종류로 모아진다. 하나는 해체지향적인 방향이고 다른 하나는 그렇지 않은 방향의 것이다. 이 둘 사이의 대립은 어제 오늘의 문제는 아니다. 실상은 해체라는 특이성 때문에 주목을 받아온 것인데, 어떻든 전자의 경향은 1920년대 초 다다이즘을 비롯한 초현실주의가 우리 시단에 정착한 이후 계속 진행되어 왔다. 따라서 그것은 어느 시기에나 있었는데, 가장 주목의 대상이 되었던 것은 이 양식이 주조로 부상하는 시기일 것이다.

　어떻든 시를 형식적으로 해체하고자 하는 데에는 아마도 몇 가지 함의가 숨어 있는 듯하다. 하나는 관심의 문제이다. 모든 예술 장르가 다 그러하지만 작품은 독자의 관심으로부터 멀어지면 그 생명력이 소멸하게 된다. 그러니 어떡하든 독자의, 비평가의 관심을 끌어야 한다. 그 관심이 의도하는 것이란 곧 인기이고 생명력이며, 더 나아가서는 대중성을 획득하는 것이다. 그러니까 시인들은 여기에 끝없는 관심을 두게 될 수밖에 없는 것이다.

그리고 다른 하나는 시대와의 응전에서 찾아진다. 잘 알려진 대로 현재는 복잡한 사회이다. 따라서 그러한 다면적 국면을 모두 수용하기 위해서는 전통적인 시형식, 다시 말해 신비평가들이 말하는 '잘 빚어진 항아리'로 대응하는 것은 쉽지 않은 일이 된다. 따라서 그런 다면성을 드러내기 위해서는 인식의 물결에 따라 형식 역시 동일한 함량으로 출렁거려야 한다. 소위 말하면 형식의 해체, 시의 해체는 이런 저간의 사정에서 비롯되는 것이라 할 수 있다.

하지만 형식이 파괴되고, 그에 따른 참신성이 확보된다고 해서 서정시의 임무가 다 끝난 것은 아니다. 그것은 서정시가 갖고 있는 미학상의 특성에서 그러한데, 이 과정에서 가장 경계해야할 것 가운데 하나가 바로 언어유희이다. 특히 이 언어 게임이 극단화의 길로 가게 되면, 정말 알 수 없는 난해시의 범주에 갇히게 된다. 지금 시단의 한편에서 들려오는 다음과 같은 경계의 목소리는 여기에 그 원인이 있다고 하겠다. "시를 오래 써온 내가 시의 이해도가 없는 것인가? 오늘날 쓰여지는 시는 도대체 이해할 수가 없다"라는 경구의 말이다.

시의 형식에 관한 것이 서정시의 한 특성이라면, 다른 하나는 내용에 관한 것이다. 서정시에는 다양한 형태의 시정신들이 존재한다. 따라서 우리 시대를 이끌어가는 시정신이 "이것이다"라고 하나의 단선적인 대답을 내리는 것은 사실상 불가능한 일이 아닐 수 없다. 물론 그 각각의 실타래들을 모두 붙들고, 이에 의미의 줄기를 심을 수는 없는 일이다. 그럴 경우 주조라든가 시대의 담론이라는 것을 간취해낼 수 없기 때문이다. 따라서 어느 특정 시기에 주도적으로 진행되어온 시정신을 뽑아서 이것을 이 시기의 고유한 시정신으로 만드는 작업이 필요한 것도 사실이다.

시의 내용을 결정하는 것은 시대와 불가분의 관계에 있는 것이다. 우리의 경우 지난 시기의 여러 사건 가운데 가장 큰 사회의 자장을 가져온 것은 아마도 진보와 보수의 논리였을 것이다. 특정 장관의 임용을 둘러싼 이들의 대립은 우리 사회를 다른 어떤 시기보다도 극단적 대결로 몰아갔다. 이들은 자신들의 집회 장소를 서초동과 광화문으로 정함으로써 서초동과 광화문이라는 상징성을 만들어내고 만 것이다. 그곳에서 그들은 자신들 고유의 치열한 자의식을 드러낸 바 있다. 이 사건이 보여준 것은 범상치 않은 것이었다. 우리 사회에는 여전히 진보와 보수의 뿌리 깊은 갈등이 남아있음을 확인시켜주었기 때문이다. 우리 근대사에 있어서 해방 직후의 상황을 제외하면 이때가 이 두 집단 사이에 내재된 갈등의 골이 가장 크게 나오지 않았나 생각된다.

문학은 정치의 하위로 분류되기도 하고 경우에 따라서는 그 반대의 위치에 놓이기도 한다. 뿐만 아니라 시대를 앞서가는 선구자로 인식되기도 한다. 하지만 이것은 어디까지나 관념적 차원의 것일 뿐 실질적으로는 정치의 규율성에서 크게 벗어나지 못하는 것이 사실이다. 그러한 까닭에 문학은 정치에 종속되어서 그들이 요구하는 것에 부응하도록 강요받아오기도 했다. 하지만 이런 사실에도 불구하고 문학은 그 나름으로 이런 경색된 국면을 타개해보려는 시도를 게을리 하지 않았다. 그 하나의 방법이 이른바 통합의 논리, 혹은 초월의 논리였다. 분열을 넘어,

갈등을 넘어 저 높이 앉아 있는 중용의 자리, 그 통합의 자리로 올라가게끔 추동하는 정서를 끊임없이 펼쳐보였기 때문이다. 그리고 이런 상황에서 더욱 중요하게 부각한 것이 바로 자연에 대한 새로운 의미화이다. 여기서 자연은 근대 이후 우리 시인들이 즐겨 인유했던 형이상학적 관념이 아니다. 문명과 대립하거나 또는 문명 너머의 것에 대한 대안의 문제가 아니라 자연이라는 물 자체에 주목하는 것이었다. 이럴 때, 자연의 가장 중요한 함의 가운데 하나로 제기된 것이 이른바 비욕망의 음역이었다.

자연이 욕망과 일정한 거리를 두고 있다는 것은 자명한 사실이다. 인간의 욕망은 자신들의 이해관계를 위해서 인간들 사이, 혹은 인간과 사물 사이의 거리를 만들거나 장벽을 만들기도 하고 경우에 따라서는 자신의 소유를 강요하기도 했다. 가령, 자연의 한 표상인 새는 구분없이 하늘을 자연스럽게 비상할 수 있는 것인데, 그것의 비상은 너와 나를 구분하는 차원이 아니고, 또 여기와 저기의 나넘이 있는 행위도 아니라는 것이다. 반면 인간은 그러하지 못하다. 구획을 만들고 경계를 만드는 것은 오직 인간 뿐이고, 그 근저에 자리하고 있는 것이 바로 인간의 욕망 때문이라는 것이다. 이런 논리에 기대게 되면서 자연은 새롭게 의미화되었고, 사회를 좀먹고, 우리를 갈라놓은 이념들에 대해서 견고한 경계의 담론이나 교훈을 제시하고 있었던 것이다.

그리고 여기서 한걸음 더 나아가서 그러한 갈등의 끝자락에 놓여 있는 것 가운데 하나가 우리를 둘러싼 강대국의 현실이었다. 잘 알려진 것처럼, 우리는 남북분단의 아픔을 겪고 있는 지구상의 유일한 국가이다. 2017년 들어 새롭게 들어선 정부는 남북 대화를 의욕적으로 시도했고, 그에 따른 성과도 어느 정도 있었다. 그리고 한 단계 더 나아가 서로에게 건너갈 수 없는 강, 다시 말해 절대적으로 합일할 수 없는 것처럼 보였던, 미국과 북한의 대화도 시작되었고, 그들만의 정상 회담도 개최되었다. 이런 일련의 현실을 목도하면서 이제 이념의 강들은 사라지는 듯 보였다.

하지만 역사의 깊이와 넓이를 경과한 질서들이 하루 아침에 무너지는 것이 아니었고, 쉽게 초월될 수 있는 것도 아니었다. 하노이 빅딜이 실패한 직후 드러난 상대방 지도자의 어색한 표정이야말로 강대국의 논리가 얼마나 크게 작용하고 있는가를 잘 보여주는 사례였다고 할 수 있다.

그리고 21세기를 장식하는 최후의 위기 담론은 코비드 19였다. 이것이 처음 수면 위로 올라 온 것은 2020년 초였다. 중국 어느 지역에서 처음 발견된 것으로 알려진 이 바이러스는 지금 온 지구상을 뒤덮고 있고, 그 유폐적 힘들은 이로부터 탈출하는 것이 결코 만만한 것이 아님을 일러주고 있다. 이를 두고 과잉된 인간의 욕망들에 대한 역습이라고 하기도 하고, 혼탁한 현실에 대한 신의 형벌이라고 말하기도 한다.

지금 유행하고 있는 이 바이러스는 기존의 것과는 크게 두 가지 점에서 다른 면을 보여주고 있다. 하나는 전파력이다. 지금껏 나온 것들 가운데 이렇게 빨리 퍼져나가는 바이러스는 없었을 것이다. 속도의 빠름이라는 측면에서 보자면 그것은 근대 과학 문명의 그것과 비견될 만한 것이다. 근대 문명의 특성이 속도에 있는 것이니 바이러스 또한 이와 비례하여 따라가는 것처럼 보이는 것이다. 과학은 이렇듯 문명이나 질병 모두에게 빠른 속도감을 부여하고 있었던 것이다. 그리고 그것의 또다른 특징은 치명율이다. 각 나라마다 차이는 있지만 이것은 다른 전염균에 비해서 치명율이 상당히 높은 편이다. 물론 이를 비율의 정도에서 계상하는 것이 이 질병의 정도를 올바르게 이해했다고는 할 수 없을 것이다.

어떻든 이 질병을 통해서 과거의 어떤 팬데믹 못지 않게 많은 사람들이 이 지상에서 사라져가고 있다. 전파율과 사망률이 높다 보니 지금 우리는 여기로부터 하루바삐 벗어나야 하는 것을 시대의 운명으로 받아들이고 있는 것이다.

이 바이러스의 유행은 우리들로 하여금 '밀실을 만들지 말고 간격을 넓히라'는 교훈을 주고 있다. 뿐만 아니라 집단을 멀리하고 되도록 광장으로 나아가라고도 말한다. 그러한 시대적 요구가 있기에 지금 이곳의 시정신은 이를 충실히 반영하면서 이전과 구분되는 새로운 서정 담론을 만들어내고 있다. 하지만 그 대부분의 담론들은 지금 포스터처럼 작동하고 있는 선언들을 그대로 답습하는 듯한 양상을 보여주고 있다. 하기사 이것의 원인이 어디에 있는가에 대해서 정확히 밝혀진 것이 없으니 이런 선언이라도 충실히 반영한 서정시를 써야 하는 것이 옳은 길인지도 모르겠다.

하지만 여기에는 분명 어떤 원인이 있을 것이고, 또 이를 유행케한 토대 역시 분명 존재할 것이다. 잘 알려져 있는 것처럼, 근대 사회는 인과론의 지배를 받는다. 원인없는 결과란 있을 수 없는 것이다. 그래서 일부 시인들은 현상이 아니라 본질에 주목하여 현재의 시정신을 탐색해들어가려는 일련의 시도들을 보여주고 있어 주목되는 측면이 있다. 그 하나가 인간의 문제이다. 실상 이 문제는 우리 근대 문학에서 끊임없이 탐색해왔던 주제 가운데 하나라는 점에서 그 의의가 있는 것이라 하겠다. 가령, 사회적 국면에서 의미화되는 인간의 문제가 있을 수 있고, 또 심리적 국면에서 만들어지는 인간 문제도 가능할 것이다. 그런데 인간에 대한 이런 규정들은 코비드 19가 유행하는 현재에도 그대로 유효하다는 사실이다. 물론 그 중심에 자리하고 있는 것은 인간의 거침없는 욕망에 있는 것인지도 모른다. 지금 지구촌은 이 바이러스 외에도 여러 환경적 요인들에 의해 고통받고 있다. 자연을 도구화하고 수단화한 인간의 끝없는 욕망이 이런 불온성을 만든 근본 동인이라는 데에는 모두 동의할 것이다. 인간의 문제는 그 자체적으로 혹은 대외적으로 규정하기 힘든, 그리고 이해하기 힘든 존재임은 분명할 것이다.

둘째는 인간들 사이에 내재하는 집단 이기주의이다. 물론 이 의식의 근저에 자리한 것도 인간의 욕망일 것이다. 하지만 이런 개인적인 것들이 모여 하나의 집단을 형성하게 될 때 보다 더 큰 난점이 발생한다는 것에 문제의 심각성이 놓여 있다. 집단 이기주의란 어느 특정 지역에서도 가능한 의식이기도 하고 국가라는 거대 단위에서 가능한 의식이기도 하다. 앞서 말한 진보와 보수의 논리도 집단 이기주의의 하나일 것이다. 물론 보다 더 큰 단위를 생각하는 것도 가능할 것이다. 가령 국가 간의 대립이 그러한데, 지금 러시아와 우크라이나 사이에서 벌어지는 전쟁을 생각하면 이는 충분히 짐작할 수 있는 일이다. 그런데 문제는 이런 국가간의 갈등이 이들 국가 차원에서 머무르지 않고 보다 크게 확산되고 있다는 사실이다. 현재 진행되고 있는 전쟁에서도 그러한 단면을 볼 수 있거니와 이럴 경우 보다 심각한 인명 피해가 있을 수 있기에 각별한 주의가 요망된다. 그것은 인간의 생명, 곧 집단 학살이라는 비극으로부터 결코 자유로운 것이 아니기 때문이다.

우리 시단은 지나간 시간의 토대 위에서 진행된 것들 위에 굳건히 서 있다. 물론 이런 발걸음이 반성적 토대 위에 있는 것은 자명한 일인데, 앞으로 우리 시단은 이런 토대를 배경으로해서 한 걸음 더 나아가야할 것으로 보인다. 그 모든 것이 앞서 말한 인간 문제에서 비롯될 것인데, 실상 앞서 살펴본 것처럼, 이 문제에 대해 어떤 뚜렷한 답이 있는 것은 아니다. 만약 그러하다면, 지상의 유토피아는 벌써 펼쳐지고 실행되었을 것이기 때문이다.

어떤 경우는 원인이 밝혀지면 그 치유의 담론도 곧바로 제시될 수 있을 것이라고 말하곤 한다. 물론 이 말이 전혀 틀린 것이라고는 할 수 없을 것이다. 그러한 부분에 대해서 지금까지의 시정신은 꾸준한 탐색과 그 해법을 제시해 온 것도 사실이기 때문이다. 하지만 지금 이곳에서 펼쳐지는 현실에 비춰보면, 인간 문제의 원인과 그 해법이 제시되었다고 해도 불온한 현실들은 여전히 진행 중에 있다. 따라서 그것이 진정 올바른 것이었는가 하는 것에 대해서는 다소간에 회의가 들지 않을 수 없을 것이다. 그렇다고 해서 결과가 뻔한 것이니 어떠한 해법도 제시하지 않는 것을 올바른 태도라고 말할 수 있을까. 당연한 이야기이지만 이런 태도 역시 결코 정도라고 볼 수 있는 것을 아닐 것이다.

중요한 것은 시도하는 자세일 것이고, 또 만들어가는 자세일 것이다. 결과는 어떻든 차후의 문제이다. 보이지 않은 것들, 닿을 듯 하면서도 닿지 않는 것들에 대해서 그저 접촉하고자 시도를 해보았다는 사실이 중요할 것이다. 시도조차 하지 않고서 이 시대의 시정신에 대한 올바른 방도를 제시했다고 말할 수 있는 것인가. 그렇다고 해서 아무런 근거 없이 무턱대고 어떤 해법을 이야기하는 것 또한 지나친 낙관주의 혹은 편의주의가 될 것이다.

지금 우리 앞에는 다양한 현실이 놓여 있고, 그것들은 우리에게 도전을 강요하고 있다. 우리는 그러한 요구에 대해 충실히 응전하면 그뿐이다. 그것만으로도 성공일 수 있을 시정신이 필요하다. 성공이 최후의 해법은 되지 않거니와 그 또한 결코 쉽게 가능한 것이 아니다. 그것은 역사상 단 한번도 일어나지 않은 신기루와 같은 것이기 때문이다. 유토피아나 이상, 꿈 등은 그저 그 차원에서 머무는 것이 대부분이다. 만약 어떤 유토피아가 쉽게 도래한다면, 종교의 영역도, 인간의 본질에 관한 오랜 논쟁도 필요없게 될 것이다.

우리의 생존을 위협하는 요소들은 무수히 많다. 그러한 위협으로부터 인간을, 서정시를 구하는 것이 지금 이 시대가 요구하는 시정신의 요체일 것이다. 그 모색 속에서 우리는 현재의 위기를 넘어 이를 대신할 해법의 담론을 찾아내야 한다. 그런 다음 이를 서정시의 언어에 담아내야한다. 이를 위해서 서정시는 계속 쓰여져야 하고, 이 형식을 채우는 다양한 형태의 담론들 역시 계속 만들어져야 할 것이다. 그러한 자세야말로 지금 여기에서 요구하는 진정한 시정신이라 할 수 있을 것이다.

(『시와정신』, 2022년 가을)

시란 삶에서 필요한 것인가 단지 여기인 것인가
-시와 경제와의 관계

시와 삶의 관계를 규명하는 일은 쉬운 듯하면서도 무척 어려운 일이기도 하다. 특히나 경제적인 것과 결부되게 되면, 시에 대한 효용성 여부는 더욱 논란거리로 남게 된다. 불과 몇 년 전까지만 해도 '문송'이라는 말이 유행한 적이 있다. 그런데 그것은 당시의 유행에서 그친 것이 아니라 여전히 현재진행형으로 우리 앞에 놓여 있다. '문송'이란 쉽게 말해서 '문과라서 죄송합니다'라는 뜻이고, 그것의 궁극적 함의는 문과적인 것들이 경제적인 삶에는 전혀 도움이 되지 않는다는 데에서 온 말이다.

그런데 비단 이런 일은 어제 오늘의 일만은 아니었다. 과거 학창 시절에도 이런 일은 흔치 않게 일어난 일이었기 때문이다. 가령, 법학과를 다니고 있던 어떤 학생이 국어국문학과로 전학하겠다거나 아니면 졸업후 편입을 시도한 경우라든가 혹은 법과를 졸업한 이후 국어국문학과 대학원을 진학하는 사례들이 빈번히 일어났는데, 이때 모두 '문송'이라는 문제와 마주한 것이다. 물론 개인의 취향이나 특정 선생님에 대한 흠모가 진로를 결정한 것임에는 틀림없을 것이다. 문제는 그런 순수성이랄까 혹은 낭만적 사고를 결코 긍정적으로 보지 않는 사람들이 있었다는 점이다. 그 대표적인 경우가 그들의 부모이다. 이들은 자신의 자식들이 법과에 다녀서 고시에 합격하고 이를 바탕으로 권력과 돈을 쉽게 얻을 수 있기를 원했던 것이다. 해방 이후 전개된 우리의 피곤한 정치, 경제적 현실을 감안하면, 이런 전도된 현상들은 얼마든지 이해할 수 있는 것이었다. 어떻든 이런 현실에서 알 수 있는 것처럼 '문송'의 대표적인 것 가운데 하나였던 시 분야는 경제적인 것들과는 언제나 반비례 관계에 놓여 있었다고 하겠다.

하지만 시가 폄하되고 긍정적인 기능을 하지 못한 사례들은 오래 전부터 있어 왔다. 그 대표적인 경우가 플라톤의 '시인추방론'이다. 물론 그가 이런 주장을 한 배경에는 문학 원론적인 입장과 밀접한 관련을 갖고 있었다. 일종의 모방론에 대한 비판이 깔려 있었던 것인데, 이는 어쩌면 아리스토텔레스가 말한 "예술은 인생의 모방이다"라는 관점을 비판하고픈 동기가 숨겨져 있었던 것은 아닐까. 잘 알려진 대로 모방론이란 신이 창조한 원상이 있고, 이를 토대로 목수가 만든 실체가 있다고 본다. 시인은 목수가 만든 이 실체를 갖고 시를 만들게 된다. 곧 모방하게 된다는 것이다. 이렇게 되면, 신이 만든 원상에 비해 시인이 만든 실체는 몇 단계가 떨어져 있게 된다. 이런 단계들을 거치면서 원래의 모습은 상당히 퇴색되기 마련인데, 그러한 훼손이 본질을 왜곡한다고 보았던 것이다. 따라서 본질을 왜곡할 개연성이 큰 시인들은 이상적인 공화국 건설에 있어 전혀 도움이 되지 않기에 이들을 여기서 추방해야 한다는 것이 플라톤의 논리였다.

그런데 이것은 어디까지 이론이 갖고 있는 한계이고, 또 모방론에 대한 기계적 사고에서 오는 것일 뿐이다. 플라톤의 논법에 의하면 시인이란 그저 있는 실체만 모방하고 더 이상 어떤 생산적인 일에는 전혀 종사할 수 없는 수동적 인간으로 받아들여지게 된다. 하지만 시인이 인류 역사상 이렇게 수동적인 위치에 머물러 있었던 적은 한번도 없었을 뿐만 아니라 모두 적극적인 위치에서 시대를 선도하고, 새로운 문화를 창달하는데 앞장 서 온 것이 사실이기 때문이다. 흔히 이야기되는 대로 시인은 시대의 선구자 내지는 예언자로 충분한 자기 역할을 수행해왔던 것이다.

이 이야기는 서구의 역사에 한정된 것이긴 하다. 그러나 시가 문학이나 권력으로부터 전혀 무관한 채 외따로 존재하고 있었던 것은 아니다. 아니 과거에는 시야말로 권력과 가장 밀접히 결부되어 있었다고 해도 틀린 말은 아닐 것이다. 가령 고려 이후 실시된 우리의 과거 제도를 이해하게 되면, 이는 대번에 알 수 있는 일이다. 잘 알려진 것처럼, 과거는 시문의 능력을 측정한 시험이었다. 이 시험을 수행하기 위해서는 시제(詩題)가 반드시 필요했다. 말하자면 과거란 요즈음 시행되고 있는 창의적 시험인 수능 시험을 능가하는 논술시험이었는데, 그 핵심은 바로 문장 능력 평가 시험이었던 것이다. 이는 곧 시가 권력으로 통하는 길이었음을 말해준다. 권력으로 나아가게 되면, 경제적인 것은 곧바로 해결될 수 있는 것이었는데, 그만큼 시와 권력, 경제는 예전부터 밀접히 결부되어 있었던 것이었다고 하겠다.

여기에 또 하나 첨언하지 않으면 안 되는 것이 있는데, 조선 시대에 이르러서는 바로 양반 문화의 기초가 시와 불가분하게 결부되어 있었다는 사실이다. 그것은 대개 두 가지 경로에서 가늠해볼 수 있는 것인데, 하나는 권력을 향한 자신의 견해를 표출하는 방식과, 양반 문화에서만 있는 일종의 교류문화가 다른 하나이다. 마땅한 언로가 없었던 이 시대에 양반은 자신이 갖고 있었던 정치적 이상이나 혹은 임금에 대한 자신의 발언, 곧 충성심 등을 시로 표현한 바 있다. 이런 사례로 정철의 여러 가사들은 좋은 본보기가 될 것이다. 그리고 다른 하나는 양반들의 문화적 교류에서 시가 수행했던 역할이다. 하기사 봉건 시대란 문자가 양반의 것이기에 여기서 서민들의 어떤 감수성을 시의 영역에 편입시켜 말하는 것은 어불성설일지도 모른다. 어떻든 이들의 삶에 있어서 시란 그들만의 영역을 대표해주는 주요 기능을 했던 것은 부인하기 어려운 것이라 하겠다.

하지만 근대가 진행되면서 시와 경제의 관계는 예전의 그것만큼 견고한 것으로 자리하지 못하게 된다. 대부분의 영역들이 분화되어 가는 것이 근대의 제반 문화적 현상이고 보면, 시와 경제, 혹은 권력의 관계가 예전만큼 견고한 결합을 가질 수 없는 것은 자연스러운 일이었다고 할 수 있다.

그럼에도 시가 권력과 전혀 동떨어져서 자기만의 고립된 방을 지키고 있었던 것은 아니다. 시가 도구화되는 과정이 그러한데, 특히 그것이 부정한 권력과 결탁해서 시 본연의 임무로부터 멀어진 것은 그 단적인 사례 가운데 하나가 될 것이다. 그것은 기억하고 싶지 않았던 우리 근대사의 많은 사례들이 이를 증거하거니와 일제 강점기에 벌어진 대부분의 친일 문학들 역시 이 혐의로부터 자유롭지 않을 것이다. 뿐만 아니라 부정 권력이 출현했던 해방 이후에도 시의 오명은 계속 진행되어 왔다. 여기서 참여와 순수와 같은 지리한 논쟁의 시발점이 되어왔거니와 이 현상이 문단의 끊없는 대립관계를 형성해 온 것은 익히 알려진 일이다.

시와 권력, 그 근저에 놓여 있는 경제의 논리는 산업화 시대를 맞이하면서 새로운 국면을 접하게 된다. 이제는 권력에 아부하여 시 본연의 기능을 잃은 어처구니 없는 일보다는 경제에 종속되어 가는 것들이 주된 화두로 부상했기 때문이다. 그 대표적인 것이 베스트셀러의 문화이다. 베스트셀러가 되는 것은 작가에게는 두 가지 부적과도 같은 행운이랄까 기능을 제공해주었다. 하나는 이 반열에 올라감으로써 소위 인기 작가가 된다는 것이고, 다른 하나는 다량의 책이 판매됨으로써 소위 경제적인 욕구를 만족시켜준다는 것이었다. 하지만 이 둘의 관계가 서로 분리되어 있는 것은 아니다. 인기 작가란 곧 수많은 자기 독자가 있다는 것이고, 이들은 곧 자신의 판매처로서 굳건한 역할을 해주는 층들로 기능했기 때문이다.

산업화 시대를 맞이하면서 이제 시는 경제의 논리를 떠나서는 성립하기 어려운 현실을 맞이하게 되었다. 인기 작가가 되기 위해서, 베스트셀러가 되는 책을 생산하기 위해서 작가는 작가대로, 출판사는 출판사대로 자신들에게 주어진 임무를 충실히, 아니 더 초월적으로 대응해나가야 했기 때문이다. 경제의 논리가 작가들로 하여금 새로운 경험의 장으로 밀어넣기 시작한 것이다. 이를 위해서 작가는 창작을 하는 데 있어서 이전과 구분되는 몇 가지 준비를 해야 했다. 하나는 작품 속에 구현된 경험의 지대를 넓혀야 한다는 것이고, 다른 하나는 독자지향적인 포으즈를 취해야 한다는 것이었다.

우선, 자신이 쓴 작품이 인기가 있기 위해서는 작가는 되도록 독자의 경험 지대와 함께 해야 했다. 그러니까 여기에는 누구나 공감할 수 있는 보편적인 감수성이 녹아있어야 했는데, 보편성이란 특수성의 상대적인 자리에 놓이는 감수성이다. 그래서 자기 혼자만의 고유한 경험지대는 추방되어야 독자와의 경험 지대를 같이 할 수 있었다. 가령, 자기 고립의 세계에 갇혀서 밖의 세상으로 결코 나아갈 수 없는 감수성을 갖고 작품을 쓴다는 것은 어려운 일이 된 것이다. 특수성과 고립성을 바탕으로 자신 만의 고유한 성채를 만들면서 고고히 앞으로 전진하던 모더니즘 문학이 좌절하는 순간을 맞이한 것도 이 지점에서이다. 물론 모든 문학이 이러한 길을 걸었다고 일반화하는 것은 성급한 일이 될지도 모른다. 이와 무관하게 자신의 길을 굳건히 걸어 갔던 문학은 얼마든지 있었기 때문이다. 하지만 그런 조류가 결코 대세가 아니었다는 점에서 이것이 갖는 한계는 분명한 것이었다고 하겠다.

문학적인 공감대를 넓혀가는 것은 문학이 독자에게로 보다 밀접하게 다가가는 일일 것이다.그런 면에서 문학이란 독자지향성과 분리하기 어려운 면을 갖는 것이라 할 수 있는데, 하지만 이런 경험의 지대가 넓어진다고 해서 독자가 곧바로 시인의 영역 안으로 들어오는 것은 아니다. 여기에는 분명 독자들을 이끌어들일 만한 달콤한 유혹이 있어야 한다. 경우가 다르긴 하지만 1920년대 후반 팔봉 김기진이 말한 '대중화의 전략' 같은 것이 필요해진 것이다. 이 전략이란 곧 재미라든가 흥미의 요소와 불가분의 관계에 놓인 것이라 할 수 있는데, 이제 독자는 재미없는 문학, 흥미없는 문학에는 관심을 두지 않는 시대가 되었다. 그것은 곧 서정시가 시장 논리에 적나라게 노출되어 있다는 현실을 마주하게 된 것이다. 이제 돈의 논리에 의해서 모든 것이 결정되게 되었는데, 그 주체는 이를 쥐고 있는 독자의 몫이었던 것이다.

그래서 시인은 독자의 구미를 맞추고 이들이 요구하는 것들을 적극적으로 반영해야 했다. 더 자극적이고 더 섬뜩한 것들로 작품을 메워야 했던 것이다. 뿐만 아니라 현실을 초월하는 공상적인 것들로 독자에게 숨겨져 있던 상상력을 자극할 필요도 있었다. 작가는 이제 독자에게 이끌려 자신의 역할이 점점 축소되어야 하는 현실을 맞이하게 된 것이다.

이런 현상들은 모두 경제의 논리가 시의 영역에 침투하여 만든 현상들이다. 경제는 거침없이 시의 영역에 들어와 시 본래의 영역을 간섭해 들어오기 시작한 것이다. 이제 돈이 안 되면 시가 아니었고, 또 시인이라는 지위도 얻기 힘들어졌다. 문학성보다는 경제성이 우위를 점하는 시대, 그것이 베스트 셀러의 미망이 만들어낸 무서운 결과였던 것이다.

이제 우리 사회에서는 시에 대해 새로운 질문을 던지고 있다. 종이 문화가 서서히 사라지고 있는 시대가 도래하고 있는 것이다. 한때 이런 현상에 주목하여 하이퍼 텍스트를 말하기도 하고, 또 전자책을 말하기도 했다. 이른바 종이 시대의 종말을 예고 하고 있었던 것인데, 하지만 적어도 책에 있어서는 이런 전자 문화가 우위를 점하기는 힘들 것처럼 보인다. 예전의 수준은 아니더라도 책은 여전히 중요한 자기 자리를 차지하고 있기 때문이고, 전자 문화가 점차 확산되는 현상을 목도하기 어려운 까닭이다.

하지만 이런 초언어 현상보다 더 문제시 되는 것이 이른바 모바일 세대가 갖고 있는 특징적 단면들이다. 손에 쥐고 있는 모바일은 우리들로 하여금 책 문화로부터 멀어지게 하는 주요 요인 가운데 하나이다. 이는 신문의 사례를 들면 더욱 극명하게 드러나는데, 과거 한때 지하철에 탑승하게 되면, 대부분의 사람들은 신문을 손에 쥐고 있는 모습을 볼 수 있는 때가 있었다. 그런데 지금은 어디에서도 이런 문화를 보는 것은 어려운 일이 되었다. 그런데 문제는 이런 현상이 결코 신문에만 한정되지 않는다는 점이다. 책 역시 신문과 동일한 운명을 맞이하고 있다는 데에 그 문제의 심각성이 놓여 있는 것이다.

책이 독자로부터 멀어진다는 것은 경제적인 논리에 의해 지배되어 왔던 우리의 책 문화에 일대 전환점이 된다는 점에서 주목을 요하는 것이라 할 수 있다. 이렇게 되면, 돈은 시로부터, 궁극에는 시인으로부터 멀어지게 된다. 그것은 시인의 생존 뿐만 아니라 시의 생존에도 결정적인 영향을 끼치게 될 것이다. 그럴 경우 그 정도가 심해지게 되면, 수천 년 쌓아왔던 시의 영역이, 시인의 역할이 사라질지 모른다. 경제 없이 시가 살아난다는 것은 불가능한 일인데, 시를 살리기 위해서는 경제가 필요하고 시인을 살리기 우해서도 경제가 필요한 때가 되었다. 만약 극한적인 상황까지 고려해서 시가 우리로부터 사라진다면, 어떤 현상이 벌어질 것인가. 뿐만 아니라 시인 역시 사라진다면 또 어떻겠는가. 이제야말로 시가 독자에게로 돌아가야 할 때다. 돌아가서 그들로 하여금 시를 읽어야 하고 또 거기서 무언가 생산적인 것들을 얻어야 한다는 확신을 심어주어야 한다. 모바일에서 얻을 수 있는 것보다 더 큰 어떤 가치를 획득할 수 있다는 사실을 독자들이 알아야 하는 것이다. 그럴 경우에만 시는 독자의 영역 속에 포회될 수 있고, 시인 또한 생존하게 될 것이다.

경제는 단지 경제 논리에서 그치는 것이 아니고, 이렇듯 다양한 영역에서 절대적인 힘을 발휘하고 있다. 왜 자본주의 시대라고 하는가. 내가 잘난 만큼 사는 사회, 내가 일한 댓가를 보상 받는 사회가 자본주의가 아니겠는가. 시를 경제적으로 이해하기 위해서는 이런 자본의 논리를 떠나서는 결코 성립할 수 없는 것임을 알아야 한다. 시는 경제 논리에 다가가야 하고, 경제 또한 시의 논리로 다가와야 한다. 시가 살아나는, 시의 융성이란 이런 토양에서 가능해지는 것이 아닐까.

(『문학수첩』, 2022년 겨울)

운명이 갇히는 곳, 혹은 그 초월하는 공간

    지난 시절의 작품을 읽다 보니 '손'과 관련된 작품이 많이 눈에 띈다. 인간과 동물의 차이점을 이야기할 때, 그리고 그로 인한 인류의 발전을 말할 때 흔히 '손'의 사용과 밀접한 관계가 있다고들 한다. 인간의 고유한, 또 다른 특징 가운데 하나인 직립 보행과 더불어서 말이다. 그래서 '손'은 단순히 무엇을 쥐거나 혹은 먹거나 하는 도구의 차원에 머무르기도 하고, 그 자기화하려는 자동적 속성 때문에 욕망의 상징으로 읽히기도 한다. 뿐만 아니라 손 안을 채우고 있는 여러 울타리들의 모양새, 곧 다양한 무늬로 그려진 손금 등을 통해서 인간의 운명을 이해하기도 한다.

    손은 이렇듯 인간의 삶에 있어서 결코 없어서는 안 될 중요한 수단이나 매개로 자리하고 있다. 이런 다양한 의미들이 있기에 '손'은 어쩌면 시인들이 즐겨 사용하는 소재 가운데 하나로 자리한 것이 아닐까 한다. 이번 계절의 시에 손을 소재로 한 작품이 많은 것도 여기에 그 원인이 있을 것이다.

늘 무언가를 쥐고 살았다

걸레 행주 호미 삼태기 바늘 자루 봉지 빨래 빗자루 바가지 주걱 바구
니 사발 부지깽이 소쿠리 채 절구 조리개 갈퀴 등속

병상에 누워 빈손이 허전한지 허공을 쥐었다 놓고 돌아가셨다
　　— 이재무, 「빈손」,『시와정신』 2022년 겨울호

　인용시는 손을 소재로 재미있게 풀어낸 작품이다. 내용을 들여다보
면 금방 알 수 있는 것처럼, 작품 속 손의 주체는 여성이다. 아마도 시적
주체의 어머니일 것으로 추측되는데, 그것이 표징하는 것은 서정적 자
아의 삶이기도 하고 어쩌면 그녀가 걸어온 기나긴 삶, 편편치 못한 삶일
수도 있다. 시인은 서정적 자아가 겪어온 오랜 서사적 인생을 아주 간결
한 서정으로 제대로 풀어내었다.
　이 작품에서 손이 갖는 의미는 매우 다층적이다. 우선 손이 갖는 습관
성이 잘 드러나 있는데, "늘 무언가를 쥐고 살았다"는 것이 이를 증거하
거니와 서정적 자아가 쥔 것들은 대분분 일상성의 차원을 벗어나지 못
하는 것들이다. 그 일상성이란 것이 삶의 기본적인 수단이자 생존을 위
한 최소한의 몸부림일 것이다.
　두 번째는 손에서 풍기는 삶의 정겨움이다. 아니 그보다는 삶의 아픔
이라는 말이 좀 더 어울릴지도 모를 정도로 여기에는 아픔이 담겨 있는
것처럼 보인다. 적어도 시적 화자는 노동 없이는 살 수 없는 존재였던
것은 아닐까. 삶의 최저 조건을 겨우 수행할 수 있는 여러 도구가 화자
의 손에 놓여 있다는 점에서 그러하다. 그러니 마지막 순간까지도 삶의
도정에서 습관처럼 굳어진 '손'이기에 마치 허전한지 허공을 쥐었다 놓

았다하는 행위가 반복되었던 것은 아닐까.

셋째는 빈손이 주는 삶의 교훈이랄까 형이상학적인 차원에서의 의미들이다. 인간의 삶은 흔히 '공수래공수거', 즉 빈손으로 왔다가 빈손으로 가는 것이라고 알려져 왔다. 이는 물론 어김없는 진실일 것이다. 하지만 대부분의 인간들은 이 뻔한 진리에 대해 애써 외면하고, 또 그것이 눈앞의 현실로 다가오는 순간에도 이 교훈이 주는 것들에 대해 감각하지 못하는 것이 현실이다. 물론 앞서 언급대로 이 작품에서 서정적 자아의 삶은 안온한 것이 아니었다. 언제나 치열한 삶의 현장에 내몰린 존재였는데, 그럼에도 이러한 행위조차도 경우에 따라서는 욕망이라는 차원으로 이해할 수도 있을 것이다. 삶의 최소 조건조차 욕망 없이는 그 설명이 불가능한 까닭이다. 그러나 이제 자아는 본연의 고향으로 되돌아가야 한다. 사소하고 불가피한 것이었을지라도 그 욕망의 마지막 끈조차 놓아야 할 때가 되었다. 빈손의 머뭇거림이란 이런 아쉬움의 흔적이라고 하면, 섣부른 판단이 되는 것일까. 어떻든 이 작품은 '손'이 주는 이런 다층적 의미가 있기에 그 의미의 겹이 두터운 시라고 할 수 있을 것이다.

언제나 비어 있었다
한 번도 가본 적 없는 길에서 만난 바람처럼
헝클어진 기억조차 남기지 않았더라면
거미줄 같은 세월에 어설픈 그림을 새기진 않았으리
제멋대로 떨어지는 여름 한때의 장맛비 같은
색깔마저 불투명한 조각들을 끼워 넣고
둘둘 말린 양탄자 같은 세월을 헤집어
숨어 있는 이름을 꺼내놓았지만

가냘픈 유리창에 박힌 입김처럼
한 번도 움켜쥘 수 없었던 내 삶의 갈피

오늘도
새벽은 어둠이 채우지 못한 기억들 속에서
뿔뿔이 흩어지는 안개 마냥
알 수 없는 빛들을 흘리고 갔지만
내가 있어야 할 작은 책장에는
어디에도 베껴 쓰이지 않은
한 번도 너일 거라고 약속된 적 없는
낯설고 빈, 길이 머뭇거렸다

이제 내가 눈을 뜨면
새는 언제라도 오후를 물어다 놓을 것이다
잠시 한눈팔 틈도 없이
내 삶을 새장 안에 넣으려 할 것이다
문밖에서 서성거릴 수도 없는
누군가를 무조건 부를 수도 없는
그 여백의 한 가운데에서
서 있을 거다

내 안에서, 나는
언제나 비어 있을 것이다.
　　　　　- 나영순, 「손금」, 『시와정신』 2022년 겨울호

인간에게 운명이란 무엇일까. 그것은 정해져 있는 것일까. 아니면 스스로 개척해나가는 것일까. 아마도 대부분의 사람들은 후자의 관점을 지지할 것이다. 만약 운명이 정해져 있는 것이라면, 인간의 의지라든가 윤리와 같은 것들은 더 이상 성립하기 어려울 것이다. 좋은 운명을 갖고 태어난 사람은 즐거운 낭만에 물들어 살 것이고, 그 반대의 경우라면 비관적 자기인식에서 결코 벗어나지 못한 삶을 살 것이다.

나영순 시인에게 있어 손금은 정해진 운명과는 사뭇 다르게 읽힌다. 손금이 내재한 손은 언제나 비어 있었던 까닭이다. 그래서 시인이 묘파한 손금은 운명이라기보다는 삶 그 자체로 다가온다. 1연에서 볼 수 있는 것처럼, 시인의 삶은 뜬구름과 같이 비어 있는 것으로 구현된다. 자아에게 주어진 운명과 달리 시인은 자신의 손 안에 그려진 운명의 경계선을 넘어서서 생존의 과정에서 의미있는 작업들을 계속 시도해 온 터이다. 가령 "제멋대로 떨어지는 여름 한때의 장맛비 같은/색깔마저 불투명한 조각들을 끼워 넣"기도 하고, "둘둘 말린 양탄자 같은 세월을 헤집어/숨어 있는 이름을 꺼내놓은" 행위들을 반복한 까닭이다. 하지만 그 모든 실존의 몸부림들은 그저 "가냘픈 유리창에 박힌 입김처럼/한 번도 움켜쥘 수 없었던" 것으로 남겨지게 된다.

그럼에도 운명을 거슬러 올라가는 시인의 행위는 반복된다. 어제 그러한 것처럼, 오늘 역시 존재의 완성을 향한, 혹은 실존을 향한 몸부림을 계속 시도하고 있기 때문이다. 하지만 과거가 그러했고, 현재가 그러하듯 미래의 결과 또한 비슷할 것임을 알고 있다. "내 안에서, 나는 언제나 비어 있을 것"임을 알고 있는 까닭이다.

나영순의 「손금」에는 서정적 자아의 깊은 페이소스, 우울, 좌절의 정서가 내포되어 있다. 지나온 과거를 기억하고, 이를 현재화시키면서 앞

으로 전진하려고 하지만, 서정적 자아가 기대했던 것들은 과거도, 현재
도, 미래도 모두 동일한 것으로 인식될 뿐이다. 이는 수양이라는 윤리의
영역을 벗어나는 것이고, 내성이라는 반성의 차원과도 무관한 과정들이
다. 오직 실존에 대한 좌절과 그에 따른 허무의 정서가 만들어낸 퇴행의
정서가 이 시를 감싸 안고 있다. 운명이란 궁극에 있어 전진이나 승화보
다는 후퇴나 질곡에 가까운 것이라는 점에서 이 작품의 시사점을 찾을
수 있을 것이다.

두 손으로 흙을 만져 본다
두 손으로 흙을 주물러 본다
촉감들 천천히 되살아난다

손으로 만지고 주무를수록
보들보들 따뜻해지는 흙
조금 입에 넣어본다 달콤하다

까마귀 울음소리 검푸르다
부채밭 가를 맴도는
하늘빛 저 까마귀 울음소리

왼손으로 풀을 만져 본다
오른손으로 풀을 주물러 본다
풀들의 냄새, 연초록이다

월산재 부채밭은 풀의 나라,

때가 되면 풀도 꽃을 피운다
때가 되면 풀도 사랑을 한다.
- 이은봉, 「흙과 풀」, 『시와정신』 2022년 겨울호

「흙과 풀」에서의 '손'은 다른 작품들과 달리 긍정적이다. 그것은 조화와 생산의 의미에 보다 더 닿아 있기 때문이다. 먼저 가장 먼저 찾을 수 있는 것이 조화의 감각이다. 서정적 자아는 두 손으로 흙을 주무른다고 했다. 한 손도 아니고 두 손이거니와 그 수평적 균형감각은 곧바로 흙에 전달되어 부드러운 촉감으로 생생하게 살아나오게 된다. 이 촉감 또한 균형 감각 없이는 불가능하다는 점에서 이 작품이 펼쳐 보이는 손의 내포들은 지극히 긍정적이라 할 수 있다.

이러한 도정을 통해서 손은 흙과의 조화 속에서 새로운 생명을 잉태시키는 매개 역할을 하게 된다. 풀이라는 새로운 존재를 탄생시켰기 때문이다. 하지만 서정적 자아가 펼쳐 보이는 손의 생산적 의미는 쉽게 그치지 않는다. 이번에는 풀을 주무르는 행위로 연결되는 까닭이다.

그런데 이런 과정을 통해서 주목해야 할 것이 있는데, 바로 일차적인 감각적 이미지들의 역할이다. 1연에서 시인은 손과 흙의 만남에서 촉감들이 살아난다고 했거니와 이를 달콤하다고까지 했다. 감각적 이미저리들이야말로 대상과 자아의 동일성을 담보하는 가장 효과적인 의장이라는 점에서 이 작품은 그러한 효과를 충분히 살려내고 있다. 그리고 이 감각은 풀과의 만남에서 다시 연초록의 냄새로 새롭게 치환되기도 한다. 이 감각 역시 대상과 자아의 동일성이 만들어낸 아름다운 조화라 할 수 있을 것이다.

「풀과 흙」에서 가장 중요한 소재는 물론 '손'일 것이다. 이 작품에서

그것이 갖는 통상적인 의미, 곧 정해진 질서에 따른 운명이라든가 숙명 같은 것들은 잘 읽혀지지 않는다. 오히려 그것이 생산과 깊은 관련이 있다는 점에서 자아의 의지와 가깝게 인식되는 의미의 전환을 만들어낸다. 이 작품에서 '손'은 마이다스와 같은 것이다. 따라서 그것은 어떤 운명적 질서를 거부하고 생생한 자기 모양새를 만들어가는 생산으로서의 의미에 더 깊이 각인되고 있다. 그리고 이러한 과정을 역동적으로 만들어가는 것이 촉각이나 후각과 같은 일차적인 이미지들이다. 지금 여기에서 펼쳐지는 듯한 감각 속에서 '손'이 갖고 있는 의미들이 어떤 것인가를 생생하게 전달해주는 것, 그것이 이 작품의 의의라 할 수 있다.

> 모든 나무들은 곧게 자란다
> 간혹 삐뚤어진 나무가 보이면
> 조금 물러나서 보면 바로 보인다
>
> 숲을 보면 안다
> 산을 보면 안다
> 첩첩산중 계곡과 산맥을 봐도 알 수 있다
>
> 나무는 형편과 처지에 따라
> 다 다르게 자랄 뿐
> 이 세상에 삐뚤어진 나무는 없다
>
> 미국 국립공원 그랜드 티톤에서 나무를 보다
> ─ 김흥기, 「티톤에서」, 『시와정신』 2022년 겨울호

「티톤에서」는 비록 '손'과 관련이 없긴 하지만, 운명론적인 것과 인연을 맺고 있겠다는 점에서 '손'을 소재로 한 작품들과 관련지어 논의해볼 수 있는 시이다. '티톤'이란 미국의 유명 관광지 옐로스톤 근처에 있는 아름다운 산이다. 정상은 만년설로 뒤덮여 있어 사시사철 눈을 볼 수 있는 지역이다. 눈과 나무, 물이 어우러진 아름다운 조화의 공간을 만들어내고 있는 곳이 이 티톤인 것이다.

지금 시적 화자는 여행 중에 있고, 이곳에서 그것이 주는 아름다운 풍광에 도취되어 있다. 그런데 서정적 자아는 그 황홀경의 정서에 함몰되지 않는다. 그는 산을 구성하는 나무를 뚜렷이 응시함으로써 생산적인 의미의 장을 만들어낸다. 그런 다음 거기서 변치 않는 이법, 훌륭한 형이상학적 의미 역시 발견하게 된다.

나무가 자라는 것은 자연의 질서 내지 이법이겠지만, 이 또한 운명이나 숙명의 영역에 가둘 수 있을 것이다. 가령 곧게 자라는 나무가 있는가 하면, 그렇지 못한 나무도 있는 까닭이다. 하지만 시인이 발언하고자 하는 것은 이런 다양성 내지는 층위성에 있는 것이 아니라 동일성에 놓여 있다. 물론 이를 가능케 하는 매개 역시 인간이라는 것이다. 가령, "간혹 삐뚤어진 나무가 보이면/조금 물러나서 보면 바로 보인다"고 한 것에서 알 수 있는 것처럼, 인간의 영역을 애써 강조하고 있는 까닭이다.

하지만 시인의 의도는 여기서 머물지 않고 한 걸음 더 나아간다는 데에 이 작품의 의의가 있는 경우이다. 그것은 자연의 영원성이나 항구성 같은 이법, 섭리와 같은 것들이다. 비록 곧게 자라지 못할 나무일망정, 그 보는 시야에 따라 곧은 나무일 수 있다는 것, 그리고 궁극에는 "이 세상에 삐뚤어진 나무는 없다"는 인식에 이르는 것이다. 이런 사유야말로 인간의 수양 자세를 말하는 것이기도 하고 자연의 이법, 섭리를 이야기하는 것일 수도 있다. 이런 감각들은 그 한계지어진 운명이나 숙명을 넘어선 자리에서 이를 초월할 힘을 발휘할 것이다. 자연이란 공간은 운명이나 숙명을 넘어서는 곳이자 섭리나 이법이 늘 작동할 수 있는 곳이라는 것을 일러주고 있다는 점에서 이 작품의 의의가 있다고 하겠다.

(『시와정신』, 2023년 봄)

꽃과 초록이 부르는 그리움의 시학

봄은 신화적으로 보면, 소생의 계절이다. 이를 증거하는 것이 꽃의 개화와 푸르른 잎새의 등장이다. 일찍이 소월은 "잔디 잔디 금잔디/심심 산천 붙는 금잔디"라고 외치면서 "가신 님 무덤가에도 금잔디"가 돋아나기를 소망했다. 죽은 잔디의 소생처럼 죽은 자도 다시 살아나기를 기대해 본 것이다. 이 환생의 저변에 깔린 의식이 그리움의 정서임은 당연한 것이거니와 그런 감각은 미당에게도 고스란히 등장하고 있었다. 미당은 "눈이 부시게 푸르른 날은/그리운 사람을 그리워 하자"라고 했거니와 이렇듯 살아있음이 강하게 느껴지는 순간 이들은 자신의 삶의 한 부분을 차지하고 있던 대상들의 부재를 아쉬워했던 것이다.

이제 다시 봄이 왔다. 모든 생명체가 저마다의 생존 욕구를 위해 땅에서, 그리고 나무에서 꽃을 피워내고, 잎새를 드리우고 있다. 그러니 온 천하고 꽃이고 푸르름으로 넘쳐나고 있는 것이다. 이런 생명의 계절을 시인의 예리한 시선이 그냥 비껴갈 리가 없다. 소월이 그랬던 것처럼, 누군가는 무덤가의 잔디가 피어나듯 죽은 자들을 부활을 꿈꾸기도 하고

푸른 하늘 속에 드리워진 장막 속에서 그리움의 대상을 가열차게 소환
해내기도 한다. 탄생과 소멸이라는 이 필연의 법칙에 따르게 되면, 그리
움에 대한 욕망 표현 등은 어쩌면 지극히 자연스러워 보인다. 이런 순리
를 반영하듯 이 계절의 시들에서 이 주제 의식을 표나게 반영한 작품들
이 많이 눈에 들어온다.

향불을 올립니다
마음의 심산유곡

외따로이
집 한 채 지어놓고

행여 오실까
문밖을 서성이며
여름밤 지는 별빛
다독여 꽃을 피웁니다

울멍울멍
글썽이는 바람
냉가슴을 앓습니다

등불도 없이 기약 없는
생의 밤길 나섭니다

저 홀로 피었다 지는

꽃향유
그대에게선
오늘도
아무런 소식이 없습니다.
 - 이제인, 「꽃향유 별곡」, 『시와정신』 2023년 봄호

    이 시의 주제는 그리움이다. 지금 시적 자아는 대상에 대한 살뜰한 그리움으로 냉가슴을 앓고 있다. 마치 "동짓달 긴 밤을" 견디는 황진이처럼, "여름밤 지는 별빛" 속에서 님을 기다리고 있는 것이다. 그러한 정서를 이끌어가는 중심적인 소재는 '향불'과 '꽃향유'이다.

    우선 '향불'은 두가지 내포를 갖는데, 하나는 욕망의 표현이고, 다른 하나는 대상으로 인도하는 등대와 같은 구실을 한다. 자아가 정성껏 지피운 '향불'은 서정적 자아의 아득히 깊은 곳인 "마음의 심산유곡"에서 시작된다. 여기서 불은 흔히 욕망의 상징으로 구현되는데, 그것은 억압된 리비도의 승화로 인유되는 까닭이다. 두 번째는 그 불은 그리워하는 대상, 곧 님을 인도하는 등대로서의 역할이다. 이 시의 배경은 밤이고, 시적 자아가 있는 곳은 "외따로이 후미진 곳"이다. 어두운 밤에 이런 외진 곳을 찾아오기란 쉽지 않으며, 무언가 인도내지는 안내를 받아야 한다. 그 역할을 하는 것이 바로 '향불'인 셈이다. 하지만 이런 노력에도 불구하고 서정적 자아가 기대리는 대상, 곧 님은 쉽게 오지 않는다. 그래서 시적 자아는 좌절하고 궁극에는 깊은 우수에 젖어들게 된다. 그리하여 "울멍 울멍/글썽이는 바람/ 냉가슴을 앓고 있"는 상태에 이르게 된다.

    다음, '꽃향유'는 서정적 자아의 은유이다. 이 향유는 "저 홀로 피었다 지는" 행위를 반복하면서 님을 그리워하는 주체로 정립된다. 하지만 '피

었다 지는' 행위를 반복하면서, 곧 시간이 속절없이 흘러가지만 님으로 부터는 아무런 소식이 없다. 그럼에도 이 마음은 서정적 자아로부터 쉽게 떠나가지 못한다. 자아는 '향불'을 피워놓고 '꽃향유'가 되어 어제도 오늘도 내일도 기다리기 때문이다. 그 간절한 기원이 이 시대의 메마른 정서를 적셔주는 것, 그것이 이 시의 매혹이다.

> 또 하늘을 오래 보았습니다
> 파란 허공 아래 구름이 떠다니고
> 마른 잎이 날다가 착륙하며
> 그 틈새로 잠자리들이 피해 다닙니다
>
> 만 개의 카메라로도 다 찍을 수 없는
> 넓이와 높이의 하늘에
> 가득 찬 얼굴이 있습니다
> 저 세상으로 가신 어머니의 얼굴입니다
>
> 젖은 눈으로 보아야 잘 보이지만
> 초점이 잘 안 잡혀서
> 손수건으로 눈 비비기를 수십 년,
> 참 오래된 하늘보기 습관입니다
> - 조승래, 「오래된 버릇」, 『시와정신』 2023년 봄호

조승래 시인의 「오래된 버릇」은 어머니에 대한 그리움을 읊은 시이다. 낳고 기른 어머니에 대한 애틋한 정서는 물론 시인 혼자만의 몫에 그치는 것은 아니다. 그러한 감수성은 보편적인 것이기에 살아있는 생

명체라면 누구에게나 동일하게 다가오는 감각일 것이다. 그럼에도 시정적 자아에게 다가오는 어머니에 대한 그리움은 단편적이거나 단속적인 것이 아니라는 점에서 그 고유성이 놓여 있다. 그것은 계속적인 것이고 습관처럼 굳어진 영원에 가까운 것이다.

그 영원의 정서를 일러주는 것이 바로 '또'라는 단어이다. 여기서 그것은 한번 이상, 아니 계속 진행형의 의미를 갖고 있는데, 서정적 자아는 모든 것이 푸르러가는 이 계절에 '푸른 하늘'을 올려다 보면서 그 항상성을 또다시 시연하게 된다. 우선 시인이 응시한 하늘이란 무엇으로도 다 채울 수 없는 드넓은 공간으로 자리한다. 그런데 시인이 거기서 본 것은 무수히 흩어져 있는 삼라만성의 것들, 푸른 물결만이 넘실대는 공간들이 아니었다. "넓이와 높이의 하늘에/가득 찬 얼굴"이 있었는데, 그것은 바로 어머니의 얼굴이었다.

시인에게 자리한 어머니의 넓이와 깊이는 우주와 동일한 것이어서 계량하기 어려울 정도이다. 시인의 눈으로 그것을 다 담아내기에는 버거울 정도로 큰 것이기에 이따금씩 "젖은 눈으로 채워보려고도 한다". 하지만 그러한 시선은 오히려 초점을 방해할 뿐 그리움의 정서를 지워내지 못한다. 그래서 분명한 그 얼굴을 보기 위해서 닦아내기를 수십 년 동안 시도하는 행위를 반복하게 된다. 그런 반복성은 숨을 쉬듯 습관처럼 굳어져 자아의 일상을 지배한 지 오래되었다. 어머니에 대한 그리움을 우주의 넓이와 깊이로 사유했다는 것, 그리고 그 행위를 일회적이 아니라 습관처럼 끊임없이 시도했다는 것이 이 시의 크나큰 주제라 할 수 있을 것이다.

막냇동생이 기차 타려고 기다리다 자판기에서 따뜻한 우유 한 잔을 뽑았는데, 삼십 칠팔 년 전 부모님 드리라고 누나가 사다 놓은 전지분유 맛이 난다고 카톡을 보내왔다.

아버지 새벽에 들일 나가실 때 분유를 타서 드시곤 했었지요. 잠결에 스각스각 들리던 소리 기억나네요, 그릇은 꽃무늬 있는 공기만한 은색 테두리를 두른 그릇.

동생은 기차를 기다리며 손바닥 편지로 기억 속에 연착시키고 있었다.

어린 시절 잠에서 깨어나면 아버지의 흥건히 젖은 바지와 물젖은 신발 소리. 소 풀 가득 지고 들어서서 바지게 내려놓는 소리와 거친 숨소리, 엄마의 머릿수건 풀어 탁탁 터는 소리

이내 달큰 구수한 된장 시래깃국 냄새와
가마솥 뚜껑 열면 엄마 품속 같은 밥 냄새와
그 속에 누르스름 동글납작한 보리 개떡도 있고
계란찜도 있고, 가지찜도 있고, 동생 손만한
옥수수도 탱글탱글 익어 있었다.

두 분은 한 세대를 그렇게 열심히 살아내셨다.
기온이 차네요, 아들 녀석 끼어들어
연착된 기차를 서둘러 출발시켜 주고 있다.
　　- 김주희, 「손바닥 편지」, 『시와정신』 2023년 봄호

편지란 어느 개인이 다른 대상에게 보내는 것이다. 그래서 거기에는 소식이나 안부, 혹은 그리움의 정서를 담아내게 된다. 그러니까 쓰는 주

체와 읽는 주체의 관계 속에서 형성되는 것이 편지의 형식인 셈이다. 하지만 「손바닥 편지」는 어느 누구에게 보내는 것이 아니라 서정적 자아 스스로에게 쓴 것, 이른바 고백체의 형식으로 이루어져 있다. 물론 이 작품에도 편지의 일반적인 형식이 어느 정도 갖추어져 있긴 하다. 막내 동생이 카톡이라는 형식으로 서정적 자아에게 보낸 형식을 일정부분 취하고 있기 때문이다. 하지만 그것은 부모님에 대한 자신의 고백을 위한 수단에 불과할 뿐이라는 점에서 일반적인 편지 형식과는 거리가 있는 것이라 하겠다.

지금 서정적 자아는 기차를 기다리다가 자판기에서 따뜻한 우유 한잔을 뽑았는데, 그 맛이 "삼십 칠팔 년 전 부모님 드시라고 누나가 사다 놓은 전지분유 맛"이라는 카톡을 보내게 된다. 이를 계기로 서정적 자아는 부모님에 대한 아련한 추억을 환기시키게 되는데, 우선 이 작품을 이끌어가는 힘은 무엇보다 일상적인 것, 곧 구체적인 감각에서 찾아야 할 것이다. 시의 소재는 아버지로 되어 있지만, 자아는 지금 자아로부터 멀리 떠나간 아버지를 그립다고 즉자적으로 호소하지는 않는다. 자아는 이를 위해 부모님과 경험했던 것들을 제시하면서 그들에 대한 그리움의 정서를 환기한다. 따라서 이 시는 경험적인 것들로 구성되고 있다는 특징적 단면을 보여준다. 그리고 그 경험을 매개하는 것이 일차적인 감각들이다. 자아는 부모님을 추억하는 자리에서 그들이 행했던 여러 감각을 지금 이곳의 현장으로 이끌어들이면서 사실성을 확복하게 된다. 가령 "아버지의 흥건히 젖은 바지와 물젖은 신발 소리", "소 풀 가득 지고 들어서서 바지게 내려놓은 소리" 등등을 제시하는가 하면, "구수한 된장 시래깃국 냄새"와 "가마솥 뚜껑 열면 엄마 품 속 같은 밥 냄새" 등도 제시하고 있는 것이다.

이런 일차적인 감각들은 서정적 자아나 시를 읽는 독자의 공유지대를 넓혀나가는 촉매제 역할을 한다는 점에서 그 의미가 있다. 경험이 동일할 수록 함께 하는 공감대는 한없이 크고 깊이 울릴 수밖에 없다. 부모를 그리워하는 시인의 시들이 정서의 진폭이 크고 넓은 이런 이유 때문일 것이다.

벚꽃 흩날리는 봄밤에 할머니는
백여 년의 종종걸음을 도르르 말고
똑딱단추 잠그듯 이승을 닫으셨다

모성에 모성을 더하고 곱한 무한대 사랑
무조건 그래그래
두둔하고 역성 들었는데
절차 없이 누리기만 했던
무상 보험의 효력도 소멸이다

영원할 것 같던 든든한 배경이
백지가 된 뒤에야 와 닿는
무제한이던 정신의 향유

더 무뜩무뜩 밝아오는 아릿함은
움폭 파인 마음을 후딱 메우고
그 위에 길을 내고
천연스레 이어가는 일상이다

산다는 것은 이렇게 다 망각이었나
봄볕 같았던 시간을 더듬는데
화로에 재를 인두로 걷었을 때처럼
불씨 하나 빤짝 빛을 낸다

예스우먼 할머니 거기 계시어
어리광 부릴 든든한 숨 터로 다가온다
– 송병옥, 「예스우먼」, 『시와정신』 2023년 봄호

이 작품이 그리는 대상은 할머니이다. 첫 행에 나와있는 대로 할머니는 백여년이란 오랜 세월을 살고 이승과 작별한 듯 보인다. 서정적 자아에 대한 할머니의 사랑은 어머니의 그것 못지않게 크고 깊은 것이었다. "모성에 모성을 더하고 곱한 무한대의 사랑"으로 자아에게 다가왔으니 말이다.

그런데 시적 자아로 하여금 할머니의 사랑을 느끼게 한 것은 그녀가 세상과 작별한 뒤의 일이다. 그리고 그 저변에 자리한 것은 오히려 망각이라는 부정적 기능이었다. 망각 속에 그리움이란 이 기묘한 아이러니가 이 작품을 이끌어가는 기본 의장이라는 점에서 우리의 주목을 끄는 작품인데, 우선 할머니가 살아 있을 때에는 그녀가 주는 것이 실상 사랑인지 감각되지는 않았다. 하지만 그녀가 사라진 이후 그 빈자리를 크게 느끼게 되는데, 그것이 곧 망각의 장치 때문이었다. 다시 말하면, 할머니가 주는 평소의 사랑은 결코 사랑으로 다가오지 않은 것인데, 이를 가능케 한 것이 바로 망각이었다는 것이다. "산다는 것이 이렇게 다 망각이었나"라는 자기 회의에서 알 수 있는 것처럼, 서정적 자아는 결코 그 사

랑의 본령에 다가갈 수도 이해할 수도 없었던 것이다.

그러나 할머니의 부재는 자아로 하여금 망각이 갖는 부정적 기능에 대해 새롭게 이해하게 된다. 그리고 그 작용에 의해 다시금 할머니의 사랑을 환기할 수 있게 되고, 그녀의 공백을 다시금 느낄 수 있게 된다. 그러니 망각 속에서 환기라는 이 아이러니가 성립할 수 있었던 것이다. 이 작품은 이 의장이 주는 효과에 의해 그리움이라는 정서가 어떻게 시적 자아에게 환기되고 있는가를 잘 보여준 작품이라는 점에서 그 의의가 있는 것이라 하겠다.

어른들은 티비 세상에 들어가 있고 아이들은 식탁 아래, 긴 상 아래 옷장 안에, 베란다 창고 속으로 날 찾아라 날 찾아라 히힛히힛 웃으며 숨는다 고종사촌이기도 하고 외사촌이기도 한 아이들은 그저 숨고 숨으며 찾고 찾는다

설날과 한가윗날
친할아버지 댁도 되고 외할아버지 댁도 되는
공간에서 깔깔거리며 히힛거리며 훨훨 날아다닌다
어디 숨을 새 공간이 없나 하면서
두리번두리번 살피며 지낸다
수족관에서 헤엄치는 물고기들처럼
잡힐 듯 말 듯 날아다닌다

예전엔 넓은 마당 두엄 뒤에 광에 장독 뒤에 마루 밑에 우물 뒤에 병풍 뒤에---참 숨을 데가 많았지요 이종사촌, 고종사촌, 외사촌들이 모이면

자주 날 찾아라 날 찾아라 하면서 날아다녔지요 번갯불처럼 여기 번쩍,
저기 번쩍 날아다녔지요

　그러는 사이 몇몇은 영영 찾아지지 않았고
　또 몇몇은 여전히 숨어있지요
　이젠 누군가 찾아올 때가 되었지만
　그 찾아오기로 되어 있던 술래마저도 영영 숨어버렸지요
　숨은 곳에서
　감쪽같이 사라졌지요
　- 전명옥,「숨바꼭질」,『시와정신』2023년 봄호

　근대는 휘발적인 속성이 지배하는 사회로 알려져 있다. 견고한 모든
것들이 속절없이 무너지고 사라는 것, 그것이 근대 사회의 한 특징으로
자리하고 있는 것이다. 이는 변화와 속도 때문에 그러한데, 실상 근대 이
전의 사회에서는 소멸이란 감각이 거의 존재하지 않았다. 그러니 지난
시절의 풍속이나 습속에 대해 일부러 보존하거나 의도적으로 현재화시
킬 필요가 없었다. 하지만 근대는 이 패러다임을 근본적으로 바꾸어 놓
았고, 그 사라짐이란 아쉬움을 남기게 되었다. 그래서 무언가 긍정적인
것들이면 붙들어매고 싶은 것이 근대적 주체들에게는 숙명과도 같은
일이 되어버렸다.
　물론 과거의 것이 모두 긍정적인 것이고 가치가 있다는 것은 아니다.
거기에는 분명 버려야할 것이 있고, 또 계승해서는 안되는 것들도 있을
것이다. 일찍이 백석은 과거의 것들을 계승하고 현재화시킴으로서 전
통을 부활시키려 했는데 이는 시기적으로 보면 분명 의미가 있는 것이
렀다. 오랜 세월 동안 외세 문화의 지배 속에서 조선적인 것들은 사라질

위기에 처해있었다. 그래서 그 소멸을 막아야할 필연성이 생기게 되었던 것이고, 그 일환으로 백석은 조선의 풍속을 언어 속에서 보존하고자 했던 것이다.

전명옥의 「숨바꼭질」을 읽노라면, 마치 백석의 시들을 마주하는 듯한 착각을 불러일으킨다. 과거의 것들을 현재화시키는 수법이나 사라지는 풍속을 계승하고자 하는 의도를 여기서 어렵지 않게 읽을 수 있기 때문이다. 하지만 분명 다른 점 또한 존재한다. 백석은 재현의 과정을 거쳐 현재 속에서 이를 부활시키려 했다만, 전명옥 시인의 경우는 이를 추억 속에 한정시키려 하기 때문이다. 물론 이 추억 속에는 사라져가는 가는 것들에 대한 그리움의 정서가 분명 녹아들어가 있을 것이다. 점점 분화되어가는 지금 이곳의 현실에 비추어보면, 이런 전통이랄까 풍속은 분명 필요할 것이었기에 아쉬움이랄까 그리움의 정서가 있기 때문이다. 현재가 긍정적인 것이라면, 과거에 대한 애틋한 향수 감각은 일어나지 않을 것이다. 과거가 소환되고 추억이나 향수가 깊어진다는 것은 현재가 전혀 그렇지 못하다는 것의 반증일 것이다. 잃어버린 세월은 언제나 과거 속에 갇혀 있거나 사라지는 것이 아니다. 그것이 현재의 불온성을 치유하고 긍정적 대안을 제시할 수 있다면, 그것은 언제나 부활할 것이고, 그 환기만으로도 우리에게 긍정의 정서를 가져다 줄 것이다.

어디서 사는지, 누구하고 사는지, 어떻게 사는지 궁금해할 필요없다.
유전자 속 살아남으려는 근성이 삶을 움켜쥐고 푸른 싹을 밀어 올릴 거
라 추측도 하지 마라.

그러니까 그렇게 산다라고 해도 그냥 그렇게 산다. 들판에 사는 것들

이 다 그렇듯이 포크레인이 할 퀸 자리든 돌보지 않는 자리든, 일구어놓은 자리든 누가 시키지 않아도 제일 먼저 뛰어들어 푸릇푸릇 산다. 잡초처럼.

어디서 사는지, 누구하고 사는지, 어떻게 사는지 걱정할 필요 없다. 다 그렇듯이 지천으로 널려있는 뜨거운 가슴들 곁에서, 겸손히 식탁을 준비하는 손으로 마음을 닦아 등을 걸고 사는 잡초 같은 사람들 곁에서 그냥 그렇게 풍문으로 산다.
 - 허문태, 「풍문으로 산다」, 『시와정신』 2023년 봄호

우리의 삶을 지배하고 있는 것은 아마도 다음 두 가지가 축이랄까 지렛대가 있을 것이다. 하나는 경험성이고 다른 하나는 선험성이다. 경험이란 인간의 경계 속에 놓이는 것이기에 예측 불가능한 것이고, 선험이란 인간의 밖에 존재하는 것이기에 예측 가능한 것이다. 특히 후자는 보편이나 초월, 혹은 이법과 같은 형이상학적인 영역에 놓이는 것이어서 참이나 진리의 감각으로 흔히 수용되곤 한다.

허문태의 「풍문으로 산다」는 소위 경험 이전의 영역에 초점을 둔 시이다. 그렇다고 해서 이 작품이 어떤 이법이나 섭리의 영역에 곧바로 닿아 있는 것은 아니다. 이 작품이 의미있는 것은 인간의 욕망이랄까 정서로부터 한껏 벗어나 있다는 데에서 그 주제의식이 놓여 있기 때문이다.

우선 이 작품을 지배하는 일차적인 정서는 이 계절의 시가 대부분 그러하듯 그리움이다. 그런 가운데 때로는 관심이나 호기심의 영역이 감각되기도 한다. 이런 모든 것들이 이 작품의 경험 지대를 형성하고 있는데, 실상 현실은 이 영역에 의해서만 좌우되는 것이 아님을 이 작품은 일러

주고 있다는 점에서 주목을 요한다.

우선, 이 작품에서 서정적 자아는 "어디서 사는지, 누구하고 사는지, 어떻게 사는지 걱정할 필요가 없다"라고 선언한다. 이는 그리움일 수도 있고, 관심일 수도 있으며, 경우에 따라서는 호기심일 수도 있을 것이다. 인간이 사회를 영위해나가는 존재이기에 관계라든가 구조를 무시하기는 어려운 일이다. 하지만 관심을 갖는다고 하더라도 사회가 달라지지는 않을 것이다. '잡초'와 같은 생명력이 강한 영역들이 늘상 존재하고 있기 때문이다. '잡초'는 아무도 관심을 갖지 않아도 스스로 살아나갈 수 있는데 이런 잡초란 인간의 관심을 초월한 데서 존재하는 일종의 선험적인 것과도 같은 것이다.

그리움 같은 인간적인 정서만이 세상을 이끌어가는 힘은 아닐 것이다. 그 이면에는 또다른 질서가 있고, 그것이 또한 세상을 이끌어가는 수단임을 이 작품은 일러주고 있는데, 그 감각이란 곧 선험성의 영역이다. 태어난다는 것은 사라진다는 것을 환기해주고 그 역도 마찬가지이다. 따라서 저마다의 삶을 살겠다고 전쟁처럼 펼쳐지는 봄의 생명력 속에서 부재한 것, 사라진 것들이 환기되는 일은 자연스러운 일이라 할 수 있다. 또다시 돌아오는 봄이라는 계절 속에서 여러 그리움의 정서들이 솟구치는 것은 이런 이유 때문일 것이다. 이런 면에서 생명이 소생하는 봄은 무뎌있기만 했던 그리움의 감각을 일깨워주었다는 점에서 우리에게 더없이 소중한 계절이라 할 수 있을 것이다.

(『시와정신』, 2023년 여름)

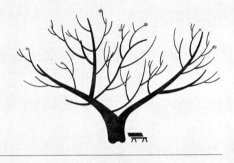

2부

미지의 공간을 더듬어 가는 달팽이의 촉수

1. 시쓰기의 이유

김공호 시인은 2017년 『시와정신』 신인 추천 작품상에 당선하여 문단에 등장했다. 따라서 시인의 연륜에 비하면, 그의 등단은 상당히 늦은 편이다. 하지만 그는 2012년부터 이미 〈한라산 문학 동인〉과 〈화요 시 창작 동인〉으로 활동해온 터이기에 시인으로서의 활동은 비교적 오래된 편이라고 할 수 있다. 등단한 시점을 기준으로 정식 문인 취급을 하는 우리의 현실에 비추어보면, 시인은 신인 그룹에 속한다고 할 수 있다.

작품 활동을 비교적 이른 시기에 시작한 경력과, 정식 문인으로서의 짧은 길이라는 시간이 만들어내는 그의 시들에는 그러한 이중적 면을 고스란히 드러내고 있다는 점에서 그 특징적 단면이 드러나는 경우이다. 그의 시들은 시인이라는 감수성과 연륜이 가져오는 삶의 무게가 동시에 감각되는 매우 예외적인 면을 드러내고 있다고 하겠다. 실상 그의 시들은 삶의 여러 지점에서 형성된 서정이 만들어지고 있거니와 그 전략적 주제는 대부분이 존재론적 고민에 대한 것들이다. 이런 단면들은 그의 시들이 여전히 신인의 범주에 놓여 있는 것임을 말해주는 것이라 할 수 있다. 하지만 늦은 등단에도 불구하고 그는 이미 삶의 연륜이 깊이 쌓여 있는 실존적 삶을 겪어왔다. 그렇기에 그의 시에서는 인생의 원숙성과 노련미 또한 어렵지 않게 노정된다. 시인으로서의 출발과 세속적 인간으로서의 원숙성이 만들어내는 이 기묘한 관계야말로 그의 시를 구성하는 주요 근거라 할 수 있을 것이다. 그의 시에서 드러나는 이런 면들은 시집의 서두를 여는 「시인의 말」에서도 확인할 수 있다.

> 지구별을 찾아 걸어오다가, 한참을 걸어오다가
> 때아닌
> 난 기류에 휘말리고서
> 봄 동산에, 코로나와 함께 잠시 눈꽃 되어
> 너와 나/한(恨) 속에 파묻혀 있다.
> ─「시인의 말」 부분

시인은 세상에 내던져진 존재이다. 이는 결코 필연성이 아니기에 이를 두고 인간을 피투된 존재라고 일컫는 것이다. 지금 시인이 처한 상황도 이와 다르지 않은데, 자아는 현재 지구별 속에 있고 거기서 한참을 걸어온 존재이다. 그런데 거기서 "때아닌 난 기류에 휘말리"는 실존의 한계에 직면하고 있는 것이다. 이런 상황에의 직면과 이를 우회하고자 하는 것, 그것이 이번 시집이 추구하는 시인의 근본적 서정의 행보라 할 수 있을 것이다.

2. 존재를 알아가는 시쓰기의 행보

시인이 시를 쓰는 이유는 「시인의 말」에 그 일단이 드러나 있다. 우연히 "지구별을 찾아 걸어오다가" 만난 "때아닌 난기류" 때문이다. 인간의 유기성이 파탄된 지점에서 만나는 '난기류'란 실상 우연적인 것은 아니다. 시인은 그러한 상황을 '때아닌'으로 표현함으로써 어떤 우연적인 상황을 고려하고 있는 듯 보이지만 사실은 이런 상황이란 모든 인간이라면 피할 수 없는 원죄와도 같은 것이다.

지금 시인 앞에 놓여 있는 것은 전일성이 파괴된 상황이다. 이른바 자아와 세계 사이에 화해할 수 없는 단절의 강이 시인 앞에 놓여져 있는 것이다. 실상 이런 감각이란 근원적인 것이고, 자아와 세계의 불화를 생리적으로 받아들일 수밖에 없는 서정 시인의 경우에는 더욱 강하게 다가오는 것이 사실이다. 이는 시인에게도 결코 예외가 아닌데, 그는 지금의 현존에 대해 말할 수 있는 아무런 근거를 갖고 있지 못하다. 말하자면 시인은 지나온 과거와, 나아갈 미래 사이에서 어떤 뚜렷한 방향성을 갖고 있지 못하고 있는 것이다.

①산 등허리에 눈이 내린다. 연못가 가시나무숲, 잎 다 떨군 보리수나무 가시에 찔려 죽은 장콜레비 있다. 수액이 다 빠져나간 조금 비틀어진 채로 흑점의 하얀 배를 살짝 허공에 내보이고 있다. 평소 나무 타기를 동경하던 눈도 살짝 감긴 채 몸은 "ㄱ"자로 축 늘어져 있다.
연못 위로 추억을 읽는 물결의 나이테가 오늘을 건너가고 있다.

불어오는 하늬바람 속

여름 날
그렇게 파랗던 연못도,
구석진 언저리를 자주 찾던 갈색 소도,
어느 날 천상으로 날아왔던 황새목 왜가리도,
허공 날며 수놓던 황금빛 날개잠자리도,

가시可視의 가시에 찔려
사라지고

바람에 떠밀려 가는
몇 그루
떡윤노리나무만이 무리를 지어 잎을 떨군 채
기도하며
오늘, 그 자리에 서 있다.

걸어온 발자국이
보이지 않는다.
-「장콜레비」 전문

②밤 사이 새 한 마리가 누구한테 뜯겼다.

후박나무 가시 숲 아래 털만이 가득하다. 주인 없는 바람은 호수 주변 텅 빈 길가에 털만을 가득 나뒹굴게 하고 있다. 이별이란 단어를 아는지 모르는지 3월의 봄 동산은 하얀 목련의 꽃봉오리들을 호수 주변 이곳저곳에 띄우고 있다. 어디선가 새로운 바람이 불어온다. 나는 한갓 나그네였고 누구의 주인은 되지 못하였다. 쉰 즈음에,

새로운 포인트를 찾아
짐을 옮긴다.

지난주에는 꽝을 치지 않은가? 저 멀리 수면의 파장들이 사라지면서
무언가 변화될 게 있어, 기다려보자
밖은 여전히 차다.

나는 또 한 번 채비를 던진다.
새로운 수상 수초 섬 등을 향해

그러나,

지금 몇 시예요?
　- 「쉴 즈음에」 전문

　「장콜레비」는 '도마뱀'을 일컫는 제주 방언인데, 여기서는 시인 자신
에 대한 은유적 표현으로 구현된다. 생물학적 본능을 충족시키기 위해
이 도마뱀은 매우 열심히 살아온 것처럼 보인다. 하지만 그 삶은 우연에
따른 사고로 말미암아 종말을 고하게 된다. 무엇하나 만족할 만한 것을
이루어내지 못한 채 죽음으로 그저 조용히 사라져 버린 것이다. 그런데
시인은 이 '장콜레비'를 통해서 문득 자아의 이면을 발견하게 된다. 자신
의 현존도 '장콜레비'의 그것처럼 어느 날 갑자기 사라진 채, 지금 여기
에서 의미없는 형해로 남아 있을 수 있음을 깨닫게 되는 것이다. "오늘,
그 자리에 서 있다"라는 자아의 발견이 이를 증거한다. 거기서 시인은
자신의 존재라든가 실체를 잃어버리게 된다. 현재는 지나온 과거에 의

해 만들어진다. 지금의 '나'란 걸어온 발자국이 만드는 것인데, 그 흔적은 지금 보이지 않는다. 흔적이 없다는 것은 과거뿐만 아니라 현재도 그와 비슷한 상태가 된다는 뜻일 것이다.

지난 온 과거가 보이지 않고, 그리하여 지금 이곳의 실존이 규정되지 않는다면, 다가올 미래 역시 동일한 감각으로 다가오는 것은 당연할 것이다. 「쉰 즈음에」가 이를 말해주는데, 이 작품의 상상력도 「장콜레비」의 그것과 비슷한 지점에서 시작된다. 새의 허무한 죽음과 장콜레비의 유추가 동일한 영역에서 이루어지고 있기 때문이다. 하지만 자아의 시선의 방향은 매우 다르다. 앞의 경우에는 과거가 놓여 있었고, 뒤의 경우에는 미래가 놓여 있는 까닭이다. 「쉰 즈음에」에서 시인은 새의 처참한 죽음을 뒤로 한 채, 앞으로만 전진하고자 한다. "나는 또 한 번 채비를 던지게" 되는데, 그가 응시한 곳은 "새로운 수상 수초 섬"이다. 하지만 그곳으로 향한 시선은 "그러나,/지금 몇 시예요?"라는 회의 앞에 사라지게 된다.

김공호 시인의 작품들은 실존에 대한 깊은 회의와 내성을 통해 길러지고 있다. 이런 감각은 현존의 불안과 분리하기 어려운 것이라는 점에서 존재론적인 것이라 할 수 있다. 그의 작시법이 시인으로서의 출발점에 서 있다는 것은 이런 이유 때문이다. 그리고 다른 한편으로는 그것이 '쉰'이라는 연륜에서 이루어진다는 점에서 무척 낯설고, 원숙적인 것이기도 하다. 이것이 그의 시의 출발이거니와 그런 특징적 단면들은 그의 표제시인 「달팽이 시인」에서 확인 할 수 있다.

오늘도
더듬이 하나로 캄캄한 세상을 짚어나가는 시인

어두운 곳을 향해

이 밤

머리를 돌린다

갈 길이 막막한데도 가지 않으면

시를 쓸 수 없기에

온몸으로

풀숲을 헤쳐나가며 대지에 시를 쓴다

별 하나

보이지 않은 이 밤

혼자 기어가면서

꾸불꾸불

끊어질 듯 끊어질 듯 잎과 잎들을 이어가면서

남모를 시어를 풀잎에 남기며 간다

홀로 걸어간 뒤

한 줄의 시어들이 작은 풀 잎가에 걸앉아

밝은

내일의 삶을

움 틔우고 있다
    - 「달팽이 시인」 전문

앞의 두 작품의 소재가 동물인데 인용시의 중심 소재 역시 동물인
'달팽이'이다. 동물을 시의 중심 소재로 인유하고 있는 것인데, 실상 이

런 작시법은 일찍이 시인 윤곤강이 도입한 바 있다. 그는 『동물시집』(1939)을 통해서 무뎌져가는 현대인의 감각을 동물이 갖고 있는 원초성으로 회복하려 한 바 있다. 이런 면은 김공호 시인도 마찬가지의 경우라는 점에서 주목을 요한다. 하지만 이 두 시인 사이의 차이점 또한 분명한데, 김공호 시인은 동물 은유를 통해 실존의 의미를 확인하고자 한다는 점에서 무딘 감각을 일깨우려는 윤곤강 시인의 그것과 다른 지점에 놓여 있기 때문이다. 시인은 동물을 자기화하여 은유화시킨다. 달팽이가 시인 자신인 것은 이 때문인데, 시인 역시 자신을 '달팽이 시인'이라고 함으로써 이를 더욱 뚜렷하게 확인시킨다.

달팽이가 천천히 세상을 향해 나아가듯 김공초 시인은 달팽이와 같이 "더듬이 하나로 캄캄한 세상을 짚어나가는" 자이다. 시인이 달팽이처럼 그 더듬이를 곧추 세우고 가는 이유는 오직 한 가지이다. "갈 길이 막막한데도 가지 않으면/시를 쓸 수 없기" 때문이다. 시인의 현존은 지나온 과거와 나아갈 미래가 사라진 곳에서 시작된다고 했다. 그렇기에 시인이 자리하고 있는 현재는 오직 어둠으로만 다가올 뿐이다. 이 어둠이 시인으로 하여금 시를 쓰도록 추동한다. 그것이 시인 속에 내재된 서정의 샘일 것이고, 또 이를 언어 속에 담아내는 힘이 될 것이다. 시인의 표현대로 "밝은/내일의 삶"을 위해서 말이다.

3. 현존의 동일성을 훼손하는 음역들

김공호 시인의 시들은 겉으로는 잔잔하면서도 그 내면에 들어가면 매우 치열한 국면을 보여준다. 그 단면을 보여주는 것이 앞서 살펴본 것처럼, '달팽이'의 모습이었다. '달팽이'는 느리지만 자신이 목적했던 것을 결코 포기하지 않고 끝까지 이루어내는 동물이다. 이런 잔잔함, 혹은 치열성이 시인의 시를 만들어내는 귀결점이었던 것이다. 그렇다면, 시인은 왜 세상에 더듬이를 내밀고 끊임없이 나아가야 하는 것일까. 이는 자아와 세계 사이에 놓인, 서정시의 근본 특성인 불화의 정서와 밀접한 관련이 있을 것인데, 실상 이런 면들은 시인에게서도 예외가 아니다. 지나온 과거가 부재하고 다가올 미래가 불확실한 상태로 놓여 있는 것, 그것이 시인의 현존이었기 때문이다. 시인의 작품에서 이러한 현존을 유발시킨 계기랄까 원인은 몇 가지 지점에서 포착해낼 수 있다. 그 하나가 스스로를 '미생(未生)'으로 규정하는 존재론적 불안 의식이다.

> 나, 여기 있음에
> 그러나 내일은 모른다
>
> 가을을 가로질러 날아가는 흑기러기들, 한 편대를 이끌며 남쪽의 겨울 나라로 날아간다
>
> 광활한 허공
>
> 미지의 곳으로
>
> 그들은,
>
> 오늘
> 왜 가야 하는지?

심해 파도를 가로질러 대양의 원천源泉을 찾아가는 연어들, 악어가 출렁이는 거센 강물을 사투로 건너가야 하는 물소들, 깜깜한 어둠의 땅속을 이 밤 몰래 속으로 속으로 찾아 기어 들어가야 하는 토룡들, 집 한 채 등에 걸머메고 넓은 세상 어디론가 길 찾아 홀로 기어가야 하는 달팽이들 있다

나는,
바둑 판 속에 갇힌 미생未生 한 마리

그곳에
몸부림친다
– 「미생」 전문

지금 시인은 '여기'에 있지만 "내일은 모르"는 처지에 놓인 존재이다. 자신의 실존을 이렇게 규정하는 것은 지극히 당연한 것처럼 보이는데, 그것은 과거와 현재 사이에 놓인 방황 속에서 시인은 여전히 줄타기를 하고 있기 때문이다. 이 작품에서 시인은 그런 자신의 모습을 '미생(未生)'으로 비유하고 있다. 사실 '미생'이란 용어는 바둑에서 온 것이고, 그 존재성이란 아직 완전히 살아있는 상태가 아니다. 시인은 '미생'의 상태에 놓여 있는 바둑돌처럼 자신이 아직 완전한 존재가 아님을 인식한다. 그러한 존재란 곧 불안과 밀접하게 결부되어 있는 것이고, 그렇기에 시인은 "그곳에/몸부림치"고 있는 것이다.

「미생」은 스스로에 대해서 미완의 존재임을 알리는 것인데, 이 시적 사유가 만들어지는 것이 매우 독특한 지점에서 형성되고 있다는 점에서 주목을 요한다. 무엇보다 서정적 자아는 스스로를 '미생'의 존재로 규

정한 다음 이와 반대되는 것들을 열거하면서 자신의 상태를 더욱 극대
화시키고 있기 때문이다. 여기에 등장하는 소재들도 앞의 작품들처럼
동물 상징이 매우 중요한 구실을 한다. 여기에는 다양한 동물들이 등장
한다. 가령, 흑기러기가 있고, 연어가 있으며, 악어도 있다. 뿐만 아니라
물소들도 있고, 토룡들도 있으며, 달팽이들도 있다. 이들 동물이 보여주
는 습성이랄까 행위들은 모두 귀소성과 연결되어 있다. 말하자면 본능
의 영역을 생리적으로 탐색하고 있는 것인데, 이런 모습들이 시인의 눈
에는 일종의 완결성으로 비춰진 다. 생의 근원으로 되돌아가는 이들의
행위야말로 모성적인 것, 근원적인 것과 분리하기 어렵게 결부되어 있
다고 판단하고 있는 것이다. 반면, 이들과 비유되는 시적 자아의 모습은
어떠한가. 그는 자신이 되돌아갈 방향이 없거니와 또 지향해야 할 목적
조차 뚜렷이 갖고 있지 못하다. 이른바 방향 상실 감각이 시인의 정서를
지배하고 있는 것인데, 이런 상황이야말로 회귀 본능을 실천적으로 보
여주고 있는 여러 동물들의 모습이 계몽적으로 다가왔을 개연성이 매
우 큰 것이었다고 하겠다.

화순 숲 곶자왈 언덕배기 전망대

숲속 평원 위
갈색 잔디밭

점점이 앉은 들 꿩 같은 찔레나무들, 그 곁 드러누운 석화 낀 까만 돌들

그곳에

누가 초청했을까? 목이 깨져 누운 갈색 빈 맥주병들
큰 가시로 눈 밝히는 녹슨 철조망 몇 가락
그리고 불청객인 나

잔디 풀밭에
흩어진 노루 뼈 한 무리 있다

곶자왈 숲 너머, 노루 한 마리

걸어가며
나를 슬쩍 바라본다
- 「불청객」 전문

　존재론적 불안과 더불어 시인의 작품에서 주목해야 할 시가 「불청객」
이다. 이 작품은 소위 문명과 자연의 불화, 아니 보다 정확하게는 인간과
자연의 불화를 담아낸 시이다. 인간이 자연의 일부임은 당연한 것인데,
이 뻔한 당위성에도 불구하고 근대 이후 이들의 관계는 전연 다르게 정
립되었다. 잘 알려진 대로 인간이 자연의 일부가 아니라 자연을 지배하
는 자로 자리바꿈한 것이다.
　이런 자리 교대란 시인이 자신의 현존을 인식한 '미생'과 밀접한 관련
을 갖는 것이라는 점에서 그 의미가 있다. 그것은 곧 영원성의 감각과
분리하기 어려운 것인데, 실상 근대 이전　인간의 삶을 지배한 감각은
영원성의 정서였다. 그것은 어쩌면 '미생'의 저편에 놓인 것이라 할 수
있는데, 인간이 자연의 지배자가 되면서 이 관계는 파탄을 맞이하게 된
다. 하지만 문제는 단순한 파탄에서 그치는 것이 아니라 그것이 인간의

존재론적 불안과 긴밀하게 연결되어 있다는 점이다.

「불청객」은 인간과 자연 사이에 놓인 거리가 얼마나 큰 것인가를 잘 보여주는 시이다. 작품에서 보듯 자연은 전일성의 상태에 놓여 있었다. "숲속 평원 위/갈색 잔디밭"에 "점점이 앉은 들 꿩 같은 찔레나무들"이 있고, 그 곁에는 "드러누운 석화 낀 까만돌들"이 있었던 것이다. 하지만 이 조화의 지대에 새삼스럽게 불청객이 끼어들게 된다. 시인은 이를 좀 순화된 수준에서 표현하고 있지만, 사실 이들은 파괴자의 수준을 벗어나지 못하는 것이었다. 문명의 온갖 쓰레기가 놓여 있거니와 거기에는 시인 자신도 포함되어 있는 것이었다. 그 문명의 폐해가 만들어놓은 것이 "잔디 풀밭에/흩어진 노루 뼈 한 무리"이다.

이 작품에서 보듯 자연과 인간은 서로 화해할 수 없는 거리로 갈라져 있다. 일찍이 이런 거리를 사유한 시인은 소월이거니와 그는 「산유화」에서 이런 감각을 '저만치'로 표현한 바 있다. 물리적으로 가까운 듯하면서도 결코 좁혀질 수 없는 거리가 '저만치'이다. 그러한 거리감은 김공호 시인에게도 동일한 정서로 다가온다. 그 상황이 "걸아가며/나를 슬쩍 바라보는" 노루의 모습으로 구현되는 까닭이다. 여기서 '슬쩍'이란 소월의 '저만치'와 등가관계에 놓이는 정서인데, 그만큼 자연과 인간의 사이는 서로 화해할 수 없는 거리로 분리되어 있는 것이다.

4. 수평적, 전일적 충만함의 세계

김공호 시인은 자신의 주관을 표나게 주장하지 않는다. 서정시가 주관이 강한 장르임에도 불구하고 그의 시들에서는 이를 감각하기가 쉽지 않은 것이다. 그만큼 그의 시들은 차분하고 조용한 편이다. 그는 이런 정서를 바탕으로 대상을 응시하고 거기서 서정의 샘을 만들어가고자 한다. 그 샘에서 길어올려진 자양분으로 존재론적 불안을 해소하고 삶의 완결성을 향해 나아가고자 하는 것이다.

시인은 주장하기보다는 보여주며, 독자는 그 응시 속에서 시인이 사유하고 있는 정서의 의미를 간취하고, 그것이 주는 폭과 함께 하고자 한다. 잔잔한 음성 속에서 만들어지는 그의 시들이 깊은 공감대를 형성하는 것은 이 때문이라 할 수 있다. 시인은 자신의 현존이 무엇인지에 대해 치열하게 고민 해왔다. 그 도정에서 그는 자신이 '미생'의 존재임을 깨달았고, 자아와 세계 사이의 거리, 구체적으로는 자연과 인간 사이에 놓인 커다란 틈을 발견하기도 했다. 이 틈이란 궁극에는 어떤 섭리라든가 조화감 곧 전일성의 상실과 깊은 관련을 맺고 있는 것이었다. 이런 문제 의식이 있었기에 그는 다시 미래로 향하는 발걸음을 옮길 수 있었다. 이는 지나온 과거와 다가올 미래 사이에서 자신이 나아갈 길을 상실한 경우와는 전연 반대되는 상황이라고 할 수 있다. 그 도정에서 시인은 전쟁과 같은 치열한 자의식, 곧 나아갈 방향감을 획득하게 된다.

태양이라는 놈은 화가다
아침마다
대지에 꽃과 향기를, 생화를 그려 놓고서
모두의 꿈을
다르게 달아 놓는다
벌 나비도
춤추며 달려오는 모습을 그린다

골마다

꽃 피며 소원이 다르게 달린다

한번

그려 놓은 그림이, 아니면

새 그림으로 바뀌나간다

오늘은

71년 전 태어난 사람을 대지에서 지우고 있다

파란 잔디 옷을 입혀 천국의 동산을 만든다

한번 그림이 완성되고 나면

화가는,

산 너머 구름 속으로 들어가 꿈의 동산을 꿈꾸다가

내일

또다시

세상으로 나와

새로운 그림을 그릴 것이다

- 「화가」 전문

존재론적 전일성을 완성하기 위한 시인의 행보가 가장 먼저 닿은 것은 자연이다. 이 작품에서 태양은 자연의 전일성을 대표하는 상징이다. 아니 그것의 함의는 전일성이라기보다는 어쩌면 전능성에 가까운 것인지도 모른다. 자연이란 완전하기에 이를 전능성의 감각으로 이해하는 것도 가능해보인다.

태양은 모두에게 동일한 가치로 기능하지만 이를 수용하는 주체들은 경우에 따라 다른 모습이나 기능으로 수용한다. 이에 대해 춤으로 반응하는가 하면, 꽃으로 반응하기도 한다. 그리고 경우에 따라서는 사람을 대지에서 지우기도 하고, 그 지운 자리를 파란 잔디 옷을 입혀 천국의 동산으로 만들기도 한다.

그런데 태양의 이런 전지전능한 모습은 어느 한순간의 행위에서 그치지 않고, 시간마다 다르게 구현된다. "내일/또다시/세상으로 나와/새로운 그림을 그릴" 것이기 때문이다. 태양을 두고 이처럼 다양하게 반응하는 것은 욕망의 그림자 때문일 것이다. 반면, 그 너머에 있는 태양은 자연의 힘이랄까 항구성의 표현일 것이다. 그러한 전일성과 항상성이야말로 자연의 이치, 혹은 우주의 섭리일 것이다. 만약 이런 원리가 무매개적으로 수용되고, 아무런 욕망이 개입되지 않는다면, 시인을 '미생'으로 인도했던 것들, 혹은 "노루와 인간 사이에 놓인 거리"(「불청객」)는 해소될 것이다. 그것이 곧 영원의 감각이 아니겠는가.

억새꽃 천국, 하얀 바다

넘실넘실
파도 물결 출렁인다

산과 들

거기는
거지도 부자도 없는 곳

두 볼에
억새꽃 미소를 머금는, 하늘나라 순진한 아이들

산천에 피어난
즐거워하는 동자, 동자들

어디서
장끼 한 마리 날아와 앉아
까투리 꺼병이 있는 곳 찾아 기어든다

밝은 햇살
살랑거리는 바람, 오름 비탈에 서서

눈웃음치는 맑은 동자 동자들
－「하늘 나라」전문

자연은 유토피아로 구현된다. 시인은 그런 모양을 '하늘 나라'라는 대단히 형이상학적인 국면을 동원해서 표현했다. 그러니 그곳은 이상적이고 관념적인 곳으로 나타날 수밖에 없다. 하지만 이곳이 저 너머 초월의 세계로 은유되었다면 이런 음역은 가능하지 않았을 것이다. 시인의 시들은 주관보다는 일상의 영역, 혹은 구체성과 밀접히 결부되어 있다. 그렇기에 그의 시들은 관념이라는 서정시의 약점을 적절히 비껴간다. 이 작품도 이런 일상성으로부터 길어올려진 것이다. 저 너머 초월의 세계, 곧 유토피아 의식을 관념적인 지대에서 가져오지 않았기 때문이다. 시인은 자연이라는 구체성, 지금 이곳에서 펼쳐지는 구체적인 현장에서 이 감각을 이끌어오고 있는 것이다.

자연이란 수평적인 세계이다. 그렇기에 여기에는 어떤 층위도 존재하지 않는다. 시인이 "거기는/거지도 부자도 없는 곳"이라 한 것은 이런 이유 때문이다. 이런 미분화된 세계, 위계질서가 지배하지 않는 세계가 자연이다. 이런 면에서 시인은 상징계 이전의 세계, 곧 오이디푸스 이전의 세계를 꿈꾸는 듯하다. 물론 이 세계에의 그리움을 지향한다고 해서 그의 시를 프로이트적인 맥락으로 깊이 이해할 필요는 없을 듯하다. 하지만 자아의 완결성과 일체화된 삶에 대한 그리움의 정서를 표명하는데 있어서 프로이트적인 감각이 전연 무관한 것도 아니다. "집을 나설 때/눈 높이 없이/주면 받아먹을 때 그때가 좋았다"(「거지 덩굴」)는 상징계 이전의 세계, 곧 모성적인 세계와 분리하기 어려운 것이기 때문이다.

이제, 양말 한 쪽을 버려야 한다
평생 같이 했던 두 쪽
엄지발가락이 갔던 곳 눈에 잘 띄지 않은 먼 곳에 구멍이 났다
어려운 시절
남대문시장에서 두 켤레에 일만 원 주고 산 양말
새벽부터
발 부르트며
함께 걸어간 시간이 길다
바람 부는 어떤 날
주저앉으며
안 가겠다고 비토 하던 면양말
그러나
험준한 산악마저 동행하며 오르고 또 올랐다

아기를 등에 업고 5일장 보러 온
아주머니도 보인다

평소 양처럼 순하면서 남의 흘린 땀을 말없이
감춰주던 면양말

내가 몰랐던 발바닥 먼 곳에
오늘은, 큰 구멍이 났다

또다시
구멍 난 곳을 기워 함께 다닐 수만 있다' 하며

나는
기원해 본다
- 「구멍난 양말」 전문

존재론적으로 완성된 세계나 모성적 전일성의 세계는 무엇보다 조화
가 우선시 되는 공간이다. 자아와 세계가 대립하는 서정의 갈등 역시 파
편적 사고와 밀접한 관련이 있을 것이다. 시인은 그러한 상태를 자연의
이치라든가 우주의 섭리 속에서 구원받고자 했다. 그런데 그의 이런 구
도자 의식은 자연과 같은 형이상학적인 차원에서 뿐만 아니라 일상의
차원에서도 지속적으로 천착되고 있다는 점에서 관심을 끈다. 「구멍난
양말」은 그 한 사례를 보여주는 시이다.
　지금 서정적 자아에게는 자신의 삶과 함께 한 양말 하나를 버려야 한
다. 평생을 함께 한 동반자이지만 "엄지발가락이 갔던 곳 눈에 잘 띄지
않은 먼 곳에 구멍이 난" 까닭이다. 그렇지만 이 양말에 대한 시인의 정
서는 애틋한 것이었다. 그것은 시인이 어려웠던 시절에 산 것이고, 또
"새벽부터/발 부르트며/함께 걸어간 시간이 길었기" 때문이다. 그 도정

에서 양말은 그 본연의 임무만을 보여준 것이 아니다. 그것은 "아기를 등에 업고 5일장 보러 온/아주머니도 보이게" 했고, "양처럼 순하면서 남의 흘린 땀을 말없이/감춰주기도 했"다. 말하자면 양말은 시인의 일부가 되어 시인과 함께 살아온, 시인과 더불어 살아온 존재인 것이다.

그런 존재이기에 시인은 이 양말과의 작별을 서두르지 않는다. 아니 작별을 예비하는 것이 아니라 "구멍 난 곳을 기워 함께 다닐 수만 있다"고 사유하며, 그와의 영원한 동행을 꿈꾸고 있는 것이다.

이 작품은 사라지는 것에 대한 회한이며, 함께 한 사물에 대한 살뜰한 정을 담고 있는 시이다. 또한 짝을 이루는 것이란 궁극에는 함께 할 경우에만 비로소 그 존재의 의의가 있다는 것을 일러주기도 한다. 아마도 후자의 감각이 시인에게는 보다 큰 음역으로 다가왔을 것으로 이해된다. 그것은 결핍이라든가 결손이 있는 경우엔 조화라든가 일체적 감각은 가능하지 않다는 것을 시사해주고 있기 때문이다. 시인의 이러한 사유는 보금자리의 시절을 그리워 한 시인의 삶(「몽당연필」)에서도 읽어낼 수 있고, 일상 속에서 끊이지 않고 지속되는 정자나무와의 조화로운 만남에서도(「정자나무」) 읽어낼 수 있다.

김공호 시인의 작품들은 조용하고 차분하다. 하지만 그러한 정밀함 속에는 새로운 지대를 향한 열망도 담겨져 있다. 그래서 그의 시들은 밖으로 뻗어나가려는 파장이 드세게 울려퍼진다. 이 파장 속에 담겨 있는 것이 다가올 시간에 대한 예비 의식이다. 지금 시인의 현존을 만드는 것은 자신을 지탱해줄 모범적인 과거도 아름다운 추억도 없다. 뿐만 아니라 다가올 미래에 대한 건강한 기대도 마찬가지로 남아있지 않다. 그래서 그는 지금 이곳의 현장에서 자신의 실존을 위무해줄 것들을 찾아 한 마리의 달팽이가 되어 더듬이를 힘차게 내민다. 그리하여 그 촉수에 걸리는 것들을 모두 모아서 이를 자신의 실존과 대비시키고, 존재의 불안에 대해 진단해낸다. 그리하여 시인은 이 불안한 현존을 넘어설 수 있는 매개를 향해 나아가려 한다. 여기서 중요한 것이 그 매개를 붙잡아 매두는 일이다. 시인이 달팽이가 되어 미정형의 지대에 그 촉수를 내미는 것은 존재의 완성을 향한 끝없는 열망에 그 원인이 있다고 하겠다.

(김공호, 『달팽이시인』 해설, 시와정신, 2022)

자연을 통한 일상의 정화

1. 환경의 변화와 새로운 패러다임

『살구나무 익어가는 마을』은 코로나 상황이 만들어낸 시집이다. 지금
우리는 예전에는 결코 볼 수 없었던 새로운 환경 속에서 하루하루를 살
아가고 있는데, 그 인식성의 변화를 가져오게끔 한 것은 잘 알려진대로
감염병의 전국적, 세계적 유행이다. 이 유행은 지금껏 우리가 누려왔던
모든 환경을 근본부터 바꾸어놓았다. '공간은 가능하면 넓게, 그리고 접
촉은 비교적 멀리'라는 시대의 요구를 우리 모두는 강요받고 있었던 것
이다. 그러니 모두 함께 어우러지는 과거의 축제의 장들은 역사의 무대
로 사라졌고, 거기에 소규모의 모임이라든가 혼자만의 공간들이 들어서
기 시작했다.

　이런 환경의 변화가 시인에게도 예외는 아니었다. 시인은 지금껏 누
려왔던 일상으로부터 벗어나 새로운 환경, 아니 적응을 위한 현장을 찾
아나서야 했던 것이다. 그리하여 대중으로부터 자기를 격리하고, 자기

만의 고유한 공간을 찾고 또 만들어나가야 했던 것이다. 시인이 시집 후기에 쓴 「시집을 내면서」는 그러한 저간의 사정을 잘 말해준다.

> 코로나가 친구들도 가족도 만나지 못하게 해 나름의 방법으로 '대청호 오백리 둘레길'을 아내와 함께 걷게 되어 생각을 공유하는 기회가 생긴 건 불행 중 다행이었죠!
>
> 집을 나와도 사람들을 피해 걸어야 했고, 그러자니 도심을 벗어나 찾게 된 곳이 사는 곳에서 멀지 않은 대청호반 길을 걷게 되었지요.
>
> 걷다보니 대청호는 너무나 아름답고 자랑스러워 이렇게 좋은 환경이 가까이 있다는 게 가슴 뿌듯함으로 다가와 감사할 뿐이었지요.
>
> ─「시집을 내면서」부분

여기서 알 수 있는 것처럼, 시인에게 시집과 그 사유의 지대를 새롭게 만든 계기는 코로나 시국이다. 인간들 사이에 놓여 있는 관계의 끈들은 코비드 19에 의해 사라지게 되었다는 것이고, 그 결과 시인의 시야에는 새로운 공간이 찾아들게 된다. 그의 표현대로 '대청호 오백리 둘레길'이 바로 그러하다. 이곳은 인간의 끈들이 사라진 독립된 공간이자 시인 자신만의 고유한 공간이기도 하다. 하지만 시인에게 이곳은 구체적인 공간으로만 유지되지 않는다. 그것은 단지 환경이 만들어낸 것일 뿐, 구체적인 자립성이랄까 고유성의 흔적으로 남아있는 곳이 아닌 까닭이다. 시인이 발견한 것은 대청호로 상징되는 특정 공간이 아니라 자연이라는 공간이다. 그리고 그것이 주는 상징적 의미가 시인이 이번 시집에서 의도한 궁극의 의미일 것이다.

절박한 환경 속에서 이루어진, 시인의 자연으로의 여행은 매우 세밀하게 이루어진다. 자연이 그저 시인의 눈에 자연스럽게 들어온 것이 아니라 오히려 시인이 자연 속으로 깊이 들어가 고 있다는 편이 옳을 정도로 자연을 응시하는 시인의 태도는 매우 적극적이다. 그의 시들이 이미지의 새로운 환기에 의해 이루어지는 것은 모두 이런 인식적 작용이 있었기에 가능한 것이었다.

세상 어둡고 캄캄해
힘든 진흙 속에서
설레임의 순백을 사모해
연분홍 봉오리
아프게 터뜨리어

대청호 둘레 길에
길손 반기려
외로움 피해
가시달린 흰 꽃이
하얀 마을로 피었다.
 -「찔레꽃 産苦」전문

이 작품은 대상에 대한 세밀한 관찰과 거기서 얻어진 사유의 표백이 만들어낸 시이다. 현실로부터의 도피와 자연에 대한 귀의가 아니라면 결코 만들어낼 수 없는 것들이 여기에 담겨져 있다. 그의 시들이 대상에 대한 신선한 묘사, 곧 이미지즘의 형식을 갖고 있는 것도 이와 무관하지 않을 것이다. 이미지즘이란 대상에 대한 섬세한 관찰과, 그에 대한 새로운 묘사를 그 특징적 의장으로 한다. 이미지즘이 지향하는 이런 경향에 주목하게 되면, 「찔레꽃 산고」는 이 사조로부터 크게 벗어나 있지 않다. 그만큼 시인의 작품들은 대상에 대한 뚜렷한 응시와 거기서 길러지는 사유들이 어울려서 하나의 잘 빚어진 완결적 형태를 이루고 있는 것이다. 이러한 형식미는 이번 시집의 표제시인 「살구 익어가는 마을」에서도 잘 나타나 있다.

> 복숭아꽃 살구꽃 피면
> 꽃 속에 유년의 고향이 있어
> 살구꽃 핀 옥이네 담장은 높았다
>
> 꽃잎이 풋풋한 살구 되어
> 호박덩굴 용구새에 오르면
> 덩굴 위 살구는 주황으로 익어갔다
>
> 장독대 떨어진 살구 몇 알
> 옥이가 몰래 건네주고 쥐어 준
> 살구 색보다 옥이 볼이 더 붉어지면
> 덩달아 내 볼도 붉어졌다
>
> 보리밭에 청 보리 누렇게 익어가고
> 보리 고개 힘들어도 까투리 꿩알 굴리며
> 녹음 더불어 여름이 익어갔다.
> ※ 용구새 : 초가지붕의 이엉 맨 위에 올리는 것. 용마름의 충청도 방언
> - 「살구 익어가는 마을」 전문

이 작품의 특색은 아름다운 풍경화라는 데 있다. 그리고 그 풍경 속에 묻어나는 자연의 넉넉함이 읽는 독자로 하여금 정서적 완화와 여유감을 갖게 한다. 마치 목월의 대표작 「나그네」를 읽는 듯 하다. 「나그네」가 간결한 명사와 짧은 시형식을 통해서 감칠맛 나는 농촌의 풍경을 시화했다면, 「살구 익어가는 마을」은 산문에 가까운 시형식으로 묘사했다. 그 풀어헤친 언어의 현란한 춤 속에서 한적한 마을의 모습이 사실적으로 펼쳐지고 있는 것이다. 마치 지금 여기서 펼쳐지는 듯한 착각을 불러일으킬 정도로 여유가 있고, 풍성한 마을의 모습이 독자에게 오버랩되어 다가오고 있는 것이다. 그의 자연시는 우선 이런 파노라마적인 풍경시에서 그 의미를 찾아야 할 것이다.

하지만 시인의 시들은 이런 형식적 완결미에 한정되지 않고 있다는 점에서 그 특징적 단면이 드러나는 경우이다. 그의 시는 응시라는 행위와 거기서 감각되는 이미지의 감옥에만 갇혀 있지 않기 때문이다. 그의 시들은 그러한 경계를 뚫고 나와 사유의 바다 속에서 자신만의 고유한 의미들을 만들어가고 있다.

산더덕 산미나리 더불어 있어
보기 좋다 꽃송이 하나하나 묶어
중앙엔 연분홍색 배치했다

꽃무리 배치와 이웃들 어울림이
사람의 능력이 이보다 더 나을 순 없다
호수 산 나무 꽃모양 색의 위치

혼자 보기 아까워 좋은 이들 함께 해
무언으로 보여주는 자연의 순리대로
다독이며 어울려 살아가는 꽃
- 「산미나리꽃」 전문

   인간의 일상성을 지배하고 있는 자연은 우리 삶의 전부라고 해도 과
언이 아닐 것이다. 우리는 이렇게 자연에 둘러싸여 그와 더불어 살아가
고 있는 까닭이다. 하지만 그 뻔한 일상적 사실임에도 불구하고 그것이
함의하고 있는 의의라든가 형이상학적인 의미에 대해 깊이 천착하는
사람들이 그리 많지 않은 것도 사실이다. 그것은 근대 사회가 끊임없이
경고하고 있는 문명의 폐해에 대해 특별히 주의하지 않고 있다는 사실
에서도 확인할 수 있다. 지금 우리 사회를 지배하고 있는, 그리고 시인의
시적 근거가 되고 있는 코로나의 팬데믹도 따지고 보면, 문명의 남발에
따른 경고에서 온 것이라 할 수 있다. 그에 덧붙여 자연의 일부인 인간
이 자연의 섭리를 거역하고 오히려 자연을 인간의 일부로 간주한 결과
일지도 모른다.
   「산미나리 꽃」은 자연이란 무엇이고, 그것은 또 어떤 섭리나 이법을
갖고 있는지에 대해서 비교적 상세히 일러주고 있는 시이다. 지금 인간
너머의 저편에선, 곧 자연의 한켠에선 꽃잔치가 벌어진다. 산더덕, 산미
니라꽃이라고 했거니와 이와 조화를 이룬 수많은 꽃들이 한데 어우러
져 꽃대궐을 이루고 있다. 마치 서정주가 1950년대에 읊은 「상리과원」
의 세계를 보는 듯한 착각을 불러일으킬 정도이다. 서정주는 이 시에서
자연의 가치를 이해하고 전후 피폐화된 현실을 초극하고자 한 시적 노
력을 보여준 바 있다. 비록 암묵적 지시와 상징적 장치에 기대고 있긴

하지만 시인 역시 서정주가 펼쳐보였던 그러한 음역에 바짝 접근한 듯 보인다. 자연의 장엄한 경치에 시인은 압도되어 스스로 꽃의 세계로 빠져들고 있기 때문인데, 시인은 그런 황홀감을 "사람의 능력이 이보다 더 나을 순 없다"라고 단정적으로 말하며 그 절정의 정서를 노래하고 있다. 자연이 갖고 있는 구경적 가치나 그 형이상학적인 의미에서 보면, 시인의 이런 선언이란 지극히 당연한 것처럼 보인다. 닫힌 현실과 어두운 골방에서 뛰어나온 시인에게 자연은 이렇듯 새로운 지대로 탄생하여 시인에게 뚜벅뚜벅 걸어오고 있었던 것이다.

2. 자연에 의해 걸러진 일상

1) 자기 수양

인간은 근원적으로 억압된 존재이다. 이 억압이 작동하는 계기는 종교나 심리학마다 조금씩 다르다. 하지만 그 근원에 놓여있는 공통의 요소는 단 한 가지인데, 바로 욕망의 기능적 작용이다. 인간은 욕망하기에 억압된다고 했거니와 기독교에서 말하는 에덴동산으로부터의 추방도 모두 이와 깊은 관련을 맺고 있다. 사과라는 소비적 충동, 먹고자 하는 욕망이 인간으로 하여금 원죄를 만들었기 때문이다.

따라서 비울 수 있어야 인간은 비로소 억압으로부터 벗어날 수 있고, 또 모든 인간의 꿈인 유토피아의 세계에도 도달할 수 있을 것이다. 그 영원한 도정을 위해서 끊임없이 수양하는 것이 서정 시인이 갖추어야 할 근본 덕목이다.

시인은 이번 시집에서 자연과의 친연성을 통해 그것이 함의하고 있는 긍정적 가치가 무엇인지를 어렴풋이 알아가기 시작했다. 그것은 인간으로부터는 멀리 떨어지고, 자연과는 비교적 가까이 접근하라는, 코로나 팬데믹이 만들어준 강요된 화해의 결과였다. 하지만 중요한 것은 원인이 아니라 결과이고, 거기서 얻어진 형이상학적 각성내지는 깨달음일 것이다.

나무들 새봄을 맞이하려
아낌없이 버리고 비운 후에야
새 희망 담을 수 있다

소나무는 아무 것도
버리지 않은 듯해도
변함없이 푸른 옷 차려 입고
겨울을 견디어
보이지 않는 부지런함으로
봄을 준비한다

혹한을 견디려
솔잎 모여 이불 되어
엄마솔 뿌리, 줄기, 가지
봄기운으로 덮어야
새 솔잎 볼 수 있지

나뭇잎들 비운만큼

잎에서 꽃에서
봄을 맞을 수 있다

솔잎 떨군 소나무에
새 솔잎이 난다
- 「소나무의 봄」 전문

    자연의 섭리는 순환에 있다. 그런데 그 순환이란 시간적, 혹은 계기적 질서에 의해 단순히 이루어진 것이 아니다. 거기에는 이를 토대로 어떤 원형적 의미가 담겨있을 수밖에 없게 되는데, 가령 프라이가 말한 것처럼, 겨울은 죽음으로, 봄은 생명으로, 여름은 성장으로, 가을은 조락의 의미로 구현되는 것이다. 그러니 각각의 계절에 대응하는 자연 현상은 그 나름의 고유한, 철학적 의미를 내포할 수밖에 없게 된다.
    지금 시인이 주목하는 것도 계절이 갖는 질서와 거기서 생성되는 형이상학적인 의미의 묶음들이다. 계절의 질서에 따라 반복하는 성장과 사멸의 과정에 주목하고 있는 것이다. 그런데 이 작품에서 시인의 사유는 좀 독특한 데서 시작된다. 이러한 면들이 이 작품의 고유성이랄까 특이성을 만들어주는 것인데, 여기서 시인이 주목하고 있는 대상이란 곧 소나무인 까닭이다. 잘 알려진 바와 같이 소나무는 상록수에 속하는 것이고, 그렇기에 계절과는 전연 무관한 듯이 보이는 대상이다. 겨울이 죽음이라는 신화적 상상력에 속하는 것임에도 불구하고 소나무는 여전히 그 푸르름을 자랑하고 있는 까닭이다. 하지만 시인이 보기에 이것은 어디까지나 표면적인 응시에 불과한 것이라고 인식한다. 소나무 역시 낡은 솔잎을 떨구어내고 봄에 새 솔잎을 피워내기 때문이다. 뿐만 아니라 떨어진 솔잎이 겨울의 죽음을 딛고 일어서게 하는 모성적 생산의 역할까지 수행하게 된다. 이런 과정을 거치면서 그것은 자연의 섭리를 절대적으로 완성하게 된다고 이해하는 데까지 이르게 된다.

이 작품에서 소나무를 시의 소재로 인유하는 데에는 그 나름의 이유가 있었을 것이다. 비록 상록수임에도 불구하고 소나무 역시 탄생과 죽음을 반복할 수밖에 없는 존재라는 사실이 그것인데, 곧 자연의 섭리를 거스리는 것은 아무 것도 없다는 것을 알리고 싶었을 것이다. 어떻든 시인은 자연을 섭리라든가 이법의 과정에서 이해하고 있는데, 여기서 가장 전략적인 방점으로 두고 있는 것은 아마도 '비움'의 상상력일 것이다. 비움이란 자연의 관점에서 보면, 섭리일 것이고 그 과정을 거쳐야만 비로소 또 다른 '채움'의 과정이 가능할 것이다. 여기서 채움이란 '봄'의 도래인데, 그 찬란한 꽃의 세계, 생명이 움트는 탄생의 계절이 되기 위해서는 '비움'의 과정이 있어야 한다고 이해하는 것이다.

자연은 분명 '비움'의 과정을 명확히 보여주고 있고, 또 이를 통해서 '채움'이라는 봄의 세계, 꽃의 개화를 맞이할 수 있게끔 한다. '비움'이 없으면, '채움'도 불가능할 뿐만 아니라 자연의 순환은 더 이상 가능하지 않게 된다. 그래서 '비움'의 상상력이 가장 중요한 것인데, 이런 면은 인간에게도 절대적으로 필요한 것이라고 인유하고 있다는 점에서 주목을 요하는 것이라 할 수 있다. 인간이 유토피아를 잃은 것도, 현재의 위기를 맞이한 것도 이 '비움'이 없었기 때문이다. 인간은 '채움'만을 절대적으로 숭상했고, 이를 뒷받침하고 있었던 것이 바로 욕망이라는 기제였다. 욕망은 자연과 인간을 구분시킨 절대적 지대였다고 시인은 판단하고 있다.

알몸으로 서서 겨울을 나는 나무
가끔씩 휘파람 불며 서 있다
큰 나무 휘파람은 이웃으로 번져
캄캄한 휘파람 숲이 된다.

바람은 휘파람 나르기 바쁘다
숲이 휘파람 합창 분위기 타면
수줍은 나무들 어둠 틈타 춤판 펼쳐
구름 속, 달님이 훔쳐봐도
춤판은 이어진다.

나무가 알몸으로 견디어
나이테 늘리고
봄 향기 나무에게 은밀히 스며들어
새잎 숲을 이뤄 꽃피고 열매 맺어
세월이 흐른다.

바람 구름 따라 사는 섭리가
사람도 같으니
나목처럼 내어주고
텅 빈 삶도 좋겠다
- 「겨울 나목나기」 전문

　나목이란 잎을 떨어내고 홀로 선 나무, 시인의 표현에 의하면, '알몸으로 서 있는 나무'이다. 그렇기에 나목은 모든 것을 잃은, 쓸쓸하고 황폐한 이미지를 준다. 하지만 시인의 상상력에 편입된 나목의 모습은 일반적 상식과는 전연 다른 자리에 놓인다. 그것은 마치 축제를 앞둔 존재처럼 열기가 있고, 흥겨운 상태에 놓여 있다고 보기 때문이다. 나목이 이렇게 축제의 상태에 놓여 있는 것은 다른 데 그 원인이 있는 것이 아니다. 그것은 바로 봄을 예비하고 있는 상태이기 때문이다. 그렇기에 겨울의 황량한 바람도 합창을 위한 '휘파람 소리'로 들리는 것이고, 이에 조응하는 나목들은 '춤판의 주체'가 될 수 있었던 것이다. 나목은 죽어있는 상태가 아니다. 그 내면에는 시간이 흐르고 세월이 흐르고 있는 까닭이다.

여기서도 알 수 있는 것처럼, 중요한 것은 '비움'이라는 상상력에 있다. 무성한 나무가 '나목'이 될 수 있었던 것은 모두 비움의 과정이 있었기에 가능했던 것이다. 시인은 나무에서 이런 과정을 목도하고 인간의 삶도 나무처럼 그러했으면 하는 바람을 드러낸다. 바로 "나목처럼 내어주고/텅 빈 삶도 좋겠다"고 말이다. 인간의 삶도 나목과 같은 삶이었으면 좋겠다고 한 것은 어쩌면 곧 시인 자신에게 향하는 말일지도 모른다. 그는 인간이라는 보편적, 추상적 명사를 동원했지만, 실상은 그 정언적 담론들이 자신에게 향하고 있었다는 사실이다. 서정시는 자신과의 대화이다. 그렇기에 그가 언표하는 모든 담론들은 일차적으로 자신에게 향해져 있다고 보는 것이 옳을 것이다. 나목처럼 인간 역시 '비움'의 삶을 살고 싶다는 것은 자신이 그러한 삶의 자세를 갖고 싶다는 의미이기 때문이다. 이런 뜻에서 자연을 서정화한 시인의 의도는 일차적으로 자기 수양의 세계와 분리하기 어려운 것으로 보인다. 자연이 보여주는 이법은 무척 경이로운 것이었거니와 그러한 황홀의 세계를 자신화하고자 했던 것, 그것이 시인의 이번 시집에서 펼쳐보였던 의도 가운데 하나라고 할 수 있을 것이다.

2) 치유와 재생

수양이 내적인 단계에 머무르는, 은밀한 도정이라면 치유는 보다 적
극적인 과정이라고 할 수 있다. 치유는 상처를 전제로 한다. 그리고 이
상처 또한 욕망의 작용과 불가분의 관계를 갖고 있다. 욕망이 제어되지
않기에 궁극에는 상처가 남게 되는 까닭이다. 게다가 이 치유의 상상력
은 보다 넓은 음역을 갖고 있기도 하다. 수양이 주로 시적 자아와 깊은
관계를 갖고 있다고 한다면, 치유는 보다 넓은 영역을 함유하고 있다.

> 밝게 웃어주는
> 네 모습 보면
> 걱정은 모두 사라지고
> 무언가 좋은 일이
> 생길 것만 같아라
>
> 너를 보면 그렇게
> 맘이 환해진다
>
> 시간을 건너온 너
> 낮 달맞이 꽃
>
> 대낮에 달이 뜰 줄 어찌 알아
> 앞서 와서 기다리는 너
>
> 너 같은 마음 가진 이 없어

요즈음

너 같은 이 그립다

- 「낮 달맞이 꽃」 전문

　시인이 우선 주목하는 것은 자신의 상처이다. 이 작품에서 시인이 받은 상처가 무엇인지 구체적으로 드러나 있지는 않다. 그는 이를 단지 '걱정'이라고 했을 뿐이다. 하지만 이 감각이 비동일적 상상력의 결과라고 한다면, 그 자신에게는 동일성을 헤치는 그 무엇이 존재하고 있었다는 사실이 분명해진다.

　그러한 비동일적인 사유 가운데 하나는 물론 욕망과 같은 억압적 기제였을 것이다. 실상 걱정이란 욕망하는 어떤 것들이 좌절되었을 경우에 생길 수 있는 심리적 동인이기 때문이다. 이런 좌절의 정서를 치유하는 것은 인용시에서 볼 수 있는 것처럼, 시인은 자연이라고 본다. 특히 밝게 웃어주는 '낮 달맞이 꽃'이 그러하다. 이 꽃을 보는 순간 시인의 정서를 억누르고 있던 근심이라든가 걱정은 순식간에 사라지게 된다.

　치유는 시인에게 보다 큰 음역을 갖는다. 수양이 자신만의 내적인 단계에서 한정되는 것임에 비하여, 치유는 자신뿐만 아니라 그 너머의 영역에까지 이르고 있기 때문이다. 그러한 한 단면을 알 수 있는 것이 마지막 연이다. 시인은 여기서 "너 같은 마음 가진 이 없어/요즈음/너 같은 이 그립다"라고 한다. "너 같은 마음 가진 이 없다"는 것은 개인의 영역이 아니라 보편의 영역이다. 그만큼 걱정을 유발시키는 존재들이 사회적으로 편재되어 있다는 뜻이 된다.

　이렇듯 시인의 시들은 개인의 차원을 넘어서 사회적인 차원으로 지향될 때, 개인성의 한계들이 극복되기 시작한다. 이런 면들은 코로나 시국에서 행한 시인의 자연 발견이 결코 개인적인 차원에 갇혀있지 않음을 이해하게끔 해주는 좋은 단면이 아닐 수 없다. 그의 시들은 자연에서 시작해서 그 영역을 계속 넓혀 나간다. 그것이 이 시인이 자연을 서정화하는 방식이다. 그리고 이런 면들은 아래의 시에서 더욱 확대되어 어떤 보편의 지대로 나아가기도 한다.

주차장 옆 외진 길가 공터에
질경이 파랗게 무리 지어
집성촌을 이뤘다

밟히고 밟혀도 쓰러지지 않아
생명력이 질겨서 질경이
질긴 그들 뭉쳐 질경이 마을 되었다

배고플 때 나물 되고
온 몸 아플 때 뿌리 잎 열매까지
우리 몸 치유하는 너

옛날처럼 찾을 수 없어 안타까워
흙냄새 나는 옛 땅
시멘트 아닌 흙이 좋아라.
- 「질경이」 전문

이 작품에서 주의깊게 관찰해야 할 것이 '시멘트'이다. 그것은 문명의 상징이고 개발의 상징과도 같은 것이다. 어쩌면 자연적인 모든 것들의 반대편에 놓인 상관물이라고 보는 것이 타당할 지도 모른다. 반면 질경이는 구체적인 사물이면서 자연을 대표하는 상관물로 표징된다.

익히 알려진 대로 코로나를 비롯한 현재의 위기는 자연의 도구적 지배에 따른 결과이다. 인간이 자연의 일부가 아니라 그것을 지배하고 오히려 인간의 일부로 만들었기 때문이다. 그러니 이러한 위기를 극복하고 본래의 상태를 회복하기 위해서 할 수 있는 것이란 지극히 자명한 일이 된다. 바로 애초의 그 모습 그대로, 인간이 자연의 일부로 회귀하면 그뿐일 것이다. 하지만 이는 단지 선언에 의해서 가능한 일이 아니다. 그 영원한 길을 향해서 끝없는 노력을 기울여야 하는 것이다.

따라서 이 작품에서 '흙냄새'는 자기 동일성을 회복하는 도구가 된다. 이 냄새야말로 인간과 자연이 하나의 동일체를 이루었던 시대의 향기인 까닭이다. 우리는 근대를 살아가면서 그 원초적인 감각을 잃고 삶을 영위해왔다. 그 잃어버린 삶, 다시 말해 동일성을 회복시키기 위한 가장 좋은 조건이란 무엇보다 일차적인 감각을 되찾는 일이 될 것이다. 시멘트의 냄새를 버리고 흙의 냄새를 찾아야 한다. 이 냄새야말로 나목과 같은 것이고, 또 욕망을 벗어던진 것, 곧 비움의 상태와 비슷한 것이 아닐까 한다.

3) 유대와 공존

정부영 시인이 응시하는 자연의 세계는 이색적이다. 여기서 말하는 특이성이란 자연을 응시하고 거기서 걸러내는 의미들이 다른 지점에 형성되고 있다는 뜻일 것이다. 이런 면들은 이전의 시인들에게서는 쉽게 간취되지 않았던 부분들이다. 시인의 자연 응시는 기왕에 표명되었던 시인들의 그것과 비슷한 면을 갖고 있긴 하다. 관찰 속에서 이미지를 발견하고 거기서 의미를 간취하는 면들은 모두 비슷한 국면을 갖고 있었기 때문이다.

하지만 이런 유사성에도 불구하고 시인의 자연은 이전의 시인들과 썩 다른 면이 존재한다. 그는 자연을 표면적인 국면에서가 아니라 그 원리적인 면에서 이해하고 있기 때문이다. 앞서 살펴보았던 자연의 섭리들만이 그가 자연에서 간취해내는 의미의 전부가 아니라는 뜻이다. 가령, 생성으로서의 봄과 사멸로서의 겨울 등 그 순환의 법칙에만 주목하고 있다는 뜻이 아니라는 것이다. 그의 자연은 보다 내밀한 면에까지 닿아 있는데, 이런 면이야말로 시인만의 고유한 영역이라 할 수 있을 것이다. 가령, 다음의 작품이 그러하다.

새싹이 씨앗 안에 숨겨 둔
저만의 색 찾으려면 따스한
해님 입김이 있어야지

숨 막힐 듯 고동치는
성장의 통증, 다 버려도 좋았던
무모한 사랑의 타오르던 욕망도
차분히 제자리 찾아 본 모습 돌아와야
씨알 속에 숨은 본성은 갈무리 된다

살아가는 동안의 미움도 환희도
맛 본 후 매사 초월한 마음이어야
차갑고 냉철한 동면에 들어갈 수 있다

동면의 고통 후 이웃의 도움이 있어야
씨알에서 꽃으로 피어날 수 있다.
- 「씨앗이 꽃이 피기까지」 전문

자연은 겉보기와 달리 그 은밀한 영역에서도 섭리가 작동한다. 인용 시는 그러한 단면을 잘 보여주는 작품이다. 하나의 씨앗이 꽃이 되기 위해서는 그냥 '던져진 공간'에서 자연스럽게 이루어지는 것이 아니다. 계절의 순환과 마찬가지로 거기에도 보이지 않는 어떤 섭리가 작동한다. 하나의 씨앗이 꽃이 되기 위해서는 이를 가능케하는 토양이랄까 배경이 있어야 할 것이다. 가령 '햇님의 입감' 같은 것 등이다. 뿐만 아니라 거기에는 인간적 삶의 과정 같은 것도 함께 해야 하는 것이다. 가령, "숨 막힐 듯 고동치는/성장의 통증, 다 버려도 좋았던/무모한 사랑의 타오르던 욕망도" 필요하다. 게다가 "살아가는 동안의 미움도 환희도/맛 본 후 매사 초월한 마음" 또한 있어야 한다. 이러한 과정을 거치고 나서야 비로소 "차갑고 냉철한 동면에 들어갈 수 있다"고 본다. 그런 다음 "동면의 고통 후 이웃의 도움이 있어야/씨알에서 꽃으로 피어날 수 있다"고 한다.

「씨앗이 꽃이 피기까지」는 자연의 한 과정을 이해한 시이다. '저 멀리' 떨어져 자연, '내 던져진' 자연이라고 하더라도 거기에는 일정한 원리가 작동해야 비로소 하나의 온전한 자연으로 거듭 태어날 수 있다는 것을 이 작품은 보여주고 있는 것이다. 다시 말하면 이법이나 섭리의 자연 조차도 여러 배경이 올곧게 작동해야 비로소 온전한 자연, 섭리가 작동하는 자연으로 정립될 수 있음을 말해주고 있는 것이다.

자연에 대한 이런 인식과 묘사는 분명 새로운 것이라 할 수 있다. 그렇다면, 자연은 그 자체로 섭리이고, 이법대로 작동하는 것인데, 굳이 이런 세밀한 묘파가 필요한 것일까. 하지만 자연에 대한 이런 응시야말로 이 시인만의 고유한 특징이 아닐 수 없는데, 시인은 자연은 섭리이니까 그 원리가 필요한 독자로 하여금 당연한 거기에 갇혀서 그 의미를 이해하라고 강요하지 않는 것이다. 자연 속에서도 이법이 작용해야 진정한 자연이 될 수 있음을 제시하고 있는 것인데, 실상 시인의 이런 발상 뒤에 숨겨진 함의야말로 이 시인이 이번 시집에서 펼쳐보인 시세계의 궁극적 의미라 할 수 있을 것이다. 이 의미야말로 자신을 향한, 그리고 더 넓게는 인간을 향한 교훈의 메시지일 것이다. 그의 시에는 이렇듯 보다 넓게 그리고 깊게 서정의 강이 흐르고 있다. 그는 자연을 통해서 인간에게 전하고 싶은 강렬한 메시지를 만들어낸다. 인간의 삶 또한 자연의 그것처럼 동일성과 조화를 세계를 갖추어야 비로소 건강한 사회가 구현된다고 말이다.

나뭇잎 낙엽으로 휩쓸리어
하릴없이 오고가니 마음이 쓸쓸하다
아픈 단풍들 한데 모여
서로 보듬어 끌어안아
이승의 강을 건너려 한다

이승의 삶이란
청춘 젊음도 흩날리는 눈발 같아
눈보라로 눈인 듯 바람인 듯
눈, 바람 하나였다 둘이었다

눈 깜박할 새 바뀌나니

우리네 삶도
휩쓸리는 낙엽으로
깜박할 새 지나는 인생인 것을
 - 「휩쓸리는 낙엽을 보며」 전문

지금 우리 사회의 가장 큰 화두랄까 시대정신은 갈등의 극복이다. 누구나 원치 않았던 이런 현상을 빚어낸 것은 그릇된 진영논리, 잘못된 정치논리가 빚어낸 결과이다. 우리는 더불어 나아가는 삶의 의미에 대해서 잃어버린 지 오래되었고, 더구나 함께 공유해야만 하는 가치들에 대해서도 많은 것들을 잃어버렸다. 누구도 원치 않았던 인간적 삶들이 지금 이곳에서 펼쳐지고 있는 것이다.

시인은 그러한 삶의 모순에 대해 무척 안타까운 정서를 피력한다. 모두가 함께 하는 사회, 공존이 있어야 비로소 유토피아가 실현될 수 있기 때문이다. 그는 이미 「씨앗이 꽃이 피기까지」에서 그러한 삶이 왜 필요한지 독자에게 주지시킨 바 있다. 이런 논리는 「휩쓸리는 낙엽을 보며」에 이르면 보다 구체화되어 펼쳐지게 된다. 여기서 '낙엽'이란 조락의 계절을 대표하거니와 그것은 쓸쓸한 한 표상으로 구현되기도 한다. 하지만 그것이 이 정서에 한정되지 않는다는 데에 그 시적 의의가 있다. 아픈 상처를 간직한 낙엽이긴 하지만 "서로 보듬고 끌어안아/이승의 강을 건너야 한다"고 보는 것이다.

인간은 정서적으로 고독하고 억압받는 존재이다. 게다가 이런 인간의 존재를 더욱 비극적으로 만드는 것이 분열과 갈등의 삶이다. 그러나

이승의 삶이라는 것이 "청춘 젊음도 흩날리는 눈발 같아/눈보라로 눈인 듯 바람인 듯" "눈 깜박할 새 바뀔" 정도로 빠르고 허무한 삶이다. 이런 순간의 삶을 살면서도 인간은 그러한 삶이 영원한 것으로 믿고 있으니 안타깝다고 시인은 인식한다. 시인은 그러한 태도를 "우리네 삶도/휩쓸리는 낙엽으로/깜박할 새 지나는 인생임"을 강조하면서 이를 적극적으로 환기시킨다. 궁극에는 낙엽이라는 자연이 보여준 것처럼, 인간 또한 그러한 삶임을 이해하고, 더불어 사는 삶이 무엇인지 적극적으로 주지시키고 있는 것이다.

3. 자연의 다층적 의미

시인이 이번 시집에서 펼쳐보인 자연의 의미는 복합적이고 다층적이다. 그는 자연을 표면적으로 응시하거나 이를 인간의 삶과 분리시키지 않고 있다. 만약 시를 서정화하는 그의 수법이 자연에만 국한되어 있었다면 그의 시들은 서경적 풍경화를 그리는 차원에서 그쳤을 것이다. 하지만, 그는 자연의 겉모습이 아니라 그 내면을 심층적으로 탐색해 들어간다. 그런 다음 그는 거기서 자연이 갖고 있는 은밀한 내포가 무엇인지 천착하기 시작한다. 그의 시에서 자연은 이법이나 섭리와 같은 교훈적 차원에서만 머물지 않았다. 그는 그러한 사유의 끈들을 우리 삶의 저변에까지 깊숙이 끌고 들어와서 이를 의미화시킨다. 뿐만 아니라 보다 넓게는 우리 일상의 삶과도 결부시켜서 그의 자연관이 고립된 자의식의 표현이 아님을 일러주기도 했다.

자연은 그 일상성과 편재성으로 말미암아 많은 시인들이 즐겨 사용하는 시의 소재로 자리한지 오래 되었다. 그렇기에 경우에 따라서는 자연을 소재로 한 시들이 참신함이라든가 새로움과는 거리가 있는 것도 사실이다. 하지만 정부영 시인이 묘파해낸 자연의 의미들은 그러한 세계와 일정 정도 거리를 두고 있다는 점에서 그 의의가 있다. 그의 자연은 미세한 응시와 그 원리적 차원에서 시도되고 있고, 이를 개인의 수양이나 사회적 영역으로 확대시키고 있는 까닭이다. 그에게 소재로서의 자연은 무척 넓고 깊게 서정화된다. 그런 의장이야말로 이번 시집에서 펼쳐 보인 시인의 고유한 특징이라 할 수 있을 것이다.

(정부영, 『살구익어가는 마을』 해설, 이든북, 2022)

말의 힘이 무뎌진, 웃음꽃 축제의 세계

1. 인간이라는 오묘한 존재

박무성 시인의 세 번째 시집 『웃음공화국』은 그 내포의 영역이 매우 큰 작품집이다. 그가 탐색해 들어가는 주제들은 하나같이 모두 가볍지 않기 때문이다. 그러한 무게들은 경우에 따라 서정시가 감담해야할 몫을 뛰어 넘기도 하고, 또 언어 속에 각인되는 각각의 주제들 역시 그 외연 못지않게 비례되는 면을 보여주기도 한다. 그만큼 박무성 시인이 다루고 있는 것은 큰 하중을 갖고 있는 소재들이다. 그렇지만 시인이 이런 무게들을 서정화하는 데 있어 결코 부담스러워하거나 혹은 거기에 갇혀 허우적거리는 사례들은 거의 나타나 있지 않다. 그 무게들이 서정이라는 여과장치를 거치면서 모두 순화되어 표현되고 있기 때문이다. 따라서 그의 시를 읽는 독자들은 시인의 그러한 주제들을 대하면서 전혀 힘겨워하지 않아도 된다. 주제는 둔중하지만 이를 서정화한 시인의 작품들은 거기서 아주 자유롭다. 이런 면이야말로 이 시인이 갖고 있는 독특한 서정적 단면이라 할 수 있다.

　박무성의 시들은 여러 방면에 걸쳐서 서정화된다. 신의 음역에서 이루어지는가 하면, 역사에서 시작되는 것도 있고, 갈등의 현장에서 길러지는 것도 있다. 뿐만 아니라 하늘이나 땅과 같은 공간 속에서도 그의 서정시는 만들어지고 있다. 이렇듯 소재의 다양성과 거기서 표백되는 주제들이 그의 시에서 드러나는 서정의 무거움이거니와 실상 이런 함량들은 모두 인간의 문제에서 비롯되는 것임을 알게 된다. 그의 시들은 인간으로부터 시작해서 인간으로 귀결되는, 다시 말하면 지금 이곳의 현장에서 벌어지고 있는 여러 인간 군상들에 대한 예리한 주목에서 만들어지고 있는 것이다.

　분열이나 갈등, 혹은 싸움이란 모두 인간이 갖고 있는 근원적 한계에서 비롯된다. 그러한 한계 혹은 불완전성이야말로 인간을 종교적으로 만드는 요인이라 할 수 있다. 이는 곧 신의 계율을 어긴 죄의 댓가로 해석되는데, 그러한 면을 가장 잘 보여주는 것이 에덴동산의 신화이다. 인간을 종교적인 국면에서 해석하게 되면, 인간은 절대로 신과 같은 완벽한 존재로 구현될 수 없다. 이는 에덴 동산의 신화 뿐만아니라 인간을 전생의 업으로 이해하는 불교에서도 동일하게 적용될 수 있다. 뿐만 아니라 인간이란 오이디푸스 콤플렉스로부터 자유롭지 못하다고 해석한 프로이트의 심리학도 이와 밀접한 관련이 있다. 인간은 근원적으로 죄를 범했기에 완전하지 않은 존재이고, 그 원죄 때문에 유토피아의 신화는 무너지게 되었다는 것이다.

　문제는 인간이 갖고 있는 이런 한계를 어떻게 서정화하고 이를 시인 자신의 시정신과 연결시키느냐에 있을 것이다. 그 타당한 정합성의 확보야말로 서정의 깊이와 폭을 확보할 수 있는 지름길이라 할 수 있을 것

이다. 박무성 시인이 응시하는 인간의 한계, 곧 죄의 근원을 더듬어들어
가는 지대는 무엇보다 기독교적인 것에 놓여 있다. 인간의 타락이나 전
일적 파탄은 신의 계율을 어긴 대가에서 비롯되었다고 보기 때문이다.

   일찍이 신의 계율을 어긴 인간의 한계를 가장 먼저 서정화한 시인은
서정주이다. 그는 「화사」에서 인간의 무절제한 욕망, 곧 관능적 욕망을
에덴동산 신화에서 찾아낸 바 있다. 「화사」에 의하면, 인간은 사과를 먹
고자 하는 충동이 원인이 되어 에덴동산으로부터 추방되었으며, 궁극
에는 동일성을 상실한 현존의 인간이 되었다고 이해했다. 하지만 서정
주는 이를 곧바로 죄라는 윤리의 영역 속으로 편입시키지는 않았다. 에
덴 동산의 신화에서 보듯 인간이란 선험적으로 욕망하는 존재였다는
것이고, 그렇게 욕망하는 기계가 인간의 본질이었다고 이해한 것이다.

   하지만 박무성 시인이 보는 에덴동산의 신화는 서정주 그것과는 전
혀 다른 지점에서 시작된다. 그는 아담과 하와의 행위가 매우 비윤리적
인 것이었고, 그러한 윤리의 파괴가 에덴동산뿐만 아니라 지상에서의
죄를 만든 동인이라 파악했다. 이렇게 죄를 가진 인간이 지금 이곳의 갈
등을 유발시킨 원인으로 곧바로 이해한 것이다. 물론 종교적 인간이 된
다는 것이야말로 태초의 원죄를 자연스럽게 수긍하는 기제 가운데 하
나일 것이다. 그리고 그러한 수긍이 인간으로 하여금 유토피아로부터의
추방을 정당하게끔 만들고 인간의 죄 역시 자연스러운 것으로 받아들
이게 하는 기제가 될 것이다.

   나는 누구이며 어디서 왔다 어디로 가는 건지
   까맣게 헤맨 시절,
   여기저기를 힐끔거리고 넘어졌다가

신神이 흙으로 자기 성품의 형상을 빚고
영을 불어넣어 태어난 아담이 참이라 믿어진 뒤로
그때 평강이 깃들었고
인간의 문제가 보이기 시작하였으니,
교만과 탐욕의 노예로 전락하여
피조물이 조물주의 자리를 노린 죄,
자유의지가 빛바래고 하잘것없는 속물이 되어
쌓는 허물들로 하늘을 허물며 찔러대니
어찌할꼬…, 하늘 보좌의 고뇌는
결국, 자비의 하나님이 인간을 입고
우리 죄를 대신 쓰신 십자가사건이여!
삼일 만에 부활의 주로 우뚝 솟아 예비하신…,
이를 믿는 자들에게 몸은 죽어도 그 영은 살아
천국에 입성하게 되는 자녀 된 권세,
이렇게, 길이요 진리요 생명이신 주님이시여!
– 「신본적 인간관에 순복하다」 전문

서정주의 「화사」가 끊임없이 확산되는 욕망의 물결이었다면, 박무성
의 「신본적 인간관에 순복하다」에는 인간의 근본적 한계인 죄의 정서가
무늬져 나오게 된다. 어떻든 인간은 신의 영역에 놓여 있었던 것이지만
이로부터 벗어나고자 했고, 그리하여 신과 동일한 위치로 가고자 했다.
하지만 이는 불가능한 일이었다. 경우에 따라서는 그 위치에 갈 수 있는
것이 가능한 것이었는지도 모를 일이었다. 시인의 말대로 피조물에 불
과한 인간이 조물주의 자리를 노리는 포오즈는 취했기 때문이다. 하지
만, 그것은 어디까지나 인간적인 사고일 뿐 결코 가능한 일이 아니었다.

인간은 조물주와 비슷한 자리에 가고자 했으니 적어도 그와 비슷한 위치에까지 간 것처럼 비춰지는 것이 사실이기도 하다. 신처럼 밝은 눈을 가졌고, 그로 인해 부끄럼을 느꼈으며, 또 신의 말을 거역할 수도 있게 되었으니 말이다. 하지만 인간이 그 자리에 오르는 것은 불가능했다. 무엇보다 현재보다 더 높은 곳, 더 많은 것을 가지려는 욕망을 갖고자 했기 때문이다. 반면 신은 이런 욕망을 제어할 수 있었다. 하지만 그렇지 못한 인간들은 욕망의 노예가 되어 '교만과 탐욕'에 물들었고, 그것이 지금 이곳에서 펼쳐지고 있는 여러 불온성들을 만들어낸 요인들이 되었다.

> 계절을 굴리며 끙끙대는 지구가 이상해졌어요
> 정신이 들랑날랑 날씨가 자주 헛소리를 해요
> 못 살겠다며 이별을 말해요
> 폐도 간 쓸개 다 빼 먹는 기생충들과는
> 더 이상 결별이라나요
> 킬리만자로의 만년설마저 시한부라니
> 인간들이 무섭대요
>
> 의사들은 청진기를 대보고 열사병이 심해
> 이대로는 얼마 못살 것 같다 해요
> 벌써 신호등이 바뀌어 멱살이 잡히고
> 파울 선언과 엘로우 카드가 날아와
> 숨 쉬는 것들은 쥐도 새도 모르게 사라져서
> 몰려드는 토네이도가 머지않아 레드카드라는 데…,
> 하늘 지붕이 크게 뚫려 멀쩡했던 섬도 사라지고…

코펜하겐이 재빨리 자기들 걱정을 재우려
〈리네트 홀름〉 인공섬 방벽을 세운다지요
아-아, 뿌리부터 썩었는데 이런 걸로 잘 될까요
-「이상한 지구」 전문

오만한 인간들이 만들어낸 것은 실존적 삶에 대한 위기이다. 지구는
실존의 장이 펼쳐지는 곳이기도 하지만 우주라는 섭리의 공간이기도
하다. 지구는 인간을 포회하는 어머니와 같은 구실을 해야 하지만, 인간
들은 이를 자기화함으로써 '이상한 지구'를 만들어냈다. 이 모두 오만한
인간이 만들어낸 부정적인 결과이다. 시인은 지구가 왜 이렇게 되었을
까. 그리고 그 생태적 환경은 복구될 수 있는 것일까 하는 의문을 계속
던지게 된다. 그것이 이번 시집의 시도동기가 된다.

2. 인간의 죄가 만들어낸 여러 부정성들

에덴동산으로부터 추방된 인간의 삶이 어떠하리라는 것은 충분히 예
상할 수 있는 일이었다. 그들은 절대 조화의 상징인 하나님과 인간과의
관계를 표상하는 '생명나무와 가지와의 관계'를 거침없이 파탄시키고,
아담과 하와는 '생명나무를 버렸다'(「생명나무」). 그 결과 현재의 불완
전한 인간이 만들어졌고, 이렇게 파편화된 인간들은 여러 악의 축들을
거침없이 만들어나갔다.
에덴의 유토피아로부터 인간이 추방된 것은 신의 계율과 깊은 관계가
있다. 그들은 신이 내린 금지의 원칙을 무너뜨리고 죄를 만들었기에 그

대가로 에덴의 유토피아로부터 쫓겨났기 때문이다. 그런데 이 과정에서 중요한 역할을 한 것은 잘 알려진 대로 뱀의 유혹이 있었다. 그리고 그 매개가 되었던 것은 뱀의 혀였다. 「화사」에서 서정주가 말한 것처럼, '달변의 혓바닥'이 아담과 하와를 유혹해서 궁극에는 관능의 늪으로 떨어지게 한 것이다.

그런데 혀란 곧 말이다. 그리고 그것은 여러 다양한 가능성들을 만들어내는 창조주와 같다. 말은 소통이라는 긍정적인 기능을 할 수도 있고, 또 단절이라는 부정적 기능을 할 수도 있다. 문제는 뱀의 혀에서 알 수 있는 것처럼 그것이 부정적으로 기능할 때이다.

시인은 그러한 말의 기능 가운데 부정적인 측면에 특히 관심을 가진 듯하다. 우선, 그는 인간의 부정적 기원을 에덴의 신화에서 찾았기에 말의 기능적인 면에 주목했다. 실제로 시인이 이번에 상재하는 시집의 1부를 '말'에 관한 소재로 채우고 있는 것은 이와 무관하지 않다고 하겠다.

> 태초에 신은 말씀으로 우주를 빚었다*
> 그러니, 말씀은 우주보다 더 무겁고 경이롭다
> 사람의 말도 죽이기도 하고 살리기도 하는 힘이다
> 저승에 목을 달고 사약을 내리는 왕의 교지를 보라
> 토황소격문에 황소는 무릎을 꿇지 않았던가
>
> 경거망동의 극치를 이룬 입다**여
> 히틀러의 연설에 녹아난 나치의 광란이여
> 마르크스와 엥겔스의 공산당 선언과
> 레닌의 명에 따른 러시아 공산혁명이 불러낸

70여 년간 교란과 지구촌의 몸살이여
유언이나 자기 예언의 힘도 놀랍거니와
사면령으로 사형수도 생명을 얻거늘…
말을 씌워 목줄을 걸고 목줄을 푸는 손들은,
말은 뇌관을 갖고 있어 힘이 세다

*천지창조(창세기 1:1), 말씀으로 창조됨(요한복음 1:1-3)
**이스라엘의 사사가 된 그의 서약으로 딸을 번제로 바침
 -「말의 힘」전문

　이 작품을 지배하는 의미소는 말인데, 여기에는 두 가지 의미가 내포
된다. 하나는 신의 말이고, 다른 하나는 인간의 말이다. 말의 주체는 다
르지만 중요한 것은 이들 말들이 모두 절대적인 힘을 가졌다는 것이다.
신은 말로 "태초에 우주를 빚었다", 창세기 〈천지창조〉에 나와 있는 것
처럼, "하늘이 있어라" 하니 "하늘이 생겨난" 것처럼 말이다. 이는 실로
어마어마한 말의 능력이 아닐 수 없다.
　하지만 이런 말은 그 주체가 인간이 될 때도 하등 달라질 것이 없다
고 이해한다. 가령, "히틀러의 연설에 녹아난 나치의 광란"이나 "마르크
스와 엥겔스의 공산당 선언"과 같은 인간의 말도 힘을 갖고 있기 때문이
다. 뿐만 아니라 지난 "70여 년간 교란과 지구촌의 몸살" 등도 모두 말에
의해서 저질러진 것들이다. 그러니 시인은 "말은 뇌관을 갖고 있어 힘이
세다"고 한 것이다. 결국은 신의 말이나 인간의 말은 모두 절대적인 힘
을 갖고 있다는 뜻이 된다.
　하지만 힘이 동일하다고 해서 신의 말이나 인간의 말이 동일한 윤리
적 영역을 갖고 있는 것은 아니다. 전자의 말은 잘 알려진 대로 맑고 깨

끗한, 신성한 말이다. 인간의 언어처럼, 때가 묻은 말이 아니다. "태초에 말씀이 계셨다"에서 알 수 있는 것처럼, 절대적으로 순수한 말인 것이다. 반면 인간의 말은 세속의 말이고, 욕망이 담긴 말이다. 그러니까 때가 묻은 말이다. 순수하지 않은 오염된 말인 셈이다. 천지를 아름답게 창조한 신의 말과 달리 인간의 말들은 자기만을 위한 말인 까닭이다. 이 말은 오직 자신들만의 경계, 자신들만의 이익을 만들어낼 뿐이다. 그래서 이런 말들은 공동체의 이상과 조화의 감각과는 무관한 말이 된다.

무거운 발걸음, 노독이 어지럽다
돌처럼 굳은 무릎이 떨려 말하더니 온몸이 입이다
오늘은 어눌하게 종일 허리가 말하고
발바닥이 쑤시며
눈은 눈대로 귀는 귀대로 입은 입대로
너도 나도 소리쳐 말하는데 : 이구동성 구설수,
그게 더 통증이 되어 철공소 선반의 금속성같이
막다른 골목을 후려쳐 귀청이 멍멍하다

어디 가나 활활 입 벌린 창구窓口들,
시장에 가면 입들이 몰려 웅성대고
경마장에선 저 기수 꼼수라고 입 모아 손나팔 분다

소말리아 아이들 입가에 달라붙는 파리 떼들과
울부짖는 승강이들 받아먹는 푸른 달빛이여,
말싸움에 몸싸움, 망치든 여의도 깡패들이라니…,

벌린 입들이 무리 지어 아수라장이 따로 없구나!
- 「무수한 입들」 전문

　현대 사회는 다양성을 특징으로 한다. 이런 다양성을 만들어내는 것은 사유이다. 그리고 그러한 사유를 표현하는 것이 말이다. 다양한 사람들이 다양한 말로 표현되는 것, 그것이 현대 사회의 특징인 것이다. 하지만 말의 다양성이 곧 그 사회의 건강성을 말해주는 것은 아니다. 말이 소통을 위한, 혹은 아름다운 공존을 위한 조화의 매개로만 사용되지는 않는 까닭이다.

　말에는 욕망이 담겨있다. 그렇기에 개인들만의, 혹은 집단들만의 이익이 내포된 말들이 넘쳐난다. 그러한 말들이란 어디가나 '열려있다'. "시장에 가면 입들이 몰려 웅성거리고 있고", "경마장에선 저 기수 꼼수라고 입 모아 손나팔을 불고 있"는 것처럼 말이다. 뿐만 아니라 "말싸움에 몸싸움, 망치든 여의도 깡패들까지" 있다. 이렇게 "벌린 입들이 무리 지어 아수라장이 따로 없을 정도"이다. 말이 건강한 지형도를 만들어내는 것이 아니라 자신들만의 이기적인, 부정적인 지형도를 만들어내고 있을 뿐이다. 마치 신이 자리한 곳까지 오르려한 바벨탑의 신화처럼, 욕망에 얹혀진 말의 바벨탑을 쌓아 올리려고 하는 것이다(「현대판 바벨탑」).

　말은 무엇보다 소통이고, 또 갈등을 조율하는 매개이다. 말이 막히는 곳, 소통이 원활하지 않은 곳에서 어떤 조화가 펼쳐지는 것을 기대하는 것은 쉽지 않은 일이다. 말의 긍정적 기능에도 불구하고 그 생산적 가치를 잃어버린 지 오래이다. 고려를 침공한 거란족을 아름다운 말로 물리친, "서희 장군처럼 대화의 꽃"을 기대하는 말의 순기능들은 그저 먼 과거의 이야기일 뿐이다.

> 보수냐 진보냐 외쳐대다 보면 눈이 먼다
> 인권의 사각지대마저 애꾸눈은 한눈을 판다
> 백 아니면 흑이라는 이분법의 한 우물에
> 검정 같은 회색 하양 같은 회색은 볼 수 없다
> 원과 네모만이 아니라 세모도 있고
> 나와 너, 너머에 그도 있다
>
> 훈구파와 사림파의 조선을 보라 여기까지는 좋았으나
> 사림들의 편식과 과체중이 사색 붕당을 낳고
> 나락으로 떨어진 썩은 물이 실학파로 배설되지 못하고
> 박이 터져 세도정치와 삼정의 문란을 부르더니⋯
>
> 우리 근. 현대사는 외침에 수구냐 개화냐에 불붙어
> 남은 것 하나 없이 태워 먹고, 일제강점기엔
> 잠재적 민족운동과 사회주의 운동이 대척하더니
> 광복 후엔, 우와 좌로 한국사의 뿌리를 흔들었다
> 산업파와 민주파로 독선과 오만, 서로 네 탓⋯
> 네 개의 망치가 지친 듯 자신을 때리고 있다
> ―「조선 시대 이후의 보수와 진보」 전문

말은 힘이 세고 또 가시를 갖고 있다. 그 가시가 상대방을 찌르게 되면, 상대방의 말 역시 가시를 내밀게 된다. 가시와 가시가 만나서 싸움을 하면, 각 주체들은 이내 상처를 입게 된다. 게다가 말의 가시에 찔린

상처들은 쉽게 낫지 않는다. 멍이 되고 트라우마가 되기도 한다. 뿐만 아니라 그것들이 모여서 하나의 집단을 이루게 되면, 더욱 큰 사회적 갈등 요인으로 발전하게 된다.

시집을 꼼꼼하게 읽어보면, 시인은 역사에 대해 해박한 지식을 갖고 있는 것처럼 보인다. 그는 말의 가시들이 모여 만든 여러 폐해들에 대해 역사적 사실들로 극명하게 제시하고 있는 까닭이다. 이런 통시적 탐색이 시인이 경계하고자 했던 말의 힘이라든가 가시에 대해 새로운 정서적 환기를 더욱 크게 해준다는 점에서 주목을 요한다.

잘 알려져 있다시피 우리는 갈라진 붕당의 역사를 갖고 있다. 하지만 그런 역사는 과거에 한정되지 않고, 근현대사에 이르기까지 계승되고 있다는 데에 그 문제의 심각성이 있다. 이에 덧붙여 지금 여기에서는 민족주의 운동과 사회주의 운동, 좌와 우, 그리고 산업파와 민주파로 갈라져 있기까지 하다. 이들은 이를 바탕으로 독선과 오만을 표명하거나 서로 네 탓만을 부르짖는 비생산적인 일에 몰두하고 있다. "네 개의 망치가 지친 듯 자신을 때릴" 정도로 사회는 사분오열되고 있는 것이다.

이런 극단의 논리가 횡행하는 데에는 중화 지대의 부재와 밀접한 관련이 있다. 시인의 표현대로 "검정같은 회색 하양 같은 회색"같은 것이 설 자리가 없는 현실과 맞물려 있는 것이다. 오직 선명한 색깔만이 올바른 정도로 받아들여지고 있을 뿐이다. 중간지대는 분명 존재할 것이지만 사회는 이를 수용하지 못한다. "원과 네모만이 아니라 세모도 있고/나와 너, 너머에 그도 있는" 것이 현실이지만 우리는 '세모'라든가 제3의 '그'에 대해서는 관심이 없다. 만약 이런 지대에 눈을 돌리게 되면, 그는 회색분자 혹은 변절자로 낙인찍히게 될 것이 분명하다. 흑백논리가 지배하는 곳에 이런 중간의 지대가 존재한다는 것은 애초에 불가능한 일

이다. 시인의 안타까움은 우리 사회가 이런 한계로부터 한걸음도 벗어
나지 못하고 있다는 것에서 비롯된다.

3. 말의 근원을 찾아서, 말의 힘을 누르는 지대를 찾아서

신은 인간을 만들었지만 인간은 그러한 신을 따르지 않았다. 시인에
의하면, 인간은 신과 같은 존재가 되고자 하는 만용을 부린 데에서 현재
의 위기가 도래되었다. 신의 말처럼, 인간들도 자신의 말을 절대적인 위
치에 놓고자 한 것이다. 그런데 인간들이 구사한 말의 힘이란 실제로 그
렇게 되는 것처럼 보였다. 신의 말처럼 그들의 말도 "뇌관을 갖고 있었
고, 힘이 있었기" 때문이다. 하지만 힘이 세진 인간의 말이 신처럼 유토
피아적인 것을 만들어낸 것은 아니었다. 시인의 언급대로 그들은 온갖
'말의 아수라장'이 펼쳐지는 현실을 만들었을 뿐만 아니라 지금 이곳의
혼란한 현장 또한 배태했기 때문이다.

이런 참담한 현장에 대한 승화의 장이란 무엇이고 과연 가능한 것일
까. 어떻게 하면 인간의 말, 진정한 가치가 담보되는 윤리성을 회복할 수
있는 것일까. 이에 대한 고민이야말로 이번 시집에 대한 시인의 시정신
일 터인데, 시인은 무엇보다 인간 본연의 모습에서 이 해법을 찾고 있는
것처럼 보인다. 그 하나가 바로 태초의 근원으로 되돌아가는 일이다.

비행기에서 내리자마자 땅에 무릎을 꿇고
입술을 대며 조아려 인사하는 교황 바오르 2세는
인류의 시원이 흙임을 잘 알기 때문이다

우리의 몸이 흙으로부터 온 것임을 고백하며
예의를 다해 그 고마움을 드러내기 위해서다

바닷물까지도 안고 추스르는 넓고도 크나큰
흙의 마음을 닮기 위해서다

십자군 전쟁 같은 역사의 뒤안길에
땅이 입 벌려 삼켜도 할 말이 없기 때문이다

사람들의 심보를 어찌 만질지 몰라 흙처럼
부드러운 한 수를 배우기 위함이다

제 것 인양 땅땅대는 탐욕과 교만함의 착취를 알고
그 무례함을 용서받기 위해서다
  ―「흙과 교황 요한 바오르Ⅱ」전문

　여기서 '흙'은 근원을 상징한다. 시인은 이것이 인류의 근원임을 알리기 위해 교황의 종교적 의식을 인유한다. 잘 알려진 것처럼, 외국을 방문한 교황이 가장 먼저 행하는 퍼포먼스가 바로 '흙'과의 입맞춤이다. 그가 이렇게 하는 것은 "인류의 시원이 흙임을 잘 알기 때문이라는 것"이다. 다시 말해 " 우리의 몸이 흙으로부터 온 것임을 고백하며/예의를 다해 그 고마움을 드러내기 위해서"라는 것이다.
　그러한 까닭에 여기서 '흙'은 두 가지 의미를 내포한다. 우선, 시인의 언급대로 근원으로서의 흙의 의미이다. 잘 알려진 대로 인류의 시원은 흙에서 비롯된다. 창세기 천지창조 편에서 인류는 분명 흙에서 시작된 것임을 말해주고 있기 때문이다. 그리고 다른 하나는 모성적 상상력으로서의 흙의 의미이다. 원형적 의미에서 흙이란 곧 어머니이다. 그렇기에 그것은 생산이라는 탄생과, 소멸이라는 죽음의 의미를 동시에 내포하게 된다. "흙에서 나서 흙으로 다시 돌아가는" 이 윤회의 과정이야말로 '흙'을 근원으로 이해하는 좋은 매개가 된다고 하겠다.

이런 내포를 갖고 있는 것이기에 흙으로의 친연성은 근원에 대한 환기와 동일시된다. 근원으로부터 벗어난 인간의 행위가 '알 수 없는 사람들의 심보'라든가 "제 것 인양 땅땅대는 탐욕과 교만함의 착취" 혹은 '무례'임을 이해한다면, 그 원형에 대한 회복이야말로 태초의 세계로 향하는 첫 단계 임을 이해하는 것이다.

시인은 근원으로 나아가는 시작을 '흙'에 대한 새로운 발견이나 인식에서 찾고 있는데, 이런 시도들은 이번 시집에서 집요하게 천착된다. 그 가운데 하나가 우리 주변에서 일상화된 자연이라는 소재이다. 하지만 시인은 자연을 뚜렷하게 예각화해서 이번 시집의 전략적 소재로 인유하지는 않는다. 가령, 자연하면 흔히 정서화되는 이법이라든가 섭리와 같은 형이상학적인 문제에 대해서는 거의 접근하고 있지 않은 까닭이다. 시인은 자연의 긍정적 가치라든가 그속에 내포된 의미에 주목하지 않는다. 대신 그는 '흙'과 마찬가지로 근원적인 것에 연결시키고 있다. 가령, '해'라든가 '하늘', '산' 등등이 그러하다.

> 엎어지면 안 보여 울게 되는 우주의 어머니여
> 신비의 암흑물질에 싸여 멀리 보이는,
> 우러르면 해와 달 별들의 왕국 하늘 아버지여
> 맞댄 지평선과 수평선의 교우交友로 안식하며

아득하고 아늑하여 빈 듯 가득한 하늘이여

볼 수 없는 하늘의 그물, 우린
손바닥으로 하늘을 가릴 때 얼마나 많은가

태양계의 지구에겐 할아버지 하늘
사람들이 신으로 섬기기를 다 했지만
복 받기만 좋아해, 지치면
'뭐 이럴 수 있냐'며 삿대질로 치도곤 쳐대
파란 멍 벗어날 날 없는…
그럼에도, 품에 안고 다독여 주시는
그 하늘에 기대어 살고 있는 우주의 만물들,
사람들은 잠깐 떠나 되돌아가는 영원한 고향
어찌 잡초라도 내 멋대로 동강질 할 수 있을까
  - 「하늘」 전문

시인은 '하늘'에 대해 단정적으로 '우주의 어머니'라고 말한다. 하늘에
대해 이렇게 의미화하는 것은 매우 예외적인데, 그것은 높이라든가 거
리 같은 물리적인 영역에서 서정화되고 있지 않기 때문이다. 경우에 따
라서는 어떤 절대자로도 음역되긴 하지만 하늘을 두고 '우주의 어머니'
라고 사유하는 것은 매우 드문 일이라 할 수 있다.

하늘은 다양성이 총체를 이루는 곳이다. 거기에는 해도 있고, 달도 있
다. 뿐만 아니라 별들도 있고, 태양계의 온갖 삼라만상의 것들이 다 담겨
있기도 하다. 그렇기에 그것은 역사적으로 숭배의 대상이 되었다. 종교
가 그런 것처럼, 인간의 온갖 기복적인 성격의 것들이 거기에 다 담겨져

있었던 것이다.

하지만 인간들이 하늘에 요구한 것은 늘상 기복적인 것을 넘어서는 것이 아니었다. 특히나 자신들만의 것으로 간주하는 사고의 한계를 넘어서지 못한 것이라 할 수 있다. 그러니 생명의 근원인 태양은 인간들의 일방적인 요구의 대상으로만 이해되어 왔다. 하지만 인간들이 보여준 그러한 편협성과 달리 하늘은 넉넉한 아량을 베푸는 존재로 구현된다. 인간들의 치열한 자기화 열망에 의해 퍼렇게 멍이 들었음에도 불구하고 하늘은 이들을 품에 안고 다독여 주었기 때문이다.

사회에서 펼쳐지는 온갖 부정성을 극복하기 위해서는 '흙'에 대한 즉자적인 이해가 그러했던 것처럼, 하늘에 대해서도 새로운 이해가 필요하다는 것이 시인의 판단이다. 하늘과 하나되는 것이 그러한데, 이렇게 되기 위해서 그 내포된 가치나 의미 등이 동일한 질량을 가져야 한다고 이해했다. 서로 어긋나는 층위가 있으면 하나가 되기 어려운 까닭이다.

꽃들 깊숙이 꽃말이 있다
그 꽃말들이 모여 진실을 다 하는
꽃말 속의 꽃말은 사랑이라는 걸 알았다
독 묻은 사랑이 아니라 몸과 맘 영혼 깊이
그래서, 무관심과 냉대 외로움 슬픔과 목마름도
적시고 스멀스멀 풀어지는 조요로운 기쁨이여,
결국, 히아신스의 외로움도 사랑이고
수선화의 슬픔도 피워낸 사랑이다

오늘, 나는 거베라 꽃길에서

평소에 알던 신비와 수수께끼의 안쪽 깊이

그들이 숨겨둔 꽃말 속의 꽃말을 꺼내봤다

은혜 친절 감사의 핑크 거베라는 결국, 사랑을

우정 행복이라는 엘로우 거베라도, 사랑을

순결을 노래하는 화이트 거베라 역시, 사랑이고

완전한 사랑에 빠진 레드 거베라야말로, 사랑의 화신

삶의 빛과 열정의 에너지인 오렌지 거베란들,

사랑이 아니고 무엇이랴!

– 「꽃말 속에 핀 꽃말」 전문

시인은 갈등의 근원이 말에서 시작된다고 했다. 말은 힘이 있고, 타자의 분노를 일으킬 세기를 갖고 있다고도 했다. 시인은 에덴동산에서 추방된 인간의 타락이 궁극에는 말에 있다고 판단하기도 했다. 그리하여 그는 무모한 말이 펼쳐지는 현장을 응시했고, 그것이 가져오는 폐해들이 무엇인지에 대해 이해했다. 그러고는 사라진 유토피아에 대한 가열찬 그리움의 정서를 갈구했다. 그것이 근원으로 다시 되돌아가는 회귀의 첫 단계임을 이해했다.

하지만 이런 서정적 열정과 자의식에도 불구하고 유토피아를 향한 그의 갈증은 채워지지 않았다. 갈등의 골을 치유해줄 수 있는 서정의 샘을 그는 계속 탐색해들어갔다. 그 결과 그가 발견한 것이 인용시에서 보듯 '꽃말 속에 핀 꽃말'이다. 여기서 '꽃말'은 두 가지 내포를 갖는다, 하나가 물리적인 차원이라면 다른 하나는 형이상학적인 차원이다.

말은 힘이 있다고 했거니와 그 세기는 갈등을 조장하고 분열을 일으킨다고 했다. 물론 이를 가로지르는 정서가 말의 가시일 것이다. 분열을,

갈등을 초월하기 위해서는 말의 가시들이, 혹은 말의 세기가 부서지거나 무뎌져야 한다. 가시가 제거된 말, 세기가 무뎌진 말이 '꽃말'이다. 이 상태의 그것은 부드럽고 조화스러운 말이 될 수 있다. 그러니 상대방을 자극하지도 않을뿐더러 통합을 저해하지도 않는다. 그러한 말이란 '꽃말', 곧 사랑이라는 것이다. 사랑은 모든 것을 하나로 묶어내는 포용의 담론으로 이해된다. 따라서 이런 담론 속에서 어떤 갈등이 나 분열이 유발되거나 조장되지 않는 것은 당연하다고 하겠다.

시인은 이번 시집에서 그러한 조화의 감각을 끊임없이 추구했다. 말은 가벼워서는 안 되고 무거워야 한다(「말」)고 보기도 하고 증오스러운 말이 아니라 사랑한다는 말이 되어야 한다고도 했다(「'사랑한다'는 말」). 경우에 따라서는 고맙다는 말이 되어야 한다고도 했으며(「'고맙다'는 말의 센서」), 헛된 말이 아니라 '참말'이어야 한다고도 했다(「참새론」). 가시가 없는, 힘이 무뎌진 이런 말들이 모일 때, 비로소 시인이 기대하는 유토피아, 궁극에는 에덴동산의 유토피아가 다시 도래할지도 모른다고 이해한 것이다. 그렇기 때문에 그는 그곳을 위해서 '말'로부터 '힘'을 빼는 자맥질을 계속 해나갈 것으로 보인다.

4. '웃음 공화국'이라는 축제의 장

'말'에서 힘이 빠질 때, 시인에 의하면, '참말'이 된다고 한다. 허위와 가식이 사라진 자리에 놓이는 이 말이야말로 우리에게 진정한 유토피아를 가져다 줄 것이라고 시인은 굳게 믿어온 터이다. 그래서 시인은 이 '말'을 찾아서 성스러운 순례의 길을 떠난다. 그리하여 저 높이 떠 있는 하늘에 기대기도 하고, 아득히 펼쳐져 있는 산 속에 들어가기도 한다. 그리고 우리 역사의 아름다운 곳에 찾아들어가 그들이 펼쳐보였던 지혜의 샘을 사색하기도 한다. 뿐만 아니라 지구 저편의 공간에서 말들이 공연하는 아름다운 무대를 응시해보기도 한다.

'풍요의 여신' 안나푸르나여, 당신은 흰 날빛을
새벽마다 빼어난 햇살로 가장 아름답게 피워내
그 품에 초록 빛살도 구룽족의 함박웃음에 모여들고
이들에겐 만물이 짜깁는 웃음보로 골짝도
눈 비바람마저 정여울 물씬 웃고 있어라

산기슭에 짓는 다랑이 농사는 깨알 웃음 터뜨려
떼 웃음으로 거름을 돋아주고 이들의 워크 송은
아이들마저 새벽마다 눈웃음 볼웃음 골짝을 건너
화들짝 웃음기 버무려 먹은 풀밭을 찾아낸다
디딜방아에서 넌짓 찧는 아낙네들, 여기저기서
배꼽이 빠져도 말릴 수 없다

이처럼 고통을 웃음꽃 피워 누리는 이들
손님을 가족보다도 윗목에 앉히는 희열
아름답기로 유명세를 떨친 전통춤과 의상,
웃음과 섬김이 잘 스며들고 부드러워
다 함께 먹기 좋은 도가니탕 물렁뼈 같다
  ―「웃음 공화국」 전문

다양한 시공간을 더듬어 들어간 시인이 이른 곳은 안나푸르나이다. 아름다운 말이 펼쳐지는 장을 현재화하기 위해 떠났던 순례의 길들에서 만난 공간이기에 장소의 고유성이 중요한 것은 아니다. 이 작품의 무대는 '안나푸르나'이다. 그는 이곳을 풍요의 여신이라고 하거니와 '흰 날빛'과 '아름다운 햇살'을 피워내는 신성한 공간으로 사유하고 있다. 그런 다음, 그는 이 품 속에서 유토피아적인 삶을 영위하는 '구룽족'들의 '함박웃음'을 응시하게 된다.

'웃음'이란 경계를 허물고 간극을 좁히는 통합의 감수성이다. 웃음이 있는 곳에 조화가 있고, 행복이 있다. 시인이 보기에 이 웃음이야말로 말의 힘이 무녀진 참 언어의 한 단면이라고 이해하는 것이다. 따라서 거기에는 어떤 가식이나 허위도 없고, 보푸라기를 일으키는 말(「손톱 보푸라기 말」)도 없을 것이다. 게다가 서로를 이질화시키는 수많은 입이나 말도 존재하지 않을 것이다. '웃음'에는 하나의 입, 하나의 음성만이 담겨있다. 그러니까 조화로운 하나의 완결체라는 것이 가능하지 않겠는가.

시인이 이번 시집에서 의도한 궁극적인 주제는 바로 이 '웃음 공화국'에 있을 것이다. 웃음이야말로 "고통을 꽃으로 승화시키는 절대적인 매개"로 본 것이다. 이 웃음이 온누리에 펼쳐질 때, 자아와 세계 사이에 놓인 서정의 거리들은 비로소 무너질 것이다. 그 매개가 바로 서정 속에 핀 웃음의 언어, 행복한 말이 아닐까 한다. 이런 말의 축제가 벌어질 때, 시인은 다음과 같이 판단했던 것처럼 보인다. 가령, 분열되고 파탄된 사회나 신의 계율을 어긴 인간의 죄란 어쩌면 이런 웃음을 매개로 극복되고 또 사면받는 것은 아닐까하고 말이다.

(박무성, 『웃음공화국』 해설, 이든북, 2022)

상처의 치유와 즐거운 관조,
그리고 넉넉한 일상

1. 섬세한 관찰과 서정의 심화

오명희 시인의 『풀꽃 일기』를 지배하는 의장은 우선 대상에 대한 세밀한 응시에서 찾을 수 있다. 대상을 향한 시인의 시선은 무엇하나 허투루 지나치는 법이 없다. 마치 안테나를 장착한 것처럼, 시인은 자신이 찾아야 할, 혹은 의미화 할 것들에 대해 치밀하게 포착해서 거기에 육박해 들어가고자 하는 것이다. 그러면서 시인은 그 사물들의 면면들 속에서 특징적 단면을 찾아내고, 거기에 자신만의 고유한 의미를 투영시켜 왔다.

실상 시인의 이런 작시법은 지난 시기에 유행했던 이미지즘의 수법과 유사한 것처럼 보인다. 이미지스트들은 대상을 뚜렷이 응시하면서 이들에게 새로운 존재의 변신을, 의미의 변화를 시도한 그룹들이다. 그리하여 평범해보였던 사물들은 시인의 정서가 투과됨으로써 멋진 의상을 입고 새로운 사물로 거듭 태어났던 것이다. 이미지가 새로워짐으로 인해 낡은 사물, 고착화된 의미들은 축적된 의미의 겹을 뚫고 참신한 물상으로 탄생하여 온 것이다.

오명희 시인이 이번 시집에서 시도한 수법들이 이미지스트들의 그것과 유사하다는 것은 이미지를 빚어내는 수법이 유사하다는 데 있다. 그럼에도 시인은 이미지즘을 추구했던 시인들과 그 정신적 기반을 같이하고 있는 것은 아니다. 오명희 시인에게서 그들이 표명했던 현대 문명의 감수성과 그 의미의 파장들을 발견하는 것은 쉽지 않은 까닭이다. 그 연장선에서 시인의 시들 또한 근대성의 제반 사유에서 길러지는 것도 아니다. 근대가 무엇이고, 그 본질이 무엇인지에 대한 끊임없는 물음들도 제시되지 않고 있기 때문이다.

하지만 대상을 향해 천착해들어가는 시인의 치열한 서정의 열기들은, 현대성을 탐색해 들어가는 모더니스트 못지않게 강렬하다. 그는 말하자면 서정의 탐색자라 할 정도로 자신의 의미화해야 할 것이 무엇인지에 대해 거침없는 식욕을 드러낸다. 이 도정을 통해서 그의 시선에 포착된 대상들은 새롭게 존재의 변이를 하게 되는데, 그 매개가 되는 것이 바로 대상을 이미지화하는 수법에 의해서이다.

풀물 든 아침이 고개를 든다.
풀섶 속에 숨어 있던
공기들이 뿔뿔이
흩어지고
어느새
햇빛 매단 나뭇잎새들
파란 음표처럼

산새들의 화음에
박자를 맞춘다.
산 비알을 타고
내려온 바람이
비틀거리며 남새밭으로
기어들어간다.
용수천에 발목을 적신 구름이
어느덧
숲가에 나와
수척해진 몸을 씻고 있다.
- 「둑길을 걷다」 전문

　시인은 지금 새벽 산책 도중에 있고, 장소는 집근처 둑길이다. 그런데
시적 소재가 지극히 평범한 일상 가운데서 취해진다는 사실에 우선 주
목해야 한다. 이런 평범하고 소소한 일상은 시인의 정서 속에 틈입해 들
어오면서 이전과는 전혀 다른 새로운 존재로 탈바꿈하게 된다. 이런 과
정이란 마치 한편의 파노라마가 펼쳐지는 것처럼 전개되는데, 아침 해
가 숲속에 펼쳐지면서 이 공간은 새로운 지대로 변신하는 계기성을 갖
게 된다. 가령, 아침 이슬을 머금은 잎새들은 '파란 음표'가 되고, 이에 대
한 화답으로 산새들의 소리는 음표와 대응하는 '화음'이 된다. 여기에 바
람의 기능이 새롭게 추가 되는데, 그것은 '비틀거리며 남새밭으로 기어
들어감으로서' 숲에서 펼쳐지는 축제에 즐거운 배경으로 참여하는 것이
다. 이런 지상의 잔치에 하늘의 역할이 배제될 수는 없을 터인데, 시인은
구름에 이 역할을 부여했다. 구름이 낮게 깔린, 그리하여 산에 걸쳐진 그

모습을 "용수천에 발목을 적신" 것이라 했고, "어느 덧/숲가에 나와/수척해진 몸을 씻고 있다"고도 한 것이다. 지장에 낮게 펼쳐진 구름을 두고 "발목을 적신" 모양으로 사유하거나 "수척해진 몸을 씻고" 있다고 하는 것은, 대상을 새롭게 표현하는 이미지즘의 수법을 떠나서는 설명할 수 없는 부분들이라 할 수 있다.

「둑길을 걷다」에서 알 수 있는 것처럼, 시인의 시들은 대상에 대한 올곧은 인식을 통해서 얻어진다. 그렇기에 시인에게 대상이란 매우 중요한 시적 요소 가운데 하나로 자리한다. 이런 인식적 기반을 바탕으로 시인은 대상을 향해 끝없는 여행을 떠난다. 그의 시들이 정적인 특성을 갖고 있음에도 불구하고 동적인 속성으로 현저하게 기울어지고 있음은 여기에 그 원인이 있다고 하겠다.

헐렁한 몸뻬바지를 걸쳐입은
옆집 할머니가 도로변 남새밭에서
풀을 뽑고 있다.

가을바람이 할머니의 목덜미를
보드라운 스카프처럼
두르며 살랑인다. 남새 곁에서
날선 호미의 몸짓을 밀어내며
밭고랑 사이로 얼굴을
내미는 잡초들
으스스 아스팔트가 차가운 입김을
내뿜으며 몸을 움츠린다.
어느새

목덜미를 두른 스카프가 힘없이 풀어져
사라진다.
옆집 할머니가 잠시 호미질을 멈추고
일어서며 두 팔을 벌리다 이내

푸욱 꺼진 젖가슴을
감싼다.

길 건너 둑방 위로
모여드는 햇무리,
말없이 심호흡을
한다.
– 「가을 풍경」 전문

제목에서 드러난 바와 같이 이 작품은 풍경에 관한 것이다. 마치 아름다운 수채화처럼 가을 들판의 한 장면이 아름답게 펼쳐져 있는 것이다. 「둑길을 걷다」에서와 마찬가지로 과도한 주관의 개입없이 시인의 시선에 펼쳐진 장면들이 자연스럽게 언어화되기도 한다. 한편의 잘 그려진, 언어로 만들어진 그림과 같은 효과를 보여주고 있는 것이다.

이 작품에서 시인의 시선은 넓게 펼쳐져 있고, 이를 객관화시키는 능력 또한 매우 탁월하다. 주관의 개입 없이도 서정시가 만들어질 수 있는 의장을 극명하게 보여주고 있는 것이다. 이런 단순한 묘사, 세밀한 묘사가 서정시의 한 영역으로 우뚝 설 수 있다는 사실을 인식시킨 것만으로도 이 작품은 의미있는 것이라 할 수 있다.

2. 아련한 일상의 추억과 그리움

오명희 시인이 이번 시집에서 보여준 특징적 수법 가운데 하나가 탐색자의 정신에 있다고 했다. 그래서 시인은 자신의 시세계를 만들어갈 대상을 찾기 위해서 끝없는 여행을 떠난다고도 했다. 그런데 이런 여행이 현상에 대한 탐색, 곧 물리적인 영역에만 한정되는 것은 아니라는데 그 고유한 특징이 있다고 하겠다. 시인은 지금 여기의 일상에서에 서정의 결이 만들어지기도 하지만, 과거의 어느 공간에서 형성되기도 한다. 그것이 자신이 지나온 과거의 일상들이고, 그에 대한 추억의 감수성이다.

과거라든가 추억은 지난 시간의 것들이지만, 그렇다고 해서 그것이 인간의 현존과 분리되어 있는 것은 아니다. 특히 현재의 모호성으로 인해 나아갈 방향이 모색되지 않을 때, 과거의 것들은 현재의 문제 인식과 미래로 나아가게 하는 거멀못과 같은 역할을 한다. 이는 현재를 파편화된 감각으로 수용하는 모더니스트들에게 흔히 나타나는 수법인데, 이런 의장이 가능했던 것은 미래가 원리적으로 닫혀 있기 때문에 그러하다. 그러나 오명희 시인에게 현재가 분열적이고 파편적인 감수성으로 다가오는 것은 아니다. 그는 인생의 관조자 내지는 달관자의 위치에 서 있기에 그러한데, 이런 면들은 그의 시들을 읽어 보면 금방 알 수 있다. 시인은 현재를 긍정적이고 매우 달관하는 관점에서 받아들이고 있기 때문이다.

몇 년 만에 옮긴 귀퉁이 방이
마음에 들지 않는지

사뭇 툴툴거린다.

심성 고운 한동네 친구들이
말을 건네도
좀처럼 눈길을 주지 않는다.

외톨이 세상살이가
힘들지라도
어차피 정붙이고 살아야 할 것을

텅 빈 마당가에서
들뜬 기억을 누르고 있는
돌덩이조차
계면쩍은 듯 말없이 곁눈질을 한다.
- 「철없는 나무」 전문

시적 자아에게 현실이란 절대적으로 완벽한 공간이 아니다. 이 작품에서 나무, 곧 시적 자아는 '귀퉁이 방'에서 사는 존재일 뿐이어서, 그는 이 공간이 '마음에 들지 않'다. 여기서 획득된 그의 단절감은 매우 크고 심대한 것으로 다가오는데, 가령 "심성 고운 한동네 친구들이/말을 건네도/좀처럼 눈길을 주지 않는" 정도이기 때문이다. 하지만 이런 현실에도 불구하고 시적 자아는 좌절이나 절망의 지대 속에 곧바로 갇히지 않는다. "외톨이 세상살이가/힘들지라도/어차피 정붙이고 살아야 할 것"이 지금 이곳의 상황이기 때문이다.

그런데 여기서 특히 주목이 되는 것이랄까 반전의 전환점이 되는 것이 '어차피'라는 단어이다. 이 말은 단어 그대로 포기의 감수성이 아니라 강한 긍정, 생명력이 농후한 정서를 담고 있다. 이런 능동적인 자세야말로 현실에 대한 강한 긍정 없이는 불가능한 경우이다. 이렇듯 시인은 현실에 대한 관조자이면서 달관하는 자이다. 이런 자아에게 비관이나 좌절, 회의와 같은 부정적인 정서가 개입할 여지가 없는 것이다.

따라서 지금 시인이 떠나는 과거로의 여행은 현실의 단절이 만든 퇴행의 행보가 아니다. 그렇다고 다가올 미래를 위한 기준으로 인유하는 것도 아니다. 이는 서정적 자아가 지나온 과거를 형이상학적인 의미와 거리 두기를 시도하는 것과도 어느 정도 관련이 있을 것이다. 시인은 지금 대상에 대한 치밀한 천착과 마찬가지로 자신을 둘러싼 환경들, 사유들, 그리고 기억들에 대해 자유로운 사색의 여행을 감행하고 있을 뿐이다.

피곤에 지쳐 꾸벅거리는데
야학 시절 "또 자?"라며
지친 어깨 토닥이던
선생님의 음성이 들려옵니다

늦은 밤
잠 못 자는 별들을 보며
텅 빈 양평동 버스 정류장을
서성이던 한 소녀

영등포 한 귀퉁이 쪽방촌을 오르면
주인아주머니 곰살스레

던지는 한 마디
"학생 고생 끝에 낙이 있다"라고
했는데

짧은 꾸벅 여행을 마치고
집으로 돌아가는 길

머언 옛날
자취방 주인아주머니의 모습이
별빛 되어 비추어줍니다
-「또 자」전문

　시적 자아의 현존은 일상의 피로에 갇혀 있다. 그럼에도 시인은 거기
서 지난 시절의 한 장면을 떠올리는 사유의 모험을 감행한다. "야학 시
절 "또 자?"라며/지난 어깨 토닥이던/선생님의 음성이 들려오는" 것이
다. 이 음성이 시적 자아를 순간적으로 지난 시절로 인도하게 되는데, 그
지나온 공간은 "학생 고생 끝에 낙이 있다"라는 주인 아주머니의 교훈
적 담론이 오가는 곳이었다. 그런데 시적 자아에게 일어나는 기억의 연
쇄는 여기서 그치지 않고 계속 진행된다. "머언 옛날/자취방 주인아주
머니의 모습이/별빛 되어 비추어 오는" 까닭이다.
　아마도 시적 자아는 선생님의 그 교훈적, 계몽적 담론이 지시했던 것
처럼, 그 구경의 정점, 곧 성공에 이른 듯도 보인다. 과거의 어두운 기억
이 현존까지 이어지는 것이라면 그것은 결코 기억되거나 환기되지 않
기 때문이다. 이제 그 어두운 터널을 지나서 지금 이곳은 과거의 그것보
다는 생존 조건이 보다 더 개선되었을 것으로 이해된다. 그런데 여기서

중요한 것은 그 발전의 상황이 아니라 이를 감각하고 기억할 수 있다는 사실이 될 것이다. 그것이 곧 그리움의 정서에 대한 표명이다. 이 정서는 이번 시집의 전략적 주제 가운데 하나라 해도 무방한데, 가령 「손님」에서 보듯 소소한 일상들이 모두 이런 그리움의 정서로 채워져 있는 까닭이다.

서정시의 궁극적인 이상이란 유토피아와, 자아와 세계 사이에 놓인 거리의 좁힘에 있다고 할 수 있다. 그 간극을 없애기 위해서 서정의 열기는 만들어지고 또 이를 향한 끝없는 도정이 시도되고 있는 것이다. 이제 시인은 그러한 거리랄까 간극이 어느 정도 해소되고 좁혀진 것처럼 보이기도 한다. 그가 응시하는 대상들 속에서 그러한 거리를 느끼는 것이 거의 감각되지 않는 까닭이다. 하지만 그러한 거리의 소멸이 곧 서정의 유토피아나 존재의 완성과 곧바로 연결되는 것은 아니다. 실제로 우리의 일상에서 그런 일들이 일어나는 것은 불가능에 가까운 것이기 때문이다.

3. 실존의 고통, 그 승화의 양식들

그리움의 정서에도 불구하고 시인에게 지나온 과거는 결코 편편한 삶이 아니었다. 「또 자」에서 알 수 있는 것처럼, 시인은 '야학'을 했을 정도로 곤궁한 환경에 처해 있었고, '자취방'을 전전했을 정도의 구차한 삶도 살아왔다. 누구에게나 그런 체험은 있을 수 있지만, 지금 여기에서 시인이 이를 환기하고 의미화하는 것을 보면, 그 상처가 결코 만만한 것이 아니었음을 알게 된다.

이제 시인은 그 아픈 과거, 상처를 딛고 존재의 변신을 시도하고자 했고, 또 앞서 살펴본 것처럼 어느 정도 성공한 듯도 보인다. 하지만 그러한 승화를 물리적인 어떤 것과 연결시키는 것은 곤란하다고 하겠다. 그것이 물리적인 것과 분리하기 어려운 것이라면, 그것은 한갓 세속의 차원과 다를 것이 없는 까닭이다. 그가 마주한 실존의 고뇌란 존재론적인 것과 관련이 깊었던 것으로 이해된다.

> 두려움에 떨었다
> 현기증이 왔다
> 어느새 보랏빛 코피가
> 쏟아지고 얼굴이
> 창백해지기 시작했다.
> 푸석푸석한 밭고랑 ㅠ을고
> 쓸쓸히 걸어가는
> 맑은 신음소리
> 혼령처럼 발등에 저무는 안개
> 가을의 목 언저리에
> 멈춰선 고뇌의 외길, 희미한
> 초롱불을 들고 풀꽃 하나 뒤돌아본다
> -「풀꽃 일기」 전문

인용시는 이번 시집의 제목이 된 작품이다. 그만큼 시인의 의도와 사유를 잘 반영한 것이라 할 수 있다. 이 작품의 주제는 우선 존재론적인 것에서 찾아진다. 인간은 신의 영역과 분명 다른 것이기에 어쩔 수 없이 존재론적 한계를 갖고 있다. 그래서 그러한 한계를 극복하고 초월하기 위해 가열찬 서정의 열기 속에 시적 자아를 던져두게 된다.

하지만 그 도정이란 결코 만만한 것이 못 되는데, 시적 자아가 '두려움에 떠'는 것은 이와 밀접한 관련이 있을 것이다. 그리고 그 정서는 경우에 따라 깊고 큰 것이어서 '현기증'을 수반하기도 하고 '보랏빛 코피'를 쏟을 정도로 그로테스크한 것이 되기도 한다. 하지만 그런 절망의 상황 속에도 존재의 완결을 향한 서정의 행보는 결코 중단될 수가 없다. 그 길이 "푸석푸석한 밭고랑"과 같고, 또 "쓸쓸히 걸어가"야 하는 것이지만, 정합적 특성이 있는 것이기에 "맑은 신음소리"를 내면서 가야하기 때문이다.

「풀꽃 일기」는 어느 한순간의 기록을 담은 것이 아니다. 그것은 시인의 지나온 과거와 현재를 이어온 거대한 서사와도 같은 것이다. 그것이 어느 한순간의 기록이 아니라 한편의 거대 서사가 되어야 하는 이유이다. 그리고 그것은 세속의 차원에서 논의될 수 없는 성스러운 것이기도 하다. 따라서 시인이 그러한 도정으로 가는 힘겨운 상황을 '맑은 신음소리'라고 명명한 것은 매우 타당한 것이라 할 수 있다.

> 버스정류소 앞 공터
> 고향에 남았어도 마음마저 토막 난 나무들이
> 어둠 속 아래 위로 포개지며
> 환한 불꽃으로 피어오른다.
>
> 마을회관 창살에는
> 낯익은 추억처럼 눈발이 나부끼고
> 막차를 기다리는 사람들 몇몇도

묵묵히 모닥불 곁으로 다가와
얼굴을 디민다.

가끔씩 침묵을 흔드는 하품소리
잠 못 드는 겨울밤, 나 또한
습한 기억들을 덥히며
시뻘건 꽃무더기 속에
토막난 슬픔들을 던진다.

이윽고 도착한
완행버스 한 대 등 시린 시간들을 싣고
사람들 곁을 떠난다.
희망처럼 밝힌 몇 소절의 차창
막막한 고갯길 너머로 몸을 숨긴다.
–「모닥불」전문

인용시는 존재론적 완성으로 나아가는 도정에서 발견한 '불'을 원형적 상상력의 관점에서 인유한 경우이다. 일찍이 우리 시사에서 '모닥불'을 소재로 시를 쓴 대표적인 경우로 백석이 있다. 그는 '모닥불'을 피워놓고, 그 주변에 둘러앉은 사람들에게 골고루 투사되는 불의 시혜성을 수평적 상상력으로 이해한 바 있다. 이른바 삶의 조건을 문제 삼는, 근대의 평등 정신이 여기에 담겨져 있었던 것이다.

백석과 달리 오명희 시인은 '불'을 여러 층위에서 이해한 경우이다. 우선 백석처럼, 시인은 민중이라는 소재를 통해서 삶의 조건을 수평적 상상력으로 이해한다. 모닥불은 누구에게나 평등하게 기능하는 것으로 이해한 것이다. '불'은 투사의 속성상 편차없이 똑같은 질량의 온기를 나누어 준다는 특징이 있다고 보는 것이다. 여기에 이런 상상력과 더불어 한 가지 의미 층위가 더 덧붙여진다. 바로 추위를 피하려는 민중들에게 따듯함을 주는 도구 혹은 수단으로서의 기능이 바로 그러하다. 이는 곧 민중에 대한 사랑의식과 연결되는 것이라 할 수 있다.

다른 하나는 원형적 상상력으로 이해한 경우이다. '불'은 소멸과 재생을 상징한다. 뿐만 아니라 위를 향하는 속성에서 욕망의 상징으로 읽히기도 한다. 이런 여러 음역 가운데 시인은 전자에 주목한 것처럼 보인다. 시인에게 불이란 소멸과 분리하기 어렵게 결부되어 있기 때문이다. 시인은 자신의 '습한 기억'이라든가 '슬픔'을 불에 던짐으로써, 곧 태움으로써 이로부터 탈출, 승화하고자 하는 것이다.

함초롬히
이슬 머금은 숲이
햇살에 감기고

달음질치는
승선교 아래 물소리
산사의 야생화 향기 되어
피어오른다

어쩌자고 바람은
진영당 앞마당을 쓸다가
넋 놓고 서 있는 걸까.

풍경소리마저 멈추어 선
고요 속

뒷간을 나오는
발자국 소리 하나
길바닥으로 눕는다.

내 삶의 아물지 않은 상처가
담 아래 어디쯤
흰 꽃잎으로 저무는
오후
－「선암사에서」전문

　시인은 편편치 못한 과거, 존재론적 한계와 같은 어두운 단면들을 '불'
의 원형적 이미지 속에 승화하려고 했다. 이런 도정이야말로 불완전성
이라는 것을 태생적 한계로 간직한 채 살아갈 수밖에 없는 존재들의 길
이었다는 점에서 그 의미가 있는 것이라 할 수 있다. 그래서 시인은 이
번 시집에서 그러한 도정을 지속적으로 가열차게 보여주게 된다.
　인용시는 그러한 과정의 한 단면을 예각화시켜 보여준 대표작 가운데
하나이다. 시인은 대상에 대한 치열한 탐색 속에 있는, 과정으로서의 주
체 혹은 탐색자라고 했다. 시인이 지금 자리한 곳, 다시 말해 탐색해 들
어간 곳은 '선암사'이다. 이 작품은 「둑길을 걷다」와 동일한 상상력에 놓
여 있는 것이라 할 수 있는데, 여기서 시인은 자연의 전일성에 깊은 정
서적 공감대를 가졌던 것처럼 보인다. 바로 지상과 천상이 자연이라는
거대한 아우라 속에서 일체화되는 현실에 서정의 황홀감을 체험하고

있는 것이다. 「선암사에서」는 「둑길을 걷다」에서 펼쳐보였던 자연의 상상력이 보다 직접적으로 드러나고 있다는 점에서 주목을 끄는 경우라 할 수 있다. "내 삶의 아물지 않은 상처가/담 아래 어디쯤/흰 꽃잎으로 저무는/오후"라고 분명히 말하고 있기 때문이다. 그렇다면 '아물지 않은 상처'가 "담 아래 어디쯤/ 흰 꽃잎으로 저문다"는 시인의 시집에서 어떤 함의를 갖는 것일까.

자연이란 보통 섭리나 원리로 이해된다. 그것은 인간이 태생적으로 지닐 수밖에 없는 불완전성에 비하면 더욱 분명해지는 사실이다. 그래서 존재의 불완전성을 감각하는 시인들이 무엇보다 기대고, 인유하는 것이 자연의 전일성 내지는 완전성이다. 이런 맥락에서 시인이 '선암사'의 자연 속에서 "내 아물지 않은 상처"를 극복, 승화하고자 하는 의지를 표명한 것은 매우 당연한 것이라 할 수 있다.

4. 동일성과 일상에의 긍정

시인이 탐색한 대상이나 존재의 완성에 대한 갈증에서 시도된 여정은 무척 다채로운 것이었다. 시인은 이 도정에서 숭고한 자연을 만나거나 아름다운 기억의 흔적들을 만나기도 했다. 이러한 탐색과 만남들이 자아를 건강한 것으로 만들기 위한 행보들이었을 것이다. 이제 그 흔적의 끝에서 시인은 자신의 또 다른 모습을 발견하게 된다. 아래의 「장미꽃」은 그 연장선에 놓인 시이다.

긴 터널을 지나

눈부신 모습으로 피어난
너의 몸짓은

결고운 바람살에
비벼대는 화음
소리없이 부서지는 햇싸래기
어느새
내 빈 가슴에 흐르는
푸른 향기로

고단한 삶의 푸서리를
헤치고

오늘도
빈 마당가 끄트머리에
선
너의 푸르른 눈빛
그 향기로운 꽃입술이여
– 「장미꽃」 전문

　이 작품의 소재가 된 '장미꽃'이 자아의 은유임은 분명할 것이다. '장미꽃'은 눈부신 모습, 그 화려한 겉면을 뽐내지만, 그러나 그것은 자연의 섭리 속에서 쉽게 만들어진 것은 아니다. 작품에 나타난 것처럼, 그것은 '긴 터널'이라는 어둠의 과정, 아픔의 과정을 겪은 후에 이루어진 것이기 때문이다. 뿐만 아니라 "고단한 삶의 푸서리를 헤치고" 나온 것이기도 하다. 완성이나 성숙은 이런 고난의 과정을 거쳐서 가능하게 된다는 것이 시인의 서정적 진단이다.

하지만 장미꽃의 이런 개화의 과정이 시인의 경험과 선험적인 거리를 두고 있는 것은 아니다. 그것은 시인 자신의 것이기도 한 까닭이다. 시인의 현존은 장미꽃의 그것과 완전히 겹쳐진다. 그런 단면은 "어느 새/내 빈 가슴에 흐르는 푸른 향기"로 일체화되면서 완성되기 때문이다.

존재론적 완성의 도정이 어느 한순간의 자의식적인 해방이 아니라 지속적인 탐색과 수양의 과정을 통해서 이루어지는 것임을, 시인은 이번 시집에서 전략적으로 펼쳐보이고 있다. 가령, "다양한 표정으로 세상 추위 견뎌낸 푸르른 눈빛"(「겨울초」)에서 보듯 새로운 탄생이나 아름다운 개화는 고난을 통한 승화임을 지속적으로 천착하고 있기에 그러하다. 고난과 탐색, 불안과 모색라는 이분법적인 자장에서 초월과 승화의 정서를 탐색해 들어가게 되면 궁극에는 시인 자신의 문제로 되돌아가게 된다. 가령, 수양이나 성찰과 같은 윤리의 영역과 만나게 되는 것이다. 다음은 그러한 단면을 잘 보여주는 시라는 점에서 그 의미가 있는 작품이라 하겠다.

그녀의 몸속엔 아무것도 없다.

워낙 정이 많아 굶주린 사람을 보면
가진 것 다 내주는 여자

종가의 식솔들 거느리고
좀체 쉴 틈이 없어

식욕조차 잃었는지

그녀의 몸속엔 아무것도 없다.

날마다
누구라도 원하면 만남도 잠시
헤어져야 하는 운명이
가슴 아픈지
가끔씩 홀로 소리 내어 울 뿐

그녀의 몸속엔 아무것도 없다.
   -「냉장고」 전문

「냉장고」는 일상의 평범한 사물을 통해 사유의 깊이를 탐색하고 있다는 점에서 그 의미가 있는 작품이라 할 수 있다. 서정의 주체는 그녀, 곧 냉장고이다. 이것의 기능이 어떤 것임은 잘 알려진 것인데, 시인은 그런 자장을 자신의 윤리적 영역 속에서 읽어낸다.

흔히 존재론적 불안이나 갈등의 영역은 인간의 욕망에서 비롯된다. 그것은 누구에게나 있는 것이지만, 그것이 특히 문제가 되는 것은 과도하게 팽창하는 경우이다. 욕망은 채워지면 질수록 만족을 모른 채 거듭거듭 뻗어나간다. 그리하여 그 욕망의 저장소는 깊이와 넓이를 알 수 없을 정도로 깊고 큰 상태를 유지하게 된다. 그러니 거기를 모두 채워나가는 것은 불가능하다. 그럼에도 인간은 계속 이를 메우고 채우려 한다. 인류가 에덴동산의 신화를 잃어버린 것도, 근대의 이분법적 세계관이 만들어진 것도 이 무한증식하는 욕망에서 빚어진 것이다.

에덴의 동산으로 되돌아가거나 근대의 이항대립적인 세계를 극복하기 위해서는 이 욕망을 제대로 다스려야 한다. 하지만 이는 결코 쉬운 문제가 아니다. 그렇게 해야 된다는 당위성에는 공감하지만 이를 실천하는 것은 매우 어려운 일이기 때문이다. 「냉장고」는 비록 개인의 과거사와 시인의 개성이 빚어낸 작품이긴 하지만 그 지향점은 이른바 '비움'의 상상력에 있다. 이 상상력은 욕망과는 대척점에 놓인다. 따라서 이를 자기화하고 실천하면 잃어버린 유토피아나 근대의 이전의 전일적 삶으로 가는 지름길이 될 수도 있을 것이다.

손때 겨입은
금란정 옆
1,500평 무릉반석

오랜 묵객들의
발자취 사람들 불러들인다.

봄볕은 이미
나와 하나 되어
서녘을 물들이는데

두타산 쌍폭포에
머리칼 씻은 바람들
잠시 숨 고르며
먼 하늘 우러른다.
 - 「무릉계곡 일우—隅」 전문

무릉은 시인이 마음 속에 그린 유토피아이다. 서구에 에덴이 있다면, 동양에는 무릉이 있다. 이미 시인의 시선은 이렇듯 현실과 떨어진 피안의 세계에 닿아 있는 것이다. 이런 상상력이 가능했던 것은 욕망의 무화와 밀접한 관련이 있을 것이다. 시인은 이미 자신을 말끔히 비워두었다. 말하자면, 자신의 일부로 자리한 욕망을 자신으로부터 분리시킨 것이다.

인간이 자연과 하나 될 수 있는 길은 인간적인 요소를 삭제하는 일뿐이다. 인간적인 것과 자연적인 것의 대립 때문에 그러한 것인데, 그 구분점이란 바로 욕망의 기능성이다. 시인은 이미 '냉장고'의 상상력, 곧 비움의 상상력을 통해서 자연으로 향하는 길이 무엇인지 어렴풋이 알게 되었다. 그 서정적 통일, 곧 수양의 감각이 있었기에 "봄볕은 이미 나와 하나 되어 서녘을 물들일 수 있"었다. 시인 스스로 자연과 하나임을 선언하고 있는 것이다.

하지만 선언이 있다고 해서 그것이 곧바로 실천의 장으로 연결되는 것은 아니다. 만약 그러한 일이 가능하다면, 그것은 주관의 과잉을 통해서 현실을 왜곡할 때 가능한 일이 될 것이다. 하지만 시인은 이미 사색의 오랜 도정을 통해서 자연의 섭리와 우주의 이치에 대해 올곧게 이해한 바 있다. 뿐만 아니라 그 도정에서 욕망의 부정적 기능에 대해서도 정서적 깊이를 확보하기도 했다. 그 치열한 서정의 탐색이 있었기에 자연과 하나된 자신을 발견할 수 있었던 것이다.

이런 과정이 있었기에 그가 응시하는 일상들은 정겨운 것이 되기도 하고, 우리 주변에서 흔히 펼쳐지는 사랑의 진정한 의미들에 대해서도 이야기할 수 있게 된다. 가령, 아들의 승진이 정겹고(「어느 봄날의 오후」), 하나가 아니라 "둘이 하나되는 세계가 진정한 사랑"(「둘이 하나 되어」)임도 말할 수 있게 된 것이다. 가족을 향한 시인의 시들이 가족주의적인 한계를 초월할 수 있는 것도 여기에 그 원인이 있다고 하겠다.

시인의 시들은 가볍고 쉽고 한편으로는 편하게 읽힌다. 시인의 시들은 누구나 공감할 수 있는 소재들로 만들어지고 있거니와 시인이 지향하는 주제 또한 매우 보편적인 것에서 걸러지고 있기 때문이다. 하지만 이런 편안함과 보편성이 시의 가치와 반대 방향으로 가는 것은 아니다. 평범한 일상이라 할지라도 시인의 사유 속에서 걸러지는 물음들이란 결코 작거나 소소한 것들이 아니기 때문이다. 그는 시를 의도적으로 만들어내는 것이 아니라 일상 속에서 자연스럽게 길러내고 있다. 그런 자연스러움이야말로 시인의 시가 갖고 있는 의의이고, 또 시인만의 가장 고유한 특징적 의장이라 할 수 있을 것이다.

(오명희,『풀꽃일기』해설, 이든북, 2022)

서정적 합일을 향한 그리움의 세계

1. 욕망의 부정성 혹은 그 폐해

문금숙 시인의 최근 시들은 차분하고 관조적이다. 정수기를 통과한 물처럼 그의 시들은 맑고 투명한 빛을 띠고 있다. 그 산뜻함은 시인의 정서에 의해 걸러진 것이기에 시인의 정신 세계가 그만큼 순수하다는 뜻도 될 것이다.

지금 시인의 현존은 정밀하고 고요한 상태에서 진행되고 있다. 시인이 그 정서 속에 갇혀 있기에 여기저기 다니는 열정이랄까 욕구는 많이 가라앉아 있는 듯하다. 그 평온한 상태에서 시인은 대상을 응시하고 거기서 서정의 샘을 길어올리고 있는 것이다. 그렇기에 시인이 응시하는 사물들은 자신의 고유성이랄까 의미를 잃어버리고 시인의 내면 속에서 새로운 존재의 변신을 하게 된다.

어떤 시인에게 이런 감각이 만들어지는 것은 그저 우연한 일은 아니다. 이 지점에 이르기 위해서는 많은 시행착오와 내성의 과정이 있어야 하기 때문이다. 실상 이번에 상재되는 시인의 작품집을 꼼꼼히 읽어 보게 되면, 시인의 이런 내성들이 어떤 순간의 자의식적 결단에 의해 갑자기 이루어진 것이 아님을 알게 된다. 시인에게도 한때 끓어오르는 열정, 흔히 이야기되는 욕망의 노예가 된 적이 있었다. 가령, 그러한 단면을 보여주는 작품이 「소식, 파도」이다.

> 날마다 다른 빛깔로 철석거리는
> 베니스비치 푸른 물결들
> 희디흰 봉투 깊숙이
> 찰랑이는 밀어들 변함없이 동봉하더니
> 이번에 치켜올린 높은 파고는
> 내 생애에 처음 보았다
> 와, 와,
> 큰소리로 달려와 어제를 뒤집는 물보라세례
> 파도에 휩쓸려 기우뚱 둥글게 하늘로 솟아나는
> 저 엄청난 물무늬
>
> 구심력을 잠시 잃고
> 두근두근 펄럭이는 내 마음자락
> 한참 후에도 수그러들지 못하네
> ─「소식, 파도」전문

작품에 나타나 있는 것처럼, 시인은 지금 여행 중에 있다. 그 와중에서 시인은 베니스 비치의 푸른 물결과 마주하게 된다. 이 작품은 거기서 서정의 영감을 얻은 것처럼 보인다. 이 시의 특징적 단면은 우선 묘사의 세밀함에서 찾을 수 있다. 작품의 소재는 파도인데, 일찍이 이 소재로 작품을 쓴 시인은 1930년대 김기림이다. 그는 「기상도」에서 '파도'를 '배암의 잔등처럼 일어나고'로 아주 참신하게 표현한 바 있다. 그의 이런 작시법은 소위 이미지즘에 의한 것인데, 이는 문금숙 시인에게도 동일하게 적용되는 부분이다. 다만 묘사의 디테일에서 혹은 응시의 각도에서는 뚜렷한 차이가 드러난다. 김기림이 주목한 것이 파도의 연속성이라면, 문금숙 시인은 그 높이에 주목했기 때문이다. 파도에서 이 두 가지 속성을 읽어내는 것은 어려운 일이 아닌데, 실상 김기림이 이 작품에서 간취해내고자 하는 의미는 거의 없었다고 해도 무방하다. 그가 이 시기 관심을 갖고 있었던 것은 시를 만들어내는 의장, 곧 이미지라는 형식적 장치에만 관심을 두었던 탓이다.

하지만 문금숙 시인은 이미지만 묘사함으로써 시를 종결하려 하지 않는다. 시인은 파도가 펼쳐보이는 높이의 미학에서 의식의 뿌리를 박아두고 거기서 자신의 현존을 읽어내려 하기 때문이다. 그것이 "두근 두근 펄럭이는 내 마음 자락"이다. 이는 그것의 높이가 주는 물리적 현상에서 오는 것이지만, 시인은 이를 자신 속에 내재한 욕망의 움직임으로 이해하고자 한다. 그 단적인 근거가 바로 '두근 두근'거리는 심적 상태일 것이다.

인간이 갖고 있는 근원적 한계 가운데 하나가 욕망의 문제이다. 아담과 이브가 에덴동산에서 추방된 것도 이 욕망 때문에 그러한 것이거니와 이로부터 인간은 원죄라는 숙명을 얻게 된다. 욕망이 원죄를 만들었고, 욕망이 있기에 인간은 근원적으로 억압받는 존재, 한계지워진 존재가 되었던 것이다. 문금숙 시인에게도 이 욕망의 문제는 자신의 한계, 곧 존재론적 한계를 만들어내는 근본 동인 가운데 하나로 자리한다. 이것을 다스리는 것을 어쩌면 자신의 실존과 현존을 개선시키는 서정의 동력으로 사유했던 것으로 보인다.

> 끝없이 이어진 드넓은 뻘밭
> 물빠진 늪바닥 질퍽한 곳 움푹 고인 물웅덩이 안에
> 스스로 벌겋게 몸 달구고 심장 활활 태우던 해가
> 쑤욱
> 몸 웅크리고 들어앉아 아무도 모르게
> 뒤채던 격정 식히고 있다
>
> 눈에 띈 모습
> 얼핏
> 붉게 꽃피던 마음 같아서
> 눈물 나게 울컥거린다
>
> 뜨거운 열망은 늘 폭발을 예고하는 것
> 나도 이참에 헉헉대는 숨 풀고
> 적요한 갯벌 웅덩이 하나 찾아
> 용암처럼 애태우는 내 사랑
> 내려놓고 식혀야 하리라
> 흔들리며 멀미하다 엎어지는
> 그, 훨씬 이전의 것으로
>
> 다시 오지 않을 너의 그림자
> 하얗게 희석되도록

햇빛 내려와 몸 담구는 날처럼
글썽거림으로 푹 들어앉아서
아무도 해독 못하는 시
통곡의 빗줄기로 적시자
　― 「태양도 몸 식히고 싶을 때에는」 전문

통상적인 의미에서 태양이란 생명이고 또한 근원을 상징한다. 뿐만 아니라 그것은 삶을 고양시키는 열정의 상징이기도 하거니와 인간의 욕망, 곧 시인의 표현에 의하면 '격정'의 상징이기도 하다. 그런데 시인은 태양의 그러한 모습을 물리적으로 그저 '저멀리' 떨어져 있는 대상으로 수용하지 않는다. 이를 시인 자신의 모습으로 인유하기 때문이다. "붉게 꽃피던 마음 같아서/눈물 나게 울컥거린다"라는 것은 그러한 심적 상태의 정서적 표현일 것이다.

정제되지 못한 욕망, 바이러스처럼 팽창하기만 하는 욕망의 부정적 모습이 어떤 것인가 하는 것은 굳이 긴 설명이 필요치 않다. 시인 또한 그 불온한 단면들에 대해 예리하게 직시하고 있거니와 그것은 곧 "뜨거운 열망은 늘 폭발을 예고하는 것"이기도 했다. 그 불행한 상황을 예방하기 위해서는 무엇보다 먼저 뜨거움을 가라앉혀야 한다. 여기서 시인의 냉정함, 곧 차가움의 미학이 나오게 된다. 이번 시집의 가장 특징적인 단면은 시인의 작품에서 형성되는 두 가지 대립적인 감각에 있다고 하겠다. 곧 그의 시의 지배적 요소 가운데 하나인 일차적 이미지들은 바로 이 온도의 감각에서 찾을 수 있다. 이는 작시법의 가장 기본이라 할 수 있는 일차적 이미지의 선명한 대조인데, 시인이 이런 감각적 이미저리를 내세우고 그 중립적 온도를 찾아가는 것이야말로 이번 시집의 가장 큰 특징이라 할 수 있을 것이다.

하지만 그 당연한 수순, 혹은 정해진 방법이 있다고 하더라도 이에 대한 도정이란 결코 만만한 것이 아니다. 시인은 그러한 길로 향하는 것이 결코 녹록지 않은 것임을 "아무도 해독 못하는 시"로 인식한 바 있고, 또 이를 "통곡의 빗줄기로 적시자"고 선언하기도 한다. 이는 그의 시세계가 내성과 결코 분리하기 어렵게 결부되어 있음을 말해주는 것이거니와 또 그러한 도정이 결코 만만한 것이 아님을 말해주는 것이기도 하다.

> 온몸에 퍼진 욕창 견딘 욥은 뿌리 깊은 믿음대로 야훼를 원망해본 적 없었다는데 나는 내 몸 할퀴는 독풀에 노출되었을 때 하늘 올려다보고 온통 투정을 늘어놓았다 나날이 늘어나는 통증 견딜 수 없었을 때 자주 자주 한탄하며 원망을 쏘아 올렸다 욥은 자신의 의를 주장하고 억울함을 호소만 했던 교만 눈치 채고 낮추는 겸손 깨달았는데 마치 흑암에 빠진 듯 으르렁거린 나는 온전히 행복만 갈급하고 있었던 건 아니었을까 어딘 가에 팽개치고 잊고 있었던 마중물 허둥지둥 찾고 있는 어리석은 나의 생이여, 한낱 육신의 괴로움에 한참 멀리 헤매며 밤비에 젖고 적시고 있 었어 아, 날밤 새우며 지금은 돌아서서 그의 옷자락 그늘에 나를 통째 담 아야 할 때.
>
> ─「마중물」전문

욕망이란 자기 중심적인 것이다. 그러니 타자를 향한 정서가 존재할 까닭이 없다. 그런데 그러한 자기충족적인 감각은 어떤 위기가 닥쳐올 때 스스로 조율해나갈 힘이 없는 것이 사실이다. 그러니까 자신의 현존 을 어렵게 하는 것들에 대한 불평을 자연스럽게 토해 내게 된다.

인용시는 그러한 정서를 잘 표현한 시인데, 여기서 시인이 인유한 대상은 성서의 욥이다. 그는 자신이 겪은 온갖 부당성에 대해 야훼를 원망한 적이 없다고 한다. 하지만 그에 비하면, 나의 삶이란 욥과는 전연 다른 것이었다고 인정한다. "나는 내 몸 할퀴는 독풀에 노출 되었을 때 하늘 올려다보고 온통 투정을 늘어놓았기" 때문이다. 이는 곧 "온전히 행복만 갈급하고 있었던" 자신의 욕망, 혹은 이기주의에 기인한 탓이 크다고 하겠다.

2. 자기 성찰의 세계

인간이란 근원적으로 불완전한 존재이다. 그 불완전성이야말로 인간의 근원적 조건이며, 이는 곧 종교적인 것과 밀접한 관련이 있다. 하지만 이를 반드시 이 영역에 한정시킬 필요는 없을 것이다. 그것은 심리적인 국면이나 사회적인 국면에서도 동일하게 적용할 수 있는 것이기 때문이다. 그러니까 인간은 불안하다는 것이고, 그렇게 완전치 못한 인간이기에 인간은 끊임없는 시련을 갖게 된다고 하는 것이 이들의 공통적인 시각인 것이다.

따라서 자신의 한계를 느낀 인간이 그로부터 벗어나고자 하는 것은 정해진 수순이라고 하겠다. 이를 존재론적 완성을 향한 인간의 영원한 탐색의 과정으로 이해할 수 있는데, 문금숙 시인의 경우도 여기서 예외가 아니다. 시인은 이미 대상을 응시하고 거기서 삶의 의미라든가 그 진정성들에 대해 꾸준히 성찰하고 이를 자기화하고자 했다. 그럼에도 그 도정이 결코 만만한 것이 아님을 여러 편의 시를 통해서 보여주었다.

「까닭 없이」도 그러한 시편 가운데 하나이다.

서둘지 말라고 수차례 경고 있었는데
먼 산 바라보며 급히 내려가다 작은 돌 알맹이에
실족한 뒤 절뚝이며 걸었습니다

지긋하지 못하고 별밤을 꼬빡 새운 적 있었는데
나도 또 다른 생의 일부분에 사람의 말로
상처를 붙여놓은 적 있습니다

사막의 한 들판에 아름다운 선인장꽃 꺾어 들자
금세 시들었는데 혼자만의 욕심이 마음의 눈을 가려서
사방을 들러 볼 여유가 없었습니다

무료하면 잔잔한 호수에 연거푸 돌을 날라다
던졌는데 신음소리 뒤에 깊은 주름 남기며
젖고 있는 것 보았습니다

깨우치지 못한 편견 아집덩어리들 몸속 여기저기
꼭꼭 채웠는데 방향도 알 수 없었던 먹구름이 뼛속 깊이
깔리며 십장에 못을 박았습니다
기세등등하던 자아가 느닷없이 휘청휘청 송두리째
생을 흔들어 댑니다

한 영혼이 균형을 유지하며

물속에 잠기면서 흘리는 눈물 보았습니다.
사랑과 믿음만이 사탄을 물리치는
순전한 자의 순례

오고 가는 생의 길에 눈을 뜨게 하는 조각품들
생을 빚어내는 통증의 삶에는
까닭이 있었습니다 너무도 심오한
- 「까닭 없이-침례광경을 보며」 전문

이 작품은 종교적인 것과 분리하기 어려울 것이다. 그럼에도 이 작품은 그러한 아우라에 갇혀 있는 소위 호교적인, 종교시 일반의 것과는 거리가 있다. 시의 음역이 보편의 영역과 밀접히 결부되어 있거니와 시인 자신의 내성의 문제도 개인적인 고유성의 영역과 거리를 두고 있기 때문이다. 다시 말해 여기서 시도하고 있는 시인의 성찰이란 시인 자신의 것이기도 하고, 또 타자 일반의 것이기도 하기 때문이다.

이 작품에서 지금 시인이 응시하는 것은 침례의 한 과정에 놓여 있는 것들이다. 침례란 기독교 한 분파인 침례교에서 시행하는 세례의 한 과정이다. 말하자면 세속적 인간이 종교적 인간으로 거듭 태어나는 통과의식인 셈이다. 그런데 여기서 시인이 응시한 것은 타자의 삶에 대한 몰입이 아니다. 다시 말해 침례 의식을 시행하고 있는 사람들에 대한 객관화된 시선이 아니라 이를 주관화시켜 자신의 한 단면을 응시하고 있는 것이다.

여기서 시인이 자각한 것은 소위 인간적인 것들이 가질 수 있는 한계들이다. 인간적인 것들이란 종교적인 관점에서 이해하게 되면 허점 투성이들 뿐이다. 따라서 시인은 종교의 신성성, 절대성을 통해 그 상대적 자리에 놓인 자신을 응시한다. 여기서 성찰의 논리가 생성되는데, 이것이 이 작품이 갖고 있는 의의라 할 수 있을 것이다.

　신성성에서 바라본 인간의 한계, 곧 시인 자신의 한계란 어떤 것일까. 작품에 나와 있는 것처럼, 타인에게 상처를 준 자신의 '혀'이기도 하고, "혼자만의 욕심이 마음의 눈을 가려서" "아름다운 선인장 꽃"을 꺾은 행위이기도 하다. 뿐만 아니라 자신이 행한 불온한 행동들은 "신음 소리 뒤에 깊은 주름"으로 남아 있기도 하고, "깨우치지 못한 편견 아집덩어리들"로 편재되어 자신 속에 남아 있음도 발견하게 된다. 이런 부정적 단면들이 자아에 균열을 일으키고 궁극에는 전일한 삶을 살고자 하는 시인 자신의 생을 흔들기도 한다. 이는 결국 시인에게 '통증있는 삶'을 알게 한 매개로 기능하게 된다.

　　긴 세월 굳건히 자리 지키던 한 그루 나무
　　베어졌다, 케케묵은 먼지 털어내면서
　　너울거리던 가지들 벗겨진 후
　　고스란히 드러난 맨몸
　　잎사귀로 가려져 있었을 때는 몰랐어
　　우글쭈글 울퉁불퉁 불거져 있었던 걸

　　벌레들은 왜 나무통을 터무니없이 갉아댔을까
　　움푹 파인 구멍 을씨년스럽도록 시커멓고
　　더러는 몰골사나운 혹을 만들어 괴상해져 있었어

　　듬직하다는 이유 하나만으로

기둥만 겉핥기로 쳐다보는 것만으로
중심 드려다 볼
생각 같은 건 예전에 하지 않았었어

두 얼굴이 보여
바라보는 시선 돌려세우고
고개는 제절로 먼 쪽으로 향하는데
놓아준 옛 사랑만 같아서
눈물도 고개 돌리는 법 배워가는 중인지
토한 아픔 뒤에서 찔끔거린다

애초부터 민낯만
아니 민낯 가릴 줄 아는
그렇게만
살았어야 하는 것들을 생각하면서
불쌍히 여겨졌어

이미 말라버린 일이 되고 말았어
나도 끔찍하게 허공으로 터지고 말겠지
– 「민낯」 전문

　인간은 존재론적으로 완전하지가 않다. 그것은 일종의 흠결과 밀접한
관련을 맺고 있다. 그러한 결점이란 완전하지 않은 인간이기에 거의 생
리적인 것에 가까운 것이다. 하지만 인간은 이를 애써 감추려 한다. 완전
하다는 헛된 욕망이 있기에 이를 되도록 보이지 않게 하려고 한다. 시인

의 표현대로 '민낯'을 감추려 하는 것이다.

시인은 자신의 한계와 실존의 고통을 초월하기 위해 끊임없는 모색을 시도한다. 그 하나의 방편이 여행이거니와 이 과정에서 시인이 지금 응시하고 있는 것은 "긴 세월 굳건히 자리 지키던 한 그루 나무"이다. 그런데 어느 날 어떤 목적에서 그러한 것인지는 몰라도 이 나무는 무참히 베어졌다. "케케묵은 먼지 털어내면서/너울거리던 가지들 벗겨진" 채 무너진 것이다. 그 과정에 나무의 맨 몸, 곧 '민낯'이 드러나게 된다. 하지만 이 '민낯'은 시인에게 새로운 감각적 충격을 던져 주게 된다. 그동안 가려져 있던 본질이 드러난 것인데, 겉의 화려함에 가려져 있던 "우글쭈글 울퉁불퉁 붉어져 있는 것들", 곧 화려함 속에 가려진 그림자들이 비로소 세상 밖으로 나오게 된다. 가지와 나무 잎에 가려서 결코 볼 수 없었던 것들이 적나라하게 시인의 눈에 들어온 것이다. 이 적나라함은 곧 시인에게 정서적 충격으로 다가오게 된다. "애초부터 민낯만/아니 민낯 가릴 줄 아는/그렇게만/살았어야 하는 것들을 생각하면서/불쌍히 여겨진" 사물들을 보게 되었기 때문이다. 화려함 뒤에 숨겨있는 모습들인데, 실상 이 감각이란 대상 그 자체에만 한정되지 않는다는 데 그 시적 의의가 있는 것이라 하겠다. 다시 말해 이 정서적 충격이란 곧 시인 자신에게 묻는 것과 동일한 것이기 때문이다. 그런데, 한 그루의 나무가 보여주었던 겉과 속의 이중적 모습들이 실제 시인의 삶에서는 비껴가는 것일 수 있을까.

이런 정서적 충격을 바탕으로 이제 시인은 겉과 속이 다른 이중적 삶이 아니라 이 둘이 일치하는 삶에 대해 관심을 적극으로 갖게 된다. 아니 관심 차원에서 그치는 것이 아니라 실제로 그러한 삶을 살고자 하는 것이다. 그리하여 시인은 자신을 억눌러왔던 삶의 표징인 '찌푸린 주름

살'을 펴고자 하기도 하고(「태워야할 것들」), '하찮은 일들에 대한 진지
한 성찰'(「하찮게 여겼던 잘디잔 돌」)을 하기도 한다.

기다란 복도지나 끝 쪽
작은 교실에 들어서면
세월만큼 층층이 흔들리며
노을빛으로 물들어가는 갈대들
오순도순 모여 앉아 하모니카 불고 있다
별이 쏟아지는 밤 올려다보며
촘촘한 칸마다 슬몃슬몃 불어넣던 그리움
다시 솟아나
들쑥날쑥 풀벌레울음 섞은 추억
찬찬히 토해내고
달려오는 파도 물결 위로
반짝반짝 빛나던 아름다운 날들
잊은 듯 떠오르는 듯
가물거리는 음표 붙들고
막혔던 가락 퉁기며 깊이 들이마시고 활짝 편다
이제 겨우 누구도 끄집어 내지 않는
빠르게 느리게, 가리지 않고
뭉게구름처럼 어울리는 맛에 길들여져
음률에 배어나는 생애와 속생각 조율하고 있다
이만치에서
이제는 밤하늘 무수한 별빛 사이로
아담과 하와가 그리던 에덴 숲속 바라보며

만질 듯 닿을 듯 설레는 숨결 가슴으로 불태운다
하늘이 불어 넣어준 기
외로운 몸들 위에 가득 끌어 앉혀 놓고

그를 만날 수 있는 믿음으로
숨, 불고 불었다
- 「숨, 불었다」 전문

아담과 하와가 살던 에덴 동산이란 어떤 세계일까. 그것은 비록 종교적 인간이 아니라고 하더라도 그 대강은 짐작이 될 터이다. 갈등이 배제된 사회, 욕망이 없는 사회, 그리하여 모든 것이 전일적인 상태에 놓여있는 삶일 것이다. 일찍이 신은 인간에게 이 아름다운 유토피아 를 조건 없이 던져 주었다. 하지만 근원적으로 욕망할 수밖에 없는 존재, 한계가 필연적으로 배태될 수밖에 없는 존재인 인간은 신의 계율을 어김으로써 이 유토피아에서 추방된다. 그래서 인간이라면 누구나 신의 말을 거역한 원죄를 가져야 했다. 뿐만 아니라 아련한 추억으로 남아있는 그 잃어버린 유토피아에 대한 꿈도 간직한 채 살아가야만 했다. 그 그리운 세계가 다시 눈 앞에 펼쳐지는 것은 쉬운 일이 아니지만 그럼에도 이 세계를 향한 꿈마저 포기할 수는 없는 것이었다. 시인은 인류가 꿈이 서린 그 아름다운 세계가 무엇인지 어렴풋이 알 것도 같다. 그래서 "기다란 복도 지나 끝 쪽/작은 교실에 들어서고자" 한다. 그곳에서 시인은 유년의 아름다운 모습을 환기시킨다. "노을빛으로 물들어가는 갈대들"과 "오순도순 모여 앉아 하모니카 불던" 추억의 세계로 빠져들어가는 것이다. 유년이란 상징적 질서 이전의 세계이기에 아담과 하와가 살던 파라

다이스와 비슷한 세계로 흔히 받아들여진다. 하지만 누구에게나 그러하듯 에덴 동산이나 유년의 삶은 지나온 과거일 뿐 현재 진행형으로 우리 앞에 다가오는 것은 아니다.

꿈이란 갈망하고 열정을 쏟아부어야 가능해지는 세계이다. 현존 속에 만족하거나 끊임없는 탐색의 도정 없이는 그 실현이 불가능하다. 여기서 문금숙 시인의 또다른 주제 가운데 하나인 그리움의 세계가 솟구쳐 나온다. 그리움이란 결핍의 정서에서 생겨나는 것이다. 특히나 현재가 질곡이나 갈등의 한가운데 있다고 하면, 이 정서는 더욱 폭발적으로 생성되기 마련이다. 시인은 자신에게 비춰졌던 아름다운 세계에 대한 아련한 환상과 추억을 갖고 있다. 만약 그것이 지금 여기에서 실현된다면, 자신을 감싸고 있던 온갖 표피들로부터 말끔히 벗어날 수 있을 것이다. "그를 만날 수 있다는 믿음으로" 혹은 "그러한 세계를 도래시킬 수 있다는 믿음으로" 말이다. 그래서 시인은 지금 여기서 '숨'을 모두고 있다. 그러고는 불려고 한다. 시인이 시도하는 숨은 생명의 젖줄이면서 그리움의 또다른 표백이다. 그를 향한 끊임없는 자맥질이 있기에 그는 존재하는 것이고, 그의 시쓰기는 가능해지는 것이다.

3. 유토피아로 향하는 길

문금숙 시인에게는 도달해야만 할 구경적 이상 세계가 존재한다. 하지만 시인은 그러한 세계로 들어가는 길에서 결코 초조해하거나 서두르지 않는다. 스스로를 감싸고 있었던 욕망의 그림자를 거둬들이면서 시인은 다만 묵묵히 앞을 향해서 전진해나갈 뿐이다. 거기서 만나는 사물들은 자신의 정서적 이상을 위한 사소하지만 중요한 매개로 기능한다. 그렇기에 시인의 시세계에서 시인이 만나는 대상이란 늘상 중요한 소재가 되고, 이를 의인화하는 수법 역시 중요질 수밖에 없다.

차분한 듯 조용해 보이는 시인의 서정적 발걸음이긴 하지만, 그가 표명하는 서정의 열정들이란 결코 나약하거나 혹은 힘에 부치는 경우는 거의 없다. 대상을 향해 나아가는 서정의 힘들은 역동적이고 가열차기 때문이다. 그 열기 속에 시인은 자신이 나아가야할 방향에 스스로를 밀어넣고 힘찬 발걸음을 내딛기 시작한다. 그 방향이란 앞서 언급했던 자아의 전일성, 곧 유토피아로 향하는 길이다.

> 한 무리의 집시들이 원을 그리듯 모여
> 둥 둥 둥 북을 쳐 밀림을 부르면
> 걸린 듯 흘린 듯 옷을 두른 여인네들
> 벌떡 일어나 몸 흔들며 잠자는 사자를 부른다
> 수캐처럼 어슬렁거리며 다가서는
> 털부숭이 남정네들 거칠게 숨 몰아쉰다
> 모래 위로 아롱거리는 아지랑이 속으로
> 갑자기 야만족 되어버린 군중들
> 넉살좋게 문명을 벗어던지고
> 원시의 숲으로 우우 몰려간다
>
> 노상 모래톱만 하루 종일 어루만지던 바다
> 순식간에 시퍼런 질풍노도 몸에 두르고
> 거친 숨 뿜어대는 커다란 코뿔소처럼
> 휘어진 뼈대 앞세우고

허옇게 터지는 눈물 흩뿌리며 쉴 새 없이 쏟아낸다
젖고 젖어서 처절한
발음이 안 되는
깊은 바다밑 어둡고 비린, 한 생의 무거운 은어들을
　　　　　　　　　　　　　　　－「베니스비치 소묘」 전문

　이 시를 지배하는 두 가지 축은 원시와 문명이다. 잘 알려진 대로 근
대 사회를 지탱하고 있는 것은 문명이거니와 그것이 의심받을 때마다
원시의 힘들은 그와 반비례해서 솟구쳐 나오기 시작했다. 이런 사유의
저변에 놓인 것이 문명에 대한 비판의식인데, 시인 또한 그것이 갖고 있
는 폐해랄까 그 일탈에 대해 진지한 고민을 던진듯 보인다. 이런 맥락에
서 「베니스비치 소묘」는 현재 시인이 응시하는, 혹은 취하는 포오즈가
무엇인가를 잘 드러낸 시라는 점에서 주목을 요하는 것이라 할 수 있다.
이 작품은 문명과 야만의 이분법 위에서 짜여져 있다. 특히나 원시적 힘
과 야만의 전일성이 잘 드러난 시이다.
　문명이 의심받으면, 그 반대편에서 원시의 것들은 솟구쳐나오기 마
련이다. 이런 정비례는 이 둘의 관계가 양극단에 놓여 있는 축이라는 사
실에서 기인한다. 근대 사회가 문명을 지향하고 있음은 잘 알려진 일인
데, 만약 원시적인 것들이 수면위로 부상하게 된다면, 현재의 문명이 위
기의 감각으로 다가온다는 것은 자연스러운 일이 된다. 도대체 이런 시
소게임은 왜 자꾸 일어나는 것인가. 이 이유는 매우 단순하다. 그것은 욕
망이라든가 문명이 근대 사회를 이끌어나가는 근본 축임에도 불구하고
그것이 결코 긍정적인 매개로 기능하지 않기 때문이다.
　실상 이런 면들은 지금 여기 우리 사회에서 쉽게 목도할 수 있는 현상

들이다. 그리고 그것이 인간의 욕망에 의해서 더욱 악화된 측면이 있을 것이다. 시인의 사유 역시 근대적인 것들이 도전 받고 있던 시기에 그 상대편에 놓인 여러 감각들에 주목하고 있음을 알 수 있게 된다. 그래서 시인은 실존적 삶의 현장에서 발견할 수 있는 유토피아적인 감각이란 무엇일까 하는 것들에 대해 계속 시선을 던진 것으로 보인다. 그 하나가 바로 「베니스비치 소묘」와 같은 야생의 감각이었다고 할 수 있다.

풀막지며 구불구불 굽이진 산길
몇 차례 돌고 돌면서
오직 그만을 그리며 오르기로 했다

오르막길에 올랐을 때
모퉁이 솔그늘에 앉아
쉬 포기하지 않았던 열기 식히며
쉴 새 없이 지나온 길 내려다보았다
숨이 턱에 닿도록 안간힘 쓴
행보, 아뜩하게 들어왔다
생이란 길이 저랬었나?

일광욕 즐기던 거북이
텀벙 웅덩이 속에 뛰어들듯
숲에 이르렀을 때
흠뻑 젖은 몸 풀썩 던졌다
그는
긴팔 내밀어 이마의 땀 말려주고

푸르른 융단풀밭 내어주며
부려놓는 심신 토닥토닥 품어준다
어릴 적
뛰어들면 내주던 아버지의 널찍한 가슴팍만 같아서
맑은 바람소리 들으며
파랗게 숲을 읽는다

요람인 듯 누워
바라보는 저 높이
솔가지 사이사이로 쏟아지는 미소가
찰랑거리는 영혼의 별들 낚고 있다

정오의 숲속에서 생각하는
묵묵한 당신
-「숲에 들다」전문

　유토피아로 향하는 여정 속에서 시인은 야만이 무엇이고 그것이 갖고 있는 현대적 의미에 대해 깊이 사유한 바 있다. 그 연장선에서 시인의 눈에 들어온 또 다른 대상은 '숲'이다. '숲'은 우리의 일상을 구성하는 그저그런 단순한 대상이 아니다. 그것은 자아의 전일성을 확보하는 근본 매개인 동시에 문명과 맞서는 대항담론으로서 가치가 있는 것이다. 점점 끓어오르는 욕망이라는 기관차와 거기에 올라탄 문명을 제어하고 이를 초월하기 위해서는 이에 맞서는 것이 필요해질 수밖에 없다. 그것이 원시의 힘이었거니와 '숲'은 그 구체적 대상 가운데 하나가 될 것이다.

지금 시적 화자는 '숲'에 오르고 있다. 자아가 여기에 이르는 것은 단한 가지 이유에서이다. 바로 자아의 전일성을 확보해내기 위해서이다. 근대 이후로 인간과 자연은 영원한 두 주체라는 이분법적 사유 속에 갇혀 있게 되었다. 하나는 다른 하나를 위해 도구적 혹은 수단적으로 존재할 뿐이다. 물론 도구의 주체가 인간임은 당연할 것이다. 하지만 현재의 불온성에 대해 깊이 자각한 시인이 그 초월을 위한 거대한 발걸음을 내딛기 시작했다. 숲으로 표방된 자연과 하나되기 위해서 말이다.

자아가 숲과 하나가 되기 위해서는 무엇보다 자아의 개성, 곧 인간적인 것들을 잃어버려야 한다. 자아가 "숲에 이르렀을 때/흠뻑 젖은 몸 풀썩 던지는" 행위는 이와 밀접한 관련이 있을 것이다. 숲의 한 구성 요소인 이슬 속에 자아를 던짐으로써 자아와 숲은 비로소 하나가 될 수 있는 기본 요건을 마련한 셈이다.

이 작품에서 숲은 절대적인 치유의 공간, 혹은 휴식의 공간으로 구현된다. "긴 팔 내밀어 이마의 땀을 말려주기도" 하고, "푸르른 융단풀밭 내어주기"도 한다. 뿐만 아니라 "어릴 적/뛰어들면 내주던 아버지의 널찍한 가슴팍만 같은" 안온한 곳이기도 하다. 이런 여정을 통해서 자아와 숲은 완전한 하나가 된다. "맑은 바람소리 들으며/파랗게 숲을 익는" 절대적인 통일체로 승화되는 것이다. 여기서 한 가지 이채로운 점은 아버지라는 존재이다. 숲이 모성적 상징이거니와 자연 또한 그러한 이미지와 분리하기 어렵게 결합되어 있는 것이 사실이다. 일찍이 프로이트는 말하는 주체에 따라 오이디푸스 콤플렉스와 엘렉트라 콤플렉스를 이야기 한 바 있다. 주체가 남성인가 혹은 여성인가에 따라 콤플렉스의 종류가 구분되었던 것인데, 이 작품에서 아버지라는 존재가 무척 낯설게 다가오는 것은 부인할 수 없는 사실이다. 하지만 여기서 중요한 것은 인식의 주체가 여성인가 아니면 남성인가하는 것에 있는 것은 아니다. 이 콤 플렉스가 본격적으로 작동하기 이전의 세계, 곧 상징적 질서 이전의 세계가 중요할 뿐이다. 여기서는 그 주체가 누구이든 간에 상관없다. 모두 동일한 전일성을 유지하고 있을 뿐이다.

젠크스 호수에 가면
나도 꼭 그렇게 되고 싶다

하얀 면사포 쓰고 있는 뾰족 산꼭대기
그대로인 채 푸르디푸른 하늘 배경 속으로
풍덩 들어가 살며시 흔들리는 수초들과 말을 걸고 싶다
꼬리치는 물고기들의 옛고향 전설 듣고 싶다
그러다 심심해지면 바람에 쏠리는 구름 몇 점 손바닥에
얹어놓고 정처 없는 발걸음 잡아주고 싶다
먼 나라 이야기 두루두루 잠결에 들을 수 있으면
더욱 좋고 잠깐도 쉬지 않고 급류에 휩쓸리던
무거운 배회 사납게 파도치던 마음의 갈기
질긴 지우개로 부 욱 북 지우고
달아난 시간 미련 없이 떼어버리고
살랑대며 물무늬 만드는 고요에 기대서
보이지 않는 미지 향해 푸르게 푸르게
손 내저으며 조그마한 나뭇잎 배 띄우고 싶다
한 줌 햇살기도 미소 속에 나눌 수 있도록,
그리고 고기 낚느라 검붉게 탄 그이의 센 팔뚝
놓치지 않고 언제나 동행하고 싶다

어둠 없는 젠크스 호수에서

－「젠크스 호수가에서」 전문

시인은 인용시에서 보듯 자연의 세계로 완전히 회귀하고자 한다. 그 상징적 표현이 「젠크스 호수가에서」인데, 시인은 이곳에 가서 호수처럼 되고자 했다. "젠크스 호수에 가면/나도 꼭 그렇게 되고 싶다"고 하는 것이다. 그렇다면 꼭 그렇게 되고 싶은 상태란 도대체 무엇을 말하는 것일까. 바로 호수와 하나되기, 자연과 하나되기가 갖고 있는 상징적 의미 때문이다.

이 작품을 이끌어가는 서정적 동기는 응시가 아니라 동화이고 결국은 하나되기이다. 관조를 뛰어넘어 행동이 뒷받침 되는 세계인데, 하나가 되기 위해서는 단순한 응시만으로는 불가능하리라. 그리고 이렇게 동일체가 된 다음. "살며시 흔들리는 수초들과 말을 걸기도" 하고, "꼬리 치는 물고기들의 옛고향 전설을 듣고 싶어"하기도 한다. 이런 세계는 인간적인 사고라든가 인간의 고유성이 보존된 상태로는 결코 불가능하다. 자아를 버리고 호수의 한 부분, 곧 자연이라는 한 부분과 동화될 때에만 가능한 의식이기 때문이다.

4. 응시에서 동화의 세계로

문금숙 시인의 시들은 잔잔하다. 하지만 이런 세계는 원숙한 경지를 경과하지 않고서는 불가능한 경우이다. 시인은 대상에 대한 관조에서 출발해서 이를 실천으로 옮기는 행동에서 서정적 행보를 마치려 한다.

시인은 이 도정을 그리움의 세계로 표명했다. 그의 시에서 드러나는 "슬며시 가버린 그 그리움"(「플루메리아꽃」)이란 바로 이 정서와 밀접한 관련이 있는 것이었다.

그리고 그 그리움의 정점에 놓여 있는 것이 숲이라든가 호수와 같은, 그러한 자연과의 절대적 합일의 경지이다. 근대 사회는 욕망으로 물든 사회이고, 이를 뒷받침하고 있었던 것이 문명이었다. 하지만 문명이 인간에게 유토피아가 될 수는 없는 것이었고, 그 부정성이 드러날 때마다 인간은 에덴동산의 유토피아를 그리워했다. 시인은 이를 종교적 차원에서 그리워하기도 하고(「말씀」) 또 일상의 차원에서 그리워하기도 했다(「농부일기Ⅲ」). 전자가 종교적 인간의 영역이었다면, 후자는 일상적 인간의 영역, 곧 구도자의 영역에서 이루어졌다.

구도자의 영역에서 시인이 발견한 것은 자연과 하나되기였다. 자연은 포회의 세계이며, 모성의 세계이다. 뿐만 아니라 인간과 자연을 하나의 지대로 엮어내는 곳이기도 했다. 시인은 그러한 세계가 욕망으로 물든 자신의 결핍을 메워줄 수 있다고 사유했고, 그 결과 이와 아름답게 하나되는 세계, 그 경지를 발견했다. '숲'과의 동일성이 그 하나였고, '젠크스 호수'와의 동일성이 그 다른 하나였다. 이는 자연이라는 또 다른 이름에 불과할 뿐이고, 그 궁극에 놓여 있는 것이란 바로 자연 그 자체와 하나된 세계였다. 시인에게 자연이란 갈등을 초월하는 모성적인 것이고, 여러 갈래를 하나로 묶어내는 통합적인 것이었다. 자연과 인간이 궁극적으로 하나되는 삶, 그것이 이번 시집의 궁극적 의의라고 할 수 있을 것이다.

(문금숙, 『숲, 불었다』 해설, 동행, 2022)

욕망이 주는 어두운 삶과
긍정적 자아를 향한 도정

1. 삶의 절박성이 만든 시쓰기의 욕구

　손경선 시인은 시인으로서 늦은 출발을 했다. 2016년 계간《시와 정신》신인상으로 등단했으니 보통의 상식에 비추어볼 때 꽤나 늦은 편이다. 20대를 전후에서 문단에 나오는 현실에서 보면, 특히 그러하다고 할수 있다. 도대체 이런 느림이란 어디서 온 것이고, 또 그의 시쓰기의 근저에 놓인 서정의 샘들이란 무엇일까.

　일상의 피로 속에 노출된 삶을 살아가는 자들이 흔히 가질 수 있는 여백의 욕구가 그로 하여금 시인으로 나아가게 한 것은 아닐까. 만약 이런 전제가 성립한다면, 이 의식에서 만들어진 시에서는 어떤 절박성이라든가 삶에 대한 치열한 자의식이 느껴지지 않을 것이다. 하지만 손경선 시인의 경우에는 이로부터 저 멀리 한걸음 비켜서 있다. 그의 시들은 일상의 현장에서 길어 올려지는 치열한 자의식이 언어를 매개로 조밀하게 펼쳐지고 있기 때문이다.

이 자의식이 그의 시쓰기의 근원이 될 터인데, 그는 자신 속에 담겨져 있던 삶의 응어리들, 혹은 부정적 편린들을 대상의 응시 속에서, 그리고 이를 담론 속에 응축시킴으로써 그 어둠의 터널을 벗어나고자 한다. 이 해소에의 욕구가 그로 하여금 비록 늦으나마 시인으로서의 길로 들어서게 한 것이 아닌가 생각된다.

손경선을 시인으로 인도하게 된 것은 삶의 이러한 응어리들인데, 그것은 대략 두 가지 경로에서 형성된 것처럼 보인다. 하나는 존재론적인 고독이다. 이 고독이 자아의 의지와는 상관없는, 선험적인 것임은 당연한 것인데, 그는 이 보편적 맥락에서 고독한 섬으로 남아 있는 것을 거부했던 것이다. 시인이라면, 아니 인간이라면 결코 회피할 수 없는 이 존재론적 고독, 곧 선험적 고독으로부터 그는 자유롭지 않았던 것이다. 그리고 다른 하나는 직업적 경험이다. 그의 이력에서 알 수 있는 것처럼, 그는 내과 의사 출신이다. 이 경험은 삶과 죽음의 경계에서 신음하는 사람들을 만나게 했거니와 이 역시 삶을 아슬아슬한 줄타기로 받아들이게끔 했을 것이다. 이 삶과 죽음이 만들어내는 생존의 현장에서 펼쳐지는 치열한 싸움은 그로 하여금 삶에 대한 실존적 아픔을 생리적으로 받아들이게끔 했을 것이다. 그의 시에서 드러나는 숨막히는 치열함이란 바로 이와 분리시키기 어려운 것이었다.

먹잇감의 생존
포식자에게 달려있다

포식자의 생존
먹잇감에 달려있다

먹이 사슬에서
늘 일어나는 실패와 성공

모든 삶의 바탕은 위기다
절박한 위기로 살아간다.
- 「위기」 전문

　손경선 시인이 사물을 응시하는 방식은 결코 관조적이지 않다. 관조란 풍경의 한 차원일 뿐 거기서 인간의 본질이나 실존을 담아내기란 쉽지 않다. 그래서 시인은 대상에 대한 단순한 응시를 포기하고 거기서 인생의 한 단면을 읽어내고자 하는 적극적 포오즈를 취하게 된다. 그 포오즈가 「위기」를 낳게 했을 것이다.
　「위기」는 '동물의 왕국'에서 흔히 볼 수 있는 삶과 죽음의 현장을 인유한 시이다. 이 시인의 독특한 의장 가운데 하나인 대립의 상상력이 잘 드러난 시이기도 한데, 그는 이런 구조 속에서 시의 의미를 천착해낸다. 가령, '삶'과 '죽음'이 빚어내는 대조를 통해서 인생의 비밀과 그 자장에 대해 묻는 것처럼 말이다(「어설픈 문답」). 그러한 대립적 상상력이 만들어낸 것이 이 시의 주제인데, 이 시에서 이런 상상력은 독자에게는 어떤 섬뜩함이나 전율을 주기도 한다. 하지만 그가 여기서 말하고자 하는 것은 그 대립의 틈에서 솟아나는 삶의 치열성이다.
　일단 시인은 여기서 적자생존이라든가 우승열패, 진화론이나 약육강식의 논리를 거부한다. 만약 이를 긍정한다면, 이 양극단에서 오는 팽팽한 긴장관계는 느껴지지 않을 것이다. 모든 것에는 원인과 결과가 있지만, 원인이라든가 결과 하나만으론 이 세상의 진리가 획득되지 않는다고 보는 것이다. 오히려 삶의 본질은 결과와 원인 사이의 긴장 관계 속에서 형성되고, 궁극에는 그 관계가 삶의 원형을 만들어낸다고 이해한다. 하지만 이렇게 만들어진 원형이 어떤 질서나 이법과 같은 형이상의 차원에서 만들어지는 편안한 그림으로 남아 있지는 않을 것이다. 하나가 있어야 다른 하나도 있는 까닭이다. 그래서 이들의 관계는 팽팽한 긴장 관계를 형성할 수밖에 없다.

지구는 섬이다

대륙도 섬이다

나라마다 섬이다

섬들에게 둘러싸인 섬마다 섬이다

떠도는 부표도 섬이다

궁전도 저잣거리도 섬이다

떼로 몰려다니는 하늘의 기러기

땅 위의 개미 물속의 송사리도 섬이다

피 눈물 웃음소리 절규와 통곡도 섬이다

생각이 섬이다

너도 나도, 사람들마다

외딴 섬으로 살아간다.

- 「섬」 전문

「위기」가 일상의 경험에서 얻어진 위기의 담론, 곧 삶의 치열성과 관계된 것이었다면, 「섬」은 지극히 존재론적인 것에 닿아 있는 작품이다. 손경선 시인은 섬을 하나의 고립된, 작은 대상으로 한정시키지 않는다. 그는 섬의 존재를 지구와 같은 거대 단위라든가 아주 미시적인 단위에까지 그 범위를 확장시키고 있는 까닭이다. 가령, "지구는 섬이고, 대륙도 섬이며, 나라 또한 섬"이라고 한다. 이런 거시 단위뿐만 아니라 "섬들에게 둘러싸인 섬도 섬이고, 떠도는 부표도 섬"이라고 하면서 그 단위를 미시적인 곳까지 확장시키고 있는 것이다. 말하자면 그의 시선에 잡힌 온갖 것들이 다 '섬'으로 사유된다.

'섬'이란 일종의 거리다. 일찍이 정현종은 "사람들 사이에 섬이 있다"고 했거니와 여기서 '섬'은 물상들 간의 거리와 단절을 표상한다. 이런 맥락은 손경선 시인의 「섬」에서도 유효하다. 하지만, 이 시인의 섬이 만들어내는 자장은 정현종의 그것보다 훨씬 넓고 크다. 특히 이 '섬'이 존재론적 한계에 갇혀 살 수밖에 없는 인간의 모습이라든가, 온갖 사회적, 정치적, 이념적 갈등에까지 확장되는 까닭이다. 그의 시쓰기는 이런 갈등과 모순, 그리고 그 확장적 사유에서 시작된다.

2. 존재론적 한계가 만들어내는 삶의 허상들

경험적 진실에서 얻은 삶의 치열성들, 존재론적 한계에서 오는 고독의 정서들이 손경선 시의 주요 준거틀들이다. 이런 상상력은 모두 전일하지 못한 인간의 한계가 빚어낸 것들이다. 이는 신과 동일한 차원에 오르지 못한, 아니 결코 올라갈 수 없는, 결핍된 인간이 빚어낸 것이기도 하다. 이를 두고 종교는 인간의 원죄나 업보로, 심리학은 무의식의 억압으로 설명하고 있다. 인간의 본질론이나 근원 혹은 시원으로 파헤쳐 들어가게 되면, 우리는 거기서 인간의 치명적 약점을 만나게 된다. 그것은 다름 아닌 인간의 욕망이다. 인간은 욕망하기에 억압된다고 했거니와 실상 종교적 죄의 근원도 여기서 찾을 수 있다. 그것은 근원적인 것이지만, 궁극에는 인간에게는 어쩔 수 없는 구경적 한계가 된다.

현재 시인이 응시하는 지금 이곳의 온갖 불온성들은 모두 이 욕망의 불완전한 움직임과 밀접한 관련이 있다. 시인이 이번 시집에서 읽어내는 인간의 근원적 한계도 여기서 비롯된다. 그는 이를 욕망이라는 형이상학의 문제에서도 그 실마리를 찾고 있기도 하고, 그것이 펼쳐지는 일상의 현실에서 탐색해내기도 한다. 가령, 다음의 시가 그러하다.

아직도 배가 고프다
포식자의 외침

희고 거대한 날카로운 이빨을 휘두르며
사람을 먹잇감 중의 하나로 삼는 식인 상어
백상아리 청상아리 귀상어가 활개를 친다

상어는 상어를 잡아먹기도 하는데
통째 꿀꺽 삼키기도 하고
산채로 선혈 낭자하게 뜯어 먹기도 한다
잡아먹으면서도 잡아먹히면서도
진한 허기의 눈빛 여전히 번득인다

깊이 모를 사람과 사람 사이의 간극
칼날을 머금은 입술
곳곳에 도사린 송곳니들
먹이를 함정에 빠트리고 찢어발기는

그럴 듯이 평온을 위장한 사람 사는 세상

모략은 모략을 야만은 야만을 낳고
피는 피를 부르고
죽어가면서도 당신을 노리는 것이
상어만은 아니다
*카니발리즘 – 사람이 인육을 먹거나 상어가 상어를 잡아먹는 것처럼
동족을 잡아먹는 행위
　－「카니발리즘」 전문

　'카니발리즘'의 어원은 사람이 인육을 먹거나 상어가 상어를 잡아먹는 것처럼 동족을 잡아먹는 행위라고 한다. 어느 종이 동일한 종을 먹어치우는 행위만큼 잔인한 것도 없을 것이다. 아니 이보다는 팽창하는 욕망의 극단이라고 해야 보다 정확한 말이 될 것이다. 지금 이 작품에는 처참한 살육의 현장이 펼쳐진다. 최상의 포식자는 사람을 먹을 뿐만 아니라 동족인 상어조차 노리고 있다. 그럼에도 이 포식자는 만족할 줄을 모르고 거듭 허기를 느낀다. 그래서 배고픔은 또 다른 살육을 부르고 이 연쇄는 하나의 고리에서 끝나지 않고 계속 반복된다. 주체가 바뀌면서 대상을 계속 찾아나서기도 한다.
　실상 이런 살육이란 개체와 개체 사이에서 종결되어야 하는 것이지만, 시인은 이를 개체만의 영역으로 한정시키지 않는다. 그 야만의 행위는 개인을 넘어 집단으로 그 범위를 넓혀나가기 때문이다. "모략은 모략을 야만은 야만을 낳"는 것이 그러하다. 모략이나 야만은 개체의 생리적 욕구를 만족시키는 것에 그치는 것이 아니라 그 너머의 것으로까지 확

대된다. 시인의 작품이 생물학적 한계에서 벗어나 지금 이곳의 인간 혹은 인류가 갖고 있는 세계로까지 나아가는 것은 이런 상상력 때문일 것이다.

현대는 욕망이 팽창하는 시대이다. 그런데 이 팽창에는 어떤 뚜렷한 경계가 없다. 가능하면 많아야 하고, 또 채워진다고 해서 만족되는 것도 아니다. 제어되지 않은 바이러스처럼 끊임없이 뻗어나가는 것, 그것이 현대인의 욕망인 까닭이다.

　　하늘에 다가서려 직립으로 걷다가 디스크
　　멀리 볼 것을 가까이만 바라보다 근시
　　혼탁한 세상 속을 꿰뚫어 보려는 과욕으로 백내장
　　안개 너머의 소리를 들으려다 이명
　　팍팍한 세상사를 꿀떡 삼키려다 고혈압
　　주렁주렁 욕망을 씹어대다 치주염

　　홀로 있는 날은
　　언제나 으스스한 몸살이었고
　　내일은 비몽사몽 기억상실이 찾아올 듯

　　세상을 이기려다 병만 걸렸다.
　　-「몸의 이력-진료실 단상」 전문

여기서 보듯 확장되어 가는 욕망은 쉽게 제어되지 않는다. 그래서 그것은 경계를 넘어 새로운 지대로 계속 나아가고자 한다. 하지만 신이 인간에 부여한 능력은 어디까지나 욕망의 적절한 지형내에서 일 것이다.

아담과 이브가 "신처럼 밝은 눈을 갖고자 하는 욕망이 선악과의 과일을 먹게 한 것"처럼, 그리하여 유토피아를 잃어버리고 생리적 한계를 가질 수밖에 없는 인간이 된 것처럼, 경계 너머의 세계로 나아가는 행위는 신의 계율을 어기는 일이다. 그 죄의 근원이 인간을 불구로 만들어버린다. 경험적 관찰에서 얻어진 시인의 직관이 빛을 발하는 지점이 바로 여기인데, '디스크', '근시', '백내장', '이명', '고혈압', '치주염' 등이 그 병리적 모음들이다.

자기 영역 너머의 세계로 나아가는 것은 대단한 모험이 필요한 것이지만, 그것은 결국 선천적으로 부여받은 능력 밖의 일이기도 하다. 그럼에도 그 능력을 시험하고자 한다면, 그것은 그나마 신이 허용한 것조차 누릴 수 없는 존재, 곧 불구의 신세가 된다. 시인의 표현대로 "세상을 이기려다 병만 걸리는 행위"이기 때문이다.

그럼에도 욕망은 끝이 없다. 그것이 인간의 생리이고, 또 존재론적인 특성이기 때문이다. 그리하여 서정적 자아에게 욕망을 채워줄 수 있는 것이라면, 무엇이든 자기화하려 든다. 그것은 섭리의 한표상으로 인식되는 자연에서도 예외가 아니다.

스쳐 지나는 시원한 가을바람

그냥 보내기 너무 아쉬워
커다란 비닐봉지에 가득 담았다

더 이상
바람이 아니었다.
- 「욕심」 전문

이 시는 맑고 투명한, 간결한 형식을 갖고 있다. 서정의 어두운 터널을 거쳐온 자아가 비로소 그곳을 벗어난 듯 밝고 환하게 비추고 있는데, 우선 그 매개가 '바람'이다. 이 '바람'은 작품이 그러한 것처럼 맑고 투명하며 순수한 형질을 유지하고 있다. 그러니까 자아의 혼탁한 정서를 여과시켜주기에는 아마도 제격일 것이다.

그런데 시인은 그러한 바람에 자기화하고자 하는 욕망을 발산하게 된다. "스쳐 지나는 시원한 가을" 바람이기에 시적 자아는 "그냥 보내기 너무 아쉬워/커다란 비닐 봉지에 가득 담"고자 하는 것이다. 욕망이 개입되는 순간인데, 하지만 시인이 지금까지 시적 전략에서 보여준 것처럼, 욕망의 개입은 더 이상 사물을 자연 그대로의 상태로 남겨두지 않는다. 서정적 자아가 기대했던 "더 이상 바람이 아니었던" 까닭이다. 여기서 알 수 있는 것처럼, '바람'은 두가지 음역을 갖는다. 첫 번째의 것은 '자연 그대로의 바람', '순수한 바람'이다. 하지만 두 번째 것은 더 이상 그러한 바람이 아니다. 욕망이 개입됨으로써 그 순수한 성질, 자연스러움을 잃어버린 까닭이다.

이 작품은 박남수의 「새」와 비슷한 상상력을 보여주고 있다는 점에서 주목을 요한다. 작품 「새」에서 서정적 자아는 순수한 새를 원하지만 인간의 욕망이 개입되는 순간, 곧 총을 맞은 순간, 새는 '상한 새'로 전화하는 까닭이다. 따라서 박남수의 '새'와 손경선의 '바람'은 인간의 욕망에 의해 순수한 것들이 어떻게 연인처럼 작별하는 것인가를 잘 보여준 시이다. 하지만 그 표현과 인식은 전혀 다른 지점에 놓인다. 박남수의 「새」는 다소 폭력적이고 '총'으로 구현되는 문명의 요소가 강하게 개입된 측면이 크다. 하지만 손경선의 '바람'은 유화적이고 평화적이다. 순수를 향한 열망과 그 고발의식이 강력한 자장을 울린다는 점에서 차이가 있는 것이다. 뿐만 아니라 욕망이 빚어내는 부정(不淨)이 근원적인 것과 분리하기 어렵게 결부되어 있다는 점에서도 구별된다. 문명도 인간의 욕망과 분리하기 어려운 것이지만, 그것은 다소 사회적인 영역과 깊이 관련되어 있는 까닭이다.

3. 깨달음과 자기 수양의 필요성

손경선의 시들은 대상 속에서 길러지는 것이긴 하지만, 서정의 불화는 인간 내부의 것에서 시작된다고 인식한다. 그 핵심적 기제가 바로 인간의 원초적 한계인 욕망의 문제였다. 자아와 세계 사이에 놓인 서정적 거리가 이렇게 본질 속에서 만들어질 때, 자아를 다스리는 성찰이라든가 내성의 문제로 옮아오는 것은 어쩌면 당연한 수순처럼 보인다. 자아의 팽창과 그 거침없는 비윤리적 확장이란 곧 자아의 정화 속에서만 이루어질 수 있는 것이기 때문이다. 이번 시집의 많은 시편들이 이런 윤리라든가 성찰의 정서와 깊이 연관되어 있는 것은 이와 깊은 관련이 있는 것이라 하겠다.

신선의 손바닥일지라도

제 몸 한그루만 살자고 자란 나무는

가시가 돋아나고

그 그늘에 쉬는 이

아무도 없다.
ㅡ「선인장」전문

이 작품은 독특한 상상력이 빚어낸 예외적인 시다. 여기서 독특함이
란 낯섦이거니와 이는 곧 참신성과 깊은 관련이 있는 것이다. 있는 그대
로 대상 속에서 이런 신기한 감각을 읽어낼 수 있다는 것은 전적으로 시
인의 능력일 것이다.

「선인장」을 이끌어가는 서정의 틈새는 욕망이다. 가령, 저 혼자만의
고립주의에 갇힌 욕망은 아무리 그 생존 본능을 인정한다고 해도 결코
아름다운 것이 아니다. 여기서 그 본능이 만들어낸 영역이란 "신선의 손
바닥"이다. 그것은 크고 넓기에 보호받고 감추려고 하는 자아들에게 일
종의 피난처 내지는 안식처가 될 수 있을 것이다. 하지만 "신선의 손바
닥"은 그러한 기능을 하는 것이 가능하지 않다. "제 몸 한그루만 살자고
자란 나무"이기 때문이다. 그러한 한계를 갖고 있기에 이 나무는 타자를
보호할 수 있는 그늘을 만들지 못할 뿐만 아니라 이에 접근조차 허용되
지 않는 가시마저 준비하고 있다.

「선인장」은 욕망이 만들어내는 구경적 모습이 어떤 것인가를 잘 보여
준 시이다. 그 편린이란 한편으로는 가시이고 다른 한편으로는 그늘 없
는 공간이다. 반면 그 너머의 세계는 분명 가시 없는 세계이고 그늘이
있는 공간이 될 것이다. 시인은 이런 이분법을 통해서 이미 선과 악의
세계, 미와 추와 같은 숭고의 세계에 이르게 된다. 실상, 현재의 초라함
이라든가 불온성, 혹은 추한 현실을 딛고 나아가는 것이 아름다움이나

미의 세계, 혹은 숭고의 경지에 도달할 수 있기 때문이다. 그것이 인간의 오랜 꿈인 유토피아이고 또 궁극적으로 도달해야 하는 이상임은 잘 알고 있다. 그럼에도 불구하고 이를 터득하는 것은 결코 쉬운 일이 아니다. 만약 그에의 도정이 쉽게 이해될 수 있고 접근 가능한 것이라면, 서정적 거리라든가 서정적 불화라는 것은 만들어지지 않을 것이다. 그것은 곧 서정의 유토피아를 향한 열망이 소멸되는 지점이기도 할 것이다. 하지만 현실은 결코 그러한 거리의 좁힘, 혹은 무화를 용인하지 않는다.

언제 하늘을 나른 적 있었는가
이제 그만 땅에 내려앉아 쉬라 하네

언제 꽃을 피운 적 있었는가
이제 그만 맺은 열매를 보자 하네

언제 뜨겁게 분출한적 있었는가
이제 차분하게 식어가라 하네

당신만 몰랐다
다 아는 사실을

지금껏 지켜온 그 자리가
하늘처럼 높은 자리였음을

한눈 팔지 않고 살아온 것이
꽃이었음을

평범하게 살아온 것이
뜨거운 분출이었음을

뒤 따르던 한숨소리가
즐거운 휘파람 소리였음을.
- 「당신만 몰랐다」 전문

시쓰기는 서정적 결핍을 갖고 있는 존재가 할 수 있는 최소한의 노력이고, 또 과정으로서의 주체가 할 수 있는 최후의 단계이다. 시인이 이루고자 하는 목적이랄까 의도 또한 그 도정에서 만나는 것은 아닐까. 「당신만 몰랐다」는 이 과정을 잘 보여주는 작품이다. 끊임없는 탐색과 도정 속에서 시인이 갈망했던 것들은 실상 어느 순간에 갑자기 다가온다. 그 원망의 요체는 항상적으로 존재하는 것이지만, 그러나 서정적 자아는 그 실체에 대해 전연 감각하고 있지 못한 경우이다. 누구나 다 알고 있는 것이지만, 시인 자신만은 이에 대해 전혀 모르고 있었던 것이다.

물론 이런 자의식의 변화를 가져오게 한 것 역시 욕망으로부터 벗어나는 순간이다. 지금껏 그것은 자아의 눈을 가리고, 귀를 막고, 행동을 제한해 왔다. 하지만 어느 한순간 욕망으로부터 일탈하는 순간, 그 속에 감추어진 진리의 샘을 발견하게 된다. 이 순간이란 억눌린 자아의 해방이고, 그것은 곧 욕망으로부터의 벗어남일 것이다.

숯검정 칠한 얼굴
물로 씻는다

흙투성이, 먹물 투성이 손과 발
물로 씻는다

기름에 찌든 옷가지
종내는 물로 씻는다

물이 낳은 물때
물로 씻기 어렵다

저도 모르게
스스로 입힌 제 몸의 허물
씻고 닦아도 지워지지 않는다.
－「얼룩」 전문

　존재론적 고독과 실존적 삶의 고뇌가 어디에 원인이 있고, 그것으로
부터의 해방이 곧 결핍을 메워가는 도정임을 잘 알고 있음에도 그로부
터 벗어나는 것은 결코 만만한 일이 아니다. 뿐만 아니라 그 초월에 대
한 깨달음의 경지를 마주한다고 해서 존재의 고독이라든가 실존적 삶
의 고난으로부터 쉽게 벗어날 수 있는 것도 아니다. 만약 그러한 고뇌로
부터 벗어날 수 있다면, 인간은 신의 영역에 올라가는 것도 가능했을 것
이다. 하지만 그곳에 이르지 못하는 것이 인간의 숙명론적 한계이다.
　「얼룩」은 인간의 그러한 숙명적 한계를 잘 보여준 작품이다. 만약 「당
신만 몰랐다」라는 깨달음의 경지가 이 단계에서 종결되었다면, 「얼룩」
은 결코 쓰여지지 않았을 것이다. 그렇다고 해서 「당신만 몰랐다」의 내
성과 성찰이 의미가 없다는 것은 아니다. 서정적 자아가 그런 경지에 도

달했기에 인간의 숙명적 한계가 무엇인지, 그리고 이를 초월할 수단이 무엇인지를 탐색할 수 있기 때문이다.

「얼룩」에서 알 수 있는 것처럼, 지금 시적 자아를 둘러싸고 있는 것들은 깨끗지 못한 것들 뿐이다. 이런 부정(不淨)의 요소들이 순수하고자 한 자아의 앞을 가로막고 있다. 그래서 시인은 이를 깨끗함(淨)의 세계로 되돌리고자 한다. 그 매개가 된 것이 '물'이다. 물이 가진 세정(洗淨)의 속성을 잘 이용하고 있는 것인데, 하지만 이런 세정의 과정이 결코 녹록한 것은 아니다. 닦고 닦아도 "스스로 입힌 네 몸의 허물/씻고 닦아도 지워지지 않는" 까닭이다. 이를 향한 가열한 노력이야말로 시인의 시 쓰기가 계속되어야 하는 이유 가운데 하나가 되어야 할 것이다.

4. 존재론적 완성을 향한 내성의 수단들

『당신만 몰랐다』는 존재에 대한 물음과, 그 과정에서 얻어진 실존의 문제들에 대해 고민하는 정서들로 채워진 시집이다. 그러다 보니 내성이라든가 성찰에 대해 집중적인 천착을 시도하는 면을 주로 보여주고 있었다. 하지만 자신에 던져진 존재의 한계와 이에 대한 앎의 단계에까지 이르긴 했어도 이를 초월하는 것은 결코 쉬운 일이 아니었다. 「얼룩」에서 본 것처럼, 자신의 한계를 규정짓는 것들에 대해 계속 경계의 시선을 보내는 한편, 이를 닦아내고자 하는 실천을 시도하지만, 그 과업은 결코 어느 한 순간에 종결되는 것이 아니었다. 하지만 서정적 자아가 의도하는 이상에 이르지 못한다고 해서 이를 중도에 포기할 수는 없는 일이다. 이 또한 인간의 숙명이기 때문이다.

『당신만 몰랐다』의 전략적 주제는 이런 숙명에 대한 인식과 그로부터의 탈출로 모아진다. 시인은 그러한 서정적 유토피아를 달성하기 위해 끝없이 성찰하고 반성한다. 그 반성의 결과, 시인은 자신이 닮아야 할 하나의 모범상을 제시한다.

> 말수 적은 조용한 사람이었다
> 믿음직하고 참 열심히 살았다
> 매사에 끊임없이 노력하고 책임지는 모습을 보였다
> 때로는 고마웠고 멋졌다
>
> 세상 단 한사람에게 만이라도
> 이런 기억을 남기고 살다 가기를 꿈꾼다.
> ─「염원」 전문

이런 모습은 아마도 세계 내에서 살아가는 존재라면 누구나 꿈꿀 수 있는 모델 가운데 하나일 것이다. 그것은 시인의 경우도 마찬가지이다. 여기에는 두 가지 면이 입체적으로 비춰진다. 하나는 다른 사람에 의해 비춰진 자신의 모습이고, 다른 하나는 서정적 자아 자신의 모습을 비춘 것이다. 실상 이 둘의 관계는 구분되는 것이면서도 또 그렇지 않은 양면성을 갖고 있다. 어쩌면 이를 규정하는 것은 자아의 내면과 밀접한 관련이 있는 것이기 때문에 그러할 것이다.

시인이 이런 자아상을 꿈꾼다는 것은 불완전한 존재가 할 수 있는 최소한도의 목적이자 성실한 자기 고백일 것이다. 하지만 자신을 향한 성찰, 타자를 향한 자기 겸손의 윤리가 있다고 해서 그것이 자연스럽게 성

취될 수 있는 것은 아니다. 그 이상에 도달하기 위해서는 자신을 성찰하
고 또 채찍질해야 하기 때문이다.

> 허기를 면하려고
> 말라버린 찬밥이나 퉁퉁 불어터진 국수를
> 꿀꺽 삼킨다.
>
> 몇 푼의 일당을 받으려고
> 무시와 모멸 얼음장보다 찬 냉대를
> 꿀꺽 삼킨다.
>
> 사랑이 떠나는 아픔을
> 꿀꺽 삼킨다.
>
> 비웃는 너털웃음과 비난을
> 꿀꺽 삼킨다.
>
> 닥치는 대로 눈치껏 삼키는 것이
> 사통팔달의 길
>
> 남아서 버티기 위해
> 받아들이기 위해 모든 것을
>
> 꿀꺽 꿀꺽 삼킨다.
> ─「꿀꺽 삼키다」 전문

손경선 시인이 시를 쓰는 것은 두 가지 전제가 있는 것이라 했다. 하나가 존재론적 고독으로부터 탈출이고, 다른 하나는 실존의 치열성에서 기인한 생존 욕구에서 비롯된다고 했다. 이제 그의 시쓰기는 그 두 가지 편린을 다스리고 위무해줄 순간에 이르렀다. 그것이 이번 시집의 주제이거니와 우선 「꿀꺽 삼키다」는 실존의 냉정함과 치열함의 한 단면을 보여주는 시라는 점에서 주목을 끈다.

이 작품에서 '꿀꺽 삼키는' 행위는 욕망과는 다소 거리가 멀다. 다시 말해 어떤 물질적인 것들, 혹은 자기 소유를 향한 열망으로 '꿀꺽 삼키는' 행위는 아니기 때문이다. 여기서 이를 반복하는 것은 그저 생존을 위한 최저한도의 자기 몸부림에 그치는 경우이다. 하지만 이런 최소한의 인내가 자기 생존력을 높이는 중요한 준거틀임은 부인할 수 없을 것이다. "닥치는 대로 눈치껏 삼키는 것이/사통팔달의 길"임을 아는 까닭이다.

고추밭에서 풀을 뽑다가 얼굴이 온통 거미줄에 감겨 퉤퉤거리는 나를 보던 아내가 어설픈 사람은 텃밭 일을 하다가도 거미줄에 걸린다며, 거미가 포식하겠다며 연신 웃는다.

거미만이 거미줄을 치는 건 아니다. 이런저런 끈질긴 인연들과 촘촘한 정보통신화의 그물은 이미 끈끈한 거미줄로 엮이여 있으며 거기 걸려들어 몸부림치는 세상살이 아니던가.

이왕 피할 수 없이 거미줄 속에서 살아간다면 사람의 머릿속 대뇌와 소뇌 주름진 골골 속속들이 거미줄을 쳤다가 욕심과 욕정으로 불빛만 보면 뛰어드는 나방, 의심의 눈 번득이는 잠자리, 경박하게 나풀대는 나비, 허락받은 하루의 삶에도 우쭐대는 하루살이, 분분한 이런저런 날벌레 같은 생각들을 몽땅 거미에게 먹이로 내준다면 속 편히 살 수 있지 않을까.

　- 「거미줄」 전문

존재가 겪을 수밖에 없는 한계들이 촘촘히 박혀있는 이 작품이 시사하는 영역은 지극히 다면적이다. 그러한 면을 상징하는 것이 거미줄이다. 거미줄이란 생사의 길목에 서 있는 것인데, 여기서도 이런 감각은 동일하게 유지된다. 게다가 자연적인 것뿐만 아니라 문명적인 것까지 내포되어 있다는 점에서 다층적 속성을 갖고 있다고 하겠다.

하지만 시인은 거미줄의 이런 여러 속성 가운데 가장 주목하고자 한 것이 이른바 욕망이라는 거미줄이다. "욕심과 욕정으로 불빛만 보면 뛰어드는 나방"이라든가 "의심의 눈 번뜩이는 잠자리", "경박하게 나풀대는 나비"의 모습이 그러하다. 그런데 이들 감각은 모두 어디에도 내성이나 성찰과 같은 침착함의 정서와는 거리가 먼 것들로 채워져 있을 뿐이다. 어디 자연물만이 그러한가. 인간 또한 "이런 저런 인연의 끈들과", "정보통신화의 그물은 이미 끈끈한 거미줄로 엮이어 있으며 거기 걸려들어 몸부림치는 세상살이"를 살고 있기도 하다. 물론 이런 인연의 끈들이 만들어진 것은 분명 어떤 필요에 의해 그러한 것이겠지만, 중요한 것은 그 이면에 자리한, 자기만의 이기적인 삶을 만들어내고자 하는 욕망들과 무관할 수 없다는 점일 것이다.

5. 욕망 너머의 세계에 대한 그리움

손경선의 작품 세계는 계속 만들어지고 있고 또 전진하고 있다. 길지 않은 시력(詩歷)이지만, 그의 시들은 끊임없이 탐색하는 도정에 놓여 있는 것이다. 『당신만 몰랐다』가 『해거름의 세상은 둥글다』와 『꽃밭 말씀』의 연장선에 놓여 있는 것도 이와 밀접한 관련을 갖고 있기 때문이다. 그럼에도 시인은 이번 시집에서 보다 새로운, 그렇지만 과감한 시도를 선보였다. 삶의 현장에서 길러지는 치열함과 존재론적 고독이 가져오는 인간의 숙명적 한계들에 대해 보다 직접적인 질문을 던지고 있기 때문이다. 그리고 그러한 질문 속에 시인 나름의 엄정한 해법을 적극적으로 찾아나가고 있다. 그가 이번 시집에서 시도한 해법 가운데 하나가 바로 해탈의 세계이다.

> 하늘을 날던 구름 산마루에 걸리자
> 비
> 쏟아진다.
>
> 가진 걸 내려놓자
>
> 구름 훌쩍 산 넘고
> 햇빛 쨍쨍하다.
> ─「해탈」 전문

인용시 역시 시인의 독특한 수법인 간결하고 깔끔한 맛이 살아있는 시이다. 여기서 시인이 그 해탈의 도정으로 강조하고 있는 것이 의장이 '낙하의 상상력'이다. '낙하'란 내려놓음이고, 궁극에는 가벼움의 정서와 연관된 상상력이다. 이런 맥락에서 '낙하'와 '가벼움' 또한 그의 전략적 의장 가운데 하나가 될 터인데, 이는 「거미줄」에서 본 바 있거니와 그의 또 다른 수작인 「깨우침」의 경우도 마찬가지이다. 욕망이 쌓일수록 정신과 육체는 함께 무거워질 수밖에 없다. 그러니 이로부터 벗어나기 위해서는 이를 버려야 한다. 그리고 버려야 가벼워진다. 버릴수록 체중이, 정신이 왜소해지는 것이고, 그런 상황이야말로 '가벼움'이고 '낙하'가 주는 구경적 의미일 것이다. 그것이야말로 욕망의 버림과 조응하는 것임은 당연할 것이다.

시인의 작품 세계에서 '해탈'의 세계와 더불어 또 하나 주목해야 할 것이 생명에 대한 긍정성, 혹은 강한 생명력이다. 환경에 대해 결코 좌절하지 않는 것이 질긴 생명력인데, 이는 곧 삶에 대한 긍정성과 분리하기 어려운 것이라는 점에서 주목을 요하는 것이라 할 수 있다.

생명의 부활은 조용했다

핵폭탄으로 폐허가 된 땅 히로시마에서
가장 먼저 새싹을 틔운 쇠뜨기

수시로 뽑아내도 소용없이
봄이 되자 정원 여기저기 다시 자란다
지구상의 쇠뜨기는 뿌리가 서로 연결되어 있다는 속설대로
몰래 흥보았던 아랫집 쇠뜨기 마당 탓일까

코로나19
내가 아프고 옆 사람이 아프고 식구가 동네 사람이
전 세계 사람들이 다 아프다

같은 땅에
같은 뿌리를 내리고
같은 호흡으로 사는 쇠뜨기 세상.
－「쇠뜨기」 전문

　'풀'은 흔히 민중적 상상력으로 많이 인유되긴 했지만, 시인에게서는 그러한 의미가 현저하게 축소된다. 대신 그것은 생명의 건강함이라든가 끈질김의 정서로 구현된다. 이런 면들은 생명에 대한 경외감의 정서와 밀접한 상관관계를 갖는 것이라 할 수 있다. 그러한 까닭에 그의 시들은 내성에서 한 걸음 더 밖으로 나갈 수 있는 계기가 마련된다. 이런 상상력은 시인의 작품 세계를 한 단계 넓고 크게 확장시키는 수단이 된다. 뿐만 아니라 우리 시대를 위협하는 온갖 환경적 요인들에 대한 비판의 정서와 연결되는 것이기도 하다.

　손경선의 시들은 일보 전진하고 있다. 시인은 욕망이 주는 존재론적 한계를 인식하고, 이로부터 탈출하기 위한 수단에 대해 꼼꼼한 관찰과 탐색을 시도해왔다. 뿐만 아니라 삶의 현장에서 오는 치열한 생명력도 직시해 온 바 있다. 그의 시들은 내성에서부터 시작해서 그 너머의 세계에 이르기까지 서정의 영역을 확장시켜 나가고 있었던 것이다. 그만큼 그의 시의 외연은 점점 넓어지고 있는 것이다. 이번 시집은 그 확장의 시작이라는 점에서 시사적 의의가 큰 경우라 하겠다.

(손경선, 『당신만 몰랐다』 해설, 현대시학, 2022)

존재론적 분열상과 일상에서 걸러진 영원

1. 존재에 대한 물음

구지혜의 시들을 읽어내는 것은 쉽지 않다. 시를 만들어내는 이미지
나 은유적 의장이 파격적이기 때문이다. 서정시가 어려워지는 것은 시
적 긴장(poetic tension)과 밀접한 관계가 있다. 시적 긴장이란 원관념과
보조관념 사이에서 이루어지는 결합의 긴장도를 말하는 것인데, 그 관
계가 낯설어질수록 기의를 해독하기가 어려워지는 것이다. 이런 긴장이
무한대로 흐를수록 다다나 초현실주의와 같은 전위 문학이 만들어진다.

잘 알려진대로 전위 문학의 등장은 근대와 분리하기 어려운 것이고,
또 그것은 영원의 상실과 밀접한 관련을 맺고 있다. 온전한 자아를 곧추
세우기 어려워진 시대에 자아는 흩어지고 파편화되면서 떠돌기 시작한
것이다. 그 유동하는 의식이 기호와 아무렇게나 만남으로써 시니피앙
만의 놀이가 생겨나게 된다. 그 결과 여기서 어떤 확정된 의미나 고정된
관념을 추출해내는 것은 매우 어려운 일이 된다. 시의 난해함이란 곧 의

식의 파편화이고, 그에 조응하는 기호들의 끝없는 연쇄에서 생겨난다

이런 흐름이란 근대와 밀접한 관련되어 있는 까닭에 계몽이라든가 이성, 혹은 합리주의 정신과 분리하기 어려운 것이라 할 수 있다. 모더니즘 문학의 발생론적 뿌리들은 이런 시대정신, 외면의 환경에서 형성된 것이다. 구지혜의 시들도 따지고 보면, 이런 환경으로부터 벗어나 있는 것이 아니다. 시인의 시들 역시 근원이 상실된 곳에서 서정의 샘이 형성되고, 거기서 시의 음역들이 만들어지고 있기 때문이다. 하지만 이런 유사성에도 불구하고 시인의 시들이 어떤 사회적 고리와 즉자적으로 연결되어 있다고 보기는 매우 어려운 일이다. 물론 시인의 시들에서 문명과 그에 응전하는 자아의 모습이 전혀 없는 것은 아니지만, 그것이 시인의 시를 구성하는 주된 흐름은 아니기 때문이다.

구지혜의 시들은 사회적인 환경과의 대응보다는 신화적이고 종교적인 특성에 가까이 다가가 있다는 점에서 그 특징적 단면이 드러난다. 그런 면에서 시인의 시들은 서정주의 정신 세계, 그것도 「화사」의 세계와 일정 부분 겹쳐진다. 잘 알려진 대로 서정주는 인간의 존재론적 특성을 기독교적인 것에서 구했고, 그 무대가 되었던 것은 에덴동산의 신화였다. 그는 여기서 인간이 욕망하는 존재임을 애써 강조했는데, 영원의 상실이라든가. 그에 따른 결과로 인간이 욕망하는 존재라는 특징적 단면들을 모두 이 상상력에서 가져왔다. 구지혜 시인의 경우도 서정주와 동일한 인식론적 기반을 갖기에 일면 서정주의 시세계와 어느 정도 닮아 있는 것이 사실이다. 하지만 이런 기독교적 신화가 확산되어 가는 과정은 전연 다른 모습을 보여주고 있다는 점에서 시인의 작품 세계와 서정주의 그것은 구분된다. 「화사」에서 서정주는 인간이 욕망하는 존재라는 것, 그리고 욕망에 물든 자아가 관능이라는 세계로 빠져가는 것을 세밀

하게 탐색했다. 그러니까 서정주는 통사론적 질서가 파괴된 해체적 기호라든가 의식의 분열과는 전연 관계가 없는 세계를 노래했다. 하지만 구지혜 시인의 경우는 이와 매우 다른 지점에 놓여 있다. 그의 시들은 존재론에 있긴 하되 자아의 모습은 굳건하게 세워진 것이 아니라는 의미이다.

하늘에 취해서 창백한 건 흰 구름뿐만이 아니다

어둠 발이 묻어오는 모래 숲 사이로 스멀스멀 기어 다니다 백사장에 긴 모래알갱이 털며 화약으로 재워진 여자 세모꼴 머리 바짝 꼬나들고 아가리를 벌려 갈라진 혀 널름댄다 에덴을 향해 불 지르는 망설임 삽시간 한 마리 두 마리 세 마리 조각 난 선악과 칠색 팔색 파지직 허물 터진다 그러자 제일 높이 솟은 꼭대기에 피어난 복음 십자가 쇠창살에 꽂혀 처연한 이브 산산이 날리고 있다 구렁텅이를 모르는 아담은 비밀도 없이 와르르 옥상 굴뚝 속에서 홀린 성스러운 살덩어리같이 퍼렇게 뒤엉키는 것이었다 그런데 금욕은 타락한 천사 무화과의 향기를 뺏지 못한 채 횟집 천장을 향하여 안도의 한숨 돌리며 여자는 흡혈귀 한 방울의 폐허까지 몰며 자정이 넘도록 성낸 꿈길 인다 에덴동산은 속 깊이를 잴 수 없는 낮은 촉수들 따라 솔방울 살결마다 무화과의 본을 분주히 뜨자 검푸른 해송이 두른 긴 띠 향해 몰려든다 사정없이 파지직 피어나는 동산 소스라쳐 놀라 멀거니 눈알 찾은 검은 숲 휘 뿌옇게 여기저기 피어났다 사라졌다 피어났다 한순간 취해 버린 창백 뒤도 돌아보지 못하고 순간 덫에 걸리는 것이었다

동편 하늘 통증으로 지새우고 뜬 눈 모르는 여자 긴 백사장을 모르고

물결 위에 깨진 무화과나무 한 그루 원색에 취해 꽃잎 일렁이고 있다
 - 「꽃뱀」 전문

　구지혜 시인이 기대고 있는 서정의 샘은 여기서 보듯 기독교적인 것이고, 또 신화적인 것이다. 그런데 이 작품은 서정주가 말한 「화사」의 세계, 곧 욕망하는 자아와는 일정 부분 거리를 두고 있다. 물론 에덴동산의 신화가 인간에게 던진 물음은 근원의 상실이고 또 영원의 상실일 것이다. 이 감각이 분실된 이후 인간은 소위 죄라는 종교의 영역으로부터 자유롭지 못한 존재가 되었다. 하지만 인간이 죄의 영역에 갇혀 있다고 해서 자아가 해체되고, 그에 조응하는 기호를 곧바로 찾아나서는 서정적 충동을 느끼는 것은 아니다. 적어도 「화사」에서의 자아는 또렷한 욕망의 충전을 바탕으로 전진하는, 힘찬 자아의 모습을 보여주고 있기 때문이다.

　하지만 「꽃뱀」에서의 자아는 욕망으로 가득 찬 자아가 아니다. 이 자아는 욕망으로 물들어있긴 하되, 그러한 욕망을 자유롭게 발산하는 자아가 아닌 까닭이다. 서정적 자아는 욕망이라는 환경, 혹은 죄라는 환경에 갇혀서 여기서 나오지 못한 채 헤매이고 있다. 그 느낌의 흔적들이 다양한 기호를 만나면서 사유의 장을 펼쳐나가는 것이 이 시가 갖고 있는 함의이다. 하지만 그 기호들은 시니피에를 곧바로 지향하지 못하고, 부유하면서 목적없는 항해를 지속한다. 그리하여 그 떠돎에서 우연히 다가오는 욕망의 기호들을 만나면서 이를 자기화할 뿐이다. 그 영혼의 자유로운 흐름들은 한 곳에 정착하지 못하고 계속 흘러다니고 있는 것이다. 그 무매개적은 흐름이 시인의 의식을 분열시키고 파편화시킨다. 시인의 시들은 그런 자의식 속에서 탄생한 것이다.

햇볕은 다리를 놓아, 빛의 수위
가득 반평생이다

굴절이 시작된 경계부터, 모든 프리즘은 당신의 바깥이다 부서져 온
곳에서 시작된

아이덴티티

육체를 홀로 구르던 두 페달은 안장을 네 발 의자에 앉힌다 다리 밑,

금세 흘러간다

어제보다 한 뼘가량 어두워진 빛의 둑에서 작은 씨방이 머물다 간
그늘 냄새가 바큇살을 돌리고 있다

가을 강의 뿌리와 줄기는 웬일인지 빈 나무 의자 하나 나의 곁으로 바
싹 다가 세우고 있다

금세 올 날리는 구름의 흰 머리카락
낙조는 구름을 찔러 벌겋게 취하게 해야 한다 옷깃을 바람으로 풀어
헤치는 바늘처럼
살갗을 여미지 못한 곳에서
오늘이 하늘 구멍으로 잦아지는 항구에서

나는 물감 한 돛 가득 싣고 있다
주글주글 물 괸 이마에 비단 고름
－「주름」 전문

이 작품은 그렇게 유동하는 자아의 모습들, 곧 서정적 자아의 아이덴티티가 형성되어 가는 과정을 일차적, 감각적 이미저리를 통해 선명하게 빚어낸 시이다. 여기서 빛은 자아를 형성하는, 인식성을 구분시키는 매개로 기능한다. 따라서 그것은 '거울'과 비슷한 역능을 하는 것이기도 하다. 거울상이라고 하는 것이 자아의 아이덴티티와 밀접한 관련이 있는 것이기에 그러한데, 시인은 그러한 정체성을 빛의 파동 속에서 감각적으로 그려내고 있는 것이다

빛이 거울과 같은 것이라고 했거니와 그것의 굴절은 곧 거울로 투과되는 자아의 모습과 당연히 겹쳐지게 된다. 굴절이란 왜곡이고, 또한 자아의 온전한 모습을 지우는 흔적 내지는 상처가 될 수도 있을 것이다.

상처란 한번 형성되면 계속 덧나고 깊어질 수 있다. 그래서 그것은 소위 무의식의 억압과 비슷한 구조를 갖게 된다. 일찍이 프로이트는 무의식에 대한 억압이 구조적일 뿐만 아니라 지속적인 것이라고 이해한 바 있다. 그러니까 억압이란 외디푸스 단계에서의 일회성이 아니라 끊임없이 일어날 수 있는 항구적 속성으로 이해한 것이다. 이런 메커니즘이 이 작품에서도 그대로 재현되고 있음을 볼 수 있는데, 이 작품이 갖고 있는 의의랄까 특이점은 바로 여기서 찾아진다. 시인은 한번 굴절된 아이덴티티가 주름으로 전화하고 궁극에는 이를 '고름'의 단계로까지 확장시키고 있는 것이다. 이는 무의식이 축적되어 가는, 아니 필연적으로 그렇게 될 수밖에 없는 인간의 운명론적 한계, 다시 말해 존재론적 한계를 극명하게 표현했다는 점에서 그 의의가 있는 것이라 하겠다.

2. 파편의 감옥에 갇힌 자아의 우울

자아는 지금 영원의 감각을 잃어버리고, 주름이 가득 낀 이마의 상태에서 헤어나올 수 없는 존재론적 고민에 빠져있다. 그 앞에 펼쳐져 있는 것은 직선이 아니라 곡선 뿐이고, 존재를 규정해줄 뚜렷한 의미의 장이 만들어지지도 않는다. 마치 적절한 시니피에를 찾지 못하고 떠도는 시니피앙처럼 이 둘 사이의 관계는 계속 평행선을 긋는 것이다. 그것이 직립하는 것들이 대부분이 겪고 있는 "이상과 현실 사이의 관계"(「변명」)일지도 모르는 일이다. 중요한 것은 그것들이 쉽게 조우하여 하나의 선으로 겹쳐지지 않는다는 사실이다. 뿐만 아니라 그 간극이 너무 커서 하나의 선은 고사하고 '화해'라는 보다 넓은 감각을 만들어낼 수조차 없다. 서정적 자아의 좌절은 이런 간극에서 비롯된다. 그 공백이 곧 그의 자의식이며, 자아는 여기서 방황하게 된다.

넓은 운동장 배불뚝이 코흘리개 소꿉놀이 친구들, 탁 트인 운동장 아래 공기놀이나 고무줄놀이, 고무줄이 늘어날 때만 골라 덤벼 검정 고무줄 끊고 달아나던 개구쟁이 5학년 3반 철수, 청기 국민학교 나의 너그러운 미소, 사내애들이 다칠세라 굽은 허리 굽혀 깨진 유리 조각 줍던 나, 곱사등 한번 펴지 못하고 잔심부름 싫다고 하지 않고 새마을 모자 눌러쓴 허리를 굽은 학교 지킴이 여기저기 흩어진 굴레마다 흔적들이 솟아난다.

아마도 그때는 나의 눈이 깨진 유리 조각을 박아놓은 듯한 외눈박이여서, 귀신이 땅을 돌리고 우물물이 쏟아지고 땅덩이가 호박덩이처럼 데굴데굴 굴러간다는 괴담을 마주하던 날 이후, 눈알 두 개 달고 이리저리 굴

러다니는 자유가 거울 속에선 하나같이 밟혀 있는 깨진 유리 조각이란
것을 조금은 이해하게 되었다. 청기 국민학교 소사 아저씨 19살로서 6.25
전쟁터에서 다시 학교로 빠져나올 수 있었던 파편이라고, 발밑에서 피가
나도 조심해야 한다고 걱정을 앞세우던 나, 산 위, 골짜기, 개천에 널브러
져 썩던 시체 냄새 맡고 자란 나의 희미한 어깨가 멀다
　－「유리알 거울」 전문

　이 작품은 「주름」의 연장선에 놓여 있는 시이다. 빛과 대비되는 거울
이 이 작품의 소재라는 점에서 그러한데, 우선 이 작품 속에 사유되는
정서의 밀도는 다층적이고 함축적이다. 그런 이중성이 만들어내는 입체
감이랄까 파노라마가 인용시의 특징이거니와 시인이 지금껏 고민했던
사유의 지대가 적나라하게 펼쳐진다는 점에서 주목을 요하는 시이기도
하다.
　우선 이 작품의 소재는 '유리알 거울'이다. 다시 말하면 소재가 이중적
으로 겹쳐져 있는 것인데, 이런 이중성이야말로 이 작품의 심층으로 들
어가는 입구가 된다. 그 이해도는 이렇게 펼쳐진다. 우선 '유리'라는 것
은 투명성을 전제한다. 이런 감각은 일종의 드러남이며, 숨김과는 전연
동떨어진 정서이다. 그러니까 시인은 지금 이 '유리'를 투과시킴으로써
자신을, 혹은 그를 둘러싼 현실을 응시할 수 있다. 이를 수용한다면, 이
작품은 적어도 두 가지 중층성을 갖게 된다. 가령, 전반부와 후반부의 감
각이 현저하게 다른 것이 그것인데, 작품을 읽어보면 대번에 알 수 있는
것처럼 전반부, 그러니까 1연을 지배하는 것은 '유리알'의 감각이다. 자
아는 이 투과 장치를 통해서 지나온 과거를 투명하게 응시한다. 이런 서
정적 장치에 의해 지배되는 부분, 곧 1연은 통사론적 질서가 온전히 지

켜지고 있고 그 의미 또한 비교적 선명하다. 이런 내포는 실상 의미심장한 부분이라 할 수 있을 것이다. 다시 말하면, 원관념과 보조관념이 만들어내는 시적 긴장이 현저히 미달되어 있는 것인데, 이 감각이 독자로 하여금 의미의 해독을 보다 용이하게 했을 것이다.

하지만 2연에 이르게 되면, 사정은 매우 다른 양상으로 전개된다. 여기에는 자아를 매개하는 거울의 단계가 제시되는 까닭이다. 이로부터 시적 자아는 단일한 정체성을 잃기 시작하면서 기호들은 자신의 시니피에를 서서히 잃어버리게 된다. 그에 기대어 유리 속에 비춰졌던 의미의 건강성, 삶의 건강성은 사라지게 된다. '유리알'로 투명하게 응시된 '거울', 거기에는 온갖 군상들이 선명한 조형성을 상실한 채 어지럽게 펼쳐지면서 혼돈의 투기장이 된다. 그 혼돈이야말로 자아의 현존을 말해주는 구경적 모습일 것이다.

겨울 저녁은 쉼 없는 후원자
집착이 파고 들어간 자리마다 퍼렇게 보이는 흰 뼈
일으켜 세운 한 그루 물이 겨울로 서 있다

심장에 뜨거운 절기를 내주지 않았다면 찬바람은 모두 온종일 붙어있는 고시원 쪽을 지지했을 것이다

질긴 고집을 떼지 못한 자리는 몇 개의 계절이 섞여 들어 뭉툭하다

한 계절을 나는 동안 나를 찾아와 매달리겠지 인내를 꾹꾹 짜 한 방울씩 수혈 받고 있다

그리곤 동안거에 들었다
오래 살가워지면
새까만 흉터로 묵묵해지는 다락방의 피 흡혈하는 생처럼 길들인 망각
저 너머
왜소해지는 시간의 소실점이

막대한 한 시절, 새살 되어 햇볕 돋아날 때

추억이 기꺼이 풀려나도 집착은 잡히지 않을 것이다
그러므로
계절의 쪽방에는 흔적이 없을 것이다
당신이 착취한

핏기 없는 잔가지 끝에서 고시원은 막 자리를 펴고 있다
- 「거머리」 전문

　이 작품은 '거머리'를 통해서 존재론적 한계에 갇힌 자아의 모습을 적
나라하게 펼쳐 보인 시이다. '거머리'가 갖고 있는 신화적 의미는 끈질김
과 집착인데, 여기서도 그러한 상상력은 그대로 재현, 유지된다. 물론 그
저변에 깔려 있는 것, 다시 말해 은유가 욕망임은 당연할 것인데, 지금
자아는 이 '거머리' 같은 욕망의 노예에서 벗어나지 못하고 있다. 서정적
자아는 이를 '집착'이라고 하고 있거니와 이 정서가 욕망임은 당연할 것
이다.
　자아는 이로부터 자유롭고자 한다. 하지만 이로부터 벗어나려고 하는
것은 그저 또다른 '집착'에 불과할 뿐이다. 다시 말하면, 그 또한 '욕망'일

뿐인데, 집착이 집착을 낳는 형국이다. 그 연쇄가 자아로 하여금 이 굴레에서 한 발자국도 나아가지 못하게 한다. 그의 표현대로 궁극에는 '퍼렇게 보이는 흰뼈'만 남을 정도로 이 피이드백은 계속 진행된다.

시인은 정서적으로 이런 집착으로부터 벗어나고자 하는 집착을 보임으로써 그것의 노예가 되고 있는 것인데, 다른 한편으로는 이로부터 탈출하고자 하는 시적 기제 또한 마련해 놓고 있다는 점에서 주목을 요한다. 그 의장이란 바로 자유연상적 흐름이다. 이 기법이 우연에 의한 이미지의 자유로운 결합에 있거니와 그 목적은 정신의 완전한 해방이었다. 시인은 비록 형식적인 국면이긴 하지만 욕망이나 파편이라는 한계로부터 벗어나고자 하는 의장을 준비하고 있었던 것이다.

3. 욕망을 초월하는 세 가지 방식

구지혜의 시들을 지배하는 것은 파편화된 정서이고, 이에 조응하는 언어 형식이다. 그의 시들은 해체적인 사고, 자유연상적인 흐름에 기대고 있는 것인데, 그렇다고 해서 시인은 자아를 고립이라는 감옥으로 쉽게 몰아넣지는 않는다. 시인은 그러한 한계로부터 탈출하고자 하는 가열찬 의지를 이 시집의 도처에서 보여주고 있기 때문이다. 그런 면에서 그의 시들은 초현실주의, 혹은 한때 유행하던 미래파의 범주 속에서 논의하는 것은 적절하지 않다고 하겠다. 앞서 살펴 본 것처럼, 시인은 일단 그러한 한계를 자유연상법에 의거해서 정신의 자유에 대한 해방 의지를 보여주었기 때문이다. 뿐만 아니라 내용 면에서도 형식에 준하는 사유를 계속 탐색하고 있다. 이런 면들이 시인의 시세계를 넓혀주는 외연

이라고 할 수 있거니와 그만큼 시인의 작품 세계에는 단일한 주제의식
에 갇혀 있는 것이 아니라고 할 수 있다.

여름, 가을, 겨울 견디어 풀려나온 죄수 罪囚
봄으로 이송 되었다

뿌리에서부터, 모든 수감 收監은 캄캄하다 한 시절 응보 應報로 헐거
워지는 꽃잎의

혈색,

수도꼭지에 고무호스를 이었다
이 속으로, 몇 리터의 과업 課業이
흘러들었을까

나를 뿌렸지
- 「무기수」 전문

파편화된 정서를 감각하는 자아가 이로부터 벗어나기 위해서는 무엇
보다 자기 스스로에 대대 되돌아보아야 한다. 성찰의 감각이 그것인데,
이것이 서정시 본연의 임무 가운데 하나라는 점에서도 그 시사하는 바
가 큰 경우이다. 이런 맥락에서 시인의 시들은 비록 일정한 한계가 있긴
해도 시인은 서정시라는 리리시즘을 굳건히 지키고자 했던 것으로 이
해된다.

자아의 분열이나 해체가 외부적 환경과 충격으로부터 비롯된 것이긴

해도, 궁극에는 자아의 문제로 국한될 수밖에 없을 것이다. 일상에서 흔히 벌어지는 성찰이나 반성의 감각은 이와 밀접한 관련이 있을 것인데, 그것이 서정시의 영역이라고 하면 더욱 그러할 것이다. 「무기수」는 그러한 면에서 특징적 단면이 잘 드러난 시인데, 우선 제목이 '무기수'라고 한 것이 이채롭다. 실상 인간이 원죄라는 숙명을 초월하는 것은 불가능한 일이고, 그래서 어쩌면 '무기수'와 같은 실존의 존재로 은유되는 것은 아닐까. 시인은 그러한 감각을 계절이라는 순환 의식을 통해서 이해했는데, 계절이 영원의 감각과 분리하기 어려운 것이라면, 여기에 빗댄 자아의 모습, 곧 무기수라는 비유는 독특한 것이라 하겠다.

어떻든 그런 존재론에 갇힌 자아, 그래서 숙명에 휩싸인 존재라 하더라도 그 숙명으로부터 탈출하고자 하는 자아의 노력은 끊임없이 지속된다. 그것이 곧 내성이라든가 성찰이다. 이런 감각만으로도 서정적 자아는 순간의 자의식적인 해방감을 맛보았을 것이다.

> 장기의 안과 밖을 떼었다 붙였다
> 한생 벽관 수행해 온 타일 시공자
>
> 타일 등뼈에 망치를 두드리며
> 피침을 한 손에
>
> 들고
>
> 물고기의 가시와 녹슨 장미가 허물지 못하도록
> 속 깊은 데까지 말갛게 드러내지 못하도록

꽃다운 노모 속으로 바닥의 내장을 밀어 넣는다

망치의 두개골에 타일을 두드리며
한 손에 피침을

들고

늙은 청춘 속으로 벽의 허파를 밀어 넣는다

암 덩어리를 해부한다

하수구 도랑의 하얀 물 알갱이가
화장실 물관을 빠져나가는 극야

이제 그는 새로운 암 치료법을 개발하고 있다

핀란드의 친구들은
자작나무의 구명을 호소하기 위해 그를 여행 중이다
　　　　　　　　　　　　　　　- 「떠발이」 전문

　「떠발이」는 시인의 작품 가운데 그 의미가 분명하다는 점, 그리고 그 음역이 사회적인 것과 밀접히 결합되어 있다는 점에서 색다른 경우이다. 뿐만 아니라 일상의 평범한 일들이 상상력이라는 날개를 입고 보다 큰 형이상학적 의미로 확대되는 음역을 갖고 있는 시이기도 하다.
　실상 이 작품의 주제는 "핀란드의 친구들은/자작나무의 구명을 호소하기 위해 그를 여행 중이다"에 있을 것이다. 여기서 '그'란 수선공이고, 그의 임무는 병든 곳, 잘못 된 곳을 수리하는 자이다. 여기까지 보면, 그의 시들이 만들어지는 발상이 일상과 깊이 결부되어 있음을 알 수 있다. 일상이 시의 소재가 되고, 거기서 구체성이 만들어지는 것이 모더니즘, 그 가운데 이미지즘의 고유한 수법임을 감안하면, 인용시도 이 범주 내에 있는 것이라 할 수 있다.

「떠발이」가 시인의 다른 시와 달리, 사회적 영역과 밀접히 결부되어 있는 것이라고 했는데, 이는 근대가 문명과 불가분의 관계에 놓여 있는 것이라는 점에서 그러하다. 잘 알려진 것처럼, 근대는 이중적인 것, 곧 명암이 있는 것이었다. 물론 시인이 여기서 주목한 것은 부정성의 감각이었을 것이다. 시인은 이에 대한 회복을 '수리공'이라는 일상의 정서 속에 풀어낸 것인데, 어떻든 시인이 여러 지점에서 자신의 서정을 짜고 이를 담론화하는 넓이, 혹은 깊이를 보여주었다는 점에서 그 의미를 찾아야 할 것이다.

영양 정자마을 펜션에 접시꽃들이 활짝 핀 향우회 밴드, 앞 냇가 동천에 강물이 가득 닿아서 핸드폰 액정 화면 속으로 꽃줄기가 흠뻑 흘러들고 있습니다. 200년 전 부족이 틔웠을 새벽 강, 새벽을 낳던 어둠의 씨앗이 아득하기만 합니다. 새벽에 강을 심고 씨를 뿌리는 것이 통상 주기週期를 통해 형성되어 풍성해지는 동지섣달 그믐날 같았습니다.

큰비가 내리고 물이 불어 100년 돌다리가 떠내려가던 여름

60년 전에 별이 되었던 후손이 찾아와 계시를 주던 나의 형님, 집터엔

몇 세대 스쳐 지나가고 등골 댁, 하서 영서 은서 3형제의 아버지 매산 댁, 동네 훈장이셨다던 글 사장 댁 손녀 춘자였는데 소식을 알 수 없습니다 동학이 할아버지 연동 댁, 서울의 따님이 살고 있다는 장평 댁, 대우 할아버지 모두 소식 없이 사라진 이곳 집터, 안동 소매치기 왕초 태봉의 부친이셨다던 주막집 댁, 영학

　　강 중흥中興은 모든 첫 순결의 지속으로 가 닿았다 지워지면서 다시 되새겨졌다가

　　후손이 거주했던 구미로 이주한 대산 댁 둘째 아들 솥바리
　　끝이라 묶을 수 있는 부족部族으로서의 강으로 흐르곤 하였습니다

　　바람이 불어오는 곳으로 담배 밭을 새끼줄에 매달아 주던 영양마을, 베잠방이를 입은 아제의 불알이 덜렁거리며 흔들리던 세월이 아득하게 전해옵니다.

　　언제 어떻게 어디로 흘러 섬이 되었더라도 섬은 다 강물이라 그 강바람을 곱게 부수어 뿌리가 잘 가라앉을 수 있도록 동천이 흘러드는 마을 입구 담벼락 밑 접시꽃을 띄우는 어느 섬 같은 여름날 있었습니다
　　―「정자마을에서 띄우는 김형권 교장 선생님의 종이배」 전문

　　자아를 파편의 감각에 둘 것인가 아니면 완결된 감각으로 나아갈 것인가는 시인마다 처해진 고유한 상황에 의해 결정될 것이지만, 보통 후자의 방향으로 나아가는 것이 일반적인 경로이다. 그러한 사례들은 우리 시사에서 흔히 볼 수 있는 것인데, 가령 자연을 완결된 감각으로 수

용한 정지용의 경우가 그러하다. 물론 이런 사례들이 모더니스트들에게서만 드러나는 것은 아니다. 자아와 세계의 거리 속에 놓인 서정시들이 추구하는 궁극적 모형 또한 이와 비슷한 여정을 보여주고 있기 때문이다. 그 하나의 사례로 들 수 있는 것이 서정주의 경우이다. 「화사」이후 끝없는 자아의 여행 속에서 그가 발견한 것이 '신라'라는 영원주의였기 때문이다. 그는 여기서 더 나아가 자신이 태어나고 자라났던 '질마재'에서 다시 한번 그러한 감각을 되살려 내었다. 그것이 바로 일상 속에서 걸러진 영원이었다.

구지혜의 인용시가 말하는 '영양 정자 마을의 펜션'이란 무엇을 말하는 것인가. 그가 묘파해낸 이곳은 지나온 과거의 역사가 전해 내려오는 곳으로 판단된다. 그 역사란 어림잡아 약 200여년 전부터 시작되고, 그 담당 주체는 어느 특정의 부족이다. 여기서 특징적인 것은 이곳에 삶의 장을 펼쳤던 주체를 부족이라고 지칭한 점이다. 이 단어에서 풍기는 감각처럼 그것은 근래의 역사가 아니라 먼 과거의 이야기, 궁극에는 시원의 시간에 가까운 공간을 지칭한다.

그리고 그 유현한 역사는 근대 사회에 들어서도 계속 전승된다. 60여년 전의 이야기로 시간이 단축되어 내려오고 있는 것이다. 하지만 중요한 것은 그 짧은 시공성이 아니다. 그것은 지금 이 마을에서, 아니 시인의 의식 속에서 생생하게 살아있는 과거라는 점이 강조되어야 할 것으로 보인다. 아득한 과거로부터 불과 몇십 년 전까지 내려오는 마을의 전설이 시인의 의식 속에서 지워지지 않은 심연으로 남아있는 까닭이다. 이는 다른 말로 하면 영원이다. 일상 속에서 걸러진 영원인데, 마치 서정주의 「질마재 신화」가 이 작품 속에 그대로 오버랩되고 있는 듯하다.

수양이라는 과정 속에서, 그리고 문명의 어두운 면에 대한 대응 담론을 찾아내면서 서정적 자아 속에 굳건히 자리했던 정서의 파편들은 이제 하나씩 모아지기 시작한다. 그러한 집적이 낳은 것이 「정자마을에서 띄우는 김형권 교장 선생님의 종이배」일 것이다. 거기서 서정적 자아는 더 이상 분열되지 않는다. 영원의 감각이 흩어진 조각들을 하나로 모아서 하나의 유기체로 잘 빚어놓았기 때문이다.

여기서 알 수 있는 것처럼, 시인의 시에서 신화와 전설의 세계는 매우 유효하다. 뿐만 아니라 일상 속에서 전달되는 민담 또한 마찬가지의 경우이다. 「노숙」은 그러한 세계를 잘 구현주고 있다. 마을 한켠에서 유유히 흐르는 '교장 선생님의 종이배'들이 들려주는 아름다운 이야기를, 사라지지 않은 신화를, 영원을 자아에게 흡입시킨다. 이를 받아들인 자아는 더 이상 파편화된 의식의 흐름 속에 갇히지 않아도 되고, 우연의 논리에 함몰되지 않아도 된다. 뿐만 아니라 시니피앙이 주는 유희 속에 빠지지 않아도 된다. 이 또한 정신의 해방임은 분명하지만 결코 완전한 것은 아니었다. 시인은 여기서 한 단계 더 준비했는바, 기호 놀이를 멈추기 위한 최후의 기제는 이렇듯 분열된 자아를 뚫고 들어온 영원이라는 접착제이다. 그 견고한 결합이 분열된 자아, 파편화된 자아를 치유하고, 초월의 지대로 나아가게 만든다. 시인의 기호 놀이는 아마도 거기서 일단 멈추게 될 것으로 보인다. 이번 시집은 그 단초가 된다는 점에서 의미가 있는 것이라 하겠다.

(구지혜, 『안녕, 나의 創世 편의점』 해설, 시와정신, 2022)

유머러스한 내공이 만들어내는 일상의 축제

1. 존재의 이유

박인숙의 『나이는 생각보다 맛있다』는 시인의 첫 시집이다. 하지만 시집의 간행 전후와 더불어 시인의 글쓰기가 시작된 것은 아니다. 시인은 이미 몇 십 년 전 신문 지면을 통해서 문단에 나온 이력이 있기 때문이다. 비교적 긴 공백기를 거쳐서 시인은 다시 문인의 길로 들어섰으니 신인이라고 보기는 어려운 것이 사실이다. 시인의 이런 이력은 작품 속에서도 고스란히 나타나는데, 작품들을 읽어 보면 금방 알 수 있는 것처럼, 여기에는 어떤 미숙함이나 낯설음 등을 찾을 수가 없다. 마치 오랜 세월을 인내해온 자만이 가질 수 있는 여유랄까 넉넉함이 원숙한 포오즈를 취한 채 묻어나오는 까닭이다.

서정시는 세계의 내재화라든가 자아와 세계의 거리에서 만들어진다. 이 간극에서 동일성을 찾아가는 것, 그것이 서정시의 존재 이유이다. 그래서 자아와 세계 사이는 좁혀질듯 하면서도 그것이 쉽게 이루어지지 않는다. 좁힘과 넓힘이라는 길항관계를 끊임없이 하는 이유도 여기에 있다. 물론 이는 지극히 일반론적인 것이어서 여러 다양한 하위 범주들 또한 존재할 것이다. 이런 면이야말로 다양한 상상력을 바탕으로 한 서정시의 한 특성이 아니겠는가.

이런 맥락에서 보면 박인숙의 시들은 서정시가 흔히 내포할 수 있는 범주의 것들에서 어느 정도 벗어나 있는 것처럼 보인다. 무엇보다 시인의 작품들에서는 자아와 대상 사이에 거리랄까 긴장이 느껴지지 않는 까닭이다. 마치 박목월의 「나그네」를 보듯 편안함, 따스함만으로 점철되어 있다. 그렇게 그의 시들은 자아와 대상 사이의 통일이 완벽하게 구현되어 있다. 시인의 이런 넉넉한 포용력이랄까 안온한 상상력이란 대체 어디에서 오는 것일까.

언어의 마술로 사람들을 유쾌하게 만드는 이
고집을 세우지 않고 바로 자기 고집도 인정할 줄 아는 이
영혼의 말까지 잘 들어주고 기 살려주는 이
계산하지 않고 아낌없이 줄 줄 아는 이
따뜻한 세상은 내가 따뜻해지는 거라는 이
잊을 만 하면 문득 안부를 물어 주는 이
오랜 세월 변함없이 웃으며 지켜봐 주는 이
작은 약속도 소중히 여겨 배려할 줄 아는 이
마지막으로
오랜만에 보아도 어제 만난 것처럼 늘 반가운 이…

내가 지구별 여행을 하는 이유는 이 사람들 때문이다
―「지구별 여행을 하는 이유」 전문

이 작품에서 보듯 시인이 지금 여기에 사는 이유는 간단하다. 자신을 둘러싼 사람들이 갖고 있는 따듯함 때문이다. 가령, 서정적 자아가 사는 곳에는 "언어의 마술로 사람들을 유쾌하게 만드는 이"가 있고, "고집을 세우지 않고 바로 자기 고집도 인정할 줄 아는 이"도 있다. 뿐만 아니라 "영혼의 말까지 잘 들어주고 기 살려주는 이"가 있는가 하면, "계산하지 않고 아낌없이 줄 줄 아는 이"도 있다. 이외에도 서로 갈등하거나 모함 하는 등 타자의 아픔이나 자신의 아픔을 유발시키는 것들은 이곳에는 전혀 존재하지 않는다. 이런 조화로움, 아름다움이 있기에 시인은 지구 별을 좋아하고, 여기에 삶의 애착을 보여주게 된다.

이런 면들은 물론 시인의 주변을 둘러싸고 있는 긍정적인 부분들일 것이다. 물론 이를 초월한 부정적인 부분 또한 분명 존재할 터이지만 시 인은 이런 것들에 대해서는 애써 회피하거나 초월하고자 한다. 그런데 자신을 에워싼 것들이 비록 따스하다 하더라도 시인 스스로가 이에 동 화할 수 없다면, 이 또한 허무한 일이 될지도 모른다. 그래서 타자의 긍 정성이 중요하듯 자아의 그것 역시 중요한 매개로 작용하는 것은 이 때 문일 것이다.

학교 화단에 심었던 도도한 빨간 칸나
친구랑 꽃잎 떼며 놀던 길가의 코스모스
일찍 철들어 심지 굳은 대문 밖의 국화
해질녘 하품하며 일어나는 담 밑의 달맞이꽃

치마와 입 주변을 붉게 물들인 오디
눈이 쌓인 나뭇가지에 매달린 고염

단지 속에 짚을 깔고 숨겨 놓은 대봉감
라면과 바꿔먹은 뒷마당의 귀한 청포도

고무줄놀이 할 때마다 줄을 끊어대던 창호
책걸상 넘어오지 말라고 줄긋던 원식이
대문 고리에 편지 걸어놓고 줄행랑치던 짱구
여자라고 인정사정 안 봐주던 자치기 대장 영선이

엄마는 싸움질하지 말라며 부지깽이 들고 뛰고
아버지는 들에 나가셨다 개똥참외를 들고 오고
중학생인 큰오빠는 공부 끝나고 오면 자전거를 태워주고
작은 오빠는 일하는 아저씨 갖다 드리라고 술 심부름시키면,
빈 주전자만 달랑 들고 걸음걸이 요상하게 돌아오고

그때 그 시절을 돌아보니 나이 참, 맛있게 먹었다

 떨어지는 고독은 낙엽이라 했던가
익어가는 감나무는 진리라 했던가
우렁차게 개짖는 소리는 깊은 밤을 알리고
연기 나는 마을은 우리들의 고향이지
따뜻한 추억들, 이제야 알 것 같은 세월은 약손
　　　　　　　　　　　　　　－「나이, 생각보다 맛있다」 전문

　자아와 대상과의 완전한 동일성이란 상보적인 것이다. 어느 하나가
완결되지 못하면, 다른 하나가 비록 완결된다 하더라도 동일성이랄까
전일성이 확보되지 않는다. 자아를 둘러싼 환경들이 우호적이고 긍정적

이라면, 자아 또한 그러해야 하는 것이다. 자아가 갖추어야할 그러한 덕목을 잘 보여주는 작품이 「나이, 생각보다 맛있다」이다.

나이란 삶의 기록이면서 경우에 따라서는 자신의 윤리적 수양 정도를 말해주는 지표가 되기도 한다. 「나이, 생각보다 맛있다」는 자기 수양이라는 윤리적 지표가 다른 어느 작품보다도 잘 드러난 경우인데, 우선 작품에 드러난 시인의 현존은 긍정적이고 아름다운 것이다. 물론 시인으로 하여금 이런 경지에까지 이르게 한 것은 따스하고 넉넉한 과거가 있었기에 가능했을 것이다. 서정적 자아는 인생의 한 단계에 이르러서 무심코 아니 경우에 따라서는 의도적으로 지나온 과거에 대해 응시한다. 대부분의 과거들이 그러하듯이 시인의 과거 또한 긍정적인 것이다. 그가 아름답게 추억하는 과거의 목록들은 현재의 서정을 아름답게 꾸며주는 옷과 같은 역할을 한다. 그러한 옷으로 치장된 자아이기에 현재의 어떤 불온성도 자아 속에 구축되어 가는 아름다운 축제를 방해하지는 못한다.

시인의 작품들에서 현재의 불온성이나 존재론적 한계에서 오는 욕망의 과잉들이 제어될 수 있었던 것은 이런 긍정성 때문들이다. 주위 환경도 그러하고 자아 내부의 것들도 그러하다. 모두 동일하게 우호적인 감수성으로 휩싸여 있다. 서로 경쟁하거나 다투지 않는 감수성들, 이런 것들은 쉽게 동화될 뿐 일탈을 결코 허용하지 않는다. 따스한 것들이 그의 서정 속에 모여 축제의 장을 아름답게 만들어낼 수 있었기 때문이다. 이것이 그의 시에서 드러나는 동일성, 곧 아름다운 조화일 것이다.

2. 내성 혹은 내공의 깊이

박인숙 시인의 시세계는 긍정의 시학에 있다. 시인은 대상을 응시하되 돌출된 면보다는 둥근 면에 주목한다. 다른 사람의 약점이나 허물을 캐어내고 거기에 자신의 감정을 이입시키지 않는다. 그것이 대상을 바라보는 시인의 응시 방법이다. 이런 사유가 있기에 그의 시들은 언제나 밝고 유쾌하다.

하지만 이런 감각이란 생리적인 것에서 오는 것일 수도, 자기 수양에서 오는 것일 수도 있다. 생리적인 것이 일종의 체질과 관계하고 있어서 경우에 따라서는 선험적인 어떤 것을 쉽게 초월할 수 있는 위험성이 있는 반면, 후자의 경우에서는 그런 한계랄까 위험성이 비교적 낮은 경우이다. 그것은 어느 정도 계량될 수 있는 것이어서 인과론에 가까운 것인지도 모르겠다. 어떻든 이 감각은 스스로의 실천과 결단에 의해서 얼마든지 가능한 것이기에 동일성을 향해 나아가는 서정시와 밀접한 관계가 있을 것이고 또한 인간의 삶과도 분리될 수 없는 것이라 할 수 있다.

내공이 있으면 유머가 있고
유머가 있으면 각박하지 않아
그 사람 저급하게 나오면
이 사람 품격있게 가면돼

상종 말라는 건 옛말
상종하면서 그냥 웃어줘

내공이 깊으면 유머로 안을 수 있어
    -「내공」전문

  '내공'이란 인내에 의해 형성된 사람의 품격이다. 인내가 길어지고, 그리하여 그것이 하나의 실천으로 굳어지게 되면, 대상과의 불화는 현저하게 줄어들게 된다. 지금 서정적 자아가 이 작품에서 말하고자 하는 것도 이와 밀접한 관련이 있다. 서정적 자아는 여기서 "내공이 있으며 유머가 있고/유머가 있으면 각박하지 않"다고 했다. 내공은 곧 유머라는 것인데, 이런 감각이 내재된 사람에게 상대방과의 갈등이나 불화가 생기는 것은 불가능하다.

  반면, 내공이 없는 자아란 유머가 없고, 그것의 부재는 곧 불화의 씨앗이 된다. 거기에 따스함이나 아름다운 조화가 형성되는 것은 불가능하다. 그런데 시인의 작품 세계에서 이런 정서들은 거의 드러나지 않는다. 이번 시집은 서정시 일반에서 흔히 이해될 수 있는 부분들을 뛰어넘고 있는데, 이런 면들은 모두 이런 내공 때문이라 할 수 있다.

  하지만 내공이란 어느 한순간의 자의식적 결단에 의해 이루어지는 것이 아닐뿐더러 경우에 따라서는 직접적인 교육이나 훈육에 의해 갑자기 형성되는 것도 아니다. 그것은 어디까지나 경험에서 만들어지는 것인데, 이것이 곧 내성 혹은 자기 수양의 과정을 거쳐야 할 것이다. 시인은 이미 세상을 긍정적 시선으로 바라보고자 치열한 모색을 시도해온 터이다. 불화보다는 통합에, 갈등보다는 조화에, 경쟁보다는 양보에 우선 순위를 두면서 말이다.

  술꾼 김 부장을 뿌리치지 못한 날엔

새벽 신문처럼 미끄러지듯 귀가한다

현관문 번호 키 소린 눈치 없이 크고
덜컥거리는 소리에 아내는 잠이 깼다
잔뜩 긴장한 오줌보는 터질 듯 빵빵해지고
남은 새벽 몇 번이고 죽었다 할 참인데
하품 물며 자다 깬 아내의 한마디는 구·세·주

아~~함, 어디를 이렇게 일찍 나간대유

꼭두새벽
가정의 평화는 지켜야 한다는 일념으로
들어가려다가 그대로 돌아서 현관문을 열고 나왔다
아니, 아내가 나보다 더 취한 날도 있다니
아~싸, 오늘은 내가 이겼다
– 「도로 남」 전문

　이 작품은 일상에서 흔히 있을 수 있는 일을 재미난 상상력으로 풀어
낸 시이다. 술을 마시고 늦게 하는 귀가, 아니 새벽에 이루어지는 귀가가
그러하고, 또 이런 과정 속에서 일어날 수 있는 일들이 작은 서사적 흐
름 속에 아름답게 펼쳐지고 있다. 그런데 여기서 가장 중요한 것은 상황
적 반전이 만들어내는 의미의 영역일 것이다. 흔히 갈등의 한 요인이 될
법한 장면을 전혀 다른 상황, 곧 반전을 만들어냄으로써 새로운 상황으
로 나아가는 것, 그것이 이 작품이 갖고 있는 의의라 할 수 있다.
　「내공」과 마찬가지로 인용시를 이끌어가는 주요 매개는 유머이다. 서

정적 자아가 취한 오류에서 온 것임에도 불구하고 이를 아내의 영역으로 돌리는 것, 그리하여 "오늘은 내가 이겼다"라고 선언하는 것이 바로 그러하다. 물론 여기서의 승리는 경쟁에서가 아니라 사소한 일상의 반전에 의한 유머가 만들어낸 것이다.

시인은 일상 속에 일어나는 여러 상황들에 대해 넉넉함의 시선으로 바라본다. 갈등이 각박함이나 초조함의 정서와 불가분의 관계에 놓여 있는 것이라면, 시인에게는 애초부터 이런 상황이 만들어질 여백이란 존재하지 않는다. 이를 가능케 했던 것이 내공의 깊이이거니와 그의 이런 감각은 이렇듯 일상을 긍정적인 시선으로 바라보고자 한 시도에서 만들어진다.

시인에게 고통이나 아픔은 존재하지 않는다. 실제로 그러한 것이 있다고 하더라도 그것은 이미 그의 현존을 벗어나 있다. 그러한 상상력을 보여주는 또하나의 사례가 바로 '별'이다. '별'이란 승화의 가장 높은 영역에 존재하는 것이거니와 그것은 이미 꿈 혹은 유토피아와 같은 것이다. 시인이 "누구의 번뇌에서 녹아 별이 되었을까" 혹은 "누구의 가슴에서 살아 반짝이는 것일까"(「하늘 연 家2」)라고 사유하는 것은 더 이상 그의 사유에 번뇌라든가 갈등과 같은 부정적인 요인들이 존재하지 않음을 단적으로 말해주는 것이라 할 수 있다. 이미 저멀리 승화되어 아름답게 빛나고 있는 까닭이다.

3. 조화로운 삶, 축제의 절정

『나이는 생각보다 맛있다』는 아름다운 조화, 삶의 긍정성이 어떤 모습에서 오는 것인가하는 것을 극명하게 보여준 시집이다. 그것은 자아의 따스함, 긍정적 시선, 조화로운 관계 등등의 정서에서 오는 것이었다. 실제로 그의 시집을 꼼꼼하게 읽어 보면, 이런 감각은 동일성을 향한 자아의 가열찬 열정과 유토피아로 향하고자 하는 욕망에서 오는 것임을 알 수가 있다. 시인은 자아 외부에 존재하는 모든 대상들이 소위 조화의 정서와 무관하지 않은 것임을 말하고 있다. 가령, 「비雨」의 경우가 그러하다.

> 호랑각시비는
> 수줍은 호랑이가
> 햇빛 좋은 날에 시집을 가는 날
> 부끄러워 소낙비로 가리는 날
> 햇빛과 동업하는 소낙비 마음
>
> 단비는
> 애타는 농부들이
> 가뭄이 심한 날에 정성을 다한 날
> 달달하게 땅속마다 적시는 날
> 하늘과 동업하는 농부의 마음
> – 「비雨」 전문

이 작품을 이끌어가는 가는 동인은 우선 동화적 상상력에서 찾을 수 있다. '호랑각시비'란 "수줍은 호랑이가/햇빛 좋은 날에 시집을가는 날"이라는 사유가 그러하다. 하지만 이 작품의 의미는 이런 동심적 순수성에 그치는 것이 아니라 거기에 조화라는 감각의 형이상학적 의미가 덧

쓰여져 있는 경우에서 찾을 수 있다. 물론 시인의 의도하고자 했던 것은 후자의 음역, 곧 조화의 감각일 것이다. 그런데 이런 음역이 동화적 상상력과 결부되어서 더욱 극대화되는 효과를 가져오게 되는 것이 이 작품의 특색이다.

'비'는 인간의 영역을 초월하는 지대에 있는 것이지만, 경우에 따라 그것은 인간의 영역 속에 편입해 들어오기도 한다. 이를 가능케 하는 것이 '애타는 농부의 마음'이고, '정성을 다하는 농부의 마음'일 것이다. 이런 기도와 만나는 자리에서 비는 형성되고, 그것은 지상적인 것들과 천상적인 것들의 아름다운 조화로 그 절정에 이르게 된다.

이번 시집에서 시인이 끊임없이 탐색한 것은 조화의 감각이었다. 그는 이런 감각을 인간적인 것에서 찾기도 하고 하늘과 땅과 같은 자연의 영역에서 구하기도 했다. 「도로 남」 계열의 작품이 전자의 경우라면, 「비雨」 계열의 작품은 후자의 경우이다. 시인은 이를 통해서 자신이 꿈꾸어온 세상, 혹은 현재 실현되고 있는 세상에 대한 아름다운 찬사를 보내게 된다.

이름 먼저 지었지

뒷산에 꾀꼬리는 가정 음악실이 되고
눈앞에 흐르는 개울가에 버들가지 춤추고
뒤꼍에는 대나무 소리로 담장을 만들고
다랭이 논 옆으로 손길 닿을 만큼의 남향집

일 층에는 소박한 파티 룸이 있는 주방 공간

낭만 가객 입장 시에는 각자 먹을거리 챙겨 오게 하고
이 층에는 하얀 린넨으로 깔아 둔 침실 전용 공간
마음속에 저장해둔 결 맞는 사람들 편히 잠들게 하고
삼층엔 가족들만의 온전한 힐링 공간
언제라도 따로 또 같이 푸르른 쉼 해야지

마당엔 곰살맞은 복실이와 우주 함께 살고
뒷마당엔 키 작은 청계 닭을 키워 알을 꺼내오고
작은 텃밭에 고추랑 오이랑 가지랑 심어 나눠 먹고
둘레 길엔 보라색 맥문동과 도라지만 심어야지

하늘이 보이는 유리 지붕으로 돔을 만들어
별 달 구름 비 친구들과 밤낮으로 수다 떨고
햇살이 내려앉은 작은 풀장에 몸을 담그다가
계단 따라 만든 도서관에서 책 보면서 졸아야지
세월이 흐르든지 말든지 살아가야지

자전거 바구니에 들꽃 한 다발 넣고 노니는 곳
하·늘·연·家
이름 먼저 지어두었지
「하늘 연 家1」 전문

　　이 작품은 시인이 이번 시집에서 이야기하고자 했던 바가 무엇인가를
잘 말해주는 시라고 할 수 있다. 이를 한마디로 규정한다면, 인생의 축
제, 혹은 삶의 축제라고 할 수 있을 것이다. 어쩌면 시인은 지끔껏 이런

모습을 상상 속에서, 혹은 이상 속에서 꿈꾸어 왔는지도 모른다. 일찍이 서정주는 「상리과원」에서 전후적 질서와 혼란을, 자연의 아름다운 질서가 펼쳐지는 '상리과원'의 모습으로 초월하고자 한 바 있다. 이런 초월의 정서는 박인숙 시인에게도 마찬가지일 터인데, 시인은 자신이 거주하는 모든 공간들을 따뜻함과 안온함, 조화, 초월과 같은 아름다운 감각들로 채워나가고 있기 때문이다. 이 감각을 하나로 모두 모아서 명칭화했는데, 그것이 '하·늘·연·가'이다. 그러니까 이곳은 서정주의 '상리과원'과 동일한 의미를 지니는 것이라 할 수 있다.

물론 이 아름다운 조화의 공간이 가능했던 것은 지금껏 시인이 시도했던 긍정의 시선 때문이다. 뿐만 아니라 그러한 시선들이 사회의 아름다운 곳과 마주하면서 만들어낸 실천의 공간이기도 한다. 그러니까 그것은 시인의 내적 실천과 그것이 만들어낸 외적 환경이 교묘히 어울리면서 만들어낸 형이상학적인 공간이 되는 셈이다.

> 늦은 밤 공원에서 안개꽃 잔치 열렸네
> 소나무와 적 단풍은 안전지킴이로 서 있고
> 줄 맞춰 서 있던 가로등은 손님들 길 안내하네
> 도랑 길에 나뒹굴던 낙엽들도 웃을 준비를 하네
>
> 늦은 밤 공원에서 안개꽃 잔치 열렸네
> 주인과 다니던 강아지는 엉겁결에 초대를 받고
> 쫓기듯 다니던 고양이는 당당하게 초대를 받네
> 저녁 먹고 나온 중년 부부도 즐길 준비를 하네

늦은 밤 공원에서 안개 꽃 잔치 열렸네
서있는 자리가 무대인 그곳에서
야옹이는 늦은 세수를 하며 노래 부르고
멍멍이는 꼬리를 쫓으며 빙빙 춤을 추네
발걸음은 음악에 맞춘듯 경쾌하기 그지없고
안개에 숨은 달빛과 가로등은 우아하게 반짝거리네

늦은 밤 공원에서 안개 꽃 잔치 제대로 열렸네
-「안개꽃 잔치」전문

「하늘연가」의 연장선에 놓여 있는 작품이 「안개꽃 잔치」일 것이다. 이 작품을 이끌어가는 특징적인 이미지는 '안개'이다. 안개는 보일 듯 말 듯 하면서 이를 응시하는 자아로 하여금 신비의 정서를 불러일으키는 은 유이다. 그런데 이런 감각은 이 작품에서도 그대로 유지된다. 일상의 현 실들이 안개라는 신비의 공간 속에 펼쳐짐으로써 더욱 아름답게 구현 되기 때문이다.

시인이 꿈꾸는 세계는 물론 시인 혼자만의 것이 아닐 것이다. 그것은 지상에 존재하는 인간이라면 모두가 가질 수 있는 유토피아이기 때문이다. 유토피아란 가능하면서도 또 결코 가능할 거 같지 않는 이중성을 갖고 있다. 그래서 그 모호한 경계를 '안개'로 처리한 것인지도 모르겠다. 하지만 중요한 것은 이룰 수 없는 꿈에 있는 것이 아니고, 그 결과 일 어날 수 있는 좌절의 정서가 아닐 것이다. 그것은 시적 자아가 도달해야 하는, 인류라면 모두가 목표로 하는 꿈이기 때문이다. 그 아름다움이 곧 안개와 같은 신비의 차원의 것이 아닐까.

어떻든 시인은 그러한 세계가 도래할 것이라 믿고 자신의 열정을 가열차게 보여주었다. 그 한 끝자락에 놓여 있는 것이 「하늘연가」이고 「안개꽃 잔치」이다. 시인은 이 축제의 장에 자신을, 그리고 우리들을 기꺼이 초대하고자 한다. 그러한 초대에 응하면서 함께 그것을 발전시켜나가는 것, 그것이 시인의 임무이자 우리의 임무가 아닐까 한다.

(박인숙,『나이는 생각보다 맛있다』 해설, 이든북, 2023)

분열을 승화시키는 동그라미 사상

1. 동그라미의 사상

서상윤의 『은하수 건너는 징검다리』를 읽는 것은 즐거운 일이면서 또한 편안한 일이다. 대상을 응시하는 자세도 편편하거니와 이를 담아내는 언어 또한 그러하기 때문이다. 이런 감각은 시 전편에 흐르는 매끄러움으로 독자에게도 그대로 다가온다. 그래서 시인의 시들에 접근해들어가는 데에는 어떠한 거부감도 느껴지지 않는다. 뿐만 아니라 그러한 내용들이 작가가 펼쳐내는 언어에 의해 미끄러지듯 내려오면서 아름다운 조화의 성채 또한 이루어내기도 한다. 시인은 그러한 성채 속에서 자신이 가꾸어온 서정의 갈래들을 만들면서 자신만의 고유한 세계를 구축하고 있다.

서상윤의 시세계에서 가장 많이 드러나는 전략적인 소재는 자연이다. 특히 시집의 1부와 2부에서 이 소재들이 중점적으로 드러나는데, 시인은 자연에 대한 응시를 통해서 어떤 교훈을 얻어내기도 하고, 또 그 아우라에 적극적으로 갇혀 자신만의 고유한 사유를 만들어내기도 한다. 시인의 시들이 우리의 경험지대로부터 크게 벗어나지 않는 것은 모두 이런 정서들과 밀접한 관련이 있을 것이다.

　한국 근대 시사에서 자연은 시인들이 주로 인유해왔던 서정의 샘이 었었다. 자연이 근대 사회에 들어 이렇게 서정의 한자락으로 차지하게 된 것은 여러 이유가 있을 터인데, 그 하나는 우선 소재의 보편성에서 찾을 수 있다. 실상 우리 주변에서 가장 많이 볼 수 있고, 또 상대할 수 있는 것이 자연이다. 어쩌면 우리의 삶 또한 자연의 일부가 아니겠는가. 그러한 까닭에 자연의 보편성과 편재성이 시의 소재로 인유되는 것은 매우 자연스러운 일이었다고 할 수 있다. 두번 째는 자연이 갖고 있는 형이상학적인 의미에서 찾을 수 있다. 이는 소위 근대성의 한 자락과 분리하기 어려운 것이긴 하지만, 어떻든 인간은 근대 사회에 접어들면서 영원의 감각을 잃어버리게 되었다. 잃는다는 것은 곧 결핍의 정서를 유발하고, 그리고 그러한 감수성이 강하게 작용할 때, 이를 벌충하려는 욕구 또한 정비례하는 것이 인지상정일 것이다. 자연이란 영원의 정서를 대표하는 물상이다. 계속 순환하는 현상이야말로 영원 이외의 말로는 설명할 수 없는 까닭이다. 자연의 이러한 함의는 서상윤의 시에서도 동일하게 드러난다.

　　한 해가 저무는 잿빛 서해
　　노을이 두텁게 드리우고
　　올해 마지막 해가 노을 속으로
　　시나브로 빠져듭니다
　　바닷속으로 들어온 지난해는

태양열 전기를 충전하느라 분주합니다

말갛게 충전된 새해가 고개를 내밉니다
해넘이 때 보았던 그해가
묵은 때를 벗고 새 얼굴로 떠오릅니다
해가 빠져나온 바다는 윤슬이 일렁이고
곱게 단장한 물결이 말갛게 생글거립니다

푸른 바다를 내려다 봅니다
또 하나의 태양이 심연에서 이글거립니다
어제 해와 오늘 해가 마주 보며
자신의 모습을 가만히 들여다봅니다

해가 지나는 바닷길에는
파란 하늘이 있고
지난해와 새해가 연달아 흐릅니다
　　　　　　　　－「해넘이가 해돋이를 부른다」 전문

　이 작품을 이끌어가는 기본 구조는 원의 세계이다. 원의 상상력에는
직선과 달리 회귀의 속성이 특징적 단면으로 내재되어 있다. 반면, 직선
은 한번 지나고 나면 다시 되돌아오지 않는 성질이 있다. 그래서 이를
두고 선조적인 흐름이라고 하거니와 형이상학적으로도 일시성 혹은 순
간성의 의미로 받아들여진다. 반면 원은 반복을 특징으로 하고 그러한
행위는 어느 한순간이라도 멈춰지지 않는다. 그러한 까닭에 이를 회귀
라고 하는 것이고 영원의 감각으로 받아들이는 것이다.

「해넘이가 해돋이를 부른다」를 이끌어가는 기본 상상력은 흐름이다. 이 흐름은 단속적이지 않거니와 그러한 까닭에 계속 반복된다. 가령 해넘이는 해돋이를 부르고 지난해는 새해를 부르게 되는 행위가 그러하다. 그런데 이런 행위는 어느 하나의 장면이나 한순간에 의해서 끊어지지 않고 계속 반복된다. 이런 반복이야말로 시인의 작품 세계를 영원의 감각으로 이끌어가는 기본 동인이 될 것이다.

세상만사 둥글둥글
돌고 도네

밖으로 나가려는 너
안으로 들어오려는 너
생애가 동그라미를 그린다

젊었을 때는 원심력으로,
노년기에는 구심력으로

세상만사 둥글둥글
돌고 도네
– 「원심력과 구심력」 전문

영원의 감각에 기초해 있는 시인의 작품들은 그 외연이 상당히 넓은 편이다. 자연이라는 거대 범주도 그러하고, 흔히 순간의 단면으로 이해되는 인간사의 경우에도 시인은 이 감각을 유지시키고 있기 때문이다. 「원심력과 구심력」은 영원의 정서가 인간사에도 쉽게 적용될 수 있음을 보여주고 있는데, 여기서 작품을 이끌어가는 상상력은 동그라미의 사상이다. 「해넘이가 해돋이를 부른다」에서 보듯 모든 것들이 처음과 끝이 톱니바퀴처럼 하나의 원으로 연결되어 있듯이 「원심력과 구심력」에서도 그런 감각은 동일하게 유지된다. 바로 원의 상상력이다.

원심력은 바깥으로 나아가는 힘이고 구심력은 안으로 잡아당기는 힘이다. 얼핏 보면 이 두 힘들은 그 배타성으로 인하여 서로 겹쳐질 수 없는 것처럼 보인다. 하지만 이 두 힘이 하나의 점으로 수렴되게 되면, 그것은 직선이 아니라 둥근 면의 포으즈를 취하게 된다. 가령 뻗어나가는 힘과 중심으로 모이는 힘이란 궁극에는 팽팽한 균형으로 현상될 수 있기 때문이다. 서정적 자아도 이런 사유에 대해 굳이 부정하지 않는다. 그는 "원심력을 젊었을 때의 힘"으로 "구심력을 노년기의 힘"으로 간주하고 있기 때문이다. 그러니까 어찌 보면 인생이란 구심력과 원심력이 상호 교차하는, 그리하여 궁극에는 그것이 모두 하나의 지점으로 서로 연결되어 있다는 것이다. 서정적 자아가 마지막 연에서 "세상만사 둥글둥글/돌고 도네"라고 한 것은 이 때문인데, 인생은 출발과 종점이 같을 수 있다는 것이다. 이 원점 회귀야말로 동그라미의 사상이며, 궁극적으로 그것은 곧 영원의 한 자락으로 인식되고 있는 것이다.

2. 사랑이라는 포용의 감수성

시인의 작품 세계에서 또 하나 주목해야 할 것이 사랑의 정서인데, 여기에서 사랑의 형태는 다양하고 그러한 다양성이 만들어내는 의미의 물결 또한 산재되어 나타난다. 하지만 이러한 다양성에도 불구하고 이 정서가 지향하는 것은 한 가지 지점이라 할 수 있다. 바로 포용과 통합의 정서이다. 이러한 정서가 있기에 그것은 돌출되어서 상대방과의 불화나 갈등을 일으키지 않는다.

시인이 세상을 보는 관점은 모나지 않은 것에 대한 관심이었다. 그러한 사유의 표현이 동그라미, 곧 원이었는데, 실상 이는 원만한 정서, 모나지 않은 삶과 동일한 것이었다. 그런 맥락에서 시인이 이번 시집에서 사랑의 정서를 자신의 전략적 소재로 펼쳐보이는 것은 어쩌면 자연스러운 일이라 할 수 있다.

> 핸드폰에 첫사랑이라는 이름이 있다
> 내 인생이 가을을 맞이하던 어느 날,
> 그녀는 자기를 첫사랑이라고 입력해 달라 했다
> 그녀는 언제나 내 품속에 살고 있다
>
> 그녀는 자신이 첫사랑이길
> 아니 첫사랑처럼 대해 주길 원했다
> 아련히 떠오르는 옛사랑,
> 첫사랑에 녹아들어 희미하게 사라진다
>
> 내 사랑,
> 나이가 들어도 변함이 없고,
> 나이가 들어도 첫사랑처럼 달콤하면 얼마나 좋을까
> -「첫사랑」전문

시인의 사랑의식을 올곧게 일러주는 작품 가운데 하나가 「첫사랑」이다. 이 사랑은 모든 인간들에게 특별한 것으로 자리하는데, 우선 프로이트의 관점에서 보면, 인간이 이성에 대해 느끼는 가장 첫 번째 사랑은 어머니와의 관계 속에서 이루어진다. 그러나 이 사랑은 심리적인 국면에서 의미가 있는 것일뿐 보편적인 사랑, 곧 이성적은 사랑은 결코 아니다. 이 단계를 벗어나 인간이 느끼는 첫 번째 사랑이란 아마도 이성과의 사랑일 것이다.

통상적인 관점에 볼 때, 첫사랑은 실패가 이미 전제된 사랑이라고 한다. 만약 어떤 사랑이 처음이자 마지막이라면, 이 개념은 성립할 수 없는 것이기 때문이다. 어떻든 어머니와의 관계를 떠나 처음으로 느끼는 사랑의 정서이기에 첫사랑은 의미가 있는 것이고, 비록 그것이 실패가 전제된 것이긴 하지만 인간의 인생사에서 중요한 인식성으로 자리하게 된다. 그러한 까닭에 그것은 한 인간의 일생 속에서 영원히 살아있는 것이 되기도 한다. 이런 감각은 시인에게도 동일한 의미로 다가온다.

지금 서정적 자아는 사랑의 관계에 놓여 있다. 그리고 서정적 자아와 사랑에 빠진 타자는 자신을 '첫사랑'이라고 지칭해 달라고 한다. 그녀가 이렇게 원하는 이유는 간단하다. 상대방을 온전히 자기화하려는 욕구 때문이며 경우에 따라서는 그 사랑의 속성상 그것이 영원하기를 바라는 욕망의 표현 때문일 것이다. 그런데 여기서 중요한 것은 상대방의 이러한 욕구가 궁극에는 자신의 그것과도 일치하고 있다는 점이다. 이런 감각이 성립할 수 있었던 것은 상대방의 요구에 의한 것이긴 하지만, 전화번호를 첫사랑이라고 명명하라는 것, 그리고 그러한 명명이란 곧 사랑이 상대방이나 자신 모두에게 동일한 가치로 담겨져 있으면 하는 욕망의 표현 때문이다.

사랑은 모든 것을 용서할 수 있고 포용할 수 있다. 그렇기에 이런 의식으로 충만된 자아에게는 대상과의 오해나 갈등을 유발시킬 요인이 전혀 없다고 하겠다. 시인이 이런 감각을 유지할 수 있었던 것은 대상이나 사회를 동그라미의 사상으로 보기 때문이다. 이제 그것을 실천하고 자기화할 수 있다면 이 사상을 완결할 수 있을 것이다. 시인이 이 정서에 매달리는 것은 이런 이유 때문인데, 실상 그러한 의식은 이성적인 사랑뿐만 아니라 부모에 대한 사랑(「엄마는 괜찮다」, 「그리운 아버지」)으로 나아가기도 하고, 아내에 대한 사랑(「아내의 단잠」)으로 확산되기도 한다. 그리고 그러한 확산은 현재 뿐만 아니라 아픈 기억에 대한 치유와 이를 바탕으로 지나온 과거를 아름답게 추억하는 회상의 여행으로 표현(「복사꽃 마을」)하기도 한다. 시인은 원의 사상을 이렇듯 사랑의식으로 승화시키고 있었던 것이다.

그대를 그리네
그리워서 그려보네

그리운 그대를
그림으로 그렸네

그리워 그린 그림
그 그림 그림이네
- 「그립다」 전문

시인의 작품 세계에서 갈등을 조절하고 보다 나은 삶을 향한 시인의 열정, 가령 사랑과 같은 정서를 향한 열정은 경우에 따라 매우 직정적으로 구현되기도 한다. 그리하여 그러한 감수성을 은유라는 장치를 통해 우회하기도 하지만, 「그립다」에서 볼 수 있는 것처럼 즉자적으로 표현하기도 한다. 이 작품의 주제는 제목에서 드러난 것처럼, 그리움의 정서이다. 그런데 그 감각은 일회적이고 단속적인 것이 아니며 또한 어떤 순간에 갑자기 떠오른 것도 아니다. 시인의 정신 속에 항구적으로 남아 있는 것이기에 이런 정서가 표현되었을 것이다.

「그립다」는 비교적 단형의 서정 형태를 유지하고 있긴 하지만, 서정적 자아가 그리워하는 것에 대한 열정이 다른 어느 시편보다 잘 표현된 작품이라고 할 수 있다. 이 작품의 주제는 우선 그리움에서 찾아진다.

그런데 시인의 그러한 정서 표현은 항구적인 것이고, 마음 속 깊은 심연에서 끊임없이 솟아오르는 형식을 취하고 있다. 그 하나의 예가 되는 것이 '그'라는 표현의 연석성이다. 이 장치가 유발하는 의미 혹은 효과는 크게 두 가지로 나타난다. 하나는 리듬감이다. 작품을 읽어 보면 금방 알 수 있는 것처럼, '그'의 연속에 의해 리듬감, 곧 이로 인한 가락이 실감있게 살아난다. 그런 가락이 흥을 돋구는 정서의 고양으로 승화되고 있는 것, 그것이 '그'가 갖고 있는 리듬감의 한 자락이다. 두 번째는 이런 가락에 얹혀진 정서의 표현인데, 여기서 '그'의 지속성은 단속적인 것의 대항담론으로서의 의미를 갖는다. 그러니까 그것은 흐름이며, 결코 끊어지지 않는 속성이 내포된다. 이는 곧 서정적 자아가 대상으로 향해 나아가는 감각이 지속이라든가 연속의 연장선에 놓여 있는 것이라 할 수 있다.

그리고 마지막으로 이 작품이 갖고 지속의 정서는 '그림'에서 찾아야할 것으로 보인다. 그림이란 반휘발적 속성을 갖고 있다. 이는 한번 발성되면 순식간에 사라지는 발화의 차원을 넘어선다. 그러니까 시인이 자신의 정서를 회화의 차원으로 승화시켰다는 것은 '그'의 연속이 가져오는 것과 동일한 차원에 놓여 있는 것이라 할 수 있다.

3. 아름다운 조화를 통한 유토피아의 구현

서상윤 시인의 작품 세계가 지향하는 것은 동그라미의 세상이라고 했다. 그래서 그의 시에서 각진 돌출이나 모서리와 같은 상상력은 거의 드러나지 않는다. 실제로 그의 시들 대부분은 이런 감각 속에서 만들어지고 있고, 그 감각의 정점에 놓여 있는 것이 질서라든가 조화의 세계였다. 뿐만 아니라 그러한 세계를 가능케 하는 사랑의 담론도 주요한 시적 기제로 작용하고 있었다. 물론 시인이 이런 감수성에 주목하게 된 것은 그와 상대되는 것들에 대한 반담론의 세계가 분명 놓여 있을 것이다. 서정시인이 이런 감수성을 갖는 것은 지극히 당연하고 또 그렇게 되어야만 한다. 서정시란 것이 자아와 세계 사이에 놓인 거리 속에서 길러지는 것이기 때문이다.

서상윤 시인도 자신과 사회, 혹은 사회와 사회 속에 내재해 있는 간극이랄까 거리에 대한 분명한 자기 인식을 하고 있는 것처럼 보인다. 어쩌면 그러한 거리화에 의해 형성된 것이 원의 사상, 곧 동그라미의 사상이었기 때문이다. 하지만 이런 사유의 끝자락에서 그의 시들이 형성된다고 해서 그의 자아들이 사회 속에 깊숙이 편입되어 있는 것은 아니다. 그의 시에 사회적 갈등과 모순이 길항하는 치열한 장들이 광범위하게 나타나 있는 것은 아니기 때문이다. 그럼에도 그의 시들이 사회의 갈등 현장에 대해서 전연 외면하고 있는 것도 아니다. 다음의 작품이 이를 잘 말해준다.

설악산과 금강산이 마주하고
철책선을 따라 남북이 마주하네
동해의 물결이 밀당하는 이곳
분단의 파편들이 이곳저곳 남아있네

반질반질해야 할 경원선은 녹이 슬고
7번 국도는 잡초만이 무성하네
해와 달은 편을 가르지 않고 비추고,
바람과 구름은 자유로이 드나드는데

색깔로 갈린 동족,
어두운 장막치고 평화의 빛 가로막네
알 수 없네, 도무지 알 수 없네
어리석은지, 어쩔 수 없는 것인지…

부처, 성모마리아, 예수
북녘을 향해 합장하네
희망의 빛이 온 누리에 비치네
눈부시게 파란 하늘과 쪽빛 바다,

웅장하고 아름다운 금강산,
평화와 생명의 땅 비무장지대에서
통일 축제를 열고 싶다
– 「고성 통일 전망대에서」 전문

이 작품은 고성 통일 전망대에 가면 흔히 느낄 수 있는 정서를 서정화한 시이다. 그렇기에 갈등과 부조화에 대한 자아의 인식이 이전의 시들혹은 기왕의 시인들의 시세계와 별반 새로울 것이 없는 것이라 할 수 있다. 그럼에도 이 작품이 시인에게 의미가 있는 것은 조화라든가 화합에 대한 열정 때문이다. 시인은 그러한 감각을 '통일 축제'에 담아내고 있는데, 이 정서는 한때 우리 사회에 있어 첫 번째 숙명적 과제로 인식된 적이 있다. 그러나 지금은 과거의 그러한 열정들이 현저히 가라앉아 있다. 세월의 무게라든가 지속성이 감각을 무디게 하는 풍화작용 때문이리라. 상처는 치유되어야 하는 것이 아니라 계속 덧나게 해야 하는 이유가 여기에 있다. 따라서 서정적 자아가 통일에 대한 환기만으로도 이에 대한 임무는 충실히 한 것이거니와 이 작품이 시인에게 무엇보다 의미가 있는 것은 그것이 동그라미의 사상이나 사랑의 연속성과 분리하기 어렵다는 점일 것이다.

덕유산이 히말라이를 닮았다
가을바람 겨울바람 부딪치는 곳,
네 편 내 편도 아닌 한 몸인데
가을과 겨울이 마주하고 있다

가을 골짜기에 얼음물 흐르고
오색 물결이 춤을 춘다
산 아래로 내리치는 동장군,
더 내려오지 말라는 가을명군

하얀 고깔모자와 저고리,
색동치마 입은 여인이
어서 오라 손짓한다
가을이 겨울에 자리를 펴 준다

무서리와 눈꽃으로 만개한 숲,
하얀 융 위에 서 있는 초목들,
빗살무늬 설빙 가득
햇빛 머금은 상고대가 마치 윤슬 같다
– 「덕유산 늦가을」 전문

  인용시 역시 「고성 통일 전망대에서」의 연장선에 놓여 있다. 물론 이
작품은 「고성 통일 전망대에서」만큼의 사회적 음역들이 깊이 있게 서
정화되어 있지는 않다. 하지만 여기서 주목되는 것 역시 조화의 사상이
다. 이는 시인이 지금껏 시도했던 사유의 연장선에 놓여 있다는 점에서
그러한데, 우선 이 작품은 이질성이랄까 이타성의 속성들을 서정의 출
발점으로 제시하고 있다.
  지금 서정적 자아는 덕유산의 끝자락에 서 있다. 그는 거기서 자연의
온갖 이질적인 것들이 하나로 모아지면서 어떻게 거대한 하나의 성채
로 전이되고 있는가 하는 과정을 응시한다. 가령, 이 자락에는 가을 바람
과 겨울 바람이 있고, 네 편도 있고 내 편도 있다. 뿐만 아니라 "산 아래
로 내리치는 동장군"도 있고, "더 내려오지 말라는 가을 명군"도 있으며,
경우에 따라서는 "하얀 고깔모자와 저고리"가 있는가 하면, "색동 치마
입은 여인"도 있다. 하지만 이런 이질적인 것들은 상호간의 양보에 의해

서 새로운 단계로 나아가게 된다. 이 도정이 이 작품의 구경적 함의이거
니와 그 절정은 '윤슬'의 장관에 의해 종결된다. 이 형이상학적인 표현이
"햇빛 머금은 상고대가 마치 윤슬 같다"로 모아져 구현되고 있는 까닭
이다. 윤슬이 "달빛이나 햇빛에 비친 잔물결"이란 뜻을 갖고 있긴 하지
만 시인의 이질적인 감각들은 이 물결 속에서 궁극에는 자신의 고유성
을 잃고 하나의 단위로 거듭 태어나고 있는 것이다.

복사나무가 연회색으로 변하는 3월
끓인 유황을 복사나무에 살포하여
겨우내 기생했던 해충을 잡는다

유황 향기가 바람을 타고
이 마을 저 마을 누비면,
누렁이도 이 논 저 밭 누비며
아버지 노래에 장단을 맞춘다

토방에 걸터앉아 눈을 들면,
희붉은 복사꽃이 휘날리고
봄이 무르익는 5월이 되면,
꽃이 진 자리에 새 눈이 돋아
복사 열매가 자리를 잡는다

봄이 깊어가면,
음포동이 같은 솜털 복숭아 솎는 일로
아낙들 손길이 분주하다

들판엔 보리와 밀이 영글어가고,

복숭아가 어린이 주먹만큼 커지면,
봄이 지나고 여름의 문턱에 들어선다

유황 향기 속에는 유년의 고향이 있고,
복사꽃 마을에는 유년의 추억이 숨 쉬고 있다
　―「복사꽃 마을」 전문

　서정적 통합에 대한 가열찬 꿈들은 '윤슬'이라는 하나의 물결 속에서 비로소 이루어지게 된다. 이러한 면들은 그가 자연이라는 영원성 속에서 존재의 불안을 초월하고 사회적 이질성을 동질성으로 전이시키고자 한 노력의 표현일 것이다. 「복사꽃 마을」은 그러한 서정적 열정이 이루어낸 또 하나의 단면이라는 점에서 그 의의가 있는 경우이다. '복사꽃 마을'이란 아마도 시인이 보낸 유년의 공간이었던 것처럼 보인다. 실상 서정적 자아 뿐만 아니라 모든 인간에게 있어서 유년의 시간이란 유토피아로 구현되는 것이 일반적이다. 그러한 이해들은 과거가 단지 지나온 시간이고 현재의 고뇌로부터 벗어나 있는 추억의 공간이라는 점 때문만은 아닐 것이다. 유년의 시간이란 흔히 영원의 감각으로 풀이된다. 뿐만 아니라 개인이나 사회적 욕망이 거세된 순수의 공간으로 구현되기도 한다. 이처럼 유년의 시간들이 조화라든가 통합의 감수성으로 현현하는 것은 그 공간이 갖고 있는, 훼손되지 않는 순수성 때문일 것이다. 순수란 이타성이 배제된 것이고 또한 이질성이 감각되지 않는 것이기도 하다. 뿐만 아니라 세상의 불화를 가져온 욕망의 세계로부터도 거리가 멀다. 그래서 현재가 갈등이나 불화의 정서로 감각될 때, 유년의 것들은 그 대항담론으로서의 기능을 갖게 된다고 할 수 있다.

이런 도정들은 시인의 작품에서도 예외가 아니다. 작품 속에 구현된 '복사꽃 마을'은 유년의 시간이면서 순수의 공간이다. 그곳은 어떠한 이질성도, 갈등도, 불화도 없는 세계이다. 그렇기에 지금 시인은 한때 자신의 현존을 만들었던 그러한 공간에 대한 그리움을 표백한다. 물론 시인이 이런 감각을 갖게 된 데에는 현재 자신이 감각하고 있는 존재의 한계라든가 사회의 부정성들에 그 일차적인 원인이 있을 것이다. 따라서 그에 대한 안티담론으로 제시된 것이 '복사꽃 마을'이다. 그렇기에 이 공간역시 시인이 지금껏 펼쳐보인 동그라미의 사상, 자연이라는 영원성의 연장선에 놓인 것이라 할 수 있다. 서정적 자아는 지금 이곳의 현실에서는 쉽게 이루어질 수 없는는 유토피아를, 훼손되지 않은 동일성이 유지되었던 추억의 공간을 환기시킴으로써, 곧 일종의 가상 체험을 감행함으로써 파편화된 사유에 대한 완결성을 성취해내고 있는 것이다.

시인은 이번 시집에서 갈등보다는 조화, 이타성보다는 동질성에 서정의 열정을 표현해왔다. 이를 통어하는 것이 동그라미의 사상이었거니와 이 사유가 펼쳐질 때, 시인이 꿈꾸던 세상이 펼쳐질 수 있을 것으로 이해한 듯 보인다. 그 실제적 구현이 어쩌면 '복사꽃 마을'일 지도 모르는데, 시인은 그러한 세계의 실현을 위해서 원만한 동그라미의 사상, 질서와 이법이 아름답게 펼쳐지는 자연의 영원성 등에 계속 기댈 것으로 보인다. 그러한 도정의 한 단면을 보여준 것이 이번 시집의 의미라는 점에서 그 시사적 의의가 있는 것이라 하겠다.

(서상윤,『은하수 건너는 징검다리』해설, 이든북, 2023)

따듯한 슬픔이 만드는 아름다운 공존

1. 시 쓰기의 이유

시인이 시를 쓰는 이유는 다양할 것이다. 이는 서정시를 규정하는 장르적 특성에서도 잘 드러난다. 자아와 세계 사이에 놓인 화해할 수 없는 불화 속에서 서정시가 탄생하는 것인데, 실상 이런 간극은 실존적 삶에 갇힌 인간이라면 누구에게나 다가오는 문제일 것이다. 뿐만 아니라 인간은 근원적으로 고독이나 존재론적 불안을 겪게 되어 있다. 그것이 인간의 기본 조건이기 때문에 그러한데, 잘 알려진 대로 그 기원은 영원을 상실한 시대로 거슬러 올라간다. 근대적 삶이 주는 일시성이라든가 순간성의 정서가 인간을 영원으로부터 멀어지게 한 것이다.

순간이나 일시적 정서에 놓인다는 것은 지속성이나 항구성과는 거리가 있다. 그래서 하나의 고정된 지점이나 영원에 뿌리를 내리지 못하고 계속 부유하게 된다. 마치 물가에 심어진 잡초와 같이 계속 흔들리고 떠도는 것이다. 중심을 잡지 못하고 유동하는 것이야말로 지금 이곳을 살아가는 인간들의 본모습이다. 그리고 그러한 삶의 도정에서 나온 욕망의 흐름들, 온갖 부정적인 담론들이 세상을 어지럽고 혼탁하게 만들었다. 그 간극을 넘고 통합을 지향하고자 하는 것이 서정시의 기본 임무 가운데 하나이다. 그러한 까닭에 서정시는 자아와 세계 속에 형성된 이런 불화들을 초월하고자 끝없이 모색하게 되는데, 그러한 노력들이야말로 이 장르가 존재하는 이유가 될 것이다.

서정시를 쓰는 이유는 이원희 시인에게도 예외가 아니다. 그의 시 역시 영원을 상실한 지점이나 흔들림의 감각, 곧 부유하는 것들의 지대에서 형성되고 있기 때문이다.

시를 쓰며
덧없는 일에 많이 흔들리고 산다
무의미한 일에 시간을 낭비하고,
금방 생겼다가 금방 사라지는 감각과 감정에
휩쓸려 정처 없이 표류하는 일도 많아졌다

끌려다닐 일도 뒤쫓을 일도 없다
마음속에서 일어나는 감정들은
덧없고 무의미한 동요에 불과하다
이제 감정에 끌려다니지 않겠다며
감수성의 순수한 중심을 잡아본다

평생 동안 삶을
긴 여행으로 여기며
토해내는

한 줄 시 같은 인생이여
시(詩)는 글이 아니다
저 홀로 자라는 아름다운
짐승이다
　－「시」 전문

　이 작품은 서정시를 바라보는 시인의 관점을 잘 보여준 시이다. 시론
시의 일종이라 할 수 있는데, 이런 시는 시인의 세계관을 알 수 있는 주
요 근거가 된다. 시인이 서정시를 응시하는, 혹은 시를 쓰는 감각 역시
자아의 흔들림에서 시작된다. 시인은 "시를 쓰며/덧없는 일에 많이 흔
들리고 산다"고 했거니와 또 그 과정에서 "무의미한 일에 시간을 낭비
하고/금방 생겼다가 금방 사라지는 감각과 감정에/휩쓸려 정처 없이 표
류하는 일도 많아졌다"고 했다. 시를 쓰지 않았다면 그렇지 않았을 것인
데, 시를 알았기에 이런 흔들림이 생겼다는 것이다. 시인의 말을 문자 그
대로 받아들이게 되면, 시를 이해하게 되고 또 시를 창작했기에 마음의
흔들림, 정서의 혼돈이 왔다는 뜻이 된다. 이를 바꾸어 말하면, 시를 알
지 못했다면 정신의 흔들림이랄까 표류와 같은 부정적인 감각은 없었
을 것이라는 의미도 된다. 그렇다면 자아와 대상의 통합이라는 서정시
본연의 임무와는 거리가 있는 것이 아닌가.
　물론 시인의 말을 액면 그대로 받아들일 필요는 없다. 오히려 그 이면
에 숨겨진 진술이 보다 서정시의 진실에 가까운 것이 아닐까 한다. 말하
자면 시인은 이미 대상과의 거리를 체감하고 있었고, 그렇기에 시를 쓰
고자 한 것으로 이해된다. 그리고 그러한 시쓰기를 통해서 자아와 세계
사이에 놓인 거리가 크게 자리하고 있다는 것을 알게 된 것은 아닐까 한

다. 그래서 시쓰기가 필요한 것을 느끼게 된 것은 아닐까. 실제로 이 작품의 2연을 밀도 있게 읽어 보면, 시인의 의도가 어디에 있었는지를 알게 해 준다. 서정시를 쓴 이후에 시인은 "마음 속에 일어나는 감정들은/ 덧없고 무의미한 동요에 불과하"고 "이제 감정에 끌려다니지 않겠다며/ 감수성의 순수한 중심을 잡아본다"고 다짐하고 있기 때문이다. 그러니까 시는 자아와 대상 사이에 존재하는 불화를 초월하고자 한 의도에서 비롯되었다는 것이다.

이렇듯 시인은 시 쓰는 일을 인생의 한 도정으로 인식한다. 그래서 시인에게 시는 곧 인생 자체가 된다. "시는 글이 아니"라 "저 홀로 자라는 아름다운 짐승"이라는 이유도 여기에 있을 것이다. 시란 곧 인생이며, 인생이란 어느 하나의 지점 속에 갇혀 있지 않고 계속 흘러가는 것이라고 보는 것이 시를 대하는 시인의 태도인 셈이다.

삶은 늘
공사 중이니

지금 하고 있는 일이
나와 맞지 않는다고
너무 흔들리지 마라

이곳이 아닌 다른 곳이
더 나아 보일지라도
그곳 역시 공사 중이다

삶이 보다 더 만족스럽고

완전해지기 위해
계속 다듬어 가라

완벽한 인생, 완벽한 삶은 없다
삶은 늘
언제나
공사 중이니
　-「삶은 공사 중」 전문

시인에게 삶은 하나의 지점에 고착되어 있지 않다. 그래서 시라는 아우라에 갇혀 있는 한, 시인의 "삶은 계속 공사중"일 수밖에 없다. 인간이 이런 삶에 노출된 것은 근대적 환경과 분리하기 어려운 것이다. 이는 곧 영원의 상실과 불가분의 관계에 놓여 있는 까닭이다. 만약 인간이 이 아우라에 갇혀 있었다면, 자아와 세계의 불화도, 부유하는 삶, 흔들리는 삶도 없었을 것이다. 그 영원의 감각이 사라졌기에 인간은 불화라는 정서를 얻게 되었고, 또 그 파편화된 정서를 초월하기 위해서 혹은 상처를 치유하기 위해서 떠돌게 된다. 이 시대에 "완벽한 인생, 완벽한 삶"은 없기 때문이다. 완벽하다는 것이나 전일하다는 정서란 불안이나 흐름의 정서를 유발하지 않는다. 그래서 시인의 말처럼, "삶이 공사중"에 놓일 이유도 없다. 그렇지 못하기에 인생은 계속 떠돌게 된 것이다. 완전한 삶과 전일한 정서를 만들어내기 위해서 말이다.

그러한 도정이야말로 서정시가 존재해야 할 이유이고, 또 인간의 존재 이유 또한 그러해야 할 것이다. 그러면, "삶이란 공사중"인 현실을 벗어날 수 있는 길은 무엇이란 말인가. 이로부터 초월하는 것은 불가능한

일인가. 뿐만 아니라 잃어버린 인간의 영원성은 다시 회복하기 어려운
것인가.

> 못다 자란 꿈
> 꿈속에서 다시 자란다
>
> 생의 퍼즐 조각들
> 제자리를 찾아가고
>
> 나의 삶은 꿈속
> 퍼즐 나라에서 깨어난다
>
> 내 뜻대로 되는 건
> 하나도 없다
> 완성은 또 다른 완성을 향해
> 달려간다
>
> 멈출 수 없는 꿈꾸기,
> 내가 사는 이유
> -「꿈」전문

꿈이란 현실에서 도달하기 어려울 때 흔히 발생한다. 만약 그것이 쉽
게 이루어질 수 있는 것이라면, 꿈이란 말은 성립될 수 없기 때문이다.
하물며 존재론적 불안에 시달리는 자아들이라면 더욱 그러할 것이다.
그것은 거의 숙명과도 같은 것이어서 쉽게 이루어질 수 있는 것이 아
니다. 그러한 불가능성이야말로 가능성을 향한 치열한 열정을 만들어

낼 수 있는 계기가 될 수 있을 터인데, 지금 서정적 자아의 처지가 그러하다. 그가 살아가는 이유, 존재의 이유란 "멈출 수 없는 꿈꾸기"에 있는 까닭이다. 꿈이 쉽게 이루어질 수 있는 곳에서는 이 감각이란 불가능하다. 그래서 이 지점을 향한 가열찬 열정으로 서정의 샘을 길어올리는 것, 그것이 서정시를 써야 하는 시인의 사명이자 운명이다.

2. 내성과 수양이라는 윤리

대상과의 합일, 혹은 초월의 정서는 의욕이나 자의식만으로 이루어지는 것이 아니다. 거기에는 이를 가능케 하는 열정이랄까 노력이 뒤따라야 한다. 이를 향한 꿈이 서정의 샘일 것이고, 시인은 합일을 위한 간극을 메워줄 이 샘물을 계속 길어올려야 한다. 이런 과정이야말로 어쩌면 수양, 혹은 내성의 과정과 분리하기 어려운 것이라 할 수 있다. 실상 자아와 세계 사이에 놓인 간극은 근대라는 환경적 요인에 의해 비롯된 것이기도 하지만 자아 내부에도 분명 그 원인이 있기 때문이다. 그 원인에 대한 이해와 진단이 내성이며 수양이라는 윤리의 감각일 것이다.

하지만 윤리 감각이 진단되고 그것에 충실하다고 해서 곧바로 서정의 간극을 좁혀줄 실마리가 되지는 않는다. 인간의 삶이라든가 정신의 영역이 수학적 공식이나 엄밀한 자연과학적 질서에 의해 조종되는 것은 아니기 때문이다. 인문적 영역은 수학적 영역을 초월하는 곳에 자리한다. 그래서 여러 존재론적 울타리, 혹은 실존의 끈들에 의해 복잡다기하게 얽힌 인간의 삶들을 이해하고 또 규정해나가는 것이 어려운 일인지도 모르겠다.

삶은 끊임없이 변화한다.
그 과정에서 무엇인가 새로운 것이
내 인생에 등장한다면,
자리를 비워주어야 하리
또 다른 날의 주인을 위하여

무엇인가를 소유하고 있어도
그것을 영원히 간직할 수도,
영원히 간직해야 하는 것도 아니다.

우리 삶의 과정에서
많은 것들이 스쳐 지나간다.
우리는 단지 그것들을
한때 사용하는 관리자일 뿐
때가 되면 훌훌 떠나보내야 하리
－「팡세1」 전문

  인용시는 인간의 삶이 하나의 단선적인 것들에 의해 조종되는 것이
아님을 극명하게 보여준다. 우선 여기서 서정적 자아는 인간의 "삶은 끊
임없이 변화하는 것"임을 전제한다. 그러니까 어느 하나의 정식화된 것
들에 의해 인간의 삶이 규정되지 않는다는 것이다. 서정적 자아 앞에 다
가오는 삶의 양태들은 가변적이고 변화무쌍하게 비춰진다. 어떤 것을
소유하고 싶은 때가 나타나는가 하면, 그 반대의 경우도 있다. 뿐만 아니
라 삶의 한 과정에서 우연히 그냥 스쳐 지나가는 것들도 무수히 많이 존
재한다.

그런데 이런 일시적이고 가변적인 것들이 산재해 있는 현실에서 자아
는 이를 적극적으로 자기화하려 하지 않는다. 이런 자세가 그를 윤리적
소유자로 만드는데, 실상 이는 소위 무소유의 정신일 것이다. 이 정신이
야말로 근대 사회의 커다란 장애 가운데 하나인 욕망의 세계로부터 비
껴서 있게끔 하는 거멀못이라는 점에서 그 의미가 있는 것이라 할 수 있
다. 소유라든가 집착이라는 정서가 근대적 삶과 분리하기 어려운 것이
고, 또 그것이 대상과의 자연스러운 합일을 방해하는 절대적인 요인임
을 감안하면, 시인이 펼쳐보이는 이런 무소유 정신은 분명 내성이라는
윤리와 밀접하게 연결되어 있는 것임을 알 수 있다.

　　　　상처받는 사람에서
　　　　상처 주는 사람으로
　　　　자리를 바꿔 앉았다

　　　　어른이 되지 못한 채
　　　　늙은 어린이로 살아간다

　　　　내가 받은 상처에 어쩔 줄 몰라
　　　　너의 상처는 묻지도 못했다

　　　　오늘 밤은 나의 상처도
　　　　당신의 상처도
　　　　풀어내고 싶은 밤이다
　　　　- 「어른이 된다는 것」 전문

시인의 시들은 건강하고 경우에 따라 무척 윤리적이기까지 하다. 이런 정서들이란 원숙한 시인의 정서에서 나온 것처럼 보이는데, 그의 시들이 일상의 현장에서 치열하게 갈등하는 면들이 비교적 약화되어 있는 것도 이런 단면들의 영향 때문일 것이다. 이는 곧 성숙한 시인의 정서가 만들어낸 것들인데, 그의 시들이 격정적인 면보다는 정밀한 면에 보다 경사된 것도 여기에 그 원인이 있을 것이다.

　이런 고요함이랄까 정밀성은 인용시에서 보듯 '어른'의 감각에서 비롯된다. 여기서 '어른'에는 두 가지의 정서가 내포되는데, 하나는 생물학적 국면이고, 다른 하나는 형이상학적인 국면이다. 그런데 시인의 작품을 꼼꼼이 읽어 보게 되면, 이 두 가지 정서는 따로 또 같이 형성되어 있음을 알게 된다. 생물학적 나이에서 오는 노련함과 형이상학적 나이가 주는 교훈이 상호 교직된 채 아름다운 조화를 이루면서 독자의 정서에 동시적으로 각인되고 있기 때문이다.

　이런 두 가지 감각 속에 형성된 정서 가운데 가장 주목해야 할 것이 '상처'이다. 여기서 '상처'란 시인에게 상보적인 것이었다. 그것은 과거 한때 자신이 감내해야 할 것이면서 이제는 주는 것이라는 중첩성을 갖고 있기 때문이다. 물론 이 주는 행위는 내성의 영역으로부터 자유롭지 않은 것인데, 자아가 이런 자신을 두고 "늙은 어린이로 살아간다"고 한 것은 이 때문이라 할 수 있다. 이런 사유만으로도 지금껏 서정적 자아가 시도했던 윤리의 감각은 어느 정도 달성했다고 보아도 무방할 것이다. 하지만 그의 윤리를 향한 수양의 감각은 쉽게 멈춰지지 않는다. 이런 도정이야말로 자신이 처음 의도했던 시쓰기, 곧 유토피아를 향한 열정일 것이다. 그 한 단면을 보여주는 시가 「살다 보면」이다.

상처받고
상처 준 기억들
세월의 강물에 띄워 보낸다

퇴적물처럼 쌓인 감정들
기다렸고 아파했던
지난 사랑아
뒤돌아보지 마라
잠시라도 내 곁에 머물렀던
가을잎만 기억하련다
비우고 비워
텅 빈 겨울나무로 서고 싶구나
－「살다 보면」전문

   이 작품은 「어른이 된다는 것」의 연장선에 놓여 있다. 작품의 소재가 '상처'로 되어 있는 까닭인데, 하지만 그것을 사유하는 방식, 혹은 자기 화하는 방식은 한걸음 더 나아가 있다. "상처 받고/상처 준 기억들을/세월의 강물에 띄워 보내려"하기 때문이다. 이런 행위 역시 '어른'의 감각과 분리하기 어려운 것이며, 이제 이 감각은 더 높은 수준의 지대를 향해 나아가기 시작한다. 그 지대란 다름 아닌 '텅빈 겨울나무'이다.
   신화적 의미에서 겨울은 죽음을 의미한다. 그것은 욕망의 소멸, 곧 비움의 지대이기에 그러한데, 자신을 비우는 것만큼 훌륭한 수양의 지대를 찾기란 어려운 일일 것이다. 시인은 이제 자신이 받아 왔던 상처로부터 벗어나고자 한다. 만약 여기서 탈출하지 못하면, 그가 꿈꾸어 온 서정의 통합은 불가능할 것이다. 뿐만 아니라 자신이 준 상처에도 화해와 용서의 손짓을 보내기도 한다. 어쩌면 자신이 받은 상처보다는 자신이 준 상처가 서정의 황홀로 나아가는 데 있어서 더 큰 장애일지도 모른다. 그러한 까닭에 시인은 자신을 '텅빈 겨울나무'로 인유함으로써 자신을 에워싼 여러 불온한 것들로부터 벗어나고자 한다. 그것이 곧 '비우고 비운 겨울나무'와 같은 삶의 세계이다. "아낌없이 버릴 때/생의 절정에 설 수 있"(「절정」)는 것은 이러한 이유 때문이다.

3. 사랑의 실천

이번에 상재하는 시인의 시집에는 사랑을 소재로 한 시들이 많이 등장한다. 여기에는 아내에 대한 애틋한 사랑을 드러낸 시가 있는가 하면, 자식에 대한 한없는 사랑을 읊은 시도 있다. 뿐만 아니라 자신에 대한 이기적 사랑이나 타인에 대한 이타적 사랑도 제법 많이 나타난다. 한 시인의 작품 세계에서 여러 소재와 주제가 등장하는 것이야말로 시세계의 다양성을 말해주는 것이라 할 수 있는데, 문제는 이런 소재랄까 주제들이 파편적으로 드러나는가 혹은 여러 다른 실타래들과 불가피하게 연결되어 있는가가 중요할 것이다. 다시 말해 군데 군데 일탈되어 있는 분산이 아니라 그것이 시인의 시정신 속에 어떻게 유기적으로 연결되어 있는가의 문제일 것이다.

사랑은 시인의 작품 세계에서 매우 중요한 소재 가운데 하나로 자리하고 있는데, 이 정서는 시인이 지금껏 추구해왔던 서정의 유토피아와 밀접하게 연결되어 있다는 점에서 주목을 요한다. 사랑은 흔히 통합의 정서로 수용된다. 그러한 까닭에 이 정서가 서정시의 주요한 소재나 주제로 자리하고 있는 것은 당연하다고 하겠다. 왜냐하면 서정시야말로 자아와 세계 사이에 놓인 간극을 끊임없이 좁혀나가야 하는 운명을 지닌 장르인 까닭이다. 이런 서정적 욕구랄까 임무는 시인의 작품세계에서도 그대로 유효하다.

> 시간이 흐른다고
> 사랑도 흐른다는 것은 아니다
> 하지만 그 사랑 지키기 위해
> 걸림돌을 넘는 방법 배워야 한다
>
> 내 방법으로만
> 해결하려고 하면 안 된다
> 내가 하려는 사랑을
> 그도 함께하기를 원한다면,
> 그의 방법에 따라
> 나를 다듬어야 한다
>
> 비틀 비틀대며 중심을 잡아갈 때
> 미움이 싹트지 않도록 조심하고
> 미움이 싹트려 할 때 그 싹을
> 싹뚝! 잘라버려
> 자라지 않도록 해야 한다
>
> 사랑이 비틀거리는 것은
> 미움이나 아픔이 아니다.

비틀거릴 때마다
모난 구석이 다듬어지며
사랑이 살아서 이어가고자 하는
생명의 몸부림이다
－「사랑에 대한 사색」전문

　인용시는 사랑을 지키기 위해서 어떤 일을 해야 하는 것인가를 교훈처럼 일러주는 작품이다. 여기에는 사랑의 여러 속성이 제시되고 있는데, 그 정의가 있는가 하면 이를 지켜나가는 방법도 제시되어 있다. 뿐만 아니라 그것이 어떻게 수용되고 또 지속해야 하는 것인가 하는 실천의 문제도 담겨 있다.

　그런데 여기서 가장 중요하게 제시되고 있는 것은 사랑의 실천 방법이다. 서정적 자아가 제시하는 사랑의 실천은 이러한데, 가령 사랑을 "내 방법으로만/해결하려고 하면 안 된다/내가 하려는 사랑을/그도 함께 하기를 원한다면,/그의 방법에 따라/나를 다듬어야 한다"라고 하거나 "미움이 싹트려고 하면/그것이 싹트지 않도록 싹둑 잘라버려/자라지 않도록 해야 한다"가 바로 그러하다.

　사랑의 실천을 향한, 타자를 향한 이러한 배려는 실상 매우 의미있는 것이 아닐 수 없다. 사랑은 본디 이타적인 성향을 갖는 것이기에 자아로 향하는 이기적인 것들은 되도록이면 제어되어야 하는 까닭이다. 이런 맥락에서 보면, 「사랑에 대한 사색」은 사랑에 대한 실천이면서 시인이 지금껏 펼쳐보인 수양이라는 윤리와 밀접히 결부되어 있는 것임을 알 수 있게 된다.

　사랑은 결핍에 대한 충족을 목말라하는 정서이다. 그것은 자아 내부의 것일 수도 있고, 그 너머의 것일 수도 있다. 뿐만 아니라 그 외연을 넓히게 되면 사회라는 관계 속에서 요구되기도 한다. 그래서 그 소중함이랄까 필요성에 대해서 군이 이야기할 필요가 없을 만큼 시인에게나 사회에 절대적으로 필요한 것일 수밖에 없을 것이다. 그러한 까닭에 이에 대한 그리움의 정서가 시인의 정신을 지배하는 것은 어쩌면 자연스러운 것이라 할 수 있다.

> 나의 마음을 가져갔다고
> 슬퍼하지 않습니다
> 내가 가져온 새로운 생각들로
> 채우면 되니까요
>
> 하지만
> 사랑하면서도 이토록
> 마음이 가난한 것은
> 당신이 나를 미워하는 것보다
> 더 무섭게 느껴집니다
>
> 사람이 두려워 사랑이 와도
> 바람만큼만 느끼고자 했지만,
> 어느새 가슴 깊숙이
> 자리하고 있습니다
>
> 추위 속에서만 피는
> 눈꽃 사랑

살을 에어내는 그런 사랑을
원한 것은 아니었지만
후회하지는 않습니다

생명을 품고 있기에
아름다운
겨울꽃처럼

당신 이름과 사랑을
나 살아 있는 날까지
잊지 않고 간직하며
살아 가렵니다
　　　　　－「눈꽃 사랑」 전문

　인용시는 비움과 채움의 과정 속에서 사랑이 어떻게 자리해야 하는
지를 잘 보여준 작품이다. 뿐만 아니라 서정적 자아로 하여금 사랑이 왜
자신에게 절대적인 가치가 되어야 하는지도 잘 일러준 작품이기도 하
다. 지금 시적 자아는 사랑의 정서에 깊숙이 갇혀 있다. 사랑에 빠지게
되면, 마음이 가난해질 수밖에 없는데, 그것은 무언가 가슴 한켠이 크게
비워져 있는 까닭이고, 그 갈급하는 욕망에 의해 마음이 더욱 초조해지
는 까닭이다. 그렇기에 자아는 사랑이 와도 바람처럼 조금만 느끼고 싶
어한다. 하지만 그것이 불가능함을 금방 알게 된다. 그 사랑의 대상이 어
느덧 "가슴 깊숙이 자리하고 있"기 때문이다.
　하지만 그렇다고 해서 그것을 쉽게 포기할 수는 없다. 그것이 비록 마
음을 가난하게 하기는 하지만 삶에 활력을 불어넣는 "생명을 품고 있는

아름다운 겨울꽃"과 같은 것이기 때문이다. 언젠가 나의 마음 속에서 화려한 부활이 있음을 알기에 자아는 그 순간을 위해 "당신 이름과 사랑을/나 살아 있는 날까지/잊지 않고 간직하며/살아가려는 것"이다. 사랑은 모든 것을 용서하고 자신과 타자를 하나로 만든다. 그래서 그것은 어쩌면 자신이 받은 상처는 버리고 타자에게 준 상처는 용서하는, 복합적인 정서를 담아낸다고 할 수 있을 것이다.

4. 조화의 세계

이원희 시인은 자아보다는 타자에, 상처보다는 치유에 그 서정의 결을 가급적 응집시켜 왔다. 뿐만 아니라 사랑의 정서를 매개로 자아와 세계 사이에 놓인 간극을 좁히려고도 했다. 시인은 이런 거대 서사랄까 담론들을 서정시라는 짧은 형식 속에 담아내었는데, 실상 이런 단면들은 비교적 긴 이야기성이 요구되고 그 결과 시가 다소간 서사화되는 것이 일반적이다. 그런데 시인은 그런 거대 담론들을 짧은 시형식 속에 담아내고자 했다. 서정시의 소재는 형식과 내용의 조화 속에서 그 나름의 음역을 만들어내는 것을 그 보편적 속성으로 하고 있지만, 시인은 이를 넘어서는 지대에서 새로운 서정의 성채를 만들어내고자 했다. 그러한 시도들이 담론의 다양한 음역들을 만들어낸 것이다.

이번 시집에서 그러한 성채를 대표하는 것 가운데 하나가 바로 통합의 정서이다. 이제 그의 시들은 서정의 좁은 영역을 벗어나 보다 큰 영역으로 나아가고자 하는데, 그가 응시하는 영역이란 사회라는 외연이었다. 그렇다고 해서 그의 시들이 사회적 갈등이나 모순과 같은 데에로 한없이 확장되는 것은 아니다. 그의 시에서 계층 갈등이나 투쟁의 현장들이 예각적으로 드러나고 있는 것은 아니기 때문이다. 그럼에도 시인의 시들은 이런 사회 속에서 펼쳐지고 있는 불온의 현장들을 애써 외면하고 있는 것처럼 보이지는 않는다. 그는 이를 우회적으로 펼쳐보임으로써 서정시가 사회의 한 영역 속에 자리하고 있는 것임을 은연중에 알리고 있는 까닭이다. 이를 대표하는 것 가운데 하나가 바로 공존을 위한 삶이다.

> 슬픔과 슬픔이 만나
> 그 온기로 서로 기대고 부빌 때,
> 어떤 슬픔은 따뜻하다
>
> 벼를 거둬들인 들판에 서서
> 네가 떠나던 그날을 생각한다
> 금지된 언어처럼 두려운
> 너의 부재
>
> 따뜻한 슬픔의 반대편에서
> 또 하나의 그리움,
> 기대고 부빌 등 하나 없는
> 차가운 세상, 인생 한복판에서
>
> 손 내미는
> 따듯한 슬픔 하나
> ―「따듯한 슬픔」 전문

인용시를 읽어 보면 금방 알 수 있는 것처럼 시인은 개인들의, 혹은 사회 구성원들의 굴곡진 삶에 대해 똑바로 응시한다. 여기서 시인이 포착해낸 감각이란 다름 아닌 '슬픔'의 정서이다. 슬픔이란 동일성이 일탈할 때 발생하거니와 그에 따라 결핍의 정서가 함께 유발된다. 그러한 정서들은 개인적인 차원에서 이루어질 수도 있고, 또 보다 넓은 지대에서 형성될 수도 있을 것이다. '네가 떠나던 그날'이 전자의 경우라면, '차가운 세상'은 후자의 경우일 것이다. 하지만 그것이 어떤 계기에 의해 형성된 것이든 혼자만의 것으로 치환될 때에는 그 초월에 대한 기대가 현저하게 감소하게 된다. 누군가 함께 그 슬픔, 그 빈자리를 같이 해야 비로소 정서의 어두운 중량이 어느 정도 가벼워지기 때문이다.

　　　자작나무들이
　　　서로 기대고 비비며
　　　숲을 이루며 살아가고 있다

　　　저마다 자기만의 세계를 갖고 있지만
　　　홀로 사는 존재가 아니다
　　　나무도 저희끼리 모여서 산다

　　　홀로 오래 살아가면
　　　모든 생명 가진 것들 병이 들지
　　　사회적 관계의 숲을 이루는
　　　사람과의 만남,

　　　숲에서

함께 살아가는 것들의 소중함을
느껴본다
어느 자작나무 숲에서
- 「자작나무 숲」 전문

　세상을 긍정적으로 또 따뜻하게 응시하는 시인의 시야는 여러 대상으로 확산되어 나타난다. 그 가운데 하나가 자연인데, 시인은 여기서 인간에게 주는 그것의 교훈을 읽어낸다. 가령. "숲의 자작나무"의 모습들에서 "함께 살아가는 것들의 소중함"을 깨닫는 것인데, 이는 그 상대편에 놓인 것과는 전혀 다른 감각이기에 그 의미가 있는 경우이다. 가령, "홀로 오래 살아가면/모든 생명 가진 것들"은 병이 들기 때문이다. 이런 면들은 공동체가 갖고 있는 치유적 성격이 무엇인지 잘 드러낸 것이라 할 수 있다. 그의 이런 감각들은 계속 시도되는데, 가령 "몸과 마음이/건강하게 조화를 이루어야/자연도 생명도 행복한 상태에 이르게"(「낯설다는 것」)되는 것으로 이해하기도 하고, "믿고 사랑하는 사람과 함께라면/(---)/그 어떤 절망과 불행이 길도/행복으로 바뀐다"(「행복」)는 것으로 인식하기도 하는 것이다.

둘이서
함께 가면
추워도 좋다

둘이 함께라면
멀고 험한 길이라도 괜찮다

둘이서 함께 가면
두렵지 않다

함께 갈 수 있는 당신
그 길 마다 않고 함께 가는
당신이 감사하다

혼자 가면 힘들어도
함께 가면 덜 힘들고
없던 힘이 생기고
행복하기까지 하다

함께 하는 사람,
단 한 사람이라도
곁에 있으면 인생은 행복한
여행길
-「여행길」전문

　이 작품은 일상 속에서 길러진 평범한 정서를 담고 있다. 하지만 시인
이 지금껏 펼쳐보인 사유의 그물에 놓고 보면 이 작품이 함의하는 정서
는 결코 만만한 것이 아니다. 공존의 정서가 빼곡하게 박혀 있기 때문이
다.
　이 작품에서 개별적인 것들은 결핍 속에 노출되어 있다. 이들이 완결
된 존재라면, 굳이 또다른 타자들이란 결코 필요하지 않을 것이다. 하지
만 현실은 그러하지 못하다. 그렇기에 하나가 부족한 것을 다른 하나가

채워가는 것, 그리하여 그 화학적 통합은 절대적인 완결체로 새롭게 태어나게 된다. 뿐만 아니라 이들의 결합은 두려움을 뛰어넘을 수 있고, "혼자 가면 힘들어도/함께 가면 덜 힘들고/없던 힘이 생기고/행복하기까지" 하는 현실을 마주하게 된다.

이원희의 시들은 어두운 곳을 지향하되 결코 여기에 함몰되지 않는다. 시인은 그곳에서 내성이라는 윤리를 갖추고 사랑의 방법과 실천을 배우게 된다. 그리고 이를 통해 자아에게서도 결핍된 부분이나 상처를 찾아내고 이를 치유하고자 한다. 뿐만 아니라 시인은 자신을 초월하여 타자 너머의 세계에서도 용서와 사랑의 손길을 내민다. 서정적 자아는 그 손길을 잡은 타자와 더불어 거친 세상을 함께 뚫고 나아가고자 한다. 그것이 사랑의 실천이며, 공동체적인 삶을 위한 길이었다. 개인의 서정이 공동체의 서정과 아름답게 만나는 길, 그 길이 바로 함께 가는 '여행 길'이었던 것이다. 지금도 그러하거니와 앞으로도 이 길은 시인에게 계속 서정의 깊은 샘이 되어줄 것이다.

(이원희,『괘석리의 봄』해설, 동행, 2023)

꽃의 의미 변주를 통한 서정적 황홀

1. 그리움으로서의 꽃

　나영순 시인이 다양한 꽃을 소재로 시집을 내었다. 하지만 이번 시집은 이를 소재로 한 기왕의 것들과는 좀 다른 경우이다. 그것은 꽃을 소재로 하되 거기에 또 다른 제목이 붙여져 있거니와 선명한 사진도 붙어 있고 적극적인 의미부여가 있는 까닭이다. 그래서 이런 유형의 시들은 한때 유행했던 디카시를 연상시키기도 한다.

　사진과 결부된 시의 특성은 대개 두 가지 특징적 단면이 있는데, 하나는 사진을 통해서 선명한 이미지의 조형성이 만들어진다는 점이고, 둘째는 그로 인해서 시를 읽는 독자에게 이 이미지의 효과가 명확하게 각인된다는 점이다. 물론 이런 이미지의 선명함 때문에 독자의 상상력이 제한받는 단점이 있는 것도 사실이긴 하지만 경우에 따라서는 사진이나 말로 그려진 이미지의 효과 때문에 상상력이 더 자극되어 경계 너머의 세계에까지 독자의 정서를 이끌고 가는 힘도 있다. 그러니 그림과 시의 조합이 만들어내는 사진시 혹은 디카시의 장단점을 쉽게 예단하는 것은 어려운 일이라 하겠다.

일찍이 꽃을 소재로 처음 작품을 썼던 시인은 잘 알려진 대로 소월이다. 그의 처음이자 마지막 시집이 『진달래꽃』인데, 그러한 시도는 아마도 우리 시사에서 처음 있는 일이라는 점에서 그 의의가 있는 경우이다. 그리고 소월의 뒤를 이어서 이를 소재로 작품 활동을 의미있게 한 시인으로 김춘수를 꼽을 수 있을 것이다. 그의 대표작 『꽃의 소묘』가 그러한데, 여기서 시인은 꽃에 대한 언어적 정의를 새롭게 시도하면서 꽃의 음역을 새롭게 개척한 바 있다. 하지만 그가 꽃에 대해 언어적 정의를 시도했다고 해서 꽃의 경계를 분명히 하고자 한 의도에서 시를 쓴 것은 아니었다. 오히려 그는 꽃으로부터 개념을 벗겨냄으로써 의미의 부재, 곧 무의미를 추구해나갔기 때문이다. 꽃을 개념화하되 흔히 알려진 언어의 테두리를 벗어난 지점 내에서 꽃의 존재를 읽어내고자 했던 것, 그것이 김춘수가 꽃을 응시한 방식이었다.

꽃을 소재로 서정시를 일궈나가는 방식은 김춘수 시인이나 나영순 시인도 비슷한 면을 갖고 있다. 하지만 꽃에 의미를 덧씌우는 방식은 전연 대조적이다. 김춘수 시인은 꽃을 무의미의 영역으로 한정시켜려 했지만 나영순 시인은 그것을 의미의 영역으로 확장시켜 나가려 했기 때문이다. 실상 시인의 이번 시집을 꼼꼼히 읽어보면 대번에 알 수 있는 것처럼, 시인은 각각의 꽃으로부터 여러 다층적 의미를 읽어내고자 시도한다. 시인은 먼저 사진 속에서 자신의 언어를 서정화시키면서 꽃이 갖고 있는 개념적 한계를 넘으려 한다. 그런 다음 이를 읽는 독자로하여금 시인이 그려낸 언어의 한계 내에서 혹은 그 너머의 세계에 이르기까지 상상력이 작동하게끔 만든다. 이런 과정을 통해서 독자는 시인의 의장으로 개념화된 꽃의 안과 밖에서 다양한 상상력의 경험을 하게 된다.

꽃은 시인의 정서 속에서 다양한 옷을 입고 나타난다. 때로는 화려하고 때로는 소박하게, 그리고 경우에 따라서는 저 높은 관념의 지대에 이르기까지 넓고 크게 울려오는 것이다. 우선, 그 하나가 '그리움'의 정서이거니와 이를 대표하는 시가 「아직도 기다립니다」이다.

아직도 다 하지 못했습니다
서성이는 저녁놀 속에서
당신만을 따르겠다던
당신에 대한 오랜 기억을 다 채우지 못했습니다

그 빛 어디서든
기억할 수 있게끔 그리워하고
기다릴 수 있을 만큼 여기 서서
당신에게서만 오랫동안 간직되어 온
못다 한 이야기 속으로 돌아오려 했습니다

평행선에 발이 묶인
녹슨 기찻길을 따라 수십 번의 바람이
가라앉을 때마다
당신은 나에게 잃어버리지 않을 만큼만
남겨졌고
아무리 손을 뻗어도
접히지 않는 그림자처럼
반걸음 뒤에서 다가가지 못했습니다

몇 겹의 바람이 더 흘러
당신에게로 흐르는 빛이 비껴가지 않을 때
높이 올려다볼 수 있는 눈으로
기다릴 겁니다
당신에게 기억된 만큼만
 ―「아직도 기다립니다」 전문

　이 작품의 소재는 철로 위에 핀 '금낭화'이다. 시인은 이 꽃을 철로라
는 일상적 삶과 밀접히 결부시키면서 그리움의 정서를 환기시키고 있
다. 이 정서는 먼저 '철로'로부터 형성되는데, 시인은 두 가지 각도에서
이 음역을 만들어내는 것처럼 보인다. 하나는 철로가 갖고 있는 길의 이
미지이다. 길이란 만남과 헤어짐을 반복시키는 매개이자 지점이다. 그
리고 그 항상적인 피이드백 속에서 이 정서가 형성된다고 이해한다. 그
리고 다른 하나는 철로가 갖고 있는 평행선의 이미지에서이다. 평행선
이란 만날 듯 하면서도 결코 하나로 합일되지 않는 영원한 간극을 그 특
징적 단면으로 한다. 쉽게 다가갈 듯 하면서도 그렇지 못한 것, 그것이
평행선의 속성인데, 시인은 서로 만나지 못하는 평행선의 상황을 통해
서 이 애틋한 정서를 읽어내고 있다.
　이 길항관계 속에서 자아와, 자아가 사랑하는 타자는 서로 미묘한 긴
장관계를 유지하게 되는데, 가령 자아와 타자는 지금의 현존에 이르기
까지 단 한번도 서로에게 완벽하게 충족된 적이 없는 사실을 환기한다.
"당신만을 따르겠다던/당신에 대한 오랜 기억을 다 채우지 못했"거니와
"평행선에 발이 묶인/녹슨 기찻길을 따라 수십 번의 바람이/가라앉을
때마다/당신은 나에게 잃어버리지 않을 만큼만/남겨진" 존재로 규정되

기 때문이다. 말하자면 온전한 사랑을 못했다는 것인데, 실상 사랑치고 완전한 것은 없다는 점에서 시적 화자의 이런 애틋한 하소연이 어쩌면 더욱 가슴에 와 닿는 것이 아닐까 한다.

　대상을 향한 자아의 애틋한 호소나 그리움의 정서는 단속적이지 않고 항상적인 것이라는 점에서 그 특징적 단면이 나타난다. 시적 화자는 "너는 잊지 않았어"(「잊지 않았어」)라고 하거나 "너처럼 모양 좋은 종이 있다면/아무도 너를 두드려 깨우지 않을 거다"(「그 마음만큼은」)로 표현하고 있는 까닭이다. 그리고 경우에 따라서는 그 자신이 사랑하는 주체가 되기도 하는데, "누군가를 사랑하면/저렇게 꽃이 되려나"(「깽깽이풀꽃」)가 이를 말해준다. 그런데 채워지지 않는 것들에 대한 시인의 그리움은 이런 세속적인 것뿐만 아니라 근원적인 것에 이르기까지 확산되어 나타난다는 점에서 그 정서의 깊이를 확인할 수 있다.

　　　당신을 마주 보고 있을 때
　　　차마 말하지 못했는데
　　　이젠 다 내려놓으시라고
　　　그 궂은 생은 그만 좀 접으시라고
　　　맺지도 못하는 말끝에
　　　눈물로만 마지막을 남기시고
　　　벌써 내 곁을 떠나신 당신
　　　어디서 내려오셨기에 저리도 고우셨던가요
　　　평생 한 번도 치장을 두지 않으셨기에
　　　누군가 시샘이라도 했을까 봐
　　　피보다도 깊은 정 속속들이 감추고
　　　끝내 사랑으로 피우신

어머니 꽃

당신이 오늘도 참으로 그립습니다

-「그립습니다」 전문

　제목이 시사하는 바와 같이 이 작품은 그리움을 직접적으로 표명한 시이다. 우선, 시적 자아는 '당아욱꽃'을 마주하면서 자신 곁을 홀연히 떠난 어머니를 연상시킨다. 꽃 속에 오버랩된 어머니는 여전히 지금 이곳을 벗어나지 못하는데, 그것은 이승에서 못다한 질긴 인연의 끈들 때문이다. 어머니가 그 끈을 완전히 내려놓지 못하는 것은 아마도 모성이라는 근원의식에서 비롯된 것일 개연성이 크다고 생각된다. 그 모성의 힘으로, 끈끈한 정으로, 애틋한 인연으로 환생한 것이 꽃이라고 시인은 인식한다. 그래서 서정적 자아는 어머니의 또 다른 은유인 이 꽃을 통해서 한없는 그리움을 표명하고 있는 것이다.

　꽃은 시인에게 이렇듯 그리움의 상징으로 자리한다. 꽃이 모든 사람이 대망하는 대상이라는 사실을 감안하면, 시인의 이 같은 사유는 일견 타당한 것이라 하겠다.

2. 특별한 내포, 고유성으로서의 꽃

　시인에게 꽃은 그리움의 정서를 가져다주는 대상이었다. 시인에게 저 멀리 떨어져있는 꽃은 자아 외부와의 간극을 유지한 채 그저 응시하는 사물이 아니었다. 꽃을 자아 내부의 정서 속에 깊숙이 끌고 들어와 이를 시인만의 고유한 정서로 덧씌워서 그것만이 가질 수 있는 고유한 의미를 만들어내었다. 그렇기에 시인의 정서 속에 새롭게 감각된 꽃들은 그 나름의 특별한 의미를 가질 수 있었다. 꽃이 시인에게 소중하게 다가온 것은 이 때문이었다고 할 수 있을 것이다. 하지만 시인의 주변을 둘러싸고 있는 모든 꽃들이 시인에게 이런 특별한 의미를 부여받는 것은 아니다. 꽃이라고 해서 자아에게 모두 동일한 내포를 갖는 것은 아니기 때문이다. 자아에게 다가오는 꽃의 의미가 경우에 따라 얼마든지 달라질 수 있는 것임을 시사한 것인데, 이를 잘 표명한 시가 「너를 잊지 않으리」이다.

내가 걷는 길에는 두 가지가 있다
이름을 기억할 수 없는 아니, 일부러 모른 체하는
풀 그리고 꽃
나머지 하나는 지나치지 못하는 아니,
지나쳐서는 안 되는 꽃 그리고 풀
늘 이맘때면 나뭇가지에 걸려있는 까치집같이
길에 붙어 있는 저 계절들을 뚫고
부풀어 오르는 너를 잊을 순 없다
멈춰선 눈으로 이른 가을 읽는 지금
너를 향한 기억으로 걸어가고 있다
너를 기억하는 거짓 없는 미소
길 위에서 발걸음이 밝다
누구라도 손잡아 줄 수 있다면
거친 기억을 헤치며 다가오는
연보랏빛 너의 눈
옥수수 수염 같은 가을 탄다
- 「너를 잊지 않으리」 전문

여기서 자아는 자신이 걷는 길에는 두 가지가 있다고 했다. 하나는 "이름을 기억할 수 없는 아니, 일부러 모른 체하는/풀 그리고 꽃"이 있고, 다른 하나는 "지나치지 못하는 아니,/지나쳐서는 안 되는 꽃 그리고 풀"이 있다는 것이다. 그런데 자아에게 의미가 있는 것은 후자의 경우이다. 자아가 후자의 경우처럼, 기억해야만 하는 꽃, 아니 소중한 것으로 간직해야 하는 꽃으로 생각하는 것은 이런 이유 때문이다. 이 꽃이 하나의 존재로 거듭 태어난 것은 일단 다음과 같은 과정을 거쳐서이다. 그 꽃은 일단 다음과 같은 통증을 거쳐서 탄생한다. "늘 이맘때면 나뭇가지에 걸려있는 까치집같이/길에 붙어 있는 저 계절들을 뚫고/부풀어 오른 꽃"인까닭이다. 그러니까 순탄한 과정을 거쳐서 개화한 꽃에 대해서 시인은 기억할 수 없다는 것이고, 그 반대의 경우에만 기억으로 남겨질 수 있다는 것이다. 다시 말해 그러한 꽃만이 "너를 향한 기억으로 걸어가서" "너를 기억하는 거짓없는 미소"로 다가갈 수 있다는 것이다.

꽃이 개화하는 것은 자연의 섭리나 이법에 따른 결과이다. 그래서 꽃의 현존은 당연히 그러한 순리에 따라서 만들어진 것인데, 시인은 이런 과정을 모두 동일한 것으로 인식하지 않는 것이다. "숨은 골짜기 바위 옆 응달에서/등 뒤에서 움켜쥐는 바람을 견뎌야 했던/그 긴 겨울을" 견디고 핀 꽃, 그 꽃이야말로 "꽃다운 꽃"(「나도승마꽃」)이며, "새벽 안개를 뚫는/고요한 움직임/두꺼운 겨울을 깨"고, "땅거미를 꺾으며 올라오는 저 흰 울림"을 거쳐 "새하얀 뜻으로 거듭난 꽃"(「모데미풀꽃」)이 된다고 한다. 이런 꽃이야말로 시인에게 비로소 의미가 있는 꽃이 된다고 본다. 반면 겨울이라는 계절을 거치지 않는 꽃, 따뜻한 햇빛을 편안하게 받으며 개화한 꽃은 결코 시인의 시야에 들어오는 대상들이 아니다.

꽃에 대한 시인의 이런 사유는 인간의 현존과 유비되는 것이라는 점에서 주목을 요하는 경우인데, 그것은 고난 끝에 오는 행복이 인생의 참 진리일 수 있다는 인생의 교훈을 읽어낼 수 있기 때문이다. 고난 속에 핀 꽃이 아름답듯이 역경을 딛고 일어선 삶 또한 아름답다는 인생의 평범한 진리가 꽃의 세계에도 그대로 적용되고 있는 것이다.

꽃은 모두 아름답다거나 그러한 형색만으로도 모두에게 사랑받을 수 있다는 일상의 진실을 시인은 이렇게 전복시키고 있다. 이런 포오즈가 꽃을 대하는 시인의 고유한 응시법일 것이다. 꽃은 모두에게 동일할 수 있지만, 시인에게는 결코 동일할 수 없다는 뜻이다. 물론 그 반대의 가정도 가능할 것이다.

그렇다면, 꽃이 화려하고 아름답다고 해서 이들은 모두 하나의 동일성을 가져야만 하는 것인가. 여기서 동일성은 두 가지 영역을 포괄하게 되는데, 하나는 꽃이라고 하는 것으로 모두 아우를 수 있는 차원이고, 다른 하나는 똑같은 꽃들이 갖는 가치의 차원이다. 전자의 경우도 꽃의 개별성이나 고유성은 성립하기 어려운 것이지만 후자의 경우도 마찬가지일 것이다. 이런 사유에 갇히게 되면 꽃이란 모두 하나의 영역으로 묶여져 꽃 고유의 개성은 사라지게 된다. 시인이 경계하는 것도 여기에 있다.

누가 나를 에델바이스라고 불러요
나는 싫은데 나는 에델바이스 아닌데
나를 찾아주세요
나는 솜다리라고 설악의 꽃 솜다리라고
말이에요
바람만 불면 추억을 잊어도 되나요
늘 바람이 불어도 산은 산이잖아요

창문에 낀 이슬은 사라지잖아요
나는 나일 때 가장 아름답게 기억될 수 있잖아요
한 사람이 길을 만들면
어둠을 묻어둔 길이라도 가야 하는 건가요
나는 솜다리로 남아야 하잖아요
기억된 노래를 밟으며 한국의 에델바이스라고
나를 잊어야 하나요

내가 나를 나로 기억하게 해주세요
이 강토의 솜다리라고요
- 「나를 찾아주세요」 전문

꽃을 응시하는 시인의 길이 두 가지였던 것처럼, 꽃의 경우도 스스로
에 대한 존재를 확인해나가는 방식 역시 마찬가지이다. 이 작품은 그러
한 경로를 잘 보여주는데, 우선 이 시의 소재는 '산솜다리꽃'이다. 그런
데 이 꽃은 자신의 이름을 잊어버린다. 고유성이랄까 특수성이 사라지
는 것인데, 그것은 스스로가 아니라 이 꽃을 응시하는 타자로부터 잊게
되는 것이다. 모든 사람들이 저마다의 꽃을 "에델바이스라고 부르기" 때
문이다. 그래서 서정적 자아인 꽃은 "나를 찾아주세요/나는 솜다리라고
설악의 꽃 솜다리"로 불러달라고 자신의 개별성을 호소한다. 다시 말하
면 '솜다리꽃'은 계통으로서의 꽃, 비슷한 유형으로서의 꽃으로 묶여서
자신의 고유성, 존재성이 사라지는 것을 철저하게 경계하는 것이다.
만약 그러하다면, 자신의 특수성이 없어지면서 자신만이 갖는 고유한
매력이나 아름다운 매혹이란 더 이상 성립하기 어렵게 될 것이다. 이럴

경우, '설악의 꽃 솜다리'의 존재성은 사라지게 된다. 이 꽃이 이런 상황을 항변하는 이유는 간단한다. 자신만의 고유성이 없으면 잊혀지는 것이고("잊혀지기 위해서 피는 꽃은 없으니"「단 하나의 너로」), 그렇지 않으려면 자신만의 특수성을 찾아야 하는 까닭이다. "나는 나일 때 가장 아름답게 기억될 수 있잖아요"라고 하는 것도 이런 이유 때문이다.

3. 삶의 교훈으로서의 꽃

나영순 시인이 이번 시집에서 수집한 꽃의 종류는 놀라우리만치 많다. 그 숫자도 경이롭지만, 그에 대해 일일이 의미부여하는 것 또한 예사롭지 않다. 시인은 자신이 발견한 꽃들에 대해 독특한 인상을 부여하고 또 일일이 여기에 의미를 부여함으로써 꽃에 대한 존재의 변화를 이끌어내고자 한다. 그러한 정서의 여과 과정을 통해서 꽃은 존재의 새로운 영역을 차지하면서 거듭 태어나게 된다. 그 대표적인 감각이 그리움이었다. 이 정서는 시인만이 갖는 경험에서 비롯된 것일 수 있지만, 그렇다고 해서 그 음역이 이 테두리에서 갇히는 것도 아니다. 그리움의 정서란 인간이라면 모두 간직할 수밖에 없는 보편적인 감수성이기 때문이다.

그런데 꽃에 대한 시인의 정서들은 이 낭만적 한계를 넘어서서 교훈의 지대에까지 뻗어나가고 있다는 점에서 그 의미의 확장성이 있는 경우이다. 시인의 시들 속에서 의미의 폭과 자장이 깊고 넓어지는 것은 이런 이유 때문인데, 시인의 이번 시들을 읽어내는 독자들이 교훈이라는 윤리적 감각을 획득하는 것도 이와 밀접한 관련이 있다고 하겠다.

한 번도 발자국을 들을 수 없는 곳

바람마저 흔들리지 않는 곳

누군가를 지키기 위해 저 높은 하늘 밑으로 솟아 나온 곳

그 절벽, 사선으로 몸이 기운 곳에

눈으로만 읽는 꽃

무수히 많은 별들이 왕관처럼 젖어 있는

9월이 희망이 흐른다

아무도 기댄적 없지만

빼곡히 앉아 있는 저 짙은 가을그늘 아래로

깊은 숲속의 눈시울이 붉다

어느 때 한 번쯤

무너질 것 같은 세월을 만났을 때

여기 절벽 위에 서서

위로 솟구치는

팽팽한 저 붉은 눈시울을 마주보라

살고 싶을 때의 그 어떤 날보다 더

살아있음을 느끼리니

– 「둥근입꿩의비름 꽃」 전문 21

이 작품의 소재로 등장하는 꽃은 극한의 상황을 견디고 피어난 것이다. 시인에게 의미있는 꽃들은 이런 통증을 견뎌낸 꽃들이었다. 시인이 기억하는 꽃들이란 "이름을 기억할 수 없는 아니, 일부러 모른 체하는/ 풀 그리고 꽃"(「너를 잊지 않으리」)이 아니었던 까닭이다. 이런 감각은 「둥근입꿩의비름 꽃」도 마찬가지인데, 시인이 이 꽃에 의미를 부여하는

것은, 아니 기억하는 것은 이 꽃이 "한 번도 발자국을 들을 수 없는 곳"에서 피어났기 때문이다. 게다가 이 꽃은 "누군가를 지키기 위해 저 높은 하늘 밑으로 솟아 나온 곳/그 절벽, 사선으로 몸이 기운 곳"에서 핀 꽃이기도 하다. 역경과 고난을 매개로 비로소 개화된 꽃인 셈이다.

꽃이란 겨울이라는 죽음의 신화적 계절을 딛고 피어난 것이기에 생명의 신비감으로 승화된다. 그런데 「둥근입펑의비름 꽃」은 그러한 조건에다가 인간의 발걸음을 거부하는 극한의 지대라는 공간이 추가된, 예외적인 상황 속에서 피어난 꽃이다. 그러니 이 꽃이 시인에게 남다른 감각으로 다가오는 것은 자연스럽다. 시인이 이 꽃을 통해서 '9월의 희망'을 읽어내고, '무수한 별들의 왕관'으로 승화시키는 것도 이와 밀접한 관련이 있다고 하겠다.

이런 시련의 계절과 삭막한 공간을 배경으로 개화한 꽃이기에 그것은 서정적 자아에게, 아니 우리들 모두에게 거부할 수 없는 희망의 상징으로 구현될 수 있는 조건을 갖추게 된다. 시인도 이점에 주목하게 되는데, 그러하기에 "어느 때 한 번쯤/무너질 것 같은 세월을 만났을 때/여기 절벽 위에 서서/위로 솟구치는/팽팽한 저 붉은 눈시울을 마주보라"고 자신있게 말할 수 있는 것이고, "살고 싶을 때의 그 어떤 날보다 더/살아있음을 느낀다"고 또한 말할 수 있었을 것이다.

맑은 봄이 땅끝 가까이 내려와
아직도 빳빳한 겨울 눈초리를 흔들면
저 차가운 바다 위에, 저 우뚝한 동해 끝 섬 울릉도 위에
순백의 꽃비가 젖는다

피어 있을 때 더 흰
신의 손 꽃 하늘의 눈물이
오직 바다 끝에서 피어나
얇아져 가는 날카로와 가는 메말라 가는
사람의 구겨진 말들을 새하얗게 묶는다

4월의 눈
순백의 새겨진 아름다움이
오직 동해의 끝 섬에
오래도록 가시지 않을 지지 않을
더이상 아프지 않을
깊은 뿌리를 내리고 있다
- 「꽃섬」 전문 19

'꽃섬'은 꽃이 피어있는 군락을 지칭하는 것일 수도 있고, 이 꽃이 핀 울릉도를 말하는 것일 수도 있다. 시인이 이 작품을 통해서 얻은 교훈의 결과는 묶음이라는 상상력에서 솟아난다. 물론 그 저편에 놓여 있는 것은 파편화된 감각이고, 분열의 정서일 것이다. 시인의 표현대로라면, "얇아져 가는 날카로워 가는 메말라 가는 "사람의 구겨진 말들"임이 분명할 것이다. 말이란 순화될 경우 순기능을 하지만, 거기에 가시가 붙을 때에는 역기능을 한다. 그 대표적인 사례로 시인은 '구겨진 말'로 본다. 구겨진 말은 곡선이 아니라 그저 왜곡에 불과할 뿐이다. 곡선이란 경우에 따라 부드러운 속성으로 인해 갈등을 해소시키는 데 일정 부분 기여할 것이다. 그런데 여기서 말하는 선은 그런 부드러운 곡선이 아니다. 비틀어지고 일탈된 말일 뿐이다. 그런 말들은 진실을 전하지 않고, 이를 왜

곡하여 전연 다른 이야기로 바꾸어 전달된다. 그것이 이끄는 결말이 무엇인지는 굳이 말하지 않아도 된다.

시인은 '꽃섬'의 응시를 통해서 지금 이곳에서 벌어지는 온갖 갈등의 양상들에 대해 그 대항담론을 생각하게 된다. 그 사유의 끝은 다음과 같은 것이 아닐까. '꽃섬'이라면 가능하지 않을까하는 사유에 이르면서 이 꽃들이 함께 하고 있는 '묶음'에 대해 깊이있게 천착해보는 것이다. 거기서 사유해낸 것이 "사람의 구겨진 말들을 새하얗게 묶는다"라는 상상력이다. 꽃은 시인에게 이렇듯 그저 아름다운 대상으로만 한정되지 않는다. 그래서 사회성이 배제된 낭만적 공간에서 그치는 것도 아니다. 시인은 여기서 사회적 의미를 읽어내면서 이를 인생의 교훈, 윤리적 실천으로까지 확장시켜 나가고 있는 것이다. 이런 면이야말로 그의 시들이 갖는 다의성이고 중층성일 것이다.

4. 서정의 황홀로서의 꽃

꽃을 소재로 한 시인의 작품들은 개인이나 사회의 건강성을 은유라는 의장을 통해서 효과적으로 그려내고 있다. 소월의 「진달래꽃」에서 보듯 그 "꽃은 저멀리 혼자서 있는 것"이 아니다. 이 꽃은 언제나 자아 옆에 있으면서 자아로 하여금 낭만적 열정을 불러일으키게도 하고 사회적 교훈을 환기시켜 주기도 한다. 그래서 꽃이 있는 한 자아는 외롭지도 않고, 좌절하지도 않게 된다.

저 초롱

누구집 혼사이기에 저리도 밝은가

산 끝 홀로 골짜기 하늘빛 들고

돋아라 돋아라

수십 리 숲속 길 헤치며

그리운 님 어서 밝히자

고운님 업어가자

초롱빛 높이 걸어

눈 맞춤 그대로 처마 끝에 매어놓자

가슴이 어두울 때

방 안에 나홀로 남았을 때

웃음이 눈물보다 적을 때

저 초롱빛 마주 보고

혼삿길 밟아오며 안아 오던 달빛처럼

설레였다고 달래보자

내 님이었다고

초롱빛 마주 보자

- 「혼삿길 밝혀두고」 전문 25

여기서 알 수 있는 것처럼, 꽃은 어두움을 밝히는 희망의 등대와도 같은 것이 된다. '금당초롱꽃'으로 은유화된 '청사초롱'이 저 멀리 밝게 빛나고 있는 까닭이다. 그것은 어둠을 배경으로 하고 있어서 "산 끝 홀로 골짜기 하늘빛"으로 착각할 만큼 넓고 큰 영역을 갖고 있기까지 하다. 이런 빛을 갖고 있기에 시인의 눈 또한 이 빛과 더불어 새로운 섬광을 얻을 수 있게 된다. 그 섬광이 지향하는 곳이란 다름 아닌 지금 여기, 곧 화자가 현존하는 삶의 현장이다. 가령, "가슴이 어두울 때/방 안에 나홀로 남았을 때/웃음이 눈물보다 적을 때" "저 초롱빛 마주 보고/혼삿길 밟아오며 안아 오던 달빛처럼/설레였다고 달래보자"는 자기 위안을 하는 공간인 것이다. 그러면서 "내 님이었다고 초롱빛 마주 보자"라고 자아와 대상을 일치시키고자 한다.

님이란 자아의 결핍을 채워주는 절대적인 존재이다. 그러니까 현존이 고립되어 있을 경우 님을 그 고립의 공간에 채워넣게 되면, 자아는 어두움을 뚫고 밝은 지대로 거듭 존재의 전환을 이룰 수 있게 된다. 이런 동일성의 상상력이야말로 시인이 이번 추구하는 꽃의 상상력일 것인데, 이는 서정시의 기본 요건과 정확히 일치한다는 점에서 그 의미가 있다고 하겠다. 잘 알려진 것처럼, 서정시란 자아와 대상의 통합에 그 존재 의의가 있다. 여기서 동일성이란 결핍의 충족이나 대상과의 합일이 전제되는 것인데, 일찍이 슈타이거가 자아와 대상의 회감(回感), 곧 서정적 황홀을 서정시의 장르적 특색으로 내세운 것도 이와 밀접한 관련이 있을 것이다. 지금 시인이 꽃을 통해서 사유하고자 하는 것도 그 연장선에서 이루어지는 것이라 할 수 있다.

저 꽃자리
내 생애 어느 한때라도 단 한순간이라도
내 마음 덜어놓고 함께 할 수 있다면
기꺼이 그 길을 걷겠다

봄의 노래가 다 끝나기도 전에
흘러가는 여름의 모든 것을 붙들고

지나온 긴 이야기를 들려주는
시절
그 마디 마디가 꽃보다 전설이었다

아침이슬이 내린 깊은 숲속처럼
맑고도 고요하기에 멈출 수 있고
한여름 저물녘의 매미 숨소리처럼
하늘 안쪽을 울릴 수 있기에
마음이 움직일 수 있어
너 홀로 전설이 되는 그곳
온종일 서서 기다리고 싶은 그곳
저 꽃자리
- 「꽃의 전설」 전문 18

　지금 자아는 '저 꽃자리'로 가고자 한다. 그렇게 하려고 하는 이유는
다른 데 있는 것이 아니다. "아침이슬이 내린 깊은 숲속처럼/맑고도 고
요하기에 멈출 수 있고/한여름 저물녘의 매미 숨소리처럼/하늘 안쪽을
울릴 수 있는 곳"이기 때문이다. 그곳이란 바로 서정적 황홀의 순간이
다. 다시 말하면 자아와 대상 사이의 거리가 존재하지 않는 곳이며, 오직
하나의 순간 속에서 일체화되는 공간이다.
　이 황홀의 공간에 들어가는 것은 물론 쉬운 일이 아니다. 만약 그러하
다면, 존재의 불완전성에 고민하는 인간들은 이런 불안으로부터 쉽게
벗어날 수 있었을 것이다. 그렇지 못한 것이기에 이 유토피아를 향한 발
걸음은 지금 현재도 진행되고 있고, 또 앞으로도 계속 진행되는 것이 아
닐까 한다. 인간의 삶이란 완결하지 못하다고 하더라도 그 과정만 있으

면 아름다운 것이기에 이 도전은 앞으로도 계속 시도될 것이다. 지금 서정적 자아가 "저 꽃자리/내 생애 어느 한때라도 단 한순간이라도/내 마음 덜어놓고 함께 할 수 있다면/기꺼이 그 길을 걷겠다"고 한 것도 이 때문일 것이다. 그 극적 순간을 맞이하기 위해서 시인은 지금도 꽃을 보면서 계속 사유의 질긴 낚시질을 계속 드리울 것이다. 이 시집 속의 꽃들은 그러한 과정을 거치면서 계속 존재의 변신을 시도할 것이다. 지금보다 아름답거니와 존재론적 성숙을 이루어낸 아름다운 꽃으로 말이다.

(나영순,『꽃섬에 닿다』해설, 이든북, 2023)

숙명을 초월하는 소통의 방식

1. 치유로서의 시쓰기

오영란 시인이 오랜만에 시집을 상재한다. 『빈 커피잔에 머무는 바람』을 2011년에 내고, 지금 『삐딱선을 타다』를 출간하는 것이니까 무려 10여년이 넘는 세월 만에 새 시집이 나오는 것이다. 등단후 많은 시집을 내는 시인들에 비하면 시인의 이런 행보는 무척 낯선 경우에 해당한다.

그렇다면, 첫 시집과 두 번째 시집 사이의 그러한 시간적 거리가 말해주는 것은 무엇일까. 시의 소재가 고갈된 것일까, 아니면 시 속에 담아낼 주제의식이 빈곤한 것일까. 그런데 시집을 읽어보면 대번에 알 수 있는 것처럼 시인의 취재하는 소재도 그러하거니와 시의 주제 역시 일상으로부터 멀리 벗어나 있는 것이 아님을 알 수 있다. 시를 만드는 질료들이 그렇게 어렵거나 예외적인 것이 아니며 주제 또한 일상성 속에서 만들어지고 있는 까닭이다.

그럼에도 시인은 오랜 공백을 거쳐 이번 시집을 펴내게 되었는데, 시인이 이렇게 시간의 편차를 둔 것은 자신과 대상 사이에 놓인 서정의 간극이 크지 못한 탓일지도 모른다. 그 넓지 않는 간극 속에 시인의 꼼꼼한 글쓰기가 놓여 있는데, 이런 세심함이 시인으로 하여금 언어의 서정화를 만들어나가는데 있어서 신중한 감각을 갖게 한 것이 아닐까 한다. 실제로 시인의 시들은 대부분 삶의 긍정성에서 만들어지고 있는데, 이런 단면은 시인이 그만큼 세상을 비관적으로 보지 않고 있다는 뜻이 된다고 할 수 있다. 그러한 긍정성을 자아의 세심함이 조밀하게 짜여져 있는 것, 그것이 오영란 시의 특색이라 할 수 있을 것이다.

하지만 자아와 대상 사이에 놓인 거리가 그리 넓지 않다고 해도 지상의 존재라면 이런 유사한 동일성에 한없이 갇혀 있는 일이란 결코 쉽지 않은 일이다. 특히 시인이라면 더욱 그러할 것이다. 서정시란 대상과 자아 사이에 놓인 화해할 수 없는 강에서 형성되기 때문에 그러한데 시인 역시 이런 진실을 잘 알고 있다. 시집의 말미에 붙어 있는 시작 노트가 시인 자신의 그러한 사유를 잘 보여주고 있는 까닭이다.

세상을 바라보는 마음, 시선이 단단해진 줄 알았는데
나이테와는 다르게 여전히 세상은 애틋하다.

시를 짓는 일은 분명 행복인데
마음이 가난하고 외로워져야
비로소 시가 되는 모순.
　- 「시작노트2」 부분

서정의 긴 공백이 형성되는 동안 시인은 세상을 긍정적으로 바라보려

한다. "세상을 바라보는 마음, 시선이 단단해진 줄 알았다"는 사유가 바로 그러하다. 그러한 응시가 진행되는 동안은 감각되지 않던 것이 어느 순간 갑자기 새로운 자의식을 만들어버리는 신선한 경험을 이루어내게 한다. 서정적 자아가 응시한 세상은 나이테의 여러 층위처럼 굳건하고 분화되지 않는 단일성을 유지하고 있는 것으로 생각했는데 현실은 전혀 그렇지 못한 것으로 비춰지는 까닭이다. 아마도 시인에게 형성되었던 일상의 공백은 이런 간극에서 비롯된 것이 아니었을까. 어떻든 시인이 응시한 "세상은 여전이 애틋했"거니와 시인의 따뜻한 시선, 동일성을 향한 긍정적 시선들은 아직 그 유효성을 상실하지 않고 있었음을 발견하게 된다. .

시인의 시쓰기는 이런 모순의 감각에서 시작된다. 대상과 합일할 수 없는 불화의 공간, 그곳에서 서정의 꽃이 피어나는 까닭이다. 그래서 그의 시쓰기는 당연히 기쁨의 순간, 자의식적 해방의 순간이 된다. 그런데 그러한 순간의 저변에 깔린 것은 역설적이게도 "마음이 가난하고 외로워지는" 정서들이다. 그러니까 시인에게 시쓰기는 행복감을 느끼게 하는 수단임과 더불어 가난하고 외로운 정서가 뒤따라야 한다는 것이다. 이는 시인의 말대로 분명 모순일 것이다. 하지만 모순이 있어야 그 해소 과정 속에서 행복이 있는 것이고, 그 반대 역시 참이 된다고 본다. 이 기묘한 피드백의 과정 속에서 시인의 시쓰기가 형성되는 것, 그것이 오영란 시학의 구성 원리이다.

> 자갈치 시장에서 생선 파는 그녀는 시를 짓는다
> 조기 문어 갈치 담긴 그녀의 핸드폰에서도
> 아들에게 쥐어주는 용돈에서도 비린내 나지만

눈빛에서는 은빛 지느러미 파닥인다
애당초 자갈치 아지매가 꿈은 아니었지만
곰장어에 소주잔 기울이며 세상 행복하다 한다

콜센터에서 일하는 그녀는 시를 짓는다
고객님을 선생님이라 부르는 그녀는
선생님을 부르다 허공을 헤매기도 하지만
가슴에서는 금빛 날개 파닥인다
애당초 콜센터 상담원이 꿈은 아니었지만
삼겹살에 술잔 부딪히며 세상 행복하다 한다
　　　　 -「시 짓는 여자」 전문

　일상은 자아에게 어떤 해방감을 주지 못하지만 시의 경우는 다르다.
그 이면의 진실을 말해주는 것이 인용시의 주제일 것이다. 이 작품에는
두 명의 다른 직업군에 종사하는 화자가 등장한다. 자갈치 시장에서 일
하는 사람과 콜 센타에서 일하는 사람이 바로 그러하다. 하지만 이들의
일상은 자기충족적인 것이 못 된다. "조기 문어 갈치 담긴 그녀의 핸드
폰에서도/아들에게 쥐어주는 용돈에서도 비린내 나"거나 "고객님을 선
생님이라 부르는 그녀는/선생님을 부르다 허공을 헤매기도 하는"등 이
들은 스스로에 대해 만족스런 삶을 살아가지 못하는 까닭이다. 그래서
그들의 꿈은 애당초 '자갈치 아지매'도 아니었고, '콜센터 상담원'도 아
니었던 것이다.
　하지만 직업에 대한 이런 불만족들이 시쓰기를 시작하면 그 반대의
감각, 곧 행복의 정서로 전환된다. "곰장어에 소줏잔 기울이며 행복해"
하거나 "삼겹살에 술잔 부딪히며 행복해"하는 존재로 바뀌는 까닭이다.

물론 이들로 하여금 이런 변신을 가능케 한 것은 시쓰기의 행위 내에서이다.

시쓰기는 서정적 자아에게 삶의 의욕을 고양시킨다. 현재의 실존이 만족스럽지 못하다 하더라도 시만 있으면, 그리고 시쓰기만 있으면 그러한 상황을 초월할 수가 있다. 그래서 서정적 자아에게 시쓰기는 일상화될 수밖에 없다. 만약 그것이 자아로부터 떠나간다면, "세상을 바라보는 마음, 시선이 단단해진 줄 아는" 착각 속에서 벗어나지 못할 것이다.

> 그것은
> 오랜 기다림이었으나
> 허공에 한 줄 길 그리는 것과 같다
> 바람의 입김에 중심 휘어지고
> 하늘 맑은 날에도 보이지 않아
> 눈으로는 가늠조차 할 수 없는 길
> 세상 길치인 내가
> 이정표 없는 길 위에서
> 너를 찾을 수 있다는 것은
> 기적이다
> 사랑이다
> ─「시작노트3」 전문

시란 시인에게 곧 삶과 등가관계에 놓여 있다. 시는 시인에게 고귀한 가치를 갖는 까닭이다. 시를 쓰는 사람에게 시라는 무게는 모두에게 동일한 함량으로 다가오는 것이지만, 시인에게는 그것이 더욱 특별한 내포를 갖는다. 시의 내용대로, 서정적 자아에게 다가오는 삶들이란 결코 편편한 것이 못된다. 자아에게 삶이란 경우에 따라서 허공에 "한 줄 길을 그리는 것과 같이" 막막한 것이기도 하고 "바람의 입김에 중심이 휘어지는" 것처럼 아무런 힘도 없는 것이 되기도 한다. 뿐만 아니라 그것은 "맑은 하늘에도 보이지 않"고 "눈으로는 가늠조차 할 수 없는 길"이기도 하다. 그럼에도 시는 시인에게 "이정표 없는 길 위에서" 찾아야만 하는 것들이다. 그래서 그것은 '기적'이라는 놀라움을 수반할 때도 있고, 때로는 '사랑'과 같은 매혹이 되기도 한다. 말하자면 시인에게 시는 삶을 인도하는 등대일 수 있고, 세상을 헤쳐나가는 수단이기도 하다. 시란 곧 자아이면서, 자아는 곧 시인 절대 합일의 경지, 그것이 시인에게 갖는 시의 의미였던 것이다.

2. 던져진 존재의 숙명

시인이 시쓰기를 통해 치유의 즐거움을 맛보거나 서정적 황홀에 젖어드는 것은 다른 한편으로는 그렇지 못한 현실이 자리하고 있기 때문이다. 자아와 세계의 합일이 이루어져 있는 곳에서는 어쩌면 시쓰기란 불가능한 것인지도 모를 일이다. 적어도 서정시란 그런 장르적 특성을 갖고 있다.

이런 감각은 오영란 시인에게도 마찬가지이다. 시인은 시쓰기를 통해 단절의 강을 초월하고 거기서 서정의 황홀, 곧 극적 순간을 만들려고 가열찬 힘을 발휘한다. 하지만 그 이면에는 그러한 도정으로 향하는 것을 끊임없이 방해하는 에네르기가 존재한다. 그들 사이의 팽팽한 긴장감이 서정의 불화인데, 그러한 예를 잘 보여주는 시가 「삐딱선 타다」이다.

모니터 끄고 마우스에서 손 떼고

잠시 눈 감고 음악 듣는다

감미롭던 노래 달팽이관에 부딪혀 윙윙거린다

피아노 선율을 들어본다

쇠막대기로 냄비 두드리듯 요란하다

언제부터였나

음악은 더 이상 음악이 아니고

의미를 잃은 소음일 뿐

의지와는 상관없이 삐딱선 타는 청력

(첫눈 내린 이후던가 사전 협의 없이 청력은 삐딱선을 탔다)

사랑해라는 달콤한 음성도

제멋대로 역류시켜

얼굴이 붉어지고 기가 막힌다

안개 짙은 삐딱선에선 항구도 보이지 않는다

창을 적시는 빗줄기에 물어볼까나

어디쯤에서 하선해야 좋은지

- 「삐딱선 타다」 전문

  이 작품이 함의하고 있는 것을 이해하게 되면, 시인이 왜 인용시를 시집의 제목으로 내세우게 되었는지를 알게 된다. 지금 시인은 컴퓨터로 작업하다가 잠시 그 일을 놓고 명상에 잠긴다. 다시 말하면 일상성 속에서 어떤 정밀의 지대를 더듬어 들어가고 있는 것이다. 그런데 서정적 자아는 그러한 명상 속에서 뜻밖의 사실을 발견하게 된다. 평상시라면 결코 알 수 없었던 인생의 진리, 삶의 진리를 만나게 되는 까닭이다. 그 전환의 기점이 바로 "언제부터인가"이다. 그 순간부터 존재는 새롭게 탄생한다. 그리하여 "음악은 더 이상 음악이 아니고/의미를 잃은 소음일 뿐/의지와는 상관없이 삐딱선 타는 청력"을 가진, 이전과는 전혀 다른 존재로 변신하게 되는 것이다. 말하자면 대상이 있는 그대로 다가오지 못하고, 본질 또한 본질 그대로 다가오지 않는 상태가 되는 것이다.

앞과 뒤의 모습이 이렇게 전환된 순간들이란 그 다음 행에 이르면 좀 더 구체적으로 제시되는데, 그 준거점이 되는 것이 "첫눈 내린 이후"이다. 이때부터 청력은 '삐딱선'을 타게 되었고, 그 순수 원형질들은 훼손되기에 이르렀다는 것이다. 그로부터 시인의 인생 행보는 안개처럼 모호하게 되었고, 자아가 궁극적으로 무엇을 해야할지 어디서 정착해야 할지 알 수 없는 현실을 맞이하게 되었다는 것이다.

「삐딱선 타다」는 일상의 사물에서 길어올린 시이다. 그렇기에 독자에게 무척 편안하게 다가오는가 하면 쉽게 읽히기도 한다. 다시 말하면 이 시는 서정적 자아와 독자와의 정서적 공감대가 빠르게 형성되는 시라고 할 수 있다. 하지만 그 이면을 들여다보면, 이 시는 매우 철학적이고 형이상학적인 의미를 담아낸 작품이기도 하다. 여기에는 다분히 프로이트적인 감각, 혹은 라깡적인 사유 체계를 충실히 수용하고 있기 때문이다.

잘 알려진 대로 프로이트를 비롯한 심리학자들은 인간의 전일성이 파괴되는 순간으로 어머니와의 분리라든가 거울상 단계를 설정한다. 아버지라는 존재의 등장이 어머니와의 이자적 관계를 무너뜨리고, 거울상의 등장을 자아 분열로 이끄는 계기로 이해하는 까닭이다. 아버지의 존재나 거울상 단계를 기점으로 앞의 시기를 상상계, 뒤를 상징계로 분류하는데, 상상계는 인간의 영원성이라든가 동일성이 완벽하게 유지되는 시기이다. 그러나 상징계는 그러한 영원성이나 동일성이 완벽하게 해체된다. 그래서 모든 인간의 꿈은 상징계 이전으로 되돌아가고자하는 데에로 모아지게 된다.

『삐딱선 타다』는 시의 제목에서 알 수 있는 것처럼, 이미 자아의 행보가 올바른 것이 아님을 일러주고 있다. 거기에는 왜곡이 전제되어 있기 때문이다. 물론 그러한 일탈이랄까 왜곡이 만들어지는 시기를 시인은 앞서 언급대로 "첫눈 내린 이후"로 인식한다. 그러니까 여기서 '첫눈'이란 아버지의 존재나 거울상을 말하는 것이라 할 수 있는데, 첫눈이 내린 이후 자아의 영원성이라든가 동일성은 해체되어버린다. 그러니 자아가 나아갈 수 있는 행보는 전혀 알 수 없는 무정형의 지대로 남아있게 된다. 인간을 신이 조정하던 시대나 자연과 같은 영원의 감각들이 자아를 인도하던 시대와는 전혀 다르게, 이제는 인간 스스로가 조율해나가는 상황을 맞이하게 된 것이다. 자아는 "어디쯤 하선해야 좋을지"에 대해서 결코 알 수 없는 무정형의 지대에 홀로 남겨진, 피투된 존재일 뿐이다.

주말의 게으름 털어내고 달려온 터미널
목적지는 매진
소금기 묻은 실망이 설렘을 구기는 순간
삶은 예매할 수 없는 여정이란 걸 잠시 잊었다

아메리카노 카페라떼 레몬차 자몽차
아이스크림 닮은 대합실 다양한 표정들

에스프레소 얼굴빛의 옆 남자

'아이 짜증나'를 연신 토해낸다
승차권을 사지 못했나
덜 볶아진 커피콩 같은 하루에서
단지 그런 거였으면 좋겠다는 생각을 하며
서둘러 발길을 옮긴다
- 「향기로운 일탈」 전문

인용시에서 자아는 지금 어디론가 떠나려 한다. 그것은 일상의 피로
로부터 벗어나려는 것일 수도 피투된 존재가 존재의 전일성을 확보하
기 위한 형이상학적인 노력일 수도 있다. 하지만 이면에 감춰진 내포를
꼼꼼히 추적해들어가다 보면 후자의 의미에 보다 가깝게 느껴지는 것
이 사실이다. 그러니까 이 시는 「삐딱선 타다」의 연장선에 놓인 시라고
할 수 있는데, 지금 자아는 자아만의 안온한 공간을 찾아서 여행을 떠나
려 한다. 하지만 그곳으로 향하는 표는 이미 매진된 상태이다. 여기서 매
진이라고 했지만, 그것은 자아가 나아가려한 목적지가 쉽게 눈에 들어
오는 것도 아니고, 일상에서 흔히 수용될 수 있는 공간도 아님을 말해주
는 증표일 뿐이다. "삶은 예매할 수 있는 여정"이 아니기 때문이다. 만약
삶이 예매할 수 있는 것이라면, 그것은 일정하게 정해진 행로가 될 것이
고, 그렇게 되면 자아란 자신의 실존에 대해 고민하거나 방황할 필요도
없을 것이다. 뿐만 아니라 그것은 불구화된 자아를 완성시킬 영원이나
동일성의 감각과도 같은 것이 될 것이다. 하지만 일상에서 그 수준에 이
르는 것은 결코 만만한 것도 아니고 가능한 일도 아니다. 만약 그러하다
면, 혹은 쉽게 다가갈 수 있는 것이라면, 서정의 샘은 발효를 위해 더 이
상 끓어오르지 않을 것이다.

그러한 현실을 자아도 분명 이해하고 있지만 다른 한편으로는 쉽지 않음도 알고 있다. 그런 상황에서 자아가 할 수 있는 일이란 무엇일까. 그것은 어쩌면 우회하는 것보다는 보다 직접적인 도정, 곧 일차적인 감각에 기대는 편이 낫지 않을까. 서정적 자아는 아마도 이런 행보를 적극적으로 그리고 과감히 선택하는 것처럼 보인다. 어수선하고 안개와 같이 알 수 없는 현실에서 자아가 선택한 것이 "서둘러 발길을 옮기기"로 했기 때문이다. 감각이란 이성의 지배를 받지 않은 자유로운 지대이기에 아마도 이런 즉자적인 행보가 가능했을 것이다. 감각만큼 자아의 육체를 쉽게 유혹하는 것도 없다는 점에서 그러하다.

3. 자아를 인도하는 그리움의 세계

대상과의 합일, 그리하여 서정적 자아가 나아가야 할 꿈이랄까 유토피아는 시인의 시쓰기의 정점이라 할 수 있다. 시인은 이미 그러한 곳으로 가는 지름길이 시쓰기임을 이해한 바 있거니와 실제로 그러한 글쓰기를 통해서 자아의 현존을 확인하고, 그 현존이 나아갈 방향을 모색하고 있었다. 그 방향이란 곧 자아의 동일성이 확보되는 공간, 혹은 일시성을 초월할 수 있는 영원의 감각같은 것이었다.

하지만 이러한 꿈이나 유토피아의 세계가 마냥 쉽게 다가오는 것은 아니다. 그곳에 이르고자 하는 가열찬 열정, 서정의 정열이 끊임없이 솟구쳐야만 가능한 일일 것이다. 그러한 열정 들이 모여서 그의 시들은 또 다른 행보를 시작하는데, 바로 그리움의 정서를 찾아나서는 여행이다. 이 여행길은 결핍의 정서가 있기에 발생하는데, 이는 무언가 채워지지 않고 비워져 있는 상태를 의미한다. 그런데 이러한 상태가 요구하는 것은 무엇보다 충족의 욕망일 것이다. 지금 시인은 동일성을 향한 열망, 결핍에 대한 충족의 욕구가 가득차 있는 상태이다. 자신에게 있어야 할 것들이 지금 비워져 있는 상태, 곧 결핍된 상태인 까닭이다.

> 금강에서 소양강으로 흐르는가
> 소양강에서 금강으로 흐르는가
> 그대에게 흐르는 줄기
> 이리 멀 줄이야
> 유월의 그리움은 메마른 땅
> 타는 갈증 무색하도록
> 장마 소식은 아직도 수면 중
> 그대에게 가는 길
> 얄궂은 폭염으로 빈혈이 온다
> ―「갈증」전문

지금 자아는 '그대'로 향하고자 하는 열망으로 가득차 있다. 물론 여기서 말하는 그대란 매우 다의적인 층위를 갖고 있다. 그것은 연인일 수도 있고, 존재의 결핍을 메우는 존재일 수도 있으며, 영원에 대한 감각일 수도 있을 것이다. 하지만 그것이 무엇이든 상관없는 것인데, 서정적 자아의 현존을 완성시키는 것이면 그만이기 때문이다. 그래서 서정적 자아는 이를 향한 도정에 갈증을 느낄 수밖에 없고, 궁극에 그 욕구는 생물학적 한계에 도전할 정도로 강렬해진다.

이 작품에서 '그대'에게로 향하는 수단으로 물의 상상력을 도입한 것이 특징적인데, 그것은 물이 자연스러운 흐름의 상징이라는 점에서 주목되는 것이라 할 수 있다. 물이란 자연스러움의 상징이다. 그래서 그것은 순리의 표본과도 같은 것이다. 그것은 서정적 자아의 욕망과 결부되면서 한편으로는 순리를, 다른 한편으로는 당위적 임무라는 감각을 형성하게 된다.

이번에 상재하는 시집 『삐딱선 타다』에서 가장 많이 드러나는 소재랄까 주제 가운데 하나는 그리움에 관한 것이다. 그만큼 시인의 현존이 결핍의 상태에 놓여 있다는 것인데, 특히 이번 시집의 2부가 모두 이 정서들로 채워져 있는 것이 매우 이채롭다. 여기서 시인이 그리움으로 인유한 소재는 가족이라는 일상성, 특히 어머니이다.

잊힌 줄 알았어
김치냉장고 맨 아래에서 침묵으로 무거워진
김치 통 들어올리기 전까지는

해마다 김장철 되면 아린 손길 스며든 그것을 어쩌지 못해
젖은 그리움 토닥이며 5년을 보냈네

묵은지 버리면 곰삭은 슬픔쯤이야 함께 잊힐 줄 알았지
싱크대 가득 흐르는 김칫국물에 눈이 아프고
오랜 계절 익은 엄마 냄새는 집안을 돌고 도네

창이란 창은 다 열어 놓을게
새하얀 바람 옷 입고 이제 떠나도 괜찮아
함박눈 쌓인 무덤가에 햇살 들면 망초꽃 안고 찾아갈게
- 「엄마 냄새」 전문

지금 서정적 자아는 어머니에 대한 살뜰한 정서로부터 벗어나지 못하고 있다. 지금도 그러하지만 과거에도 어머니는 시인의 삶의 대부분을 차지하고 있었던 것으로 보인다. 그러던 어머니가 마지막 작별을 고하며 서정적 자아의 곁을 떠나갔다. 하지만 어머니와 작별했다고 해서 그것으로 이승의 인연이 종결되는 것은 아니다. 어머니의 부재는 시적 자아에게 결핍이라는 크나큰 공백을 새겨놓았기 때문이다. 그래서 시인은 그 여백을 채우기 위해 이미 작별한 어머니를 소환하기에 이르른다.

서정적 자아가 어머니를 환기하는 감각은 냄새이다. 냄새란 일차적인 이미지이거니와 그것은 주로 인간의 오감과 관계가 깊다. 그러니까 해체된 감각 혹은 무뎌진 감각을 회복하기 위해서는 이 일차적인 감각만큼 좋은 것도 없을 것이다. 실제로 이 작품을 읽어보게 되면, 어머니에 대한 그리움은 서정적 자아에게만 환기되는 것은 아님을 알게 되는데, 이런 효과는 이 작품을 읽는 독자에게도 생생하게 전달된다는 점에서 의미가 깊다. 그것을 가능케 했던 것이 바로 '냄새'라는 감각적 이미지이다.

지금 자아가 부재한 어머니를 그리워하는 것은 일상의 틀림없는 진실일 것이다. 뿐만 아니라 그것은 존재의 동일성을 확보하기 위한 형이상학적인 노력이기도 할 것이다. 다시 말하면, 아버지라는 존재의 개입이나 거울상의 도입이 만들어낸 상징계의 분열을 넘어서 상상계로 다시 되돌아가고자 하는 심리적, 형이상학적인 표현일 것이다. 시인의 이러한 시도는 이번 시집에서 계속 시도되는데, 시인이 아름다운 과거로 회상한 고향의 정서도 이 범주에 놓이는 것이라 할 수 있다.

그 골목길, 마중 나온 아카시아 향기 쌉싸름한 찔레꽃

빈터엔 희미해진 가족사만 다양한 풀꽃으로 흔들린다

두레박 걸린 우물은 가끔 꿈에서나 보이고
우물가 지켜 온 감나무 한 그루 푸른 미소로 손짓한다
집 지킨다던 구렁이는 어디로 갔을까
봄눈 뜰 때마다 아린 기억들 하나하나 엮어
감꽃으로 피워 열매 맺고
단맛이 베일 때까지의 고독한 보행

전설 잊지 않으려
마지막 잎새에 편지를 쓴다
- 「유년의 집터」 전문

유년이란 훼손되지 않는 시간이다. 그렇기에 그것은 자아에게 언제나 동일성의 감각으로 다가온다. 이런 맥락에서 고향이란 시인이 사뭇 그리워하고 있는 어머니에 대한 정서와 동일한 차원에 놓이는 것이라 할 수 있다. 따라서 그것이 환기된다는 것 자체만으로도 자아의 현존이 느끼고 있는 결핍의 정서와 무관하지 않은 것이 된다고 하겠다.

4. 소통이 만든 상호 공존의 세계

오영란 시인의 특색은 결핍을 통해서 현존을 인식하고, 이를 바탕으로 시를 쓰는 것이다. 그래서 그의 시쓰기는 즐거움과 기쁨이 따르는 것이라고 했다. 물론 시인이라면 이런 감각이란 누구에게나 예외없이 다가오는 것일 수도 있다. 하지만 시인의 경우는 여타의 시인들과 달리 남다른 지점에서 시작된다. 그것은 분명 이 시인만이 갖고 있는 고유성이라 할 수 있는데, 시인은 자신의 시쓰기가 "분명 행복임"을 알고 있지만 "마음이 가난하고 외로워져야/비로소 시가 되는 모순"(「시작노트2」)임도 이해하고 있는, 매우 독특한 시법을 갖고 있었기 때문이다. 그의 시쓰기는 이렇듯 그 모순의 샘에서 서정의 동력이 솟아난다. 그리고 그 힘에 아름다운 언어를 입힘으로써 완성시키는 것, 그것이 시인의 시쓰기의 핵심이라 할 수 있다. 그 완성이란 결핍에서 오는 것이고 또 동일성을 향한 가열찬 서정적 열망에서 이루어지는 것이었다.

그러한 열망이 그리움으로 표현되었고 그 대상이란 결핍의 정서들을 메워주는 것들이었다. 뿐만 아니라 실존적 인간이라면 누구나 내포하고 있는 존재론적 고독도 여기에 포함되는 것이었다고 할 수 있다. 그래서 시인은 결핍이나 고독을 향한 끊임없는 자기 모색을 시도하게 되었는데, 서정적 자아가 이른 곳은 근원적인 정서들이었다. 바로 자연의 상상력과 모성적인 상상력의 세계이다.

> 신의 기 영험해 사찰이 많은 곳
> 노승의 불경 소리에 녹아내리는
> 속세의 아픈 마음들
>
> 둘레길 따라 오르면 숲의 척추 보문산성
> 능선 따라 깊은 심호흡 하니 고고한 시루봉
> 정상에서 내려다 본 굴곡진 나이테는
> 푸른 미소로 하늘거리고

산은 말한다

나를 품을 줄 아는 당신이 바로 보물이라고

*보문산: 대전 중구에 있는 산으로 보물이 숨어 있다고 해서

보물산으로 불리다가 지금은 보문산으로 불리고 있다.

* '행복숲길' : 보문산에 있는 길 이름

– 「보문산」 전문

보문산이란 대전 중구에 소재한 산이다. 행복숲길 또한 이 산에 조성된, 힐링을 위한 길이다. 하지만 이 작품에서 중요한 것은 이런 고유성에 있는 것이 아니다. 이는 지명에 그 시적 의미가 있는 것이 아니라 보편적인 지명에 그 의미가 놓여 있는 까닭이다.

지금 서정적 자아는 산행에 나섰다. 그가 산행에 오른 것은 일상의 피로로부터 벗어나기 위한 것이기도 하지만 그것이 전부는 아니다. 서정적 자아는 이러한 산행을 통해서 산과 하나가 되고자 하는 까닭이다. 실상 이런 감각은 우리 시사에서 아주 흔히 제시된 사유의 틀이었다. 자연이란 흔히 일상성과 반대되는 지점에 놓이는 것들이다. 그래서 인간적인 것들이 폭력적이거나 불온한 것일 때, 그 대안으로 제시된 것이 자연의 영원성이다. 이런 감각은 정지용의 「백록담」에서 볼 수 있었거니와 산을 시의 전략적 소재로 인유했던 설악산의 시인, 이성선의 시들에서 흔히 볼 수 있는 것이었다. 그런 면에서 시인이 시도하는 산과의 합일, 혹은 그것으로부터 받을 수 있는 우주라든가 이법의 세계는 비슷한 차원에 놓이는 것일 수 있다.

하지만 이런 유사성에도 불구하고 산으로 표상된 자연을 자기화하는 방식은 매우 다른 지점에 놓이는데, 이런 의장이야말로 오영란 시가 갖

고 있는 고유한 특성일 것이다. 그것이 바로 교감의 정서, 혹은 대화의 상상력이다. 그런 의장은 시인의 작품 세계에서 이렇게 전개된다. 우선 시인은 속세의 아픔을 감각하기에 이른다. 물론 이런 감각이 가능하게 된 것은 그 저편에 놓인 산의 대항담론 때문이다. 아픔의 지대는 공유의 정서 없이는 감각되지 않는다. 한쪽이 느끼는 정서만으로는 그 통증이란 결코 성립될 수 없는 까닭이다. 만약 혼자만이 이런 일탈의 정서를 느낀다면 그것은 상처라든가 피해의 감각만이 외따로 남아있을 것이기 때문이다. 어떻든 이런 교감의 정서를 더욱 극대화시켜 주는 것이 '미소'의 표정이다. 미소란 상대방과 교감할 때 생기는 신체의 반응이라는 점에서 그러하다고 할 수 있다..

> 창밖은 단풍 드는 중
> 계절에 물들 수 있다는 건 행복한 일이다
> 베란다엔 여인초 금전수 선인장 파키라 으스대는데
> 그 아래 작은 풀 하나 숨소리 숨긴 채 웅크리고 있다
> 반갑다 예쁘다 말은 해주었지만
> 외면할 때마다 여린 심장은 얼마나 콩닥거렸을까
>
> 꽃은 보지 못했는데 어느새 아기 순 파릇하니 눈을 떴다
> 한여름 햇살도 마음 편히 들이지 못했을 텐데
> 조용히 씨앗을 품고, 낳았다
> 한 생을 사는 건 만만치 않아서
> 삶은 경이롭고 눈물겨운 일이다
> ─「품다」 전문

「품다」에 내포된 의장 또한 소통의 감각이다. 이 작품은 자연의 순리를 담아내고 있는데, 여기서 알 수 있는 것처럼, 그것은 자아 너머의 세계, 곧 초월적인 지대이다. 자아가 굳이 개입하지 않더라도 그것은 선험적으로 진행된다. 하지만 이런 초월의 공간에서도 자아의 시선은 언제나 그러하듯 따뜻하다. 그리고 그들 속으로 적극적으로 들어가 그들과 함께 대화하고자 한다. 자아가 이렇게 하는 이유는 분명하다. "외면할 때마다 여린 심장은 얼마나 콩닥거렸을까"하는 소외감 때문이다. 그래서 그런 단절감을 극복하고 대상과 하나가 되고자 하는 적극적 행보로서 "반갑다 예쁘다 말"을 시도 하고 있는 것이다.

대화나 소통을 통해서 대상과 교감하는 방식, 그리고 이를 통해 자신의 결핍, 혹은 존재의 완성을 이루어내는 방식들은 어머니를 그리워한 작품에서도 잘 드러나는데, 여기서도 중요한 소통의 의장은 바로 대화의 방식이다.

엄마가 보여
그곳에서도 꽃무늬 옷을 즐겨 입나봐
생전엔 보이지 않던 나비도 보이네
조심스레 손 잡았지
따뜻했어

함께 계단 내려오려는데
모습이 희미해져
엄마의 웃음과 꽃무늬 위로 하얀 물감이 칠해져
조급한 내 심장엔 푸른 멍 번지는데

사라져가는 미소로 손 꼭 잡으며 하는 말
'아무 걱정하지 마!'

아지랑이처럼 여린 당신 생전에
그렇게 짧고 강한 문장은 한 번도 없었어
먹먹한 흐느낌 속으로 새들의 지저귐이 들려
꿈이었어 너무도 생생한,
얼굴엔 물빛이 흘러 한동안 눈을 뜰 수 없었지

가끔은 그리움이 시간의 등허리를 적시겠지만
당신의 말을 부적처럼 기억하며 풀빛 그림 그려갈 거야
그러니 엄마도
'아무 걱정하지 마!'
— 「아무 걱정하지 마」 전문

   꿈이란 현실에서는 불가능한, 그리하여 잠재된 욕망을 잠의 형식, 그것도 입몽(入夢)으로 표현된 경우이다. 그렇기에 꿈이란 욕망 충족의 또다른 중요한 형태라 할 수 있는데, 지금 시적 화자는 입몽의 과정 속에서 어머니를 만나게 된다. 자아가 어머니를 만나고자 하는 것은 그녀에 대한 그리움 때문이다. 뿐만 아니라 어머니와 자아라는 라캉식의 이자적 관계를 회복하고자 하는 욕망의 표현이 내포되어 있다고 할 수 있다..

   이런 특성에도 불구하고 이 작품이 갖고 있는 특이성이랄까 고유성은 대화의 형식, 소통의 형식에서 찾아진다. 시인은 지금 막연히 어머니를 그리워하는 것은 아니다. 그러니까 혼자만의 사유나 정서만으로 어머니를 자신의 꿈 속에 소환하지 않는 것이다. 서정적 자아는 한편으로는 그리움의 정서를 간직한 채 어머니와 손을 잡기도 하고 대화까지 시도하는 등 적극적으로 소통하고자 한다. 손을 잡고 있는 것도 소통의 한 형식이거니와 대화란 당연히 그러할 것이다. 이런 소통의 방식은 어느 한쪽이 아니라 쌍방향에 의해서 이루어진다는 데 그 특징적 단면이 잘 드러난 경우이다.

소통이 있기에 시인이 추구하는 그리움의 방식이라든가 존재의 완성을 위한 도정은 관념으로부터 거리가 먼 것이라 할 수 있다. 서정적 자아는 혼자만의 고양된 정서로 상대방에 막연히 기투하거나 혹은 그리움의 정서를 일방적으로 투입시키지 않는다, 상대방과의 소통을 통해서, 대화를 통해서 자아에게 결핍된 부분을 충족시켜 나가는 것이다, 시인의 시들이 관념적이지 않고 일상적이라는 맥락은 여기서 찾아진다.

우리 시사에서 근대의 이원론적 세계를 초월하거나 존재론적 고독을 회복하고자 하는 시들이 흔히 보여주었던 감각은 관념지향적인 방식이었다. 하기사 우주의 이법이나 자연의 섭리를 담아야 비로소 존재의 초월이 가능하다고 할 때, 이런 감각을 담아내는 시들이 관념의 늪에 빠지는 것은 당연한 이치였을 것이다. 하지만 오영란 시인은 이런 시들이 가질 수 있는 관념의 한계를 적절히 비껴나가고 있다. 그것이 상호간의 조응에 의해서 이루어지는 소통의 방식 때문에 그러하다고 할 수 있다. 그는 혼자만의 그리움으로 존재의 전일성을 확보해나가지 않는다. 시인은 대상과의 적절한 소통을 통해서, 대화를 통해서 완전한 합일을 시도하고 있기 때문이다.

일상에서 흔히 취할 수 있는 소재를 통해 자아의 동일성을 확보해 나가는 것이 이 시집의 특징적 단면이다. 그리고 존재론적 고독이라는 형이상의 문제를, 지금 이곳의 현장에서 빚어지는 의미망, 곧 일상성을 통해서 확보될 수 있음을 보여준 것이 『삐딱선 타다』가 갖고 있는 구경적 의의일 것이다.

(오영란, 『삐딱선 타다』 해설, 이든북, 2023)

잘 조율된 자연의 악기와 같은 삶

1. 시를 만난 인생의 행복

지강식 시인은 늦깎이 시인이다. 이력에 의하면, 그는 오랜 세월 교직에 있었고, 퇴임 후에는 소나무를 키우며 자연과 더불어 살고 있다고 한다. 뿐만 아니라 종종 서예도 하고, 각종 악기도 전문가 못지않게 다룰 줄 안다. 이제 이러한 솜씨에 시를 하나 더 얹었고, 이 또한 성공의 길로 들어간 것처럼 보인다. 2019년 『계간 문예』에 신인상을 수상함으로써 공식 문인의 길에 들어선 것이다. 이후 시에 대한 열정은 식지 않아서 그동안 써 놓은 작품들을 모아서 이번에 첫 시집을 상재하려고 한다.

문학과 사회, 아니 그 범위를 좀 더 좁히게 되면 문학과 인생은 서로 뗄 수 없는 관계를 유지하고 있다. 이런 단면은 지강식 시인에게도 마찬가지인데, 지금껏 살아온 삶의 모습들을 자신이 일군 언어를 매개로 생생하게 되살려내고 있기 때문이다. 교직에 몸담은 사람으로서 체질적으로 가질 수밖에 없는 삶에 대한 엄정함이 녹아 있고, 잘 조율된 악기의

소리에서 나오는 경쾌한 가락이 서정의 운율 속에서 아련히 퍼지는가
하면, 서예 속에서 풍겨나오는 언어의 아름다운 춤들이 서정시라는 영
역에서 새롭게 탄생하고 있는 것이다.

　시인의 시들은 맑고 깨끗하다. 그러한 순정의 세계들은 모두 사물에
대한 세밀한 관찰이 만들어낸 것들이다. 악기나 서예 등이 어떤 일탈도
허락하지 않는 정밀함의 세계에서 이루어지는 것처럼, 시 또한 그러한
노력의 연장선에 있는 것이 아닌가. 시인은 이미 그런 세계가 요구하는
자세들에 대해 충분히 훈련을 한 것처럼 보인다. 그가 일구어내는 대상
들은 구체적이다 못해 지극히 섬세한 까닭이다.

　　새싹은
　　지심의 정열이 쏘아 올린 탄두彈頭
　　두근대는 가슴
　　붉게 상기된 얼굴

　　겨우내 움츠린 뿌리
　　뇌관이 돼
　　바닥 차고 솟아오르는
　　서슬 퍼런 꿈

　　우주여
　　이 연서戀書
　　뜨겁게 품을 준비가 되었는가
　　-「땅의 연서」 전문

새로운 생명이 탄생하는 과정은 엄숙하고 신기할 것이다. 이런 특징은「땅의 연서」에서도 예외가 아니다. 시인은 이 작품을 미세한 관찰과 여기서 얻어진 신선한 이미지들로 형상화해낸다. 어떤 한눈 팔이도 허용되지 않은 관찰, 집중된 자의식만이「땅의 연서」를 만들어내기 때문이다. 이런 감각은 그가 즐겨 가까이 하는 악기나 서예를 떠나서는 설명할 수 없는 부분들이다. 그의 시들이 신선한 감각과 참신한 이미지를 독자에게 선사하는 것은 모두 이와 밀접한 관련이 있을 것이다.

　모든 예술이 그러하지만 특히 서예나 악기의 반주 등은 오도(悟道)의 감각을 떠나서는 설명할 수 없다. 그러한 까닭에 이런 예법을 체득한 시인은 그 정서가 이미 체질화되어 있다고 보아야 한다. 마치 생리적인 어떤 것처럼 시인에게 흔들리지 않는 구경의 어떤 것으로 자리한 지 오래인 것이다. 그런데 이런 감각은 언어를 도구로 하는 서정시의 세계에서도 그대로 구현되고 있다. 그런 특징이 지강식 시인이 펼쳐보이는 서정시의 가장 큰 특색 가운데 하나일 것이다.

　　늦깎이 시의 길
　　열심히 두드려도
　　소리는 들려오지 않아
　　까치발로 목이 빠지게
　　사방을 두리번두리번

　　밤새 눈꺼풀 뒤집으며
　　시가 걸어갈 종이
　　뚫어지게 바라보지만

욕심만 앞서
얻은 것은 빈손

내일의 희망을 걸고
어제 갔던 길을
다시 밟아가지만
시는 언덕 너머 안개 속에 있고
나는 당달봉사처럼 헤매 도네

잡힐 듯 잡힐 듯
잡히지 않는
– 「그림자」 전문

　시인은 작품 「시」에서 '시'를 "영혼의 씨앗을 짠" 것이라고 했다. 말하자면, 시는 대상을 묘사하는 풍경화라든가 정서를 뛰어넘는 언어 유희와는 거리가 있는 것이라고 이해한 것이다. 그렇기에 그의 시들은 의미를 충실히 구현하는 것에 바쳐진다. 요즈음 일부 시인들이 말하는 영혼 없는 시, 가령, 의미나 형식을 파괴하거나 혹은 해체한 그로테스크한 것들의 범주를 뛰어넘는 곳에 존재한다.

　그러나 '시'를 "영혼의 씨앗을 짠" 것이라 했지만, 그 영혼이 정확이 어떤 것인지에 대해서 뚜렷히 제시하고 있지는 않다. 다만 그 일단을 짐작해 볼 수 있는 것이 작품 「그림자」에 어렴풋이 비춰지고 있을 뿐이다. 시인은 이미 악기를 통해, 혹은 서예라는 도(道)를 통해 자신에게 필요한 예도에 대해서 어느 정도 이해했는지도 모른다. 그런데, '늦깎이'로 시작한 시의 영역에서는 아직 서예나 악기와 같은 경지에는 도달하지 못한 것으로 보인다. 그래서 "열심히 두드려도/소리는 들리지 않"는 것이고, 밤새 눈꺼풀 뒤집으며/시가 걸어갈 종이/뚫어지게 바라보지만" 그 실체가 도무지 감각되지 않고 있기도 하다. 그래서 그 오도(悟道)라는 것이 무엇인지 "내일의 희망을 걸고/어제 갔던 길을/다시 밟아"보는 행위를 계속 하게 된다. 하지만 여전히 그것은 실체를 드러내지 않고 있다. 마치 "잡힐 듯 잡힐 듯/잡히지 않는" 시소게임이 자아와 언어 사이에서 계속 일어나고 있는 것이 아니겠는가.

여기서 알 수 있는 것처럼, 시인에게 시쓰기란 영혼을 알아가는 과정이라 할 수 있다. 보다 구체적으로는 자아란 무엇이고, 또 그것이 자신의 삶에서 어떤 것인가를 이해하는 과정이라 할 수 있을 것이다, 이는 곧 성찰의 영역이며, 그의 시들은 모두 이 음역에서 계속 피이드백하는 순환 구조 속에 놓여 있다. 내성과 성찰이 전진보다는 회귀나 반복에 의해 그 성공을 보장받을 수 있다는 점에서 보면, 만들어가는 주체의 입장에 놓인 서정적 자아에게 이는 매우 의미있는 것이라 하겠다.

2. 해탈이라는 숭고, 그 도정으로 나아가는 길

인간이 도(道)에 집착하는 것은 그렇지 못한 것들이 자아 내부에 있기 때문이다. 그것을 형이상학적으로 욕망이라고 하거니와 종교에서는 업이나 죄와 같은 것으로 설명하기도 한다. 문제는 이런 감각이 후천적인 것에서 오는 것이 아니라 선천적인 것에서 오는 것이라는 점에 놓에 있다. 그래서 이를 두고 원죄라 하거니와 그 초월이야말로 모든 인간이 갖고 있는 영원한 꿈으로 다가온다.

그러한 꿈은 내성과 분리하기 어려운 것인데, 인간이 끊임없이 성찰하고 이를 바탕으로 존재론적 완성으로 나아가고자 하는 것은 모두 이런 인간의 한계 때문이다. 지강식 시인이 갖고 있는 서정적 거리 또한 이와 밀접한 관계를 갖고 있다는 점에서 개인사와는 무관한 것이라 할 수 있다. 시인이 이번 시집에서 만들어내는 서정적 거리는 개인의 한계나 자신만의 특수한 무의식의 억압이 만들어내는 것이 아니다. 인간이라면 누구나 자유로울 수 없는 욕망 같은 것들이 이 시인의 자의식에 깊이 배어있는 까닭이다.

산이 있어
오르는 사람 있고
겨울이 있어
봄이 있다
가시가 있어
열매가 달다

과녁이 있어
화살처럼 질주하는 삶
아킬레스건을 족치고
눈빛을 다시 세운다
ㅡ「있어」 전문

이 작품은 '있어'라는 자동사를 사용하여 인간 속에 필연적으로 내재할 수밖에 없는 욕망의 문제를 재미있게 풀어낸 시이다. 무언가 '있'기에 그 다음의 행위가 인과론적으로 이어질 수밖에 없다는 것을 이야기하고 있는데, 그것은 자연 뿐만 아니라 인간에게도 동일하게 작용한다. 시인이 존재론적 한계를 느끼는 것은 무언가 '있'기 때문인데, 그 "있음"을 채우고 있는 것은 다름 아닌 "과녁"이다. 과녁이란 목표인데, 그것이 실존의 영역에서는 긍정적인 것에 닿아있지만, 형이상학의 영역에서는 부정적인 것에 닿아 있다. 게다가 여기서 이 '과녁'은 그저 존재하는 것이 아니다. 말하자면 수동성이나 자동성의 상태가 아니라 그리로 향하도록 적극적인 에네르기를 가하도록 강요까지 받고 있는 것이다. "아킬레스건을 족치고/눈빛을 다시 세우"는 행위들은 모두 이런 시도동기에서 이루어진 것들이다.

　이런 연쇄 반응이야말로 욕망의 또다른 이름일 것이고 자아가 여기에 얽매이면 얽매일수록 스스로에게 족쇄로 다가올 것은 뻔한 이치이다. 인간은 욕망하기에 억압의 정서를 갖고 있는 것이며, 이런 욕망으로부터 벗어나지 못하면, 억압이란 자아로부터 결코 떠나지 않을 것이다. 욕망이 있는 한 억압이 있고, 이 관계가 해체되지 않는 한 서정적 자아는 유토피아에 결코 도달하지 못할 것이다.

　　노란 은행잎은
　　남은 날에 대한 물음
　　남길 것은 무엇이고
　　보낼 것은 무엇인가

　　늦가을 냄새
　　못다 태운 불길이 가슴을 할퀸다
　　생을 헌신짝같이

버리고 갈 수 있어야 하는데

소멸 앞에서
영원에 대한 갈망은 더욱 깊어
언제쯤
한 줄기 바람처럼 갈 수 있을까

다 비운 자의
노란 수의는 거룩하다
그 당당한 어깨
노을이 찬란히 꽃을 받친다
- 「노을 꽃」 전문

　인간이라면 누구나 꿈꿀 수 있는 유토피아란 어떤 모습일까. 가령, 아담과 이브가 살던 에덴동산일까. 아니면 모든 업을 극복하고 환생한 어떤 편안한 모습의 유기체일까. 아니면 상상 속에 존재하는 동양의 무릉도원이나 청산과 같은 삶의 세계일까. 하지만 어느 누구도 그 실체에 대해 뚜렷하게 감각하는 것은 결코 쉬운 일이 아니다. 지금껏 그것이 구체적인 현상으로 우리 앞에 구현된 적은 없기 때문이다. 하지만, 그 구체적인 실상을 체험하지 못했다고 하더라도 어느 정도 그에 대한 가상의 현실이 존재할 수 있는 것은 아닌가 한다. 그리고 인간이 욕망에 의해 억압된 존재라고 한다면, 이 불구화된 상태를 초월하는 것만으로도 이 유토피아는 우리에게 어느 정도 현현한 것이 아닐까.
　「노을꽃」은 인간이 꿈꾸는 유토피아가 어떤 것일 수 있다는 가상의 현실을 어느 정도 보여준 작품이라는 점에서 주목을 요하는 시이다. 그것은 일종의 버림, 곧 떨궈냄이다. 가을은 신화적 의미에서 보면 소멸의 계절이다. 겨울이 죽음의 단계라면, 가을은 이 단계로 나아가기 전 단계가 되는 셈이다. 그래서 가을은 모든 것을 버려야 하는 예비의 계절이다. "남길 것은 무엇이고/보낼 것은 무엇인가"에 대한 고민을 계속 시도하는 것은 비욕망의 세계, 시인의 논법에 의하면 해탈의 세계로 들어가기 위해서이다.

'노을 꽃'으로 상징되는 자연은 이런 과정을 예외없이 잘 보여준다. 하지만 인간은, 아니 서정적 자아는 '노을 꽃'처럼 그렇게 순리적으로 나아갈 수 있는 것인가. 이 작품의 회의는 일단 여기서 시작된다. 그러한 회의야말로 서정적 자아의 내성이며, 시인이 이번 시집에서 가장 전략적으로 구사하고 있는 주제 가운데 하나일 것이다.

이른 새벽
부처님과 나 혼자뿐
최면 걸린 것처럼
적막 속에
빠져든 순간
새로운 귀가 열리고

잡념 하나까지 다 비우면
바닥에 가라앉아 있던 진실
꽃송이처럼 눈을 떠
그 향기를 따라
오늘도 내일도 계속
일 배 일 배 백팔 배.....

님아, 해탈은 어디쯤이냐?
밤새
아프도록 온몸 태우지만
때 묻은 몸뚱아리
납덩이 같아
　－「공염불」 전문

　성찰이나 내성은 어찌 보면 완성의 감각에 그 의의가 있는 것은 아니다. 하기사 원죄를 비롯한 존재론적 한계를 필연적으로 수반하고 있는 인간이 이 환경으로부터 말끔히 벗어나는 것은 불가능한 일일 것이다. 그럼에도 인간은 이런 도정을 결코 멈출 수 없는 것 또한 진실이기도 하다. 만약 그 성찰이라는 정서를 포지하지 못한다면, 지금 현재 이루어지고 있는 삶은 그 건강성조차 확보될 수 없기 때문이다. 뿐만 아니라 자아와 세계 사이의 거리 속에서 서정의 유토피아를 추구하는 서정시는, 아니 서정시인은 더 이상 존재 의의가 없어질 것이다. 서정시야말로 이 화해할 수 없는 거리감이 만드는 장르이기 때문이다.

　지금 서정적 자아는 조용한 새벽 산사에 있다. 그가 여기에 있는 이유는 단 한 가지이다. 수양을 통해서 존재론적 완성으로 가는 길을 발견하고자 하기 때문이다. 그런데 여기서 서정적 자아의 그 끊임없는 시도는 어느 정도 성공한 듯도 보인다. "적막 속에 빠져든 순간/새로운 귀가 열리는" 놀라운 경지에 이르기 때문이다. 맑은 소리를 들을 수 있다는 것은 정서의 해방없이는 불가능한 감각이다. 온갖 욕망으로 물든 자아가 맑은 소리를 있는 그대로 듣는 것은 불가능하기 때문이다.

　맑고 깨끗한 세계에 대한 갈망, 그 서정적 에너지들이 서정적 자아로 하여금 계속 수양이라는 음역 속에 머물도록 한다. 서정적 자아 역시 그 에네르기를 받아서 성찰이라는 거보를 내디디며 힘차게 앞으로 나아가고자 한다. 그래서 "오늘도 내일도 계속/일 배 일배 백팔 배"를 계속 시도하는 것이다. 하지만 그 길은 생각만큼 쉬운 것도 아니고 경우에 따라서는 불가능한 것처럼 다가오기도 한다. 넘나들 수 없는 서정의 강이 자아 앞에 펼쳐지고 있다는 사실을 이해하는 데에는 그리 오랜 시간이 필요치 않았기 때문이다. "님아, 해탈은 어디쯤이냐?"하는 하소연이 곧바로 튀어나오는 까닭이다.

해탈이란 자아가 생각한 것만큼 결코 쉽게 이루어질 수 없다는 것인데, 실상 이런 감각이야말로 인간의 궁극적 한계가 아닐 수 없다. 구도자적인 수양과 끝없는 성찰을 통해서 존재의 한계가 극복될 수 있다면, 서정시는 어쩌면 더 이상 존재하지 않는 것인지도 모를 일이다. 이는 물론 서정시의 한계가 아니라 인간의 한계이기도 할 것이다. 「공염불」의 자아도 비슷한 처지에 놓여 있다. 저기 저 아름답게 펼쳐져 있을 것처럼 생각되던 유토피아가 잡힐 듯 잡힐 듯 하면서도 결코 잡히지 않는다. 그러한 단념을 잘 보여주는 시구가 바로 "때 묻은 몸뚱아리/납동이 같아"일 것이다. 몸이 가벼워진다는 것은 욕망이라는 때를 벗겨내는 상황이 되어야 한다. 서정적 자아는 욕망이라는 이름의 무거운 때를 계속 떨궈내려 하지만, 이를 완성하는 작업은 결코 성공을 거두지 못한다. 성찰이라는 아름다운 순례의 여행을 계속 해야 하는 까닭이 여기에 있다. 완성은 난망한 것이지만, 그렇다고 결코 포기할 수 없는 것, 그것이 존재론적 한계를 갖고 있는 인간의 숙명이자 서정적 자아의 운명일 것이다.

3. 오도를 통한 공존

존재 완성을 향한 자아의 노력은 계속 가열하게 진행된다. 그것은 시인에게 주어진 의무이자 윤리이기도 했다. 완성은 해체라든가 분리의 감각과 상대적인 자리에 놓이는 것인데, 이에 이르기 위해서는 무엇보다 전일성이 확보되어야 하고, 또 의식과 무의식 사이에 놓인 갈등들이 해소 되어야 한다. 그것이 곧 깨달음의 경지이거니와 시인은 그러한 길을 위해서 다양한 모색을 시도한다. 그 가운데 하나가 서권기(書卷氣)이다. 가령, 「보금 자리」가 그러하고 「아리랑을 읽다가」, 혹은 「삶의 퇴고」가 모두 이와 관련된다.

가장 좋아하는 판넬 집
낮에 비 소식
제일 먼저 전하고
어두운 밤
바람의 연주를 들려주는 집

여름은 프라이팬처럼 달아올라
땀 뚝 뚝 듣는 한증막
겨울은 매서운 한파
그냥 스머드는 냉동고
더위와 추위 속
내 지나온 길과 갈 길을 생각해 본다

책을 읽고 있으면

가까이 벌레의 현악기 소리
먼 곳에서 산새의 피리 소리
마음 씻어주니
이보다 좋은 곳
세상 어디에 있겠나
- 「보금자리」 전문

일찍이 우리 시사에서 서권기를 통해서 인식의 완결을 이루어내려고
한 시인으로 가람 이병기를 들 수 있다. 그는 난초향이 풍기는 서실(書
室)과 책장을 넘기는 과정에서 나오는 책향기를 통해 소위 근대의 이분
법을 초월하고자 했다. 의식과 무의식이 통일되어 하나가 되는 것, 이를
후각을 통해서 뛰어넘고자 했던 것이다. 그것이야말로 대상과 자아 사
이에 놓인 서정적 거리의 무화가 아니겠는가.

「보금자리」와 「아리랑을 읽다가」가 서정화하고자 하는 것도 가람의
시적 방법과 꼭 닮아 있다. 서정적 자아는 "책을 읽고 있으면", "가까이
벌레의 현악기 소리", "먼 곳에서 산새의 피리 소리"가 들린다고 했다.
소리가 감각되는 것은 단절이 아니라 소통이거니와 이는 곧 어떤 차단
의 벽이나 격절감과는 무관한 경지이다. 소리를 통한 여과를 통해서 시
인의 정서는 맑게 씻어진다. 이른바 영혼의 아름다운 지대가 형성된다
는 것인데, 그 지대야말로 근대의 이분법이 가져온 단절을 초월하는 지
점이 될 것이다. 자아가 이 해방의 지대에서 "이보다 좋은 곳/세상 어디
에 있겠나"라고 하는 것은 이 때문이라 할 수 있다.

자아와 대상 사이에 놓인 거리의 좁힘과 그 초월은 한순간의 자의식
에서 이루어질 수 있는 것이 아니다. 그 또한 인간의 숙명으로 자리한

지 오래이다. 의식과 무의식, 본능과 이성 사이에 놓인 거리를 서권기와 같은 수단을 통해서 자아가 계속 초월하고자 하는 것은 그러한 숙명으로부터 자유롭지 않은 것이라 할 수 있다. 시인은 이 작품에서 서권기와 맞설 수 있는 또하나의 대상을 발견하게 된다. 등가로서의 자연이 바로 그러하다. 시인의 작품 세계에서 자연이 갖고 있는 함의는 아무리 강조해도 지나치지 않는데, 어쩌면 이번 시집에서 펼쳐보인 서정의 긴 행보가 여기서 완성되는 듯한 느낌을 받을 정도로 중요한 매개로 기능한다.

소나무 농장은
새들 사철 노래방

해님 오기 전
이슬 안고 참새들 노래

해님 방긋 웃으면
반가운 손님 오려나 까치 소리

오후 내내 뻐꾸기 정다운 인사
밤에는 임 부르는 소쩍새

낮부터 밤까지
시간 맞춰 성업 중

때 묻지 않은 목청
듣고 또 들어도

질리지 않는 최고의 명곡
- 「숲 노래방」 전문

　자연이 갖고 있는 근대적 의미들은 범상치 않은 함의를 갖고 있다. 자연에 대한 기술적 지배란 곧 인간의 욕망에 의해 저질러진 것이고, 이런 폐해에 대해 일찍 간파한 루소는 "자연으로 돌아가라"고 선언한 바 있다. 자연으로 회귀한다는 것에는 자연을 더 이상 대상화된 존재가 아니라 일체화된 존재로 받아들여야 한다는 뜻이 담겨 있다. 다시 말해 현재의 위기는 인간이 자연으로부터 떨어져 나와 자연을 욕망의 대상으로 취급한 데서 빚어진 결과라고 보는 것이다. 따라서 위기가 감각될 때마다 자연은 그 대안, 곧 원점 회귀로 부각될 수 있었던 것이다.

　지금 서정적 자아는 '숲'의 한가운데 있다. 그러면서 그는 거기서 마치 노래방에 온 듯한 착각을 가질 정도로 그것과 하나되어 그 세계에 침윤되어 있다. 이는 곧 교감의 정서인데, 이런 감각이야말로 경계나 분리의 세계와는 거리가 먼 것이라 하겠다. 일찍이 서정주는 「상리과원」이라는 시에서 자연과 인간이 어떻게 하나가 되어 통일된 공간을 만들어낼 수 있는가를 잘 묘파해낸 적이 있다. 전후 무질서하고 혼란한 현실을 자연과 하나되는 감각, 모든 자연의 소리들이 하나의 공간에서 울려퍼지는 교향악 속에 담으려 했다. 그것이 「상리과원」의 세계였다.

　「숲 노래방」은 서정주의 「상리과원」을 마치 지금 이곳에 재현되고 있는 듯한 착각을 불러일으킬 정도로 유사하게 닮아 있다. 모든 것이 자연의 일부가 되어 보다 커다란 자연으로 재생되고 거기서 아름다운 조화감이 펼쳐져 있다는 점에서 그러하다. 인간과 자연이 분리되어 있는 현실에서는 새의 소리도, 나무들의 음성도, 해의 모습도 들리거나 볼 수가 없게 된다. 이를 응시할 수 있는 것은 인간이라는 경계를 뛰어넘어야 비로소 가능한 일이 될 것이다. 지금 서정적 자아는 대상과 혼연일체가 되어 자연이라는 거대 성채를 이루어내고 있다. 그곳은 분리가 아니라 통합이며, 갈등이 아니라 조화이다. 이를 가능케 한 것은 인간이라는 경계와 자연이라는 경계가 따로 존재하지 않는 현실에 의해서이다.

지난해
블루베리 농사 풍년
그러나
찌르레기 잔치판만 벌여 주었네

올해 블루베리
또 풍년
올핸 넘보지 못하게
하얀 그물 둘러 놓았네

그래도 지난해 맛
못 잊어
포복으로 기어든 찌르레기
그물에 걸렸네

오늘 아침
기진맥진한 찌르레기
미안해 풀어주니
푸더득 하늘로 날아갔다

내 욕심은 헛된 마음
그래 같이 먹고 살자
하얀 철조망 하얗게
다시 벗겨버렸다
-「같이 살자」전문

인용시는 「숲 노래방」에서 시작된 통합적 사유가 어디를 지향하고 있
는지를 잘 보여주는 작품이다. 서정적 자아는 블루베리 농사를 지었지
만, 찌르레기의 잔치판만 만들어주었을 뿐 거기서 아무런 소득도 얻지
못했다. 그래서 올해는 자신만의 소유욕을 채우기 위해 "하얀 그물을 둘
러 쳐 놓았"다. 그랬더니 지난해 맛을 잊지 못한 찌르레기 그물을 뚫고
들어왔고, 이내 거기에 걸려버렸다. 자아의 미안한 윤리의식이 발동한
것은 이 지점에서이고, 그래서 자아는 "기진맥진한 찌르레기"를 "미안
한 마음"으로 풀어주게 된다.

이 작품에 이르게 되면, 시인이 의도했던 통합의 사유가 더 이상 관념
의 세계에 머물고 있지 않음을 이해하게 된다. 다시 말해 시인은 의식과
무의식, 혹은 이성과 본능 사이에 놓인 통합이라는 관념, 혹은 그 뜬구름
잡는 형이상의 영역으로부터 벗어나 이렇듯 현실 속으로 녹아들어가고
있는 것이다. 이런 현실성이야말로 구체성의 또다른 이름이며, 그의 시
들이 주관이나 관념의 감옥과 거리를 두고 있는 것은 이 때문이라 할 수
있다.

실제로 시인이 이번 시집에서 응시하는 세계는 넓고 크다. 그의 시들
이 일상의 뚜렷한 관찰에서 시도되는 것이지만, 그는 대상의 섬세한 묘
사에서 그의 시작을 끝맺지는 않는다. 그는 이를 형이상학적 통합이라

는 관념을 만들어내기도 하고 일상의 아름다운 공존을 현실에서도 실현하고 있는 것이다. 그의 시들이 만들어가는 음역이 넓고 큰 것은 모두 이런 이유 때문일 것이다.

4. 넓고 큰 서정의 음역들

지강식 시인의 작품들은 깔끔하다. 대상을 통해 빚어내는 시의 언어들은 정제되어 있을 뿐만 아니라 그 언어가 빚어내는 의미들 또한 맑고 투명하다. 하지만 이렇게 여과된 언어들 속에서 그려지는 맑은 세상들이 작가의 주관이나 관념에 의해 길러지는 것이 아니다. 그의 시들은 작은 영역이 아니라 보다 큰 영역으로 계속 나아가고자 한다. 그것이 시인의 시세계를 넓고 크게 하는 요소들이다. 그 한 가지 사례를 보여주고 있는 작품이 「허고개」이다.

　　　문수동자도 헉헉대며 넘었다는 허고개
　　　구불구불 휘어 감고 올라가는 길
　　　무거운 삶의 짐 잔뜩 이고 지고
　　　고통의 울분을 땀방울처럼 흘리며
　　　이마에는 굵은 주름
　　　붉게 충혈된 눈동자

　　　해마다 터지는 운전 사고
　　　길이 문제인가

인간의 성급함 때문인가
아니면 산신령이 노하신 건가

나락으로 떨어지는 선량한 사람들
살려 달라 외치지만 본체만체
어제도 오늘도
끝내 울분을 토해낸다
시장님 살려 주세요
이제 더 못 참겠다고
수십 명이 줄을 지어
성난 얼굴로 깃발을 흔든다

까막눈은 아닌데 못 본척하는 나으리들
이 소리 들리는가
굳은살 손바닥들의 거센 항의
끝내 외면하시려는가

이 고개에서 장애인으로 누운 남편을 두고
그의 아내
산 입에 거미줄 치는 신세
켜켜이 쌓인 설움
절절한 함성으로 풀어헤친다
—「허고개」 전문

시인이 응시하는 대상은 인용시에서 보듯 크고 넓어지는 경향을 갖고 있다. 그는 자연이라는 영역으로부터 벗어나 사회의 보편적인 구석 한 곳을 뚜렷이 응시 한다. 이런 응시란 「같이 살자」의 범주 속에 놓이는 것이지만 이 작품에 이르러서는 그 내포와 외연이 크고 넓은 경우이다. 그의 시들은 보다 큰 사회적 영역에서 시의 의미가 만들어지는 까닭이다.

시는 일인칭 주관에 의해 지배되는 장르이기에 관념이라는 한계를 피하기 어려운 것이 사실이다. 그것이 시와 사회의 관계를 이야기하는 데 있어 일정한 난점으로 작용하게 만든다. 하지만 시인은 서정시가 갖고 있는 그런 부정적인 면들을 딛고 한 단계 더 나아가고자 한다. 이른바 관념이라는 영역으로부터의 탈출이다. 그러한 일탈이 자아로 하여금 사회라는 보다 큰 지대로 나아가게 하는 에너지가 되게끔 만든다. 시인의 작품 세계에서 대상의 관조와 거기서 얻어지는 이미지들에 의해서 맑고 투명하게 그려진 대상들이 그 외연을 넘어서 보다 큰 음역을 갖는 것은 여기에 그 원인이 있다고 하겠다. 그의 시들은 이를 바탕으로 계속 뻗어나갈 것이다. 엄정한 자기 절제와 성찰, 대상에 대한 냉철한 응시, 그리고 거기서 여과되는 이미지들이 어우러져서 지강식 시인만의 고유한 세계들이 만들어질 것이다. 앞으로 펼쳐지는 그의 시들이 기대되는 것은 이 때문이라고 할 수 있다.

(지강식, 『소크라테스 아내』, 계간문예, 2023)

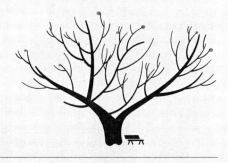

3부

세속을 딛고 근원으로 향하는 두 가지 경로

1. 세속과 고요의 사이-이동순, 『고요의 이유』(애지, 2022)

이동순의 시들은 쉽게 잘 읽힌다. 그러니 그의 시에 대한 독서가 재미있고, 감동 또한 잘 다가온다. 시가 잘 읽히는 것은 그만큼 시에서 다루는 내용들이 누구나 공감할 수 있는 정서들로 가득차 있기 때문이다. 시인은 지금 이 시대가, 혹은 우리가 원하는 정서들이 무엇인지에 대해 잘 알고 있는 듯하다. 그것이 그의 시의 가장 큰 매력이라 할 수 있다

시인은 이번 시집의 제목을『고요의 이유』라고 했다. '고요'이면 될 것인지, 거기다 굳이 '이유'를 붙인 것은 무엇 때문일까. 그것은 아마도 이 단어가 너무 뻔하고 상식적이기에 이를 낯설게 환기하기 위해서 그러한 것이 아닐까. 실제로 시인이 밝힌 「시인의 말」이라든가 작품의 내용을 읽어 보면, 그 이유를 대번에 알게 된다.

시인은 우리의 삶이 너무 소란한 가운데 있고, 그렇기에 그 반대편의

세계에 있어야 한다고 했다. 그것이 고요인데, 여기에 있게 되면 "마음의 불안이나 초조, 혹은 강박"으로부터 벗어날 수 있다고 했다. 고요가 갖고 있는 내포에 기대게 되면, 실상 이런 정서는 지극히 합당한 것이 아닐 수 없다. 「나귀 한 마리」는 이런 단면을 잘 보여주는 시이다.

등 뒤 수레에
제 몸보다 더 큰 짐 싣고

가파른 언덕길
아등바등 오르는 나귀 한 마리

나귀의 입에선
열차화통처럼 허연 입김 뿜어져 나온다

내 할아버지도
아버지도 형제들도 모두

그렇게 살다가 갔다
나도 그렇게 허덕지덕 살았다
- 「나귀 한 마리」 전문

"등 뒤 수레에 제 몸보다 더 큰 짐 싣고", 그 무거운 짐 때문에 "열차화통처럼 허연 입김 뿜어져 나온 삶"이 나귀의 삶이며, 궁극에는 우리네의 삶도 그렇게 허겁지겁 살아왔다는 것이 시인의 판단이다. 그래서 이런 거친 삶, 바쁜 삶이란 정상적인 것이 아니라고 본다. 그러니까 이제는 거칠고 힘겨운 일상이 아니라 그 반대편의 삶을 찾아야 한다는 것이다. 그 것이 고요의 이유라는 것이 시인의 주장이다.

이런 주제의식이 깔려 있기에 『고요의 이유』를 읽어보면 금방 알 수 있는 것처럼, 이 시집은 매우 차분하고 정밀하다. 번잡스럽거나 수다스 럽지도 않은 것인데, 어쩌면 이런 정서가 그동안 우리의 일상을 압도하 는 지배소가 되어야 했을 것이다.

시인은 인생의 어느 순간부터 그러한 일상이 갖고 있는 부정성들이 어떤 것인지에 대해서 잘 알았던 것처럼 보인다. 그래서 부산하기만 했 던 일상을 넘어서 그 이전의 세계, 곧 고요를 찾아가려 하는 것이다. 그 러면 왜 이렇게 가야만 하는가 하는 의문이 떠오르지 않을 수 없게 되는 데, 그 이유는 간단하다. 그것이 시인의 삶, 아니 우리 삶의 본연의 모습 이기에 그러하다는 것이다.

이번 시집에서 그러한 길로 향하는 시인의 행보는 크게 두 가지 측면 에서 이루어진다. 하나가 과거로 향하는 시인의 시선이라면, 다른 하나 는 관조의 자세이다. 고요가 갖는 의미를 이해한다면, 이는 당연한 수순 이라 할 수 있을 것이다. 가령, 시선 자체가 현재를 넘어 미래로 향한다 는 것은 도달해야할 목표라든가 이상이 매우 크다는 것을 의미한다. 그 래서 이런 태도는 당연스럽게도 또다시 "아등바등 오르는 나귀 한 마 리"와 다를 것이 없게 되고, 그것은 궁극에는 '거친 호흡'을 필연적으로 지닐 수밖에 없는 삶이 될 것이다. 이를 알기에 시인의 시선은 앞이 아 니라 뒤로, 미래가 아니라 과거로 향하는 것이다. 그것은 한편으로는 아 름다운 추억(「지난 세월」)으로 나타나기도 하고, 그리움의 세계(「권재 은 중사」)로 구현되기도 한다. 이 외에도 『고요의 이유』에는 시인이 인 생의 도정에서 만나온 사람들과 사건들, 혹은 사물들이 기억의 정서 속에 파노라마처럼 펼쳐져 있다. 그 일련의 장면들이 시인의 정서 속에 회감되면서 아름다운 시어로 새롭게 태어나고 있는 것이다.

　다른 하나 그의 시를 평온하게 하는 것은 관조의 자세이다. 이는 그저 단순한 응시이기에 이 의장에는 아무런 보상이나 욕망이 개입되지 않는다. 이 방법은 크게 두 가지 경로를 통해서 형성되는데, 하나는 과거의 추억 속에 떠오른 공간에 대한 응시이다. 가령, 「금성이발소」가 그러한데, 시인은 과거 자신의 일부를 이루었던 이발소를 기억하고, 그 장소에서 지난날의 장면을 현재의 시간 속에 오버랩시킨다. 말하자면, 추억 속에 남겨진 과거를 현재의 관점에서 바라보고 있는 것이다. 그리고 다른 하나는 「잡초」와 같은 세계이다. 세상 어디에나 존재하는 것이 잡초이지만 시인은 그것을 의미있게, 그리고 뚜렷이 응시하면서 서정의 결을 만들어낸다. 하지만 이런 정서적 작용을 통해서 시인은 흔히 범할 수 있는 대상에 대한 감정 개입이나 의인화로부터 한발 비껴서 있다. '잡초'란 그저 시인의 주관을 초월한, 선험적인 어떤 것으로 존재하고 있을 뿐이다.

　미래로 향하는 시선이 없으니 눈이 아프거나 피로하지 않다. 뿐만 아니라 도달해야할 목표가 뚜렷이 없으니 초조함이나 불안감 또한 없다. 굳이 나아가야할 시선이나 방향이 없는 것, 또 이루어야할 목표가 없는 것, 그것이 고요의 구경적 세계일 것이다.

　인간은 흔히 존재론적 불안에 갇힌 존재라고 한다. 그래서 그 초월을 위해, 혹은 극복을 위해 부단한 노력을 시도한다. 그래서 구도자의 위치에 서 있기도 하고, 경우에 따라서는 종교적 인간이 되어보기도 한다. 뿐만 아니라 무의식이라는 미정형의 지대 속을 헤매이기도 한다. 이런 면에서 보면, 이동순 시인이 탐색하는 고요의 지대도 이런 행위와 분리하기 어려울 것이다. 말하자면, 시인 역시 존재론적 완성이나 혹은 일상의 세속으로부터 탈출하고자 끊임없는 노력을 했기 때문이다. 그런데 시인이 모색하고 탐색한 것은 기왕의 시인들이 보여주었던 것과는 전연 다른 지대에 있는 것이라는 점에서 그 의미가 있다. 그것이 바로 고요의 상상력이다.

어떤 것을
반드시 해야 한다는
강박에서 어서 놓여나야겠다
고요가 도와주리

자신의 정당함을
자꾸 입증하려고 하지 말아야겠다
그냥 고요하게
제 자리에 머물러 있어야겠다

온전한 자신
꽉 찬 자유의 느낌은
내가 고요 속에 머물 때
비로소 만나고 얻을 수 있는 소중한 것

내 주위를 감싸고 있는
고요는 내 속의 고요를 불러낸다
내 영혼의 가장 깊은 곳
거기에 이미 고요의 공간이 있나니

나는 이 공간을
그동안 너무 잊고 살았다
이렇게 좋은 곳이 있는 줄도 모르고
다른 곳에 가서 고요를 찾았다
– 「고요에 대하여」 전문

작품에 표명된 것처럼, 시인이 사유하는 고요의 기능은 명백한 것이다. 그것은 "강박에서 놓여 나는 것", "자신의 정당함을 굳이 입증하는 것"으로부터 벗어나고자 하는 것이다. 그리고 그로부터의 탈출이란 "온전한 자신/꽉 찬 자유의 느낌", 혹은 "내 주위를 감싸고 있는/영혼의 가장 깊은 곳"을 찾는 것이다. 말하자면, 강박과 초조에 맞서는 편안과 자유의 감각이 고요의 지대라는 것이다.

시인이 의미화한 '고요'란 실상 매우 낯선 것이라 할 수 있다. 자신의 존재론적 불안이라든가 세속적인 초조의 세계를 이런 감각에서 얻고자 한 것은 무척이나 예외적인 것이기 때문이다. 가령, 시인은 어떤 철학적인 사유나 형이상학적인 잣대로 존재론적 한계를 풀어나가고자 했던 기왕의 시인들과는 다른 경우이다.

그럼에도 시인이 부산한 일상이나 세속의 욕망을 단지 고요라는 정서에만 한정시켰다면, 무언가 허전할 뿐만 아니라 어떤 부족이나 결핍의 정서로부터 자유롭지 못했을 것이다. 여기서 이 시인이 의도했던 고요의 음역이 보다 확산되어 나타나게 되는데, 그것이 바로 모성적인 세계로의 침잠이다. 가령, 땅이라는 모성성(「큰 쉴 곳」), 혹은 하늘이나 자연물(「초록을 마시다」)과 같은 세계이다. 시인은 이를 근원적인 것으로 이해했거니와 그 기저를 이루는 것이 바로 '고요'의 상상력이라고 보는 것

이다. 이런 관점이야말로『고유의 이유』의 의의이며, '고요'를 모성의 감
각으로 사유한 이 시인만의 득의의 영역이라 할 수 있을 것이다.

2. 도시와 고향의 사이-김미숙, 『물고기의 꿈』(동행, 2022)

김미숙 시인의『물고기의 꿈』은 시선집이다. 시인은 그동안 일곱권의
시집을 내었고, 그 가운데 세 번째부터 일곱 권째 시집까지의 작품에서
가려 뽑아서 낸 것이『물고기의 꿈』이라고 한다. 그러니까 이 시선집은
시인의 작품 세계에서 후기에 속한다고 할 수 있다.

서정시는 자아와 세계의 불화 속에서 탄생한다. 그 화해할 수 없는 간
극을 좁히기 위한 시도가 서정시의 존재 의의인 것이다. 서정시에 대한
이러한 정의는 김미숙 시인에게도 동일하게 적용되는데, 그의 시세계가
세상에 대한 시인의 거리랄까 불화에서 시도되고 있기 때문이다. 그 준
거점이란 바로 시인의 고향이다. 시인은 이 시집의「자서」에서 자신의
시 쓰기의 원천이 "고향과 도시 사이의 괴리"라고 했으니 말이다. 그 화
해할 수 없는 거리감이 시인의 서정적 거리였던 것인데, 그렇다면 시인
이 이해한 고향이란 무엇이고, 또 도시란 무엇인가 하는 의문이 떠오르
지 않을 수 없을 것이다.

도시란 근대 문명의 상징이거니와 세속적 일탈이 무한하게 펼쳐지는
장이다. 뿐만 아니라 도시는 무한 증식하는 욕망의 무대 내지는 투기장
이기도 하다. 반면, 고향은 그 반대편에 놓인 것으로써 근원적이고 원초
적인 것의 상징으로 구현된다. 지금까지 펼쳐 보인 시인의 시세계를 읽

어보면, 시인은 적어도 고향에 대한 이 근원적인 감각, 순수한 정서들을 자신의 기억 속에 고이 간직한 듯 보인다. 세상을 들여다보는 시야나 이를 통해 담론화하는 그의 시어들은 도시나 문명에 대해, 혹은 욕망에 대해 거세게 도전하고 있기 때문이다.

해 뜨면 시작이다

불빛 화려한 강변에서 나눈
달콤한 언어와 제스처는 시한부일 뿐
죽은 자는 기억 속으로
산 자는 현실 속으로 종종걸음 치고

불빛 하나둘 꺼지고 다시 태양이 떠오를 때
웃음기 잃은 얼굴로 쏟아져 나오는 사람들

연장근무를 하며
고객을 찾아 이리저리 어슬렁거리고
네온사인 아래서 나눈
지난 밤 뜨거운 약속 따위는 잊은 지 오래

말하지 않아도 우리는 안다
사냥하는 使者를 속이기 위해서는
서로 사랑하지 않지만 사랑하는 척이라도 해야
이 도시에서 살아남을 수 있다는 것을
— 「서울 使者」 전문

시인이 응시한 도시의 모습은 도대체 어떤 것일까. 그 특징적 단면을 잘 보여주는 시가 「서울 使者」이다. 도시는 해가 뜨면서 시작한다. 하지만 희망의 상징인 해의 부상은 애초부터 건강한 것이 아니었다. 그것은 "불빛 화려한 강변에서 나눈/달콤한 언어와 제스처는 시한부일 뿐"에서 보듯 진정성 없는 과거 속에서 탄생한 것이기 때문이다. 그러한 까닭에 이 아침이 모두에게 활력을 주고 삶의 건강성을 위해 기능하고 있는 것은 아니다. 우선, 이는 여기서 살아가는 생기없는 사람들의 모습에서도 읽을 수 있거니와 서로에게 줄 수 있는 진정성이 있는 언약이란 애초부터 존재하지 않는 공간이었다는 데에서도 알 수 있다. 자신의 이해 관계에 따라 움직이면 되는 것이 도시의 생존법칙인 것인데, 이는 서정적 자아도 잘 아는 일이고, 도시의 언중들도 이해하는 일이다. "서로 사랑하지 않지만 사랑하는 척이라도 해야/이 도시에서 살아남을 수 있다는 것", 그것이 도시의 생리이다.

위선과 가짜가 넘실대는 도시이기에 진실이란 것이 성립할 리 없다. 그래서 도시는 짝퉁이 판을 치는 곳이고(「짝퉁」), 열심히 일하는 '개미'가 아니라 놀고 먹는 '베짱이'만이 살아갈 수 있는 곳이기도 하다(「베짱이 시대」). 뿐만 아니라 "빽 없으면 고기가 없는 맹물 한 그릇"밖에 먹을 수 없는 그저 그렇게 살 수밖에 없는 공간이기도 하다(「우육도강탕」).

그렇다면, 이렇게 불온한 도시에서는 어떤 삶을 살아야 제대로 살고 또 적응하는 것일까. 아마도 거기에는 두 가지 길이 놓일 수 있을 것인데, 하나는 이에 거칠게 저항하는 방법이고, 다른 하나는 내키지 않는 것이지만 이에 순응하는 방법이 있을 수 있을 것이다. 도시 저편, 곧 전원의 순수한 감수성을 생리적으로 간직한 시인에게 이 두 가지 방식은 결코 녹록한 것이 아니었을 것이다. 도시의 병리적인 것들에 대한 고발로 채색된 그의 시어들이 이를 잘 말해준다.

물론 시인에게 이런 고발의 담론만이 능사는 아니었다. 그 또한 여기에 생존하는 방법을 어느 정도 터득하기도 했다. 세상의 언어가 혼탁하면, 자신의 언어도 그에 따라가면 그만이라는 섭리를 어느 정도 알아차렸기 때문이다. 여기서 시인은 이른바 적응의 정서, 곧 생존의 수단이라는 정합성을 만나게 된다. 그 하나의 방법이 「서울 使者」에서 본 것처럼, 스스로에게도 짝퉁의 삶을 강요하는 것이다. 그리고 다른 하나는 대항이 없는 무언의 삶을 사는 것이다. 시인은 이런 삶을 '바보'로 사는 것이라 했다(「바보」). "잘난 사람 틈에 잘난 척하면/코가 깨진다는 걸" 알기 때문에 "바보로 사는 것이 편하다는 걸" 안 까닭이다. 그래서 시인은 "바보가 되면/마음이 두둑해진다는 사실"도 알게 된다.

하지만 적응한다고 해서 시인과 세계 사이에 놓인 불화가 쉽게 해소될 수 있는 것은 아니다. 시인의 정서에는 고향에 대한 감각, 그 순수하고 깨끗한 감각이 녹아들어가 있는 상태이다. 맑고 순수한 감각과 혼탁하고 불온한 감각이 공존하는 것이 과연 가능한 것일까. 시인은 경우에 따라 "산다는 것은 균형잡는 일"(「사과 한알」)이라고 진단하면서 그 나름의 생존 방식에 대해 고민하기도 했다. 하지만 이는 어디까지나 이야기 차원에서나 할 수 있는 담론이고, 그 흔한 중용의 담론, 그 이상도 이하도 아니라고 할 수 있다. 여기서 다시 서정의 통합을 향한 시인의 가열찬 정열이 다시 한번 생겨나게 된다. 세속으로 향하는 길과 순수로 향하는 길 사이에서 방황할 수밖에 없는 자아의 줄다리기를 시작한 것이다.

내겐 친구가 많습니다

너무 잘 알아서 그 친구들 생각과
다음 행동까지도 뻔히 꿰뚫고 있지요

남편이나 자식에 대해서도 훤하고
시어머니 성질이나 입맛은 물론
누구는 언제 웃고 언제 성화가 폭발하는지
훤하게 다 알지요

이렇게 세상 이치를 웬만큼 꿰뚫다 보니
가끔은 낯선 이들 인생 상담도 하고
용하다며 낮술까지 대접도 받지요

근데요 도저히 알 수 없는게 있습니다
해가 가면 갈수록 더 알 수 없는 그것
생각할 시간조차 전혀 가질 수 없는 나는

도대체 누구일까요
- 「누구일까요, 나는」 전문

  세상에 대한 거침없는 대항 담론을 쏟아내고 있으니 자아는 이제 절
대자의 위치에 서 있는 듯이 보인다. 세속에 대한 비판, 도시에 대한 부
정적 담론들은 모두 이 사유에서 나온 것이다. 그래서 서정적 자아는 자
신을 둘러싼 일상들에 대해 다 알고 있다는, 곧 자신이 전지전능한 상태
에 놓여 있다는 환각에 빠지기도 한다.
  하지만, 그러한 착각은 거기까지일 뿐, 가장 중요한 자신에 대해서는

전혀 이해할 수 없는 지경에 이르게 된다. 타인을 알아도 자신을 알 수 없다는 것인데, 이는 완전할 수 없는 인간의 한계에서 오는 것이기도 하지만, 어쩔 수 없이 향하는 세속으로의 자신의 발걸음에 대한 준엄한 경고에서 온 것이기도 하다. 시인의 삶이란 "주머니를 다는 것"(「주머니에 대한 명상」)이라는 판단도 그 연장선에 나온 것이다. 그것에는 어쩌면 고향이라는 원초적 감각을 통해서 도시의 온갖 병리적인 것들에 대한 준엄한 담론에도 불구하고 그러한 삶에 어쩔 수 없이 편입해들어가야만 하는 시인의 고민이 들어가 있는 것은 아닐까. 이런 맥락에서 시인의 작품들은 고향과 도시 사이에서 펼쳐지는 괴리가 어떤 합일점을 찾아가는지의 여부가 이후 시세계의 향방을 결정하는 준거점이 될 것으로 보인다.

(『동행문학』, 2022년 가을)

수평적 시공간을 향한 원시의 발걸음들

1. 상처를 넘는 근원에의 길 – 유재영, 『구름농사』(동학사, 2022)

유재영이 포착해내는 시의 소재들은 다방면에 걸쳐 있다. 이를 두고 포용성이라 해도 좋고, 문학 정신의 다양성이라 해도 좋을 것이다. 작가의 시정신이 이렇게 복합적인 것은 우선 시 형식에서 기인한 듯 보인다. 그는 잘 알려진 대로 목월로부터는 시를, 이태극으로부터는 시조를 추천받아 등단했다. 목월은 서정시를, 이태극은 시조를 펼쳐보인 문인들인데, 이들을 매개로 등단했다는 것은 그 영향으로부터 자유롭지 않았다는 뜻이 된다. 실제로 유재영의 시들에는 자연을 소재로 한 시들이 많이 있고, 그 형식도 압축을 기반으로 하고 있어서 시조의 영향을 많이 받은듯 하다.

하지만 이런 영향에도 불구하고 유재영의 시들이 목월이나 이태극의 영향 속에 갇혀 있는 것은 아니다. 이를 증거하는 것이 시인의 작품에서 드러나는 산문 형식이다. 이전 시집에서도 마찬가지이거니와 이번에 상재된 『구름 농사』에도 이런 틀은 크게 변하지 않고 있다. 시인이 산문 형식에 대해 애착을 갖고 있는 것은 자신의 스승들과는 다른 부분들이자 경우에 따라서는 이를 뛰어넘는 것인데, 실상 이런 초월을 가능케 한 것은 그의 시들이 갖고 있는 포용성, 곧 서정의 넓이와 깊이에 있을 것이다. 실제로 유재영과 이들 시인의 작품들이 크게 구별되는 지점은 사회적 음역이다. 그는 목월 등과 달리 사회라는 영역, 그것에 녹아들어가 있는 내포들에 대해 눈을 떼지 않고 있는 것이다. 산문이란 일상이나 현실과는 분리하기 어려운 것이고, 시인의 눈이 이곳을 응시할 때, 거기서 솟구치는 갈등이랄까 불온한 현장을 자연스럽게 마주할 수밖에 없게 되는 것이다.

그럼에도 유재영의 시들에서 목월이나 이태극의 영향이 완전히 배제된 것은 아니다. 절제된 언어 형식이라든가 자연을 소재화하는 방식에 있어서는 이들과 크게 다르지 않은 까닭이다. 이런 영향 또한 그의 시정신의 폭과 밀접한 관련이 있는 것인데, 이는 그의 시에서 드러나는 포용성을 말해주는 것이라 하겠다. 그의 시들은 이렇듯 하나의 시형식이나 시의 내용 속에 갇혀 있지 않는 특징을 보여주고 있다.

이런 틀 속에서 시인이 이번 시집에서 표나게 강조하고 것이 있는데, 그것은 과거의 유현한 기억들에 대한 시적 형상화이다. 그는 인생의 고비마다 다가온 것들에 대해서, 혹은 그 과정에서 만나온 아름다운 것들에 대해서 기억이라는 장치를 적극적으로 활용한다. 이를 통해 재현된 것들은 흔히 추억이나 향수의 범주에 묶어둘 수 있는 것들인데, 어떻든 지금 시인의 의식에는 이런 전일적인 정서들로 충만된 상태에 놓여 있다.

버들가지에 불거지 몇 마리 꾀어들고 뛰어가던 황토고개 가보고 싶다
입춘 날 사랑채 아버지 먹 가는 소리듣고 싶다 옥양목 널어둔 마당 숨바
꼭질하던 그 친구 이름 다시 부르고 싶다 지금도 밤마다 들릴까 성남초
등학교 3학년 1반 교실 처녀귀신 울음소리 어느 해 정월 보름 뒷동산에
올라 액막이로 날려 보낸 방패연 아직도 그 자리 날고 있을까 아아 칠석
날 은하 강 건너 할머니보다 먼저 가신 우리 삼촌 찰싹찰싹 노 젓는 소리
고향 가면 들릴까

   -「궁금하다」전문

  여기서 보듯 지금 시인의 시선은 전진하는 것이 아니고 멈추어 있다.
어쩌면 정지되어 있는 것이 아니라 머나먼 과거로의 여행을 떠난 것이
라 하는 편이 옳은 지도 모른다. 그 여행의 끝자락에서 시인은 한때 자
신의 삶을 채우고 있었던 것들에 대해 하나씩 반추해낸다. 그 편린들은
호기심에 의해 만들어진 것도 있고, 욕망에 의해 형성된 것도 있다. 뿐
만 아니라 자신의 의지와는 상관없는, 사회 속에 편입된 자아가 무매개
적으로 수용할 수밖에 없는 장면들도 그려져 있다. 그가 그려낸 이런 생
존의 현장들은 어떤 때는 즐거움이기도 했고, 또 경우에 따라서는 아픔
이기도 했다. 하지만 현재의 기억 속에 남겨진 그 아련한 장면들은 이제
아름다운 추억들로만 남아 있을 뿐이다. 시인이 기억의 저편에 잠겨 있
던 것들을 꺼내고, 그 현장으로 달려가고 싶은 것도 이런 정서로 압도되
어 있기 때문이다.「그대 식당」에서의 번다한 현장도 그러하고「그날」에
서 보인 어머니의 행동도 마찬가지이다.

  그런데, 이런 정서 가운데 특히 주목을 끄는 것이「그날」과 연작시
「차령산맥에 대한 완만한 고백」에서의 상처들이다. 이런 단면은 목월

에서도 혹은 이태극에서도 찾아볼 수 없는 유재영 시인만의 고유한 영역이 아닐 수 없는데, 시인의 시에서 드러나는 산문적 특성이 제대로 구현되는 부분도 여기에 있다고 하겠다. 산문이란 논리의 영역을 떠나서는 성립할 수 없는 것이고, 그렇기에 인과론의 세계에 갇혀 있기 마련이다. 인과론이란 지극히 합리적인 것이지만 그러나 그 영역이 비대해지게 되면 갈등이나 분열의 씨앗이 된다. 시인의 산문성은 우선 그러한 과거의 상처를 드러내는 데 발현된다. 그래야만 그것의 본 모습을 올바르게 알 수 있는 까닭이다. 하지만 시인은 이를 상처의 드러냄이라든가 혹은 고발과 같은 것으로 세속화하지 않는다. 여기서 산문을 통한 숭고의 미가 다시 만들어지게 되는데, 그것이 그의 산문시가 갖는 구경적 특성이라고 할 수 있을 것이다. 그의 산문은 고발이긴 하되 그것을 갈등이나 분열과 같은 퇴행의 정서에 가두어놓고 있지 않다. 뿐만 아니라 그의 이런 시선은 과거에만 한정되어 있는 것도 아니다. 가령, 「어느 소상공인의 조용한 외침」이 그러한데, 여기서 시인이 말하고자 하는 것도 하나의 장으로 수렴되는 아름다운 사회적 공존에 방점을 두고 있기 때문이다.

일용할 이슬 몇 홉,
악기 대용 귀뚜라미 울음 몇 말,
언제고 타고 떠날 추녀 끝 초승달,
책 대신 읽어도 좋을
저녁 어스름
아,
그 집에도
밥 먹는 사람이 있어

하늘 한 귀퉁이 빌려
구름 농사짓는다
- 「구름 농사」 전문

  통합을 향한 지렛대 역할을 하고 있는, 시인의 시에서 드러나는 산문
성은 깔끔한 형식의 서정시, 곧 율문성으로 확장되어 나아가는 데 그 특
징적 단면이 드러나는 경우이다. 그가 이번 시집에서 한결같이 강조하
고 있는 것이 이른바 자아에 대한 '비움'의 미학이다. 그의 이러한 정서
는 크게 두 가지 면에서 읽어낼 수 있는데, 하나가 자아와 관계되는 것
이라면, 다른 하나는 자연과 닮아가기이다. 실상 이 두 국면은 동일한 것
이기도 하거니와 우선 전자의 경우를 보면, 시인은 '비움'에 대한 윤리적
실천에 대해 끊임없는 자각의 정서를 보여주게 된다. 그리고 「이슬 한
방울」은 그러한 정서가 가져오는 서정적 카타르시스를 잘 보여주는 작
품이다. 무거워진다는 것은 욕망의 채움이고, 그 무게야말로 카타르시
스로 나아가는 도정을 가로막는 장애물일 것이다.
  서정적 카타르시스를 향한 도정에서 시인이 또 마주하는 것은 이런
'비움'의 정서에만 있는 것이 아니다. 자연의 이법이랄까 교훈의 세계 역
시 그러한 정서의 중요한 부분을 차지한다. 「벌레들이 즐겁다」에서 펼
쳐지는 섭리의 세계가 그러하고 인간계와 자연계가 구분되지 않는 전
일적 세계 또한 그러할 것이다. 이런 세계야말로 그가 꿈꾸는 유토피아
일 것이다.
  「구름 농사」는 그러한 유토피아가 어떻게 펼쳐지는가를 잘 보여주는
시이다. 이 작품은 목월 등의 영향이 짙게 묻어나 있는 시인데, 이는 자
연을 의인화하는 수법이나 자연을 창조하는 수법이 매우 닮아 있기 때

문이다. 그럼에도 시인은 목월이 구사했던 미메시스의 수법과는 다른 차원을 갖고 있다. 시인은 목월처럼 허구적 자연을 인유하지 않고 있기 때문이다. 여기서 펼쳐지는 자연은 사실적이고, 구체적이다. 그런 의미 망 속에서 시인은 자연과 하나되는 법칙을 이해하고 배우게 된다. 하지 만 궁극에는 '구름 농사'라는 반미메시스의 영역으로 수가 옮겨가는 묘 사의 전환을 보여주기도 한다. 이런 순발력이야말로 유재영 시의 독특 한 서정의 문법일 것이다. 다시 말해 미메시스와 반미메시스의 틈에서 서정의 진실을 구현하고자 하는 것, 그것이 시인의 고유한 수법이자 『구 름 농사』의 주제일 것이다.

2. 반문명을 향한 원시적 회귀- 조승래, 『수렵사회의 귀 가』(시선사, 2022)

조승래의 『수렵사회의 귀가』는 시인의 시선집이다. 시인의 말에 따르 면, 과거 10여년간 쓴 7권의 시집에서 가려 뽑은 것이 이 시집이라고 한 다. 그러니까 『수렵사회의 귀가』는 지금까지 펼쳐보인 시인의 작품들과 시인의 시정신을 일별할 수 있는 시집이라는 뜻이 된다. 어느 특정 시인 의 정신 세계가 어떻게 변모했는가를 이해하는 것은 시간의 편차에 의 해 만들어진 시집의 성채에 의해서만 가능한 일이다. 이런 단면들은 조 승래 시인에게도 예외가 아닌데, 시집을 꼼꼼히 읽어 보게 되면, 거기에 하나의 일관된 흐름을 알 수 있기 때문이다. 그 흐름이란 다름아닌 반문 명적인 정서들의 모음이다. 반문명이라고 하면 흔히 모더니즘적인 감수 성이나 더 나아가 해체주의적 감수성을 떠올리게 된다. 우리 시사가 이런 단면을 주입시켰으니 반문명적 감수성을 이런 사조로 재단하는 것도 큰 무리는 아닐 것이다. 하지만 조승래의 작품에서 모더니즘의 특징적 단면인 현대성의 감수성이 직접적으로 드러나는 것은 아니다. 문명에 대해 비판적이긴 하되 이에 즉자적으로 반응하는 몸짓들을 그의 시에서 읽어낼 수 없는 까닭이다. 그렇다고 해서 그의 시들을 두고 문명이나 현대성과 거리를 두고 있다는 생각하는 것은 섣부른 판단이다. 일찍이 전통이나 원시적 감수성 또한 모더니티로부터 완전히 단절되어 있는 영역은 아니기 때문이다. 현대에 대한 감각이 있어야 전통에 대한 감각이 있는 것이고, 유행이 있어야 반 유행도 가능한 까닭이다. 이 관계는 어디까지나 상대적인 것일 뿐이다.

어떻든 조승래의 시들은 과거지향적인 면을 갖고 있고, 반문명적인 특성 또한 갖고 있다. 그의 시에서 그러한 면들은 기억의 작용과 밀접히 연결되어 나타나는데, 이런 특성들이 그의 시들로 하여금 더욱 현대성과는 무관하게 비춰지도록 만든다. 과거의 경험을 바탕으로 쓰여진 다음의 시를 읽어 보면 이런 혐의는 더욱 짙어진다.

동네에서 떨어진 산비탈 작은 집을 사람들은 꽃집이라 했네, 비싼 상여를 한 번 쓰고 불사를 수 없어 망자의 관만 묻고 되 가져와 다시 또 동네 초상날 때까지 꽃가마를 보관해 두는 상엿집이네, 어느 날 그 깜깜한 집 안을 들여다보다가 빛바랜 조화가 누군가를 기다리는 것 같아서 머리 쭈뼛거려 줄행랑치려는데 등을 당기는 것 같아 뒤돌아보니 부스스 거지 내외 둘이 히죽이죽 웃으며 나오네, 아무도 훔쳐가지 않을 상여를 그들이 지키고 있었네, 오갈 데 없는 그들이 주인이었네, 동네 청년들이 올라와 상여를 메고 간 날은 먼 동네의 조등 빛 반가워라, 새로 꽃단장한 상여가 돌아오기까지 하루나 이틀 밤을 넓어진 꽃집 안에서 배 두드리며 발 뻗고 깊은 잠자는 날이 그들의 잔치네, 편지 한 통 오지 않는 꽃집에도 봄 은 오고 여름 가더니 지금은 그 꽃집 찾는 이 없네, 꽃집은 절로 삭아 숲 이 되었네

　　－「꽃집 주인」 전문

　　이 작품의 소재는 '꽃상여'이다. 과거 '상여'는 '상여집'이라는 곳에 보 관되어 있었는데, 이렇게하는 이유는 시의 내용대로 한번 사용하기에는 낭비가 있기에 다시 재사용하기 위해서였다. 이 작품은 이런 서사적 요 소에서 시작되는데, 일단 작품을 이끌어가는 요소랄까 소재는 거지부부 이다. 그곳에는 오갈 데 없는 이들이 살고 있었고, 상여가 나가는 날은 그 넓은 공간으로 인해 그들만의 유토피아가 펼쳐지기도 한다. 「꽃집 주 인」이 우리에게 쉽게 다가오는 것은 경험의 공유지대가 매우 넓기 때문 이다. 지금의 세대는 결코 알 수 없는, 공감할 수 없는 것이 '꽃상여'이고, '상여집'인데, 그것들은 한때 누구에게는 아픔이었고, 슬픔이기도 했다. 또 경우에 따라서는 우리가 살아온 삶의 일부분이기도 했다. 하지만 그 러한 아픔과 슬픔도 세월 따라 사라지고 지금 여기에는 더 이상 남아있 지 않게 된다. 시의 소재는 여기서 얻어졌고, 작품의 서사 또한 이를 기 반으로 만들어졌다.

　　이렇듯 이번 시선집에는 시인이 경험했던, 혹은 이해했던 과거의 기 억이나 경험들이 촘촘히 박혀있다. 거기에는 역사의 커다란 울림도 포 함되어 있고(「정읍」), 척박했던 삶의 현장들도 있다(「떡이요 김밥이요」). 뿐만 아니라 아름답기만 했던 유년의 추억 또한 담겨져 있기도 했다 (「고향」). 시인은 앞으로 나아갈 길 보다는 지나온 과거의 길에 서정의

짙은 시선을 보내고 있는 것이다.

그런데, 시인의 시선은 왜 이렇게 과거적인 것에 놓여 있을까. 시인의 정서에 회감하는 것들이 과거 이외 것들과 단절되어 있기에 그러한 것일까, 아니면 미래로 향한 정서가 닫혀 있기에 그러한 것일까. 시인의 시들이 반문명적인 것들로부터 자유로운 것이 아니라고 했거니와 실제로 이번 시선집, 아니 시인이 정신 세계가 항구적으로 관심을 표명했던 것은 모두 반문명적인 것들이었다. 그 하나의 단적인 사례가 바로 욕망의 문제이다. 근대의 이분법적 사고를 가능케 했던 것이 인간의 욕망임은 잘 알려진 일인데, 시인이 이번 시집에서 전략적으로 드러내고 있는 영역도 이 부분이다. 「해와 달」에서 펼쳐 보인 무소유 정신이 바로 그러한데, 여기서 시인은 욕망의 확산이 대표적 근대 정신의 한 부분이거니와 그것이야말로 이 시대의 가장 불온한 정서 가운데 하나로 인식하고 있었던 것이다.

그 연장선에서 시인이 주목한 것이 '아픔'의 정서이다. 그는 여기서 그 아픔이 어떤 인식성에서 오는 것인지에 대해 구체적으로 제시한 바는 없지만, 이를 근대 사회가 만들어놓은 이분법적인 구조로 이해하고 있는 것처럼 보인다. 그 원인을 알기에 이를 초월해나가는 해법 또한 그 나름대로 제시된다. 함께 하면 분산되는 것, 그래서 "아픔을 나누기 위해 숲도 인간도 모여 산다는 것"(「숲」)의 가치 체계이다. 그러한 집합성을 통한 초월의 정신은. 더불어 하나의 군집으로 살아가는 '콩나물'(「콩나물」)의 세계에서도 마찬가지이다.

어두움이 거머리처럼
대낮의 기억을 빨아 댄다

끝없는 터널 저 멀리까지

거리에서 오래된 활자로 뉴스가 팔리고 있다
지난여름 모든 구호들은 시들어졌다

꽁초 끝
보랏빛 소멸을
문득 바라본다

제 그림자를 밟으며
사라진 과녁 속으로
쓸쓸히 귀가하는 원시인

오늘도 멀리
막차가 지나간다
－「수렵 사회의 귀가」 전문

「수렵사회의 귀가」는 시인이 이번 시집의 표제시로 제시한 작품이다. 작품의 면면을 꼼꼼히 따져 보면, 시인이 왜 이 작품을 대표시로 내세우게 된 것인지를 알게 된다. '수렵 사회'란 기계나 문명이 아닌 수동 중심의 원시적 속성을 갖고 있는 공간이다. 이 사회가 욕망과 무관한 사회임은 자명한 것이거니와 흔히 반문명적인 감수성이 대두될 때마다 가장 먼저 감각되는 정서 역시 이런 원시성이다.

　문명이라는 불온과 대비해 보면, 그리하여 그 안티의 감각을 소환하게 되면, 이보다 더 건강한 대항담론도 없을 것이다. 그래서 서정적 자아는 그러한 사회로 본능적으로 미끌어져 들어간다. 마치 "어두움이 거머리처럼/대낮의 기억을 빨아대듯이" 말이다. 어디 그뿐인가. 어두움의 이런 소멸성은 "거리에서 오래된 활자로 뉴스가 팔리게" 하는가 하면, "지난 여름 모든 구호들마저 시들어지게" 만든다. 활자라는 문명, 구호라는 위계질서야말로 불평등과 차별의 근원이 아닐 수 없다. 이를 초월하는 감각들, 곧 평등, 수평, 공평을 가능케 하는 매혹은 이를 무화시키는 '어두움'이다. 하지만 그 기저에 놓여 있는 것은 어쩌면 원시 시대에나 있을 수 있는 야만성 혹은 평등성일 것이다. 그것이 그려놓은 아름다운 세계를 그리워 한 자아이기에 그는 수동이 아니라 자동적 주체가 되어 그곳에 빨려들어갈 뿐이다. 그리하여 갈등이나 분열이 담지 되지 않은 존재, 수평과 공평으로 얼룩진 원시인의 모습, 혹은 감성을 되찾고자 하는 것이다. 그는 그러한 자아로 끊임없이 존재의 변신을 기도한다. 그리하여 수평이라든가 평등이 구현되는 사회로 가고자 하는 것, 그것이 서정적 자아의 아름다운 순례길이고, 또 시선집 『수렵 사회의 귀가』의 주제일 것이다.

(『동행문학』, 2023년 봄)

대립, 혹은 갈등을 통한 생의 가치
- 장시종의 시세계

장시종은 1949년 연기군 조치원읍에서 태어나 문인으로 활발한 활동을 한 끝에 2019년 지병으로 사망한 시인이다. 1972년 시인 구상의 추천에 의해 『현대시학』으로 등단했고, 이후 여러 권의 단행본 시집을 내었다. 그리고 박중식, 이종진과 함께 3인시집 『나』도 발간한 바 있다. 이런 이력은 아마도 시인으로서의 한 단막을 제시하는 것이어서 다른 시인과 비교할 때, 크게 도드라진 면이 있는 것은 아니다. 하지만 그가 시단에서 주목을 끈 계기는 2010년 새로운 문학의 흐름으로 '메시지 문학'을 선포하고 이에 기반하여 잡지 『M문학』을 간행한 이후부터라고 할 수 있다. 비록 이 잡지는 창간호 이후 더 이상 발간되지 못했지만, 그 파장은 잔잔하게 그리고 오래 울려 퍼졌다. 그는 여기서 'M문학'이 제기될 수밖에 없었던 배경과 그 의미에 대해 이야기한 바 있는데, 이는 이 시대가 요구하는 것들에 대해 적절히 응답하는 실천적 담론이었다는 점에서 그 의의가 있는 것이었다.

그 함의란 대략 이렇게 요약된다. 'M문학'이란 메시지의 문학을 말하며, 모바일 문학이라고도 부를 수 있다는 것이다. 지금 이곳의 대세가 모바일로 움직이는 시대임을 감안하면, 이런 선언은 타당한 것이라 할 수 있다. 계속해서 그는 이 문학이 가져야 할 덕목으로써, 메시지의 문학을 말하고 있는데, 이는 문학이란 메시지, 곧 전언이 있어야 한다는 것이다. 그리고 이 전언에는 물질이 지배하는 시대에 영혼이나 생명의 가치가 존중되는 것들이 포함되어야 한다고 했다. 이는 다른 말로 하면 언어 유희에 입각한 형태주의 문학을 초월하자는 것이고, 또 시대가 요구하는 것들에 대해 가장 적절하게 대응해야 한다는 논리였다. 그렇다고 전언 중심이 문학이 되어야 한다고 해서 그가 주창한 'M문학'이 어떤 관념이나 이데올로기에 봉사해야 한다고 주장한 것은 아니다. 선언의 내용 뿐만 아니라 시인의 작품에서도 이런 도구적 성질의 관념은 전혀 검출되지 않고 있는 까닭이다.

요컨대, 그가 주창한 'M문학'이란 다음과 같이 정리할 수 있을 것이다. 첫째는 메시지 문학이고, 둘째는 모바일 문학이다. 셋째는 전언 위주의 문학이다. 그 전언에는 물신 숭배가 절대적으로 지배하고 있는 현대 사회에서 영혼의 가치라든가 생명의 가치가 포함되어야 한다는 것이다. 이를 바탕으로 그의 시세계에 들어가 보기로 하자.

> 녹슨 고철더미에 버려진 쇠뼈다귀며
> 찢어진 타이어에 돋아난 풀잎이며
> 부서진 세발자전거며……
> 상처난 햇살의 피가 아물고
>
> 다시는

꿈꾸지 않는 하늘이 모여 산다
　-「고물상」전문

　장시종 시인의 작품에 나타난 세계는 우선 건강하지 못한 것으로 구현된다. 시인은 자신을 둘러싼 환경에 대해 긍정적인 시선을 보내지 않는 것인데, 지금 우리 주변에는 '녹슨 고철더미'라든가 '찢어진 타이어' 혹은 '부서진 세발자전거' 등으로 빼곡이 채워져 있다고 보는 것이다. 그의 이해에 의하면, 이 모두는 문명이 배태해 낸 찌꺼기일 뿐이다. 말하자면 어떤 건강성이나 생산성과는 거리가 있는 것들이라 할 수 있다. 이런 결과를 가져오게 한 원인은 시인이 'M문학'에서 선언한 것처럼 모두 물신 숭배주의와 깊은 관련이 있을 것이다.

　세상은 물질에 대한 욕망으로만 가득차 있고, 그 과잉이 만들어낸 것은 이렇듯 불임의 현실뿐이다. 이런 현실이야말로 시인이 'M문학'을 제창한 원인이 되었을 것이다. 하지만 시인은 현실을 고발하고 거기서 머무는 것은 아니다. 그것이 그가 표방한 'M문학'의 또다른 장점이라 할 수 있는데, 시인은 물질 만능 시대에 영혼의 가치, 생명의 가치가 왜 필요할 수밖에 없는 것인가를 「고물상」이라는 폐허의 흔적에서 찾아내고 있기 때문이다. 비록 미약한 형태로 제시하고 있긴 하지만, 여기서 주목해야 할 부분이 "찢어진 타이어에 돋아난 풀잎"이다. 실상 찢어진 타이어에 풀잎이 새로 자라고 있다는 것이야말로 부활의 상징이 될 수 있기 때문이다. 이는 곧 그가 'M문학'에서 말하고자 했던 영혼의 가치, 생명의 가치와 밀접히 관련이 있는 것은 아닐까 하는데, 실제로 그의 작품을 꼼꼼히 읽게 되면, 질긴 생명성과 삶의 긍정적 가치들이 계속 탐색되고 있다.

마른 갈대가 한없이 흔들리려 한다.
그것은 갈대의 습성뿐만 아니라
누군가가 죽어 있는 갈대를 흔들고 있기 때문이다.

투명한 손짓
그 손들이 갈대를 거두어 가기까지는
가을과 겨울 또한 봄 여름내
시든 대궁의 씨앗들이
갈대로부터 떠나기까지 한없이 흔들고
흔들리고 있다.

불멸하는 바람으로
살아있는 눈으로
하늘을 기웃거리는 모습
누군가가 한 줄기 마른 갈대를 흔들고 있다.

어쩌면 내가 너를 사랑하듯이
죽어서도 갈대를 사랑하는 그 누가 있어
갈대는 한없이 흔들리고 있다.
- 「죽어서도 갈대는 한없이 흔들리려 한다」 전문

이 작품의 소재는 '마른 갈대'이다. 말랐으니 이 갈대는 당연히 자신의 삶을 마친 존재이다. 하지만 이 갈대는 스스로를 흔들 수 있을 뿐만 아니라 누군가의 손에 의해서도 흔들리고 있다. 흔들린다는 것은 갈대가 본디 갖고 있는 본성이기도 하지만, 갈대를 둘러싼 그 누군가는 이 자동적 속성의 갈대를 더욱 흔듦으로써 이 본성을 다시 한번 환기시킨다. 그 두 힘에 의해 갈대는 "한없이 흔들리게" 되는, 새로운 생명의 공간으로 거듭 환생하려고 하는 것이다.

흔들리는 갈대는 자연의 한 자락일 수 있지만, 시인의 작품 속에 편입시키게 되면, 그 존재성은 자연의 속성과는 거리를 두게 된다. 따라서 갈대는 「고물상」에 구현된 온갖 폐품처럼, 물신 숭배의 결과가 만들어낸 상징이라고 해도 무방할 것이다. 다시 말해 '죽은 갈대'는 더 이상 현재의 조건에서 삶을 영위할 수 없는 물상들의 궁극적 표현이라고 할 수 있다.

그러나 시인의 시선은 문명과 그것이 배태한 결과 사이의 틈을 결코 회피하는 법이 없다. 그의 시들은 모두 이 간극에서 길러지고, 서정의 샘들이 만들어지는 까닭이다. 그 샘에서 그는 현대 사회의 고질적 병폐 가운데 하나인 문명의 폭주에 대해 매운 경고를 던지고 있는 것인데, 그것이 바로 그가 추구했던 메시지, 곧 'M의 문학'의 본질일 것이다.

그러나 시인이 던지는 메시지는 분리를 조장하고 그 틈을 넓히는 데에 한정되지 않는다는 점에서 그 시적 우수성이 놓여 있다. 만약 그의 시들이 여기서 머무는 것이라면, 그는 단지 문명의 비판자에 그쳤을 것이다. 이 포오즈는 그저 포기 내지는 외면일 뿐이며, 자아와 세계 사이에 놓인 거리를 좁히고자 하는 서정시의 운명과는 거리가 먼 감각이라 할 수 있다. 시인은 자아와 세계 사이에 놓인 거리랄까 간극에 주목하면서도 이 거리를 외면하거나 방관하지 않는다는 데 그 시적 특성이 있다고 하겠다. 그 변증적인 합의 세계가 시인이 표방했던 'M문학'의 또다른 외연이거니와 실제로 그의 작품들은 이런 대립 속에서 통합을 향한 서정의 물결이 줄기차게 솟구쳐 나오고 있다. 가령, 「고물상」에서 표명된 것처럼, "폐타이어의 틈새 속에서 돋아나는 풀잎"처럼 그 끈질긴 생명의 물줄기들이 면면히 흘러나오고 있는 것이다. 그 끝없는 흐름이 곧 대상에 대한 서정적 자아의 포회이다.

때로는 벽도 친구가 되는구나.
벽과 내가 존재한다는 것만으로도
위안이 되는
이 막다른 면벽에서
벽이 손을 잡아주는구나.

면벽하고 벽 속으로 들어가
벽을 통하여 나를 본다.
육체 속에 감추어진 정신을 가다듬듯
벽 속으로부터 나를 기대어본다.

편안하다.
때로는 벽도 친구가 된다는 것을
벽이 나를 끌어안고 벽 속으로 들어간다.
　　　　– 「때로는 벽도 친구가 되는구나」 전문

인용시는 극한의 상황이 빚어낸, 자아와 대상 사이의 거리가 어떻게 좁혀지는가를 잘 보여준다. '벽'은 차단을 내포로 하고 있고, 그러한 까닭에 그것은 자아 속에 숨겨진 내면의 간극이나 이곳과 저곳, 혹은 나와 너를 구분시킨다. 이러한 구분이 있는 한, 유기적 통일이나 전일성의 감각이 자리할 공간은 거의 사라지게 된다.

시인이 추구하는 서정의 유토피아는 어떤 간극을 인지하고 이를 그대로 방치하는 것에서 이루어지지 않는다. 그리고 그것이 가지고 있는 한계가 어떤 것인지도 잘 이해한 터이다. 그래서 서정적 자아는 자신으로부터 솟아 나온 분열의 감각이라든가 대상 사이에 놓인 간극을 합일시키기 위해 가열찬 노력을 기울이는 것이다. 그러한 열정이 '벽'이라는 감수성과 결부되면서 더욱 진지하고 정열적인 것으로 전화하게 되는데, 이 한계 상황이란 경우에 따라 자아로 하여금 적극적인 자세를 취하도록 강요하기도 한다. 그래서 자아와 결코 하나가 될 수 없을 것처럼 보였던 벽마저 자기화되고, 궁극에는 이를 통해서 하나의 세계로 새롭게 초월하고자 한다. 이런 감각이야말로 간극이라는 절대 한계가 만들어낸 동인 없이는 불가능했을 것이다.

대립이란 둘 이상의 힘이 동일한 함량으로 마주할 때 가능해지는 감각이다. 만약 어느 한쪽이 다른 쪽을 월등히 초월할 정도로 균형추가 기울지게 되면, 대립이란 더 이상 성립하기 어려울 것이다. 뿐만 아니라 둘 사이의 팽팽한 균형이 놓여 있어야 이를 승화하는 매개랄까 감각도 쉽게 포착될 수 있을 것이다.

장시종의 시들은 대립의 정서를 매개로 갈등하는 두 정서가 시의 중심으로 자리하고 있다. 그것이 시인의 주요 시적 의장 가운데 하나인데, 가령 「죽어서도 갈대는 한없이 흔들리려 한다」에서 본 것처럼, 생과 사의 길항관계라든가. 「고물상」에서의 폐허와 이를 딛고 일어서고자 하는 질긴 생명력이 모습들이 그러하다. 뿐만 아니라 「때로는 벽도 친구가 되는구나」에서 보이는 닫힌 공간과 열린 공간의 대립 역시 마찬가지의 경우라고 할 수 있다. 그의 시들은 이런 대립 속에서 서정이 응축되고, 거기서 서정의 유토피아를 향한 에너지들이 만들어진다. 그래서 그의 시들은 그 대립을 초월하는, 곧 균형에 대한 그리움의 정서들이 언제나 내포된다. 이런 감각은 그의 대표시 가운데 하나인 「목발의 바다」에서도 확인된다.

1
목발의 사나이가 지나가고
골목은 바다 속에 잠긴다.
목발의 사나이가 절름거릴 때마다
꺼억꺼억 갈매기의 울음이
관절을 앓는 바다를 이끌고
목발의 사나이를 따라다닌다.

2
목발의 사나이가 지나가는 골목은
태초의 거리처럼 아름답다.
목발 사이로 보이는 바다
꺼억꺼억 투명한 갈매기의 울음이
도시를 침몰시키고
목발의 사나이를 일으켜 세운다.

3
바다는 목발을 짚고 목발은 사나이를 짚고
사나이는 갈매기를 짚고 서 있는
풍경.
우주가 목발을 짚고

목발의 사나이가 완전해 보이는
거리.

4
목발의 사나이가 서 있는
배경의 서리에
사람들은 일순 적막한 꽃잎으로
시들고
목발의 사나이만이 텅빈 들판에
흔들리는 외줄기 갈대로
파도를 날리고,
- 「목발의 바다」 전문

　이 작품을 지배하는 것은 '불구의 정서'이다. 서정적 주인공이 '목발의
사나이'라는 데에서 이를 알 수 있거니와 그를 둘러싼 모든 환경들 역시
이와 비슷한 감각을 갖고 있다. 그런데, 이런 감각들은 하나의 아우라가
지배하는 지대에서는 모두 정상화되는 것처럼 비춰진다. 이럴 때 불구
적 상황은 더 이상 불구가 아닌, 다시 말해 하나의 완결성, 혹은 전일성
으로 새롭게 태어나게 된다.
　이렇듯 시인은 대립을 통한 초월, 곧 변증적 합일의 세계를 끊임없이
추구한다. 하나의 절대적인 합일을 만들어내기 위해서는 대립들이 그
대결의 자장 속에서 길러지는 에너지를 내뿜어야 비로소 하나가 되는
길을 찾을 수 있을 것이다. 누군가 목발을 짊어진 자가 있다면, 그를 둘
러싼 환경 또한 이와 비슷한 포오즈를 취해야 하는 것이다. 그래야만 서
로에 대한 완결된 짝맞춤이 가능해지는 것은 아닐까. 시인이 탐색한 세

계는 바로 이런 것이었을 것이다.

풀꽃이 나에게 잠시 하늘을 들고 있으라 하네.
풀꽃이 나에게 잠시 별을 들고 있으라 하네.

가녀린 온몸으로 머리 위에 꽃을 이고
꽃 위에 구름을 이고 풀꽃은 바쁘다.

나에게 풀꽃이 잠시 하늘을 들고 있으라 하네.
나에게 풀꽃이 잠시 별을 들고 있으라 하네.
  - 「나에게 풀꽃이」 전문

이 작품은 시인의 시세계에서 여러 의미있는 내포, 곧 나아가야 할 뚜
렷한 서정적 시사점을 던져주고 있다는 점에서 주목을 요하는 시이다.
'나에게 풀꽃이'라는 감각도 그러하지만, 이 둘 사이에서 형성되는 균형
감각 또한 그러하기 때문이다. 뿐만 아니라 나와 둘이 함께 만들어지는
지대, 곧 '하늘'이나 '별'을 함께 들고 있는 모습 또한 그러할 것이다. '나
에게 풀꽃이'란 가장 범박하게 접근하면, 자연의 전일성일 것이다. 자연
이 문명과 대립되는 것에서 그 함의가 형성되는 것이라면, 여기에는 그
것이 주는 폐해를 딛고 일어서고자 하는 초월의 감각이 담겨져 있을 것
이다.

이 감각을 실현하기 위해서는 '나'와 '풀'의 관계는 절대적으로 수평을
유지해야 한다. 만약 그렇지 않으면, 그 균형추는 한쪽으로 급격히 기울
어지게 된다. 이럴 경우란 균형이라는 정서와는 거리가 멀어지는 것은

당연한 것이거니와, 함께 '하늘'과 '별'을 드는 협력의 관계도 이루어질 수 없을 것이다.

　장시종의 시들이 우리에게 주는 메시지는 강렬하다. 그 내포란 물신이 지배하는 피폐한 현실에서 영혼의 고귀한 가치, 생명의 소중한 가치를 환기시켜 주는 것이었다. 이 표명이야말로 이 시대 문학이 우리에게 요구하는 절대 담론이었다는 점에서 의미가 있는 것이었고, 또 그것이 그가 새롭게 선언한 'M문학'의 요체였다는 점에서 그 의미가 있는 것이었다. 장시종은 시론과 작품이 'M문학'이라는 것을 공통 분모로 해서 동일하게 우리 앞에 제시됨으로써 새로운 문학의 장을 펼쳐보인 시인이다. 흔히 이론과 창작이 쉽게 분리되는 현실을 감안할 때, 그의 이런 시정신은 우리 시사에서 매우 소중한 것이라는 점에서 의의가 있는 것이었다.　　　　　　　　　　　　　　　(『시에티카』 2022년 하반기)

이항대립이 만들어내는 시적 진실
- 장종권의 시

장종권 시들은 짧은 형식으로 구성되어 있다. 서정시가 순간의 정서를 언어로 담아내는 양식임을 감안하면 시인이 지향하는 이런 의장들은 이 장르의 특색에 꼭 들어맞는 것이라 할 수 있다. 그럼에도 시인의 시들은 서정시 일반의 경우보다 상당히 짧은 편이다. 거의 시조 형식에 가까운 것이라 해도 무방할 만큼 단형으로 구성되어 있는 것이다. 서정시는 리듬을 바탕으로 한 시적 자아의 극적 순간을 담아내는 것이긴 해도, 어떻든 인생의 한 단면을 반영하는 양식이다. 인생을 풀어내는 면은 서사 형식에서는 비교적 손쉬운 일이지만, 서정시는 그 양식적 특성 때문에 어느 정도 제한이 따르는 것이 사실이다. 그렇다고 서정시에도 이런 특성을 반영하는 것이 불가능한 일은 아니다. 이를 가능케 하는 것이 바로 언어 속에 많은 것을 담아낼 수 있는 압축과 내포의 기능이다. 시인의 시들이 짧은 형식임에도 불구하고 인생의 한 단면을 반영할 수 있었던 것도 이와 무관하지 않은데, 그만큼 시인의 작품에서 시의 의장들은 여타의 시인들에 비해 탁월하게 구사되고 있는 것이다.

장종권은 서정시가 갖고 있는 특성과 그 장점을 비교적 잘 살려나가면서 서정의 의미를 밀도있게 축조해나가는 시인이다. 시인이 그려내는 서정의 결들은 다음 두 가지 흐름 속에서 만들어지는데, 그의 시를 꼼꼼히 읽어 보면 알 수 있듯이 그의 언어적 내포들은 두 가지 지층들이 겹쳐져서 만들어진다. 가령, 무정형과 정형의 마주봄이라든가 유동적인 것과 선험적인 것의 만남, 혹은 일상과 이상의 대립 구조가 바로 그러하다. 이런 이분법 속에서 시인은 자신이 말하고자 하는 것들을 적절하게 표명해나가는데, 우선 신작시의 첫 편을 여는 「도토리들의 음모」를 보면 이런 특징적 단면이 잘 드러난다.

> 도토리들이 드디어 개밥그릇을 깨부수겠다는 것인데
> 그래 봐야 새 개밥그릇은 산더미처럼 쌓여 있다면서,
> 낄낄거리는 사냥꾼들이 둘러앉아 총구를 쑤시고 있다
> - 「도토리들의 음모」 전문

도토리들은 현재이면서 흔히 펼쳐지는 일상의 모습이다. 그래서 가변적인 속성을 갖고 있으며, 시간적으로는 지금 여기를 지칭한다. 반면 "새 개밥그릇이 산더미처럼 쌓여 있는 것"은 그 반대의 감각이다. 그러한 까닭에 도토리들의 일상성이란 이 지대에서는 개입될 여지가 없다. 뿐만 아니라 "낄낄거리는 사냥꾼들이 둘러앉아 총구를 쑤시고 있다"의 경우도 마찬가지이다. 이들의 행위는 도토리들의 일상과는 다른, 현재너머의 세계에 존재한다. 말하자면 도토리의 행위와 사냥꾼들의 행위는 시간적으로나 공간적으로 엄격하게 분리되어 있는 것이다.
「도토리들의 음모」에서 알 수 있는 것처럼, 장종권의 시들은 일상과

저 너머의 세계라는 이분법적인 구도를 갖고 있다. 그런데 이 두 관계는 상호 침투하거나 교환되지 않는다. 여기의 영역과 저기의 영역이 따로 존재하고 있다. 시에서 이런 기법은 흔히 관찰되는 의장인데, 아이러니와 역설이 그러하거니와 실제로 그의 시들은 이 의장을 충실히 반영하고 있는 것처럼 보인다. 물론 이 두 의장이 비슷한듯 하지만 결코 동일한 것은 아니다. 전자가 언어적 국면에 한정된다면, 후자는 상황적 국면이 추가되는 까닭이다. 어떻든 표면과 이면의 모순 속에서 진실이 드러나는 것, 그것이 이 기법들이 추구하는 근본 효과이다.

그렇다면, 이런 모순된 현실, 서로 엇박자나는 현실에서 시인이 말하고자 했던 것은 무엇일까. 아이러니는 표면과 이면이 보여주는 모순 속에서 숨겨진 의미의 발견이라는 효과를 보여준다. 이 발견 혹은 깨달음의 기법에 이 의장의 목적이랄까 존재가치가 있다. 시인이 노리는 효과도 여기에 있는 것처럼 보인다. 이번에 발표된 시인의 작품들은 모두 이 효과와 밀접한 관련이 있는 데, 비록 다섯 편에 불과하지만 시인은 이런 기법 속에서 일상의 진리를 매우 치밀하게 추적해들어간다.

돈 탈 일이 생긴 삼촌이 머리를 썼습니다 아버지 제가 시장거리에 나가서 노래 공연을 하려는데 한 번 들어보실래요? 어찌 그런 생각을 했냐? 돈 좀 쓸 곳이 있어서요 그래 들어보자 본래 음치인 삼촌이 노래를 정성껏 다 부르고 나서 물었습니다 어때요? 들어줄 만한가요? 할아버지가 고개를 까딱까딱하셨습니다 들어줄 만하구나 한 번 나가보그라 팽!

    －「삼촌은 젬병」 전문

인용시는 흔히 있을 수 있는 일상의 상황을 담은 작품이다. 이 작품에는 두 인물이 등장하는데, 돈이 필요한 삼촌과 돈을 줄 수 있는 할아버지가 그들이다. 물론 표면적으로 등장하지 않는 시적 자아 또한 존재한다. 다만 그는 그저 응시자일 뿐이고 상황에 곧바로 참여하지는 않는다. 이 작품이 역설로부터 한걸음 물러서 있는 것은 이런 요인 때문일 것이다. 어떻든 삼촌은 돈을 얻으려는 목적이 있었고, 그래서 그 대가를 위해 공연을 했다. 하지만 돌아온 것은 삼촌의 의도와는 전연 반대되는 현실이었다. 이런 맥락은 일상에서 흔히 있을 수 있는 일이거니와 발견이라는 의미가 다가올 때 독자로 하여금 웃음을 자아내게 한다.

시인은 이 작품에서 보듯 주체의 의도와 다르게 나타난 결과가 어떤 것임을 말하고 싶었을 것이다. 이는 신비평에서 말하는 소위 의도의 오류와도 비슷한 논리이다. 의도했던 것과 나타난 결과가 상이한 것이 이 오류의 효과이기 때문이다.

이런 장치나 효과를 통해서 시인은 일상에서 흔히 있을 수 있는 사소한 에피소드 속에서 어떤 진실이 숨어 있음을 말하고 싶었을 것이다. 물론 여기서 진실이란 것이 반드시 윤리적, 도덕적 가치를 가질 필요는 없을 것이다. 일상 너머의 세계에서 어떤 간섭도 받지 않고 일어나는 일이나 선험적인 것들을 그저 진실이라는 영역으로 묶어두면 그만이기 때문이다.

표층과 이면의 모순 속에서 솟아나는 서정의 샘들은 시인의 시에서 계속 확대되는 바, 이는 그만큼 시인의 작품 세계가 갖고 있는 외연의 크기를 말해주는 것이라 하겠다. 다시 말하면 시적 자아는, 발견의 진실이랄까 깨달음의 영역을 개인적 국면에 한정하지 않고, 이를 사회라는 영역으로 계속 확장시켜 나가고 있는 것이다. 그런 면들이 그의 시들의 폭과 깊이를 말해주고 있거니와 그가 이번 신작시에서 말하고자 하는 의도 또한 이런 의장을 통해서 분명하게 제시한다.

정권이 바뀌고 어떤 사람은 밥맛이 없다고 섭섭해하고, 어떤 사람은
봄날이 왔다고 행복해합니다 누가 당선이 되어도 앞으로 어떤 새로운 세
상이 열릴까, 기대하는 마음은 눈 씻고 찾아보아도 없습니다 내가 찍은
사람이 당선되지 않으면 나라가 망한다고 합니다 다른 사람이 당선이 되
면 자신은 이 나라 국민이 아니라고 합니다 그러고도 나라가 오늘까지
굴러가고 혹은 경제 대국으로 성장해 가는 거 보면 참으로 신기한 일입
니다 웃기는 일이기도 합니다
　－「신기한 일이 한두 가지가 아니다」 전문

이 작품도 일상이라는 영역에서 만들어진 것이긴 하지만 「삼촌은 젬
병」보다는 소재와 주제의 폭이 보다 확대된 경우이다. 이 작품의 소재는
정치이다. 정치란 다수의 공동체가 참여하는 영역이다. 한쪽의 지지가
있다면, 다른 쪽의 그것도 마찬가지로 존재한다. 정치가 축제라면, 자신
이 지지하는 측이 이기지 않았다고 하더라도 즐거운 마음으로 그 결과
에 대해 승복해야 한다. 하지만 그렇지 못한 것이 우리의 현실이다. 그래
서 자신이 지지하는 사람이나 당의 패배는 곧 자아의 좌절로 이어지기
마련인데, 어떻든 이런 상황이란 어디까지나 지금 여기에 있는 자아의
처지를 반영한다. 그래서 그 상황이라는 것이 유동성이나 무정형과 같
은 모양새를 취하게 된다.
　하지만 이런 상황은 곧바로 또 다른 반전을 만들어냄으로써 종료된
다. 자신이 지지하는 사람의 패배는 곧 크나큰 좌절이라든가 나의 존망
과 밀접한 관련이 있을 것으로 생각되지만, 현실은 전혀 그렇지 않게 다

가오는 까닭이다. "나라가 오늘까지 굴러가고 혹은 경제 대국으로 성장하는 일"이 바로 그러한데, 이는 절망하는 사람들과는 전혀 다른 방향으로 흘러가는 또다른 이면을 보여주는 것이라 할 수 있다. 후자는 전자와 달리 일상 너머의 세계이다. 경우에 따라서 그것은 초현실이나 선험적인 영역이라 해도 틀린 말이 아닐 정도로 자아의 비관적 처지와는 상반된 경험을 요구하게 된다. 그러니까 이 역시 자아의 일상성이라는 지금 여기와 그 너머의 세계는 다른 작품들에서처럼 엄격하게 분리되어 나타나고 있는 것이다.

> 거짓말이 맛있는 밥이 된 지는 아주 오래전 일입니다
> 할아버지도 아버지도 그렇다고 자주 말씀해 주셨지요
> 거짓말이 아니면 무엇으로도 밥을 먹을 수 없다 했습니다
> 거짓말을 먹어야 비로소 달디단 인생도 안다 했습니다
> ─ 「거짓말을 먹어야 산단다」 전문

이런 단면은 인용시에서도 여전히 유효하다. 거짓이란 지금 여기에서 강력하게 활동하는 일상성이다. "거짓말이 맛있는 밥이 된 지는 아주 오래전 일"이거니와 "할아버지도 아버지도 그렇다고 자주 말씀해 주실 정도로" 지금 여기는 '거짓말'이라는 일상이 지배하고 있다. 그리고 그것은 지금 자아의 현존을 즐겁게 할 정도로 삶의 굳건한 도구로 자리하고 있기까지 하다. 대단한 아이러니가 아닐 수 없다.

거짓말이 지배하는 것은 현재 진행형이지만 그 너머의 세계 또한 분명 외따로 존재한다. 그것은 거짓말의 반대 영역 곧 진실의 영역일 것이다. 시인은 이 영역에 대해 굳이 이야기하지 않는다. 그럼에도 그것이 가

져오는 효과, 곧 그것의 순기능이 어떤 것인가 하는 것을 독자로하여금 유추하게끔 만든다. 이는 일상과 그 너머의 세계에 대한 대립이라는, 시인의 작품이 갖고 있는 특성을 말하고 있거니와 그 대립의 틈에서 시인이 말하고자 하는 진실의 영역을 만들어나가고 있는 것이다.

> 꽃은 피고 지기를 배고픈 년 간만에 머 처먹듯이 합니다
> 다 떠나는데 돈이라고 안 떠나고 청춘이라고 안 떠날까요
> 미세 황사 먼지는 엿이나 처먹으라 무데기로 몰려옵니다
> 돈도 꽃이고 청춘도 꽃이고 나도 꽃이지만 넌 아니야
> 넌 피고 지지 않지, 영원히 피어 있지, 나 죽어도 살아있지
> ─「권력의 칼에 묻은 이슬」 전문

인용시는 시인이 발표한 이번 것 가운데 전언이 가장 강력한 경우이다. 두 가지 대립되는 것들을 전제한 다음 그 갈라진 틈에서 솟아오르는 서정의 샘이 의미화되고 있다는 점에서 보면 다른 시들과 비슷한 의장을 갖고 있는 작품이다. 하지만 그 전하는 메시지는 분명하고 또한 윤리적이기까지 하다는 점에서 차이점을 보인다.

이 작품에는 순리이며 이법이 먼저 제시된 다음, 이와 상대적인 위치에 놓인 정서가 제시된다. 이런 전도된 가치들은 앞의 경우들과 약간 다른 모습인데, 어떻든 시인은 여기서 모든 것은 다 떠난다고, 곧 사라진다고 전제한다. 이런 감각은 자연스러운 것이기에 흔히 순리나 이법으로 불리울 수 있을 것이다. 작품에 나타나 있는 것처럼, 돈도 그러하고 청춘도 또한 어김없이 흘러간다. 그렇기에 서정적 자아에게 순리를 따라가는 이들 존재는 긍정적으로 비춰질 수밖에 없었을 것이다. 시인은 그런

자연스러움을 '꽃'으로 인유한 것이다

　여기에는 분명 서정적 자아만이 가질 수 있는 윤리 감각이 내포되어 있을 것인데, 이런 감각은 대략 두 가지로 수렴된다. 하나는 순응하는 것에 대한 예찬의 정서이고, 다른 하나는 자연의 법칙에 대한 긍정적 수긍의 정서이다. 물이 위에서 아래로 흐르는 것처럼, 순응이란 자연의 질서를 따르고 이를 거스르지 않는 삶이다. 이런 삶이란 본디 아름다운 것이거니와 그래서 시인은 이를 꽃으로 비유한 것이 아닐까. 반면 물리적 현실에서 보면, '꽃'은 영원한 것이 아니다. 그것은 봄이라는 탄생, 그 신화적 계절을 거치고 나면 낙화라는 또 다른 신화성에 갇히게 된다. 이런 과정들이야말로 자연의 법칙일 것이다.

　서정적 자아는 이런 전제를 한 다음, 이에 대비되는 것들을 상대적인 자리에 놓으면서 새로운 의미의 결들을 만들어나간다. 그가 이 시에서 포착해낸 것이 권력, 혹은 그 속성에 대한 비판적 응시이다. 시인은 이를 "권력에 칼에 묻은 이슬"로 은유화했는데, 실상 그 실체는 권력을 향한 인간의 욕망이라 해도 크게 틀린 말은 아닐 것이다. 이 권력은 자연의 법칙에 순응하는 것이 아닌데, 시인은 이를 '꽃'이 아닌 까닭으로 사유한다. 그러니 "넌 피고지지 않"게 되는 것이고, 궁극에는 "영원히 피어 있다"는 판단에 이르게 되는 것이다. 이런 인식에 이르게 되면, 시인의 시는 매우 계몽적인 것이 된다. 아니 비윤리에 대한 통렬한 비판이라 해도 무방할 것이다.

　장종권의 시들은 이원적 구조로 짜여져 있다. 그리고 이 구조를 이끌어가는 의장이 아이러니나 역설 비슷한 의장들이다. 그의 시들은 표면적인 것과 이면적인 것들의 충돌 속에서 새로운 의미의 지층들을 만들어나간다. 그래서 시를 읽고 나면, 이면에 감추어진 시적 진실이 곧바로 독자의 마음 속으로 스며들어 온다. 그 진실과 독자의 마음이 조우하면서 아름다운 의미의 축제를 만들어나가는 것, 그것이 이번 신작시들이 갖고 있는 의의일 것이다. (『시에』 2023년 여름)

존재의 일깨움, 성찰, 그리고 근원에 대한 탐색

1. 하나의 여정을 위한 행보

〈푸른시〉 동인들이 21호 원고를 모아서 한권의 동인지로 묶어낸다. 동인이란 비슷한 성향이나 취미를 갖고 있는 문인들이 그들만의 방식과 시정신으로 뭉친 집단을 말한다. 일찍이 우리 시사에서 그런 동인의 대표적 사례로 〈시인부락〉 등이 있었거니와 이들이 추구한 생명 정신은 우리 시사에 크나큰 업적을 남겼다. 이를 계기로 이 땅에는 수많은 동인지들이 명멸해갔고, 그 생성과 소멸의 과정에서 질적, 혹은 양적으로 시사에 끼친 영향은 자못 큰 것이었다.

이처럼 동인 그룹과 동인지는 한 개인의 문학적 취향을 넘어 그것이 집단화함으로써 시단에 끼치는 반향은 지대한 것이었다고 하겠다. 각자의 개성이 중시되고, 그들만이 추구하는 시정신이 다양해지는 현재의 추세에서 동인이 여태껏 유지되고, 그 생산의 결과들이 만들어진다는 것은 결코 범상한 일이 아닐 것이다. 동인과 동인지의 가치란 개인성이 아니라 집단성이 있다는 데에서 찾을 수 있고, 또 그것이 시단에서 하나의 주류로 자리잡을 때, 비로소 문학사적으로 우뚝 서는 성채가 될 것이다. 우리는 그러한 사례를 해방 직후 〈청록파〉의 활동에서도 직시한 바 있거니와, 〈푸른시〉의 동인들도 과거 우리 시단을 주름잡았던 동인과 마찬가지로 문학사의 한 자락에서 빛을 발하면서 그 시사적 자리를 굳건히 차지할 수 있는 여건을 마련해나가고 있는 것이라 이해된다.

〈푸른시〉 동인들이 추구하는 시세계를 일별하는 것은 쉬운 일이 아니다. 우선 동인 수가 적지 않다는 점에서도 그러하고, 또 이들이 상재하고 있는 작품의 양도 결코 적은 것이 아니기 때문이다. 하지만 이런 다양성에도 불구하고 이들 동인의 시세계를 한마디로 개념화할 수 있다면, 동인의 이름에서처럼 '푸르다'라는 감각에서 찾을 수 있는 것이 아닐까 한다. '푸르다'라는 것은 일차적인 이미지 차원의 것이지만, 이들이 추구하는 '푸름'의 형이상학적 이미지는 존재라든가 내성, 혹은 근원과 밀접히 관련되어 있다는 점에서 그러하다. 그러한 까닭에 이들 동인의 시들은 형태적인 모호성을 지향하는 형식적 국면들은 엄격히 제한되어 있고, 언어 유희를 불러일으키는 해사적 특성 또한 찾아볼 수 없다. 어느 특정 그룹이 즐겨 구사했던 이런 면들은 건강한 것이 아니고 서정시 고유의 영역을 파괴하는 자기 만족의 세계에 불과할 뿐이다. 서정시는 그 고유의 영역이 지켜지고 거기서 인생의 형이상학적인 문제들이 탐구될 때, 비로소 그 존재 의의가 지켜질 수 있을 것이다. 서정시의 이런 원칙성과 고유성을 담론 속에 잘 풀어낸 〈푸른시〉 동인들이야말로 이 시대 서정시를 지켜내는 진정한 파수꾼이라 할 수 있고, 그런 단면이야말로 이들이 시사에서 의미있는 각인을 찍을 수 있는 의장이라 하겠다.

2. 존재의 한계와 서정의 내밀한 탐구

존재의 물음과 그 한계에 대한 의문들은 인생의 커다란 주제이자 서정시의 단골 소재이기도 하다. 하기사 자아와 세계의 거리가 만들어내는 것이 서정의 거리이기에 이 소재가 서정시의 중심 소재로 자리하는 것은 당연한 것이라 하겠다. 그러니까 인간은 존재론적 한계를 숙명으로 간직한 채 살 수밖에 없는 것인데, 이런 규정이 종교의 영역과 분리되지 않는 것은 잘 알려진 일이다. 종교란 신의 완전성과 인간의 한계 속에서 자라나온 영역이기 때문이다. 인간이 갖고 있는 숙명과 그것과의 서정적 합일에 대한 과제는 〈푸른시〉 동인들이 추구하는 근본 소재가 가운데 하나인데, 이런 소재는 인간의 보편성으로부터 분리되지 않기 때문이다. 따라서 이 동인들이 이 문제에 관심을 갖고 있는 것은 불가피한 것이었다고 할 수 있다.

　　누가 내 기억을 훔쳐가요

　　뻔히 아는 사물인데
　　이름이 가물가물 왔다갔다 놀린다니까요

　　초록창의 연관검색어도 잔뜩 화만내고
　　짜증 걸린 스크롤은 검지에 불을 질러요
　　아이들은 엄마가 컴퓨터 신이라고
　　척, 양쪽 엄지를 추겨 세워요

　　죽은 세포넝쿨이 가제트 손처럼 뻗쳐옵니다

리모컨 들고 리모컨을 찾는 날이 잦아요
노화를 선물로 받았구나 나날이
빠지는 머리카락 수만큼 늘어나는 체념

망연자실 하늘을 길게 올려다봐요
그런데요, 시인이라 꼴값 떤다고 하네요
어이쿠, 마지막 인격마저 다 털리고
껍데기만 남을까 두려워요

누가 내 기억을 자꾸 야금야금 훔쳐가요
  - 김말화, 「분실신고」 전문

인간이 직면하고 있는 한계가 어디에 있는가. 그리고 그것이 어디에
서부터 시작되는가 하는 것은 시인마다 내리는 고유한 진단에 의해 좌
우될 성질의 것이다. 그런데 김말화 시인은 인간이 갖고 있는 존재론적
한계를 어떤 선험성에서 구하지 않고 있다는 데에 그 시적 특성이 있는
경우이다. 하지만 인간이 늙어가면서 어쩔 수 없이 드러낼 수밖에 없는
육체적, 혹은 정신적 한계들이 존재의 불구성과 겹쳐지는 것이라고 한
다면, 시인이 묘파해내는 이런 기억 상실증은 개인만의 특수한 사실에
서 그치는 것이 아니라 일반화된 일 가운데 하나가 될 것이다. 뿐만 아
니라 이는 인간의 선험적 한계와 분리하기 어려운 것이라는 점도 문제
적이라 할 수 있을 것이다.
  어떻든 시인은 여기서 인간이 갖고 있는 한계를 일상의 구체적인 경
험 속에서 탐색하고 있다. 그 구체적인 표명이 이른바 망각의 작용이다.
시인은 기억의 기능과 그것이 세월 속에서 어떻게 소멸되어가는가 하

는 도정을 일상 속에서 천착하고 있는데, 시가 주관이나 관념지향적 성향으로부터 자유로운 것이 아닌 장르임을 감안하면, 이는 그런 한계를 벗어나고 있는 작품이라는 점에서 그 의미가 있다. 다시 말해 시인의 작품에서는 그러한 관념지향적이라는 서정의 단점들이 거의 드러나지 않고 있는데, 이는 일상의 구체성으로부터 그의 시들이 생성되고 있음과 무관하지 않을 것이다. 가령, 점점 옅어지는 기억의 감수성을 "빠지는 머리카락 수만큼 늘어나는 체념"이라고 함으로써 그것이 지금 시인의 눈 앞에, 아니 우리의 눈 앞에 펼쳐지고 있는 듯한 생생함을 불러일으키고 있는 것이다.

김말화 시인의 시는 「분실 신고」에서 볼 수 있는 것처럼, 인생 속에서 겪을 수 있는 삶의 여러 양태를 서정의 문맥 속에 편입시켜 독자에게 환기시키고 있다는 점에서 그 시적 특장을 찾을 수 있는 경우이다. 인생의 아프고, 슬픈 부분을 희화적으로 처리함으로써 그러한 고통, 혹은 한계로부터 초월하고자 하는 것이 결코 대단한 것이 아닐 수 있음을 일깨워주고 있는 것이다.

근심씨앗 하나 날아왔다
정수리를 파고들었다
씨앗은 싹을 틔우고 종일 자랐다

무슨 심사인지
한 가지에서 수백 가지로
접붙이며 뿌리내리고 줄기를 뻗었다
끝없이 애간장 녹이는 저 줄기와 잎들

나를 덮고 빈 방을 집어 삼켰다

사방팔방으로
눈과 귀를 막고 입을 봉했다
놈은 꿈쩍하지 않는다 되려
아마존밀림처럼 빽빽해진다

온 몸이 꽁꽁 묶였다
- 조혜경, 「바랭이」 전문

「바랭이」는 잘 읽히면서도 또 독자에게 재미를 선사하고 있는 시이다. 이 시가 함의하는 것이 무엇인지를 독자에게 쉽게 환기시키기에 그러하다. 하지만 이 작품은 일상이 주는 익숙함에서 오는 시이긴 하지만, 프로이트적인 사유와 밀접히 연관되어 있다는 점에서 형이상학적인 관념 또한 읽어낼 수 있는 작품이기도 하다.

이 작품은 인간의 숙명 가운데 하나인 근심, 곧 형이상학적으로 억압이 어떻게 자리하고 그것이 어떤 과정을 거쳐 팽창하는가를 씨앗의 발아과정을 통해서 잘 보여주고 있는 시이다. 그런 면에서 씨앗은 욕망과 비슷한 성향을 갖고 있는 것이라 할 수 있는데, 이 정서가 어느 한 순간의 지점에서 멈추지 않는다는 점에서 그러하다.

현대인은 욕망의 노예가 되어 살아간다. 그것은 시인의 표현처럼 '근심의 씨앗'으로 대치되어 우리의 일상을 지배하는 까닭이다. 그런데 문제는 그러한 지배가 어느 한 순간의 결단이나 자의식적 해방의지만으로 해결될 수 없다는 데에 있을 것이다. 이야말로 인간의 운명이고, 피할 수 없는 숙명과도 같은 것이기 때문이다. 뿐만 아니라 이로부터 벗어나고자 해도 쉽게 벗어날 수 있는 것도 아니다. 마치 올가미와 같이 계속 옥죄고 들어와 궁극에는 "온 몸이 꽁꽁 묶"일 정도로 육체나 신체를 구속하기 때문이다. 이 작품은 근대 속에 편입된 인간이 욕망이나 억압이라는 정서로부터 벗어나는 것이 쉽지 않다는 것을 '씨앗의 발아'과정을 통해 재미있게 풀어낸 시이다.

조각보들이
책꽂이 앞에 펼쳐져 있다

빨강엔
핫플레이스 카페의 연유라떼
글자를 수놓는다

파랑에는 이른 저녁
유칼립투스에 물주기
그리고 별표 두 개

노랑엔
구글 계정 비밀번호를
감추듯 새겨 놓았다

되새김질하는 반추동물처럼
뇌를 말랑말랑하게 하는 일
글자가 꼭 물고 있는

내일의 시간들

빛바랜 접착제는
조각을 떨어뜨리고
툭 내려앉는 오늘

잊었던 색색의 기억들
다시 주워 수놓는
- 오호영, 「포스트잇」 전문

일상의 구체성으로부터 시가 만들어지고 있다는 점에서 오호영의
「포스트잇」도 김말화 시인이나 조혜경 시인과 동일한 상상력을 갖고 있
다고 하겠다. 그리고 어쩌면 이들 시인의 정서와 밀접히 연결되어 있다
고 해도 무방한 경우이다. 그것은 이 작품이 다루고 있는 것이 현대인의
불가피한 정서적 불구를 서정화하고 있기 때문이다.
현대인들이 복잡한 환경에 노출되어 있다는 것은 잘 알려진 일이거니
와 실타래처럼 얽혀있는 모든 끈들에 대해 기억한다는 것은 결코 만만
한 일이 아니다. 이런 한계를 벌충해주는 것이 시인이 소재로 삼고 있는
'포스트잇'일 것이다. 그것은 기억의 한계를 보충해주는 수단이기에 지
금 여기 우리의 삶에서는 필수불가결한 것으로 자리한 지 오래이다. 말
하자면 우리들은 자생적 의식이나 기억의 자동력을 상실한, 타의적 의
식이나 피동적 힘에 의해 살아가는 존재일 뿐이라는 것을 '포스트 잇'은
잘 보여주고 있는 것이다. 그것은 앞서 말한 욕망의 노예라든가 존재론
적 한계를 운명적으로 수용할 수밖에 없는 인간의 한계를 보여주는 단

면이기도 할 것이다.

　그럼에도 '포스트잇'이, 한계를 필연적으로 내포할 수밖에 없는 인간의 삶을 완전하게 해주는 것은 아니다. 모든 것에 완전한 것이란 있을 수 없으며, 그 자체로 종결되는 것은 없는 것이 우리 일상이고, 또 현대성의 궁극적 모습이기 때문이다. 그저 이런 아우라에서 소외되지 않고 살아가는 것 그 자체만으로 성공적인 삶이라 할 수도 있을 것이다. 그럼에도 그것은 결코 가능하지 않다는 것, 곧 인간의 삶이란 어차피 한계가 있는 것이 아닐까 하고 시인 자신에게, 그리고 독자에게 환기시키고 있는 것이 이 작품의 의의가 아닐까 한다.

3. 성찰과 자기 수양의 서정

　자아와 세계 사이에 거리를 좁히는 것이 서정시의 임무 가운데 하나인데, 실상 이런 감수성이란 세계나 대상보다는 자아 내부의 요소가 더 큰 비중을 차지하게 된다. 만약 이런 감각에 이르게 되면, 카타르시스를 비롯한 정서의 순화라든가 내성의 문제에 견고한 서정의 시선을 보내게 될 것이다. 뿐만 아니라 존재론적 한계로부터 벗어나고자 하는 서정의 영원한 여행도 이 지점에서 비로소 시작되는 것이라 할 수 있다. 이른바 서정의 유토피아로 향하는 첫 단추가 여기서 맞춰지는 것이다.

　〈푸른시〉 동인들이 주목하는 소재도 대부분 여기에 주어지고 있는데, 그것이 서정의 완결성을 향한 첫걸음이라는 점에서 이런 행보들은 매우 당연한 수순이라고 할 것이다. 존재론적 불안과 그 초월에 대한 정서, 그것이 서정시의 주요 임무 가운데 하나이거니와 이는 〈푸른시〉 동인들도 결코 외면할 수 없는 주제 가운데 하나였기 때문이다.

대낮에 별을 찾는 습관이 생겼다
보이지 않는 것에 대한 두려움
슬픔에서 차오른 울음은 단조다

분홍 하늘을 날던 나비 유충들
설탕이 녹은 도넛을 먹던 시간과
눅눅한 입술 맛에 대해 음미하던 말들
왈츠다

플랫으로 조율된 소리로 겨울비가 될까
샵의 울음으로 밤 짐승이 되어볼까, 그러면
지친 울음으로도 화음이 될까

눈물은 수평적이지 않고 수직이어서
안쪽에서 바깥쪽으로 울음을 풀고
가슴 떨림을 진정시켜야 한다

실컷 울고 난 한낮
드디어 초록빛 주파수가 반짝인다
　　- 김선옥, 「울음을 튜닝하다」 전문

인용시는 '울음'을 통해서 내성의 문제에 어떻게 접근할 수 있는가를
잘 보여준 작품이다. 울음 또한 일상의 평범한 소재 가운데 하나이기에

〈푸른시〉동인의 전략적 소재들인 일상성을 충실히 반영한 시라고 할 수 있다.

이 작품에는 정서의 여러 갈래들이 마치 무지개처럼 형형색색으로 무늬져 있다. 시인은 그러한 색의 물결에 자신만의 고유한 정서를 대입시키면서 시의 음역을 만들어낸다. 우선, 시인이 가장 먼저 다다른 감수성은 '단조'이다. 이 음계가 하나 이상의 것을 넘지 못하는 것이기에 "슬픔에서 차오른 울음"이란 곧 '단조'에 그친다고 인식한다. 다음 '단조' 이상의 정서들이 개입된 것은 '왈츠'로 승화된다. 이후 "플랫으로 조율된" 과정을 거친 '겨울비'라든가 "샵의 울음으로" 존재의 변이를 거친 다음, '밤짐승'은 지친 울음의 '화음'으로 새롭게 태어나게 된다.

이런 단계들을 거친 후에야, 곧 "실커 울고 난 한낮"이 되어서 서정적 자아는 비로소 "드디어 초록빛 주파수가 반짝이는" 모습을 보게 된다. 그것은 어쩌면 시인이 탐색한 조화로운 '화음'일 수도 있고, 또 자신이 탐색한 구경적 이상일 수도 있을 것이다. 이 작품은 이런 도정을 울음이라는 일상을 통해서 시적 자아가 도달해야 할 이상이 무엇인지, 그리고 그 이상에서 자신의 존재론적 특성이 무엇인지를 찾고자 했다는 점에서 그 의미가 있는 시라고 할 수 있다.

반평생 신 신고 걸어왔다
진 땅 마른 땅 가리지 않고
신이 끄는 대로 돌아다녔다

천마산이 내어놓은 속 살 열어
메마른 사람들 감싸 안는 듯

이른 새벽, 늘어난 둘레길이
멀리 걸어갈 맨발을 신는다

신 벗고 보니 알겠다
작은 돌멩이 하나 하나
소나무 가지와 뿌리까지도
길동무 삼아 가야 한다는 걸

신 벗어놓고 굳은살 신는다
- 김동헌, 「맨발路」 전문

  늘 주변에 있는 것, 그리고 가까이 있는 것, 혹은 친숙한 것들에 대해
이질성을 느끼는 것은 쉽지 않은 일이다. 익숙한 것이 낯선 것으로 감각
될 때에는 분명 어떤 계기가 있어야 한다. 김동헌의 이 작품은 그런 의
식의 전환을 '신발'이라는, 우리에게 매우 익숙한 매개로 보여준 시이다.
신이란 우리의 신체의 일부처럼 느껴지거니와 그것이 그 상태를 유지
하는 한 자아에게는 결코 이질성으로 다가오지 않을 것이다. 그러니까
"반평생 신 신고 걸어오는" 일이 가능해진 것이고, "진 땅 마른 땅 가리
지 않고/신이 끄는 대로 돌아다닐 수 있었던 것"이 아닐까 한다.
  하지만 이런 친숙성은 대상이 바뀜에 따라 서정적 자아의 포오즈가
바뀌면서 새로운 상황을 맞이하게 된다. 가령, 요즈음 우리 주변에서 흔
히 볼 수 있는 둘레길과 그 길이란 주로 맨발로 걷는 것을 요구하는 것
이다. 이때 맨 발로 걷는 시인은 이전에 보지 못했던 새로운 경험을 하
게 된다. 신을 신고 있을 때와 그렇지 못할 때 다가오는 인식성의 변화

인 셈이다.

그러한 인식성의 변화를 통해 얻은 서정적 자아의 변화란 일종의 깨달음이다. 익숙함이 낯설음으로, 그리고 거기서 깨달음의 정서로 서정의 순환 고리가 만들어지고 있는 것이다. 그 고리가 새로운 인식성으로 나아가는 발전적 방향임은 당연할 것이다. 그리고 이런 감각이 내성과 분리하기 어려운 것이라는 점에서 존재론의 정서와 밀접히 관련되어 있는 것이라 할 수 있다.

길과 함께 본능 너머로 발을
동동거려 본 사람은 안다

길을 향해 추락하는 발과 길 사이의
밀당을 온전히 받아낸 건 시간을 꿰어 만든
양말의 긴장감이라는 걸

길과 발 사이에 그림자가
끼어본 사람은 안다

산다는 건 여름 겨울 상관없이
길과 시간의 눈치를 보며
양말짝을 잃지 않기 위해
올 풀린 그림자를 부둥켜안고
동동거리는 것이라는 걸

봄가을 구름을 덜어낸 하늘도

달래지 못하는 시퍼런 발로
동동거려 본 사람은 안다

달도 꽁꽁 언 밤
뭉툭한 손끝으로
참다 참다 터져버린
양말의 구멍 난 마음을 달래는
손톱 까만 어머니를
늘 동동거리게 한 건

꿈의 문장을 잃은 길도,
실밥 뜯긴 시간도 아닌
늘 양말짝도 모른다고 타박하던
그래서 한 여름에도 목 긴 장화를
벗지 못하게 만든 나라는 걸
— 이주형, 「양말 에세이」 전문

　신과 발을 소재로 한 작품이라는 점에서 보면, 인용시는 김동헌의 「맨 발로」와 비슷한 상상력을 보여주고 있다. 다만 소재라는 측면에서 차이 가 있긴 한데, 이는 양말이라는 소재가 새로 등장하고 있다는 것, 그리고 이 소재가 작품을 이끌어가는 전략적인 역할을 하고 있다는 점일 것이 다.

　실상 길과 신발은 서로 분리할 수 없는 쌍생아처럼 놓여 있는 관계라 할 수 있다. 가령, 신이 있어야 길을 갈 수 있는 것이고, 길이 있어야 신 또한 필요한 까닭이다. 그런데 시인의 상상력은 기왕의 이런 습관적 관계를 뛰어넘는 곳에서 시의 음역을 만들고 있다. 그것이 이 작품, 아니 이 시인의 독특한 시적 의장이라 할 수 있는데, 시인은 이 예외적 관계를 통해서 서정적 함의를 새롭게 만들어낸다.

그 함의가 만들어지는 서정의 샘은 바로 '양말짝'이다. 이는 신과 발 사이에 놓인 단순한 매개가 아니라 서정적 자아의 삶을 조율하는 시금석과도 같은 것이다. 그것은 경우에 따라 생존의 한 현장에 있기도 하고, 또 자아의 실존을 규정하는 동인으로 작용하기도 하다. 뿐만 아니라 나와 어머니 사이에 놓인 전통적 감수성을 부활시키는 매개이기도 하다. 그런데 이런 관계보다 더 중요한 것은 그것이 서정적 자아의 내성과 밀접히 결부되어 있다는 사실이다. 자아는 신과 발 사이에 놓인 양말을 통해서 그 스스로가 조율해나가야 하는 성찰의 길, 곧 내성의 수단으로 인식하고 있는 것이다. 이런 상상력이야말로 기왕의 시에서는 볼 수 없는 매우 독특한, 그리고 이례적인 것이라는 점에서 그 시적 의의가 있는 작품이라 하겠다.

그는 썰었다

어제 그는 김치를 썰었다
무 배추를 썰었다 그리고
어묵을 썰다가 손가락도 썰었다
파를 썰고 고추를 썰고 눈물도
그는 반신불수가 된 아내가 다니는 병원을 썰고
받아온 약을 썰고
가난을 썰고

기우는 달을 썬다
언젠가 걸어 들어갈 어둠을 썰고
그걸 바라보는 마음도 같이 썬다
썰고 썰어서 이가 없는 잇몸도 잘게 썰 수 있도록
그래서 막막함이 잘 소화되도록
잘 소화되도록
- 조현명, 「그는 썰었다」 전문

인용시 역시 일상의 현실에서 서정의 숨결이 흘러나오고 있는 까닭에
〈푸른시〉 동인들이 즐겨 사용하는 수법으로부터 벗어나 있는 것이 아니
다. 실상 '썰었다'라는 정서는 주방에서 흔히 있을 수 있는 일상인데, 시
인은 여기서 독특한 서정의 의미를 만들어내고 있다. 이 행위는 작은 것
에서 보다 큰 것으로 나가는 원근적 수법으로 구성된다는 것, 그리고 시
의 의미 또한 이와 평행선을 이루며 만들어지고 있다는 점이 무엇보다
지적되어야 하겠다.

그런데 시인의 이러한 '써는 행위'에는 물리적인 차원과 정신적인 차
원 모두가 포회된다는데 그 특징적 단면이 있다. 그것이 이 시의 예외성
이라 할 수 있는데, 그 마지막 종결점은 '소화'에서 형성된다. '써는 행위'
가 '소화'와 밀접한 관련이 있는 것은 사실인데, 시인은 이를 단순히 생
물학적인 차원의 정서에 머물도록 두지 않는다. '가난을 썰고'라든가 '어
둠을 써'는 행위가 그러한데, 여기에 이르게 되면 시인의 의도는 형이상
학적인 영역으로 그 음역이 확대된다.

'써는 것'은 잘게 부수는 것이기도 하지만, '모난 것'이라든가 '가시 같
은 것'을 무디게 하는 속성도 분명 있을 것이다. 아마도 서정의 통합을

희구하는 시인의 의도는 여기에 있었던 것은 아닐까. '가시'와 '돌출'이 사라질 때 비로소 아름다운 중용이 만들어질 수 있기 때문이다. 이번 소시집에서 시인들이 탐색하는 서정의 주제들이 모두 이와 밀접히 연관되어 있는 것도 이런 상상력이 만들어낸 동일한 결과일 것이다.

4. 근원을 향한 여정

어느 한순간이 파편적으로 인식된다면, 그런 상황이나 사회는 분명 훼손된 지대임이 분명할 것이다. 이는 물론 어느 한 지역에서 그치는 한정적인 것이 아니라 우리 모두가 감각하는 보편적인 문제와 연결될 수 있을 것이다. 일찍이 인류는 근대 사회에 편입되면서 이런 분열성, 일시성의 세계와 분리하기 어렵게 결부되어 있음을 알아온 터이다. 그래서 서정적 동일성을 잃어버린 자아들이 저편에 놓여 있는 것, 다시 말하면, 반근대라든가 근원에 대한 것들에 대한 가열찬 탐색을 해 온 것이 아니겠는가.

〈푸른시〉 동인들의 시세계 역시 이런 감각과 밀접히 연관되어 있는데, 이들 시에 보편적으로 내포된 정서란 대부분 이로부터 파생되는 것들이다. 파편적 감수성을 하나로 묶어내고 이를 통합의 세계로 인도하는 것들이란 근원적인 정서에서 오는 것이기 때문이다. 그러한 근원 감각 가운데 가장 대표적인 것은 아마도 모성적인 것이 아닐까 한다.

무슨 일이래?
그냥 나올 수 없어

혼자만 나올 수가 없어

마른 햇살 한 줄기 꺾어 쥐고

나왔다 엄마만 남았다

낮도 밤도 없이

시간이 간격을 뛰어넘나드는,

일곱 병인과 다섯 환자가 어지러운 그 방에

(화병에 꽂아둔) 오래된 정물처럼

엄마를 물끄러미 앉혀 두고서 말이다

파킨슨병이 갈수록 심해지면 그렇게 치매증세가 발현되어요

섬망이라는 거죠

하루 없이, 꼭 전화 연결 속에서만 기쁨이시던

차마, 엄마만 혼자서 남았구나

엄마의 일상이 덧없이 저버렸구나

언제나 어린 자식은 어둔 물가에 두고서

성경책도 머리맡에 펼쳐 둔 채

안경도 챙기지 못하고

맨발인 듯 대절택시에 담긴 채

순례객처럼 긴 걸음 떠나왔구나

(그렇게) 어디서나 혼자였는데,

주문처럼 읊조리던 소리가 별길 밖으로 튀어 나가고

별빛 멀리 우주 너머로

엄마만 혼자 남았구나

그렇게 한 생애가 갇혀버렸구나

— 김성찬,「엄마만 남았다」전문

김성찬의 시들이 지향하는 것들은 대부분 근원과 밀접한 관련을 맺고 있다. 가령, 종교라든가 자연, 그리고 모성적인 세계가 그러하다. 「엄마만 남았다」는 시인의 그러한 감각을 대표하는 시 가운데 하나라는 점에서 그 의미가 있는 작품이다.

작품에 나타나 있는 것처럼, 지금 자아의 어머니는 몸이 불편하고, 그 결과 요양원 같은 병동에 있는 듯하다. 여기에 있는 환자란 치료의 효과에 따라 퇴원할 수도 있고, 더 오래 머물 수도 있을 것이다. 그런 도정이 있기에 이를 응시하는 화자라든가 가족들에게 있어서는 환자들의 행보가 주목의 대상이 되지 않을 수 없다. 그런데 불행하게도 화자의 어머니는 이곳에서 쉽게 나오지 못하는 듯 보인다. '엄마만 남았다'는 제목이 이를 시사하고 있거니와 실제 작품의 내용에서도 이런 단면은 잘 드러나 있기 때문이다. 여기서 오는 감각이란 일종의 안타까움일 것이고, 이는 곧 모성적인 것에 대한 그리움 내지 회귀의 감각과 분리하기 어려운 것이라 할 수 있다.

모성적 상상력이란 파편적 현실에 대한 대항담론으로서 그 의미가 있을 것이다. 그렇기에 모성적인 것에 대한 그리움이란 가족적인 한계에 머물 수 없는 정서일 것이다. 시인의 이 작품을 두고 어느 특정 가족의 한 역사로 규정할 수 없음은 여기에 그 원인이 있다고 할 수 있다. 이런 정서만으로도 인용시는 분열을 특징적 단면으로 하는, 그래서 통합을 요구하는 이 시대의 임무에 적절히 부합하는 작품이라고 할 수 있다.

씨앗은 엄청난 비밀을 감추고 있는 것 같아요
그 비밀을 캐러 땅에 묻었어요
물과 씨앗이 서로 끌어안아요

비밀을 밝히려고 해가 날마다 빛을 쏘아대요
비밀을 털어놓으라고 바람은 살살 간지럼 고문을 해요
어둠 몰래 달은 자꾸만 기웃거려요

비밀을 풀 가장 중요한 열쇠는 흙이 쥐고 있어요

구름이 틈나는 대로 물 한 동이 길어와 조심조심 뿌려요
드디어 조금씩 풀리려나 봐요

땅에서 연둣빛 혓바닥으로
메 롱

어느 여름날
드디어 풀렸어요

해는 자기가 풀었다고 낯 뜨겁게 자랑해요
흙은 엎드린 채 가만히 있는데요

모든 비밀 털어 놓고
우하하하

외다리로 선 채 노란 입술 달싹거리는
둥글고 커다란 입만 있는

점점 커져요
해를 가리고도 남을 만큼

우,하,하,하

새들 잔칫상이네요
- 김우전, 「비밀」 전문

자연이란 무엇일까. 실상 이 질문에는 여러 해답이 제시될 수 있을 것이다. 하지만 그 가운데 무엇보다 중요한 것은 자연이란 이법이나 섭리로 감각된다는 사실이다. 근대 사회는 자연을 도구화 내지는 수단화함으로써 자연으로부터 그 본연의 기능을 박탈해 왔다. 자연의 일부였던 인간이 자연을 인간의 일부로 만들어버린 것이다. 근대 사회의 위기는 이런 전도된 현실에서 비롯되었다. 그렇다면 그러한 위기 감각으로부터 벗어나는 길이란 무엇일까. 다시금 인간이 자연의 일부로 되돌아가면 그뿐일 것이다. 하지만 그러한 일이란 결코 쉬운 것이 아니다. 그랬다면 현재의 불온성들은 더 이상 만들어지지 않았을 것이기 때문이다. 그럼에도 이 위기에 좌절하고 포기하는 것이 진정 서정적 자세는 아닐 것인데, 불가능할 것 같지만 다시 자연으로 되돌아가야 하는 것, 그것이 불가피한 서정의 임무 가운데 하나이기 때문이다.

인용시는 그러한 자연의 비밀을 풀어내고자 한 시이다. 서정적 자아 앞에 지금 한 알의 씨앗이 놓여 있고, 그것이 갖고 있는 비밀, 곧 신비성을 알아보고자 한다. 그것을 땅에 심는 것인데, 이후 씨앗은 우리가 알던 자연의 일상을 그림처럼 펼쳐내기 시작한다. 이는 누구나 알 수 있는, 그리고 접해왔던 풍경이 아닐 수 없다. 이러한 과정이란 신비성 이외의 말로 달리 설명할 길이 없을 것이다.

이 작품은 어떤 알 수 없는 신비성에 대한 의문에서 비롯된 시이다.

'씨앗'은 그 비밀을 풀어줄 매개이고, 자연이라는 법칙은 그 씨앗의 발아를 통해서 신비한 과정을 우리의 일상성으로 환원시켜주었다. '씨앗'이 발아했을 때의 모습, 우리가 늘 접하던 모습을 스스럼없이 보여주었기 때문이다. 그런데, 시인은 '씨앗'의 신비라고 말했지만, 그리고 그것이 펼쳐나가는 일상성을 보여주었지만, 궁극에는 이 모든 과정이 자연의 일부라는 것이다. 그것 또한 신비성이 아니겠는가. 이런 맥락에서 보면, 이 작품은 신비성에서 시작하여 일상성으로, 다시 신비성으로 회귀하는 순환구조를 갖고 있는 시라고 할 수 있다. 시인은 그런 과정을 통해서 자연이 갖고 있는 함의, 곧 원리라든가 이법을 독자에게 환기시키고자 했던 것이다.

5, 〈푸른시〉 동인들 시의 행방

〈푸른시〉 동인들은 지금 시단에서 예외적인 그룹이라고 할 수 있다. 개성이 절대적으로 추구되는 시단에서 어떤 집단을 지향한다는 것 자체가 결코 예사로운 일은 아니기 때문이다. 하지만 이런 시단의 경향이 옳은 방향이고, 그렇기에 동인지향적인 행위들은 시대에 거슬리는 행위라고는 볼 수 없을 것이다. 동인이란 동인 나름의 지향점이 있을 것이다. 그것은 한 집단의 취미를 넘어서는 그 어떤 세계가 반드시 존재하고 있는 까닭이다. 특히 이들 동인 그룹이 커다란 반향을 일으키고 있는 경우, 그들의 존재 의의는 더욱 크게 부각될 것이다. 그러한 사례를 우리 시사에서 많이 있었고, 그들의 작품 활동은 우리 시사에 기여한 바가 크다고 하겠다.

단 한권의 동인지로 모든 것을 판단하는 것은 섣부른 예단이나 선입
견을 낳을지도 모른다. 하지만, 이들 동인들의 작품을 읽는 것은 우선 재
미가 있고, 또 접근하기가 쉽다. 그것은 이들이 채택하는 소재들이 지금
이곳의 일상과 밀접히 결부된 측면 때문이리라. 그들은 이런 일상성을
습관화라든가 일상화의 차원에 가두지 않고 이를 참신한 영역으로 승
화시키고 있다. 그것이 일상성을 낯설게 하는 수법이다. 이 의장을 통해
서 이들 동인들의 시는 만들어지고 있고, 그런 감각이 독자들에게 크나
큰 신선함으로 다가오게 만든다. 이런 작시법은 앞으로도 계속 주목의
대상이 될 것이고, 그것이 〈푸른시〉 동인이 갖고 있는 시사적 의의라고
할 수 있을 것이다.   (『푸른시 동인』21, 2022)

조화와 균형 감각
- 황미경, 『납작 가슴에 팔뚝이 굵은 여자』

1. 맑고 투명한 자연에 대한 묘사

　황미경의 『납작 가슴에 팔뚝이 굵은 여자』는 시인의 두 번째 시집이다. 지천명을 지낸 이순의 나이에 두 번째 시집을 내었으니, 시작 활동이 더디고 느린 편이라 할 수 있다. 하지만 그의 표현대로 일상 속에 분주히 살아가는 동안, 어느 날 갑자기 다가온 것이 시이고 또 그 매혹이기에 시간에의 구속이라든가 작품 활동이라는 것에 전연 구애받지 않는 것처럼 보인다. 시인은 시가 주는 소중함 그 자체로 시의 맛을 느끼고 거기서 인생의 의미를 진실되게 반추할 수 있는 소중한 기회를 얻었기 때문이다.

　『납작 가슴에 팔뚝이 굵은 여자』를 지배하는 주된 전략적 이미지는 자연이다. 시인은 이를 강조하듯 1부에서는 주로 봄에 관한 소재들, 2부에서는 여름, 3부는 가을, 4부는 겨울 등에 관한 것들을 배치하고 있다. 시인의 이러한 의도는 물론 계절이 갖고 있는 신화적 의미에 자신의 작품 세계를 두고자한 것은 아니다. 프라이가 담론화한 것처럼, 봄은 생성, 여름은 성장, 가을은 조락, 겨울은 죽음과 같은 의미로 구현함으로써 이들을 신화적 상상력 속에 가둬 놓은 것은 아니기 때문이다. 물론 작품의 면면을 꼼꼼히 들여다보면, 이런 음역들이 전혀 없는 것은 아니지만, 그렇다고 해서 그것이 시인의 전략적 이미지와 꼭 맞아 떨어진다고는 볼 수 없는 것이다.

이 시집의 소재가 자연이라고 했는데, 우선, 시인은 자연의 물상들을 세밀히 관찰하는 데서 서정의 의미를 찾아내고자 한다. 실상, 어느 대상을 관찰하는데 있어 물리적인 차원에 그친다면, 거기에서 과학 이상의 진실을 발견해내는 것은 어려운 일이다. 하지만 시인의 관찰은 이런 물리적인 응시에서 출발하되, 서정의 상상력을 이 경계에 가둬 놓지는 않는다. 그는 그 너머에 세계를 상정하고 거기서 일상의 진실을 터득해 들어가는 까닭이다.

온통 꼬물거린다
봄이다

질퍽질퍽
꿈틀꿈틀
찬바람은 남몰래
햇살 한 줌 섞었다

새들의 울음
유난스러워

성급한 개구리
펄쩍 뛰었다

느릿느릿
창틀을 닦는 노파
소년은 까닭 모르고
둑방길을 질주한다
- 「이른 봄」 전문

　인용시는 시집을 여는 첫 번째 작품이다. 제목이 되는 시, 시집을 여는
시가 시인의 정신 세계를 일러주는 조타수가 된다는 점에서 「이른 봄」
은 그 의미가 있는 시이다. 우선 이 시에서 드러난 것처럼, 황미경의 자
연시들은 맑고 투명한 세계를 지향한다. 마치 강렬한 햇빛이 여과없이
투영되듯이 그의 시선에 들어온 자연의 물상들은 있는 그대로, 경우에
따라서는 그 이상의 그림으로 아름답게 그려지고 있는 것이다.
　이 작품의 소재는 봄이다. 봄은 생명의 계절이고, 생성의 계절이다. 그
러니 모든 사물들이 자신들만의 생존의 그림을 그리면서 밖으로, 넓은
공간으로, 그리고 하늘로 솟구쳐 오르고자 한다. 그런데 이는 자연 그 자
체만이 그러한 것이 아니라 인간 또한 마찬가지이다. 하나의 지점 속에
고착화되어 있지 않는 것, 그것이 봄의 궁극적 의미가 된다는 것이다.
　그런데 자연에 대한 시인의 이러한 생동적 관찰은 봄이라는 계절에
만 한정되는 것은 아니다. 시인은 봄이라는 계절과 거기서 샘솟는 의미
들에 대해서만 서정의 채색을 입히지 않는 것이다. 그 폭과 깊이는 널리
확산되는데, 가령 겨울을 소재로 한 다음의 시가 그러하다.

하이얗고 차가운 것
축축하고 가여운 것
가비얍고
속절없이 스러지는
연약하고 물기 어린
눈물이 뇌는
서늘한 입맞춤
- 「눈」 전문

이 작품은 눈의 속성을 예리한 감각으로 포착한 시이다. 눈의 생리적인 작용을 서정이라는 여과 장치를 통해서 감각화한 것이 이 작품의 특색이다. 이 작품에서 어떤 사회적 의미나 인생의 의미를 읽어내는 것은 쉽지 않다. 눈이 물리적인 변화를 일으키면서 물로 전화하는 과정을 그저 담담히 읊은 것이 이 시이기 때문이다. 그럼에도 이 시가 우리에게 시사하는 바는 적지 않다. 그것은 자연이라는 섭리, 법칙, 이법 등을 우리에게 일러주는 까닭이다.

2. 전일성의 파탄이 주는 상처

서정시는 잘 알려진 대로 자아와 세계의 불화에서 시작된다. 만약 자아와 세계 사이의 거리가 없다면, 서정시가 굳이 쓰여질 이유가 없을 것이다. 이런 형식은 찬양시, 칭송시와 같은 도구적 차원에서만 머물 것이다. 그러니 이를 두고 서정시 본래의 영역이라고 말할 수는 없을 것이다.

시인은 앞서 언급한대로 자연에 대한 미시적 관찰과 거기서 포착되는 순리의 세계에 대해 어느 정도 이해한 듯 보였다. 그런데 그런 감각들이 시인의 시정신에 틈입해 들어왔다는 것은 이와 조응되는 세계에 대한 경계를 이해했을 개연성 또한 매우 큰 경우이라는 점에서 주목을 요한다.

실제로 시인의 작품을 꼼꼼히 읽어 보면, 그가 이런 감각으로부터 결코 자유로운 상태가 아님을 알게 된다. 시인이 서정시를 쓰는 이유가 '상처'에 있음을 일러주고 있기 때문이다. "상처가 있기에 돌아보게 된다"(「쌀을 씻다가 시를 안치다」)는 것이 바로 그러하다. 시인에게 시는 어느 날 예기치 않게 찾아 온 것이고, 이를 언어화하는 것이 삶의 일부가 된 터이다. 가령 일상을 살아가는 데 있어 "언제나 찾아오는 거친 녀석들을 어르고 달래서 말쑥한 언어로 만드는 것을 일상의 기쁨"(「시인의 말」)으로 생각하고 있었다는 것이다. 말하자면 자아와 세계의 합일할 수 없는 거리라든가 실존에서 얻어진 상처들에 대한 발언의 욕구 등이 자신의 시가 되었다는 것이다.

자아의 동일성, 혹은 자아와 세계 사이의 불화를 조성하는 것들은 도처에 널려 있다. 아니 일상화되었다고 해도 과언이 아닐 정도로 산재되어 있는데, 이는 아마도 영원을 상실한 인간의 근원적 운명이 만든 것인지도 모른다. 시인은 이런 불화의 세계, 혹은 파탄의 세계를 신의 영역이라든가 어떤 형이상학과 같은 거대 담론에서 구하지 않는다. 그래서 그의 시들은 구체성과 현장감이 뛰어난 것인지도 모르겠다. 그가 응시한 병리적인 것들은 바로 지금 여기에서 펼쳐지는 것들이 대부분인 까닭이다.

을은 알고 있었다

갑들 사이에 을이 끼었다
갑이 돈 자랑을 하다
뜬금없이 젊었을 적 고생한 이야기를 한다
을은 김딴시를 섞이 호응힌디
을은 순종한다
을은 민첩하다
갑보다 먼저 갑의 욕구를 인지한다
모욕을 참는다
갑이 을에게 희망 몇 가닥 던질 때
을의 눈빛이 흔들렸다
역겨움이 밀려들자
을은 무해하게 웃는다
을은 노래한다
거부할 수 있다면 을이 아니다

학교에 다녀온 어린 아들이
캠핑을 가자고 했다
강아지를 사달라고 했다
수영을 배우고 싶다고 했다

을의 가슴에 차곡히 쌓인 것들
또 다른 을을 찾아 헤맨다
남은 찌꺼기는 아내에게 퍼부었다
– 「을의 노래」 전문

한때 우리 사회의 화두가 된 것 가운데 하나가 '갑'과 '을'의 관계이다. 한때라고 했지만, 아마도 그것은 현재 진행형이고, 또 어떤 전일적인 사회가 도래하지 않는 한, 이 관계는 미래적인 것이기도 할 것이다. '을'은 '갑'이라는 관계항에서 볼 때 종속관계에 놓여 있다. 그러니 '을'에게는 자신의 독립성과 자율성이 보장되지 않는다. 그저 '갑'이 하자는 대로, 경우에 따라서는 그가 하고자 하는 의도에 따라 막연히 수긍하거나 그저 따라가야만 한다. 그 관계는 의무적이고, 다른 여지란 결코 성립할 수 없는 상태에 놓이게 된다.

인용시에서 알 수 있는 것처럼, 지금 시적 자아는 사회 속에서 철저하게 '을'의 위치에 있다. 하지만 자신의 가정으로 돌아온다고 해서 이 관계로부터 자유로운 것은 아니다. 그것은 흔히 이야기하는 스트레스이고, 이를 초월하기 위해 자신 아래의 것, 곧 자신이 맘대로 부릴 수 있는 또다른 '을'을 찾아나서야 하기 때문이다. 일종의 '을'의 연쇄 현상이 일어나는 것이다.

'을'이라는 상태가 존재한다는 것은 시인의 표현대로 상처가 있다는 것이다. 시인은 자신의 시쓰기가 "상처가 있기 때문"이라고 했거니와 이러한 상처 가운데 하나가 자신이 '을'의 위치에 있기에 그렇다는 것이다. 하지만 지금 이곳에 널려 있는 상처들은 이런 종속 관계에서만 있는 것은 아니다. 그것은 제어되지 않는 욕망(「빨간 양말」)에서 오기도 하고, 믿음 없는 사회(「내통」)에서 오는 것이기도 하다. 뿐만 아니라 근본적 해결이 아닌 어정쩡한 조화(「지네에게 물리다」)에서 오기도 한다.

누군가 콕 찍고 갔다
무심히 시동을 걸자

차는 배알이 꼴렸다

상처투성이면
아프지도 않을 거라 생각하는
바보들이 많지

이봐
그만큼 세상 뒹굴었으면서
이깟 일에 투덜대다니

짐짓 나무라자
차는 털털털
고약한 소리로
시동을 건다
      - 「내 오래된 낡은 차」 전문

    이 작품은 오래된 차라는 비유를 통해서, 일상에서 흔히 빚어질 수 있는 상처의 의미에 대해 반추하고 있는 시이다. 긁힌 차들, 그래서 낡은 차는 거칠게 함부로 다루어도 된다고 생각하는 사람들이 있다는 것이다. 이렇게 많은 상처들이 있는데. 거기에 조그만 상처가 더 가해진들 뭐가 달라지겠냐고 편하게 생각하는 것이다. 그런데 이런 생각이야말로 상처 입은 자를 더욱 아프게 한다는 것이 이 작품의 함의이다. 상처가 많기에 또 하나의 상처가 가해진다고 해서 이 상처가 아무런 흔적을 남기지 않는 것이 아니라 상처가 많기에 오히려 더 많은 상처를 받을 수도 있다는 논리이다. 우리 사회에서 아무렇지도 않게 그리고 쉽게 이루어

지는 상처들에 대해 주의를 기울이고 경계하고자 한 것이 이 작품의 의
도이다.

3. 자기 성찰과 반성

자연이라는 물상, 그 아름다운 섭리 작용에 매혹된 시인의 시선들은
이제 구체적인 상처로 옮아오면서 새로운 인식 전환을 하게 된다. 말하
자면 자연이라는 조화 속에서 그렇지 못한 인간적 현실 속으로 서정의
끈을 투사시키는 것이다. 자신 이외의 세상 속에서 부유하던 자아가 보
다 좁은 현실로 옮아오게 되는 것이다. 이런 과정은 아마도 두 가지 사
유를 요구하게 되는데, 하나는 사회적인 것이고, 다른 하나는 자아 자신
에 관한 것이다. 시인의 작품을 읽어 보면 대번에 알 수 있는 것처럼, 시
인의 시선이 전적으로 사회 속으로 향하지 않는다. 반면 그가 응시하는
것은 오히려 자아 내부이다. 이럴 경우 흔히 마주하게 되는 것이 성찰이
라든가 내성에 관한 것들이다.

자아가 외부로 향하지 않고 자신에게 머문다는 것은 솔직성의 감각
과 분리하기 어려운 것이라 할 수 있다. 이는 경우에 따라 '남탓'의 정서
를 유발시킬 수도 있고, 또다른 '갑'과 '을'의 관계를 만들어낼 수도 있을
것이다. 시인은 「을의 노래」에서 본 것처럼, 이런 정서에 대해 경계의 목
소리를 담아낸 바 있다. 그러한 까닭에 그의 시선은 밖이 아니라 내부로
모아지게 된다.

흰수염고래의 뱃속으로 들어가는

5백만 마리 크릴
날아오르는 슴새
물을 마시다 목덜미를 물린 영양
달아나는 영양 무리
폭포 위에 입을 벌리고 선 곰은
기슬리 오르는 연어를 삼킨다

느려서 슬픈 거북은
해변으로 올라와 알을 낳고
갓 태어난 수천 마리 새끼거북은
바다를 향해 전력 질주하다 익사한다
극상림을 이룬 서어나무
사그라드는 노란망태버섯
제 새끼 밀어낸 뻐꾸기를 향한
오목눈이의 순결한 모성

욱신거리는 허리와 노화된 관절
구애춤을 추는 플라밍고의 군무
도약하는 고양이에게 잡힌 갈매기의 입속의 물고기
사냥꾼은 순식간에
사냥감이 되고
한걸음에 한 호흡에
생과 사가 결정된다
잔혹하거나 억울해서
경이롭거나 충만해서 시시한 날들
시시한 하루는 눈부시게 찬란하다

가련히 여기면
용서 못 할 일도 없건만
팽팽한 줄 하나 끊어지는 소리
시시하게 왔다가 그냥 가서
시시한 날의
시시한 시
-「시시한 시」 전문

　시인은 작품의 제목을 '시시한 시'라고 가치절하 있지만, 실상은 전연
'시시한 시'가 아니라는 것이 인용시의 내포이다. 뿐만 아니라 이 시에서
담아내고 있는 내용 또한 이런 정서와는 거리가 멀다. 지금 시인은 먹고
먹히는 삶의 치열한 현장을 보고 있다. 그런데 그러한 생존의 과정은 순
간에 달려 있고, 이로부터 벗어나면, 위기를 모면할 수도 있다. 그러니
까 이 모든 것은 찰나이고, 그렇기 때문에 시시한 일상의 하나가 될 수
도 있을 것이다. 이런 면에서 이 작품은 허무주의적인 감수성을 내포하
고 있는 것도 부인하기 어렵다. 하지만 시인이 포착하는 허무는 일상에
서 말하는 것이기는 하되 단순한 허무주의에 갇히는 것은 아니다. 오히
려 그러한 허무를 뛰어넘고자 하는 적극적 허무주의가 이 작품의 주제
인 지도 모르겠다. 그것은 시인이 이 허무주의에서 서정의 완결을 펼쳐
나갈 수 있는 내성의 구경적 의미에 도달하고 있는 까닭이다.
　"한걸음에 한 호흡에/생과 사가 결정되는 것"은 허무의 영역일 것이
다. 그렇기에 그런 순간들이나 궁극에는 시시한 것으로 의미화 될 수도
있을 것이다. 이는 자연 뿐만 아니라 인간의 삶에도 그대로 적용될 수
있는 일이다. 이런 사소함에 갇히게 되면, 진정 허무주의의 맥락에 빠져

들 것이다. 그런데 시인의 담론은 이런 울타리에 갇히는 것을 적극적으로 거부한다. 그러한 허무에 의미를 부여하는 것, 그것이 이 시의 주제인 바 시인은 이를 "가련히 여기면/용서 못할 일도 없건만"이라는 성찰의 정서로 승화시킨다. 다시 말하면, 자아와 세계의 거리, 현재의 불온성이란 궁극에는 내성의 문제라는 것, 그리하여 이런 문제점들을 자기 반성의 감각으로 승화시킬 때 비로소 해결의 실마리를 찾을 수 있다고 말하고 있는 것이다. 그러니까 이 작품은 시시한 것 속에서 그렇지 않은 것을 표나게 내세우려는 역설이 담긴 복합적 함의의 폭을 갖고 있는 시라는 점에서 의미가 있다고 하겠다.

누군가를 만나고 뒤돌아서며
낯빛을 바꾼다
당혹스럽다
오십이 넘어 무엇이
단단하게 여물지 못하고
여린 속살처럼
갓난아이 숨구멍처럼 남아 있어
스치는 바람에도
이리 소스라치는가
발끈하는가
배려받지 못함인가
그의 오만이
나의 오만을 인정하지 않아서인가
딱히 그의 잘못만도 아니었다
말랑말랑한 그것을 돌보지 않은

내 책임이었다

누군가는 나를 만나고
돌아서자마자 낯빛을 바꾸며
속엣말을 할 것이다
재수 없어
―「재수 없어」전문

이 작품 역시 내성의 문제를 다루고 있다. 뿐만 아니라 「재수 없어」는
우리 주변에서 흔히 마주할 수 있는 보편적인 것들을 다루고 있다는 점
에서 시사적인 경우라 할 수 있다. 우리의 일상은 표리관계에 놓여 있고,
그 겉과 속은 늘상 일치하지 않은 것이 현실이다. 그것은 믿음의 문제이
고, 윤리의 문제일 수 있는데, 시적 자아 역시 이 문제로부터 자유롭지
않다.

이 작품은 그런 표리 관계에 대한 경계의 목소리를 담고 있는 시이다.
그런데 이는 서정적 자아만의 문제가 아니라 또 다른 자아의 문제일 수
도 있다는 시선을 보여줌으로써 그 음역이 보다 확대된다. 말하자면, 겉
과 속이 다른 표리 관계는 우리 일상에 뿌리 내린 보편의 문제라는 것이
다.

시인이 발언하는 경계의 담론들은 자아에게로 향하기도 하고, 타자
에게로 나아가기도 한다. 그런 면에서 그의 작품이 함의하는 경계들은
넓고 크다. 이는 그가 응시하는 서정의 거리나 불화들이 그만큼 보편화
되었다는 뜻도 될 것이다. 그 넓은 서정의 운동장들이 그의 작품이 갖는
보편성이고 또 장점이라고 할 수 있을 것이다.

4. 균형과 조화

일탈은 균형이라든가 조화의 감각이 깨질 때 일어난다. 만약 조화의
감각이 일상화되어 있다면, 일탈이라든가 더 나아가서 갈등이란 존재하
지 않을 것이다. 뿐만 아니라 그로 인한 상처도 형성되지 않을 것이다.
하지만 이런 조화의 감각이 유지된다는 것은 어려운 일이거니와 그것
은 모든 인간에게 조직적으로 개입되어 있는 원죄와 같은 것이라는 점
에서 난점을 갖고 있는 것이기도 하다. 우리는 다만 이런 일탈을 인정하
고 이로부터 초월하고자 하는 표명만을 할 수 있는 존재인지도 모른다.
　우리의 현존은 조화로부터 벗어난, 그리하여 일상화된 일탈의 정서로
부터 자유롭지 않은 상태에 놓여 있다. 그래서 그러한 관계는 긴장을 유
지한 채, 계속 우리를 압박해 들어온다. 다만 그러한 일탈의 늪으로 빠지
지 않기 위해 계속 노력하고 있을 뿐이다. 하지만 그 관계가 깨지게 되
면, 위험은 결국 도래하게 된다.

　　내가 아름다운가요

　　아까부터 말없이
　　지켜보고 있군요

　　햇살에 비친
　　거미줄이 눈부셔요

　　당신은 줄을 타고

오르내리지만
난 어디든 갈 수 있죠

날개에 새긴
먼 꿈을 보세요

내 날갯짓을 바라보는
당신의 흔들리는 눈

이런
날개가 줄에 닿았어요
당신이 다가오네요
날 사랑한
당신
- 「나비와 거미」 전문

  생존을 위한 물리적 거리가 유지된다면, 평화는 언제든 유지될 수 있
을 것이다. 게다가 그러한 관계는 종종 아름답기까지 하다. 여기서 나비
의 유현한 날개짓이나 햇빛에 반사된 거미줄의 찬란한 모습들이 그러
할 것이다. 말하자면 적절한 균형이 유지될 때, 나의, 그리고 상대방의
아름다움은 찬양받아 마땅할 것이다. 하지만 그러한 거리가 사라지게
되면, 이는 아름다움이 아니라 생존의 극한 상황으로 내몰리게 된다. 여
기서 나비의 처지가 그러하다. 거미줄의 아름다움에 현혹되어 이를 자
기화하려는 나비의 욕망이 발동하기 시작한다. 결국 거미줄과 접촉하게
되고, 그 결과 그는 여기서 빠져나오지 못하는 상태, 곧 죽음을 맞이하게

된다.

자신의 범위를 초월하는 과도한 것, 이를 욕망의 과잉이라 할 수 있다면, '나비와 거미'의 관계만큼 그러한 과잉 상태가 가져오는 비극을 잘 말해주는 것도 없을 것이다. 조화나 균형은 그것이 유지될 때, 아름답고 평화로운 것이지만, 그 관계가 무너질 때, 그것은 결국 갈등과 불화, 경우에 따라서는 죽음과 같은 비극의 원인이 된다.

시인이 이번 시집에서 말하고자 했던 궁극적 의도가 이런 균형 감각이다. 그가 이번 시집의 전략적 소재로 자연을 인유했던 것도 여기에 그 원인이 있는 것인데, 지금 현존하는 것 가운데 자연만큼 이 감각을 잘 보여주는 것도 없다는 점에서 그러하다. 다음의 시도 그러한 자연이 주는 감각의 연장선에 있는 작품이라는 점에서 주목을 요하는 경우이다.

모처럼 한가한 날
지구에 걸터앉아
한나절 태양을 돌다가
태양을 등지고
드러눕습니다

오십 바퀴 넘게 도는 동안
나와 지구와 태양은
늘 힘의 균형을 이루었습니다
미세한 어긋남이 가져올 파국을 알기에
우리는 온 마음을 다하여 질서를 유지합니다

내 몸을 이루는 원소들은

먼 우주에서 왔고
얼마쯤 더 태양을 돌다가
언젠가는 우주로 돌아가겠지요
순환과 변주의 어디쯤
생의 한 자락을 펼쳐봅니다

지구에 매료된 소행성 하나
중력권으로 들어와
빙빙 돌다
불현듯 떠나갑니다
풀벌레 소리 가득했던
지구의 가을을
한동안 못 잊겠지요
- 「나와 지구와 태양」 전문

이 시를 지배하는 것은 균형 감각이다. 그런데 이 감각은 지속적이고 항구적인 것이다. "오십 바퀴 넘게 도는 동안/나와 지구와 태양은/늘 힘의 균형을 이루었습니다"라는 것이 그것이다. 시인이 지상의 존재가 된 이후 50여년의 세월이 흘렀고, 그 세월동안 나와 지구, 태양의 관계는 항상적인 것이었고, 또 균형적인 것이었다. 만약 그렇지 못했다면 시인의 현존은 불가능했을 것이다. 그리고 이러한 감각을 더 심화시키는 것이 있는데, 바로 자아라는 원소의 우주 기원설이다. 이는 자신의 뿌리가 우주의 한 자락이라는 것, 그리고 궁극에는 그 한자락으로 다시 되돌아간다는 행위에 불과하다는 것이다.

이 시가 보여주는 정점은 나와 우주가 하나였다는 것, 그리고 그러한 관계들이 궁극에는 우주라는 여러 개체들 속에서 그 나름의 독립성과 유기성을 유지하고 있었다는 것, 그리하여 그 아름다운 조화가 현재의 질서 내지는 평화를 유지하게 했다는 것으로 이해된다.

황미경의 『납작 가슴에 팔뚝이 굵은 여자』는 아름다운 자연의 세계를 노래하고 있다. 그리고 그러한 아름다움을 배가 시켜주는 것이 자연에 대한 맑고 투명한 정서들에 대한 포착이다. 시인은 혼탁하지 않은 것들, 대상에서 길러지는 깨끗한 것들만을 추출해서 서정화하는 작업을 지속적으로 시도해 온 것이다. 시인이 이런 정서를 방법적 의장으로 도입한 데에는 그 나름의 이유가 있다. 시인이 이번 시집에서 주로 천착한 것이 조화와 균형이 무너질 때 일어나는 여러 갈등과 상처의 정서들이었다. 그래서 시인은 이를 초월하기 위해 여러 대상을 탐색하고 거기에 서정적 동일성을 부여하려 했다. 그것이 서정에 대한 일치의 정서와 균형의 감각들이다. 이런 감각들의 유지는 맑고 투명한 세계에 대한 그리움의 정서가 동시에 수반되어야 비로소 가능해진다. 황미경의 시들이 조화와 균형의 감각을 노래하되, 대상을 맑게 순화하여 자신의 서정의 샘에 담아낸 것은 이런 이유 때문이라고 할 수 있을 것이다. 그의 시를 읽는 독자들의 마음이 맑은 샘물에 세수한 듯 상쾌해지는 것은 시인이 빚어낸 깔끔하고 투명한 정서에서 비롯한다. (『문화한밭』30, 2022)

찾/아/보/기

송 기 한

서울대학교 국문과 및 동대학원 졸
문학박사. 문학평론가
UC Berkeley 객원교수
현재 대전대학교 국어국문창작학과 교수

주요 저서로는『정지용과 그의 세계』,『소월연구』,『치유의 시학』,『한국
근대 리얼리즘 시인 연구』,『한국 현대 현실주의 시인 연구』등이 있고,
산문집으로『내안의 그 아이』가 있다.

제의의 언어들

초 판 인 쇄 | 2023년 6월 29일
초 판 발 행 | 2023년 6월 29일

지 은 이 송기한

책 임 편 집 윤수경

발 행 처 도서출판 지식과교양
등 록 번 호 제2010-19호
주   소 서울시 강북구 삼양로 159나길18 힐파크 103호
전   화 (02) 900-4520 (대표) / 편집부 (02) 996-0041
팩   스 (02) 996-0043
전 자 우 편 kncbook@hanmail.net

© 송기한 2023 All rights reserved. Printed in KOREA

ISBN 978-89-6764-198-6 93800   정가 31,000원

저자와 협의하여 인지는 생략합니다. 잘못된 책은 바꾸어 드립니다.
이 책의 무단 전재나 복제 행위는 저작권법 제98조에 따라 처벌받게 됩니다.